HEYNE <

UWE LAUB

LEBEN

THRILLER

WILHELM HEYNE VERLAG
MÜNCHEN

Der Verlag behält sich die Verwertung der urheberrechtlich geschützten Inhalte dieses Werkes für Zwecke des Text- und Data-Minings nach § 44 b UrhG ausdrücklich vor. Jegliche unbefugte Nutzung ist hiermit ausgeschlossen.

Penguin Random House Verlagsgruppe FSC® N001967

3. Auflage
Copyright © 2020 by Uwe Laub
Copyright © 2020 by Wilhelm Heyne Verlag, München,
in der Penguin Random House Verlagsgruppe GmbH,
Neumarkter Str. 28, 81673 München
Redaktion: Heiko Arntz
Printed in the EU
Umschlaggestaltung: DAS ILLUSTRAT, München,
unter Verwendung von Motiven von © Shutterstock
(Inked Pixels/Chores/xpixel)
Satz: satz-bau Leingärtner, Nabburg
Druck und Bindung: CPI books GmbH, Leck
ISBN: 978-3-453-43963-4

www.heyne.de

Für Marion
Was wäre das Leben ohne die Liebe?

»Ein Schwan ist immer weiß.
Schwarze Schwäne existieren nicht.«

GESELLSCHAFTLICHER KONSENS IN EUROPA BIS 1697

ERSTER TEIL

Tag null

»Kruger-Nationalpark bis auf Weiteres geschlossen. Gründe dafür noch unklar. Parkverwaltung lehnt Stellungnahme bislang ab.«

BBC, *Breaking News*

JOHANNESBURG, SÜDAFRIKA

Der Lanseria International Airport im Nordwesten Johannesburgs war ein mittelgroßer Flughafen, auf dem mehrere regionale Fluggesellschaften hauptsächlich Inlandsflüge nach Kapstadt und Durban anboten. Die Cessna 182, die in diesem Moment abhob und nach wenigen Sekunden scharf in Richtung Osten schwenkte, gehörte zur Charterflotte der Firma Llungala Aviation, die sich auf touristische Rundflüge spezialisiert hatte. Mark Brenner saß mit angezogenen Knien auf dem Sitz neben dem Piloten. In der engen Kabine war es heiß und stickig, und es roch nach Kunstleder. Er trug eine Sonnenbrille, ein luftiges Leinenhemd, dunkelblaue Shorts und Sneakers. Dennoch trieb ihm die Hitze den Schweiß aus allen Poren, und das Leder der Kopfhörer klebte an seinen Ohren. Neben ihm saß der dunkelhäutige Pilot, der sich ihm als *Adam* vorgestellt hatte und der die Instrumente der einmotorigen Propellermaschine während des gesamten Startvorgangs konzentriert im Blick behielt.

Ohne nennenswerte Vibrationen stieg die Cessna auf in einen dunkelblauen, grenzenlos erscheinenden Himmel. Keine Wolke war zu sehen, keine Thermik zu spüren. Laut Adam rieten die Meteorologen allerdings zur Vorsicht, da auf ihrer geplanten Flugroute gegen Nachmittag ein Schlechtwettergebiet aufziehen sollte. Durch das Seitenfenster sah Brenner hinunter auf grüne Wälder und Wiesen, die letzten Ausläufer des Northern-Farm-Naturreservats.

»Hey Mann«, erklang Adams elektronisch verzerrte Stimme in Brenners Kopfhörer. »Alles klar? Entspannen Sie sich. Dieses Baby und ich haben über fünfhundert Flugstunden auf dem Buckel.«

»Ich bin entspannt«, log Brenner.

»Gut. Ich bringe Sie sicher ans Ziel.« Adam grinste und zeigte dabei gepflegte weiße Zähne.

Brenner nickte und sah wieder hinaus. Unter ihnen zogen jetzt braune Ackerflächen, Straßen sowie versprengte Siedlungen vorbei. Gelegentlich blitzten reflektierende Sonnenstrahlen auf, die am Boden auf Glas oder Stahl trafen.

»Was führt Sie hierher?«, wollte Adam wissen.

»Was alle hierher führt. Safari.«

Adam lachte spöttisch. »Na klar. Ein Deutscher mit einer Sonderfluggenehmigung des südafrikanischen Ministeriums für Umwelt und Touristik für den Kruger-Park, gerade mal einen Tag nachdem der Park komplett abgeriegelt wurde. Hey Mann, kommen Sie.«

Brenner betrachtete den Piloten genauer. Adam war jung, höchstens Ende zwanzig. Die krausen Haare waren kurz geschnitten. Er trug eine verspiegelte Pilotenbrille sowie braune Fliegerhandschuhe. Aus der Brusttasche seines Hemdes ragte ein Smartphone. »Was wissen Sie über die Schließung des Parks, Adam?«

»Nur das, was in der Zeitung steht. Anscheinend grassiert dort so eine Art Tollwut, und bis man herausgefunden hat, ob das für Menschen gefährlich ist, hat die Regierung den Park dichtgemacht. Das Militär hat Straßensperren auf sämtlichen Zufahrtsstraßen errichtet und überwacht die Parkeingänge. Keiner darf mehr rein. Absolut niemand. Sämtliche Rastplätze, Camps, Lodges und Hotels wurden geräumt. Alle Touristen wurden in Unterkünfte außerhalb des Parks untergebracht. Bis auf Weiteres finden keine Safaris statt.«

»Tollwut also.« Nachdenklich trommelte Brenner mit den Fingern auf seinen Oberschenkel.

»Totaler Bullshit, wenn Sie mich fragen.« Adam winkte ab. »Das glaubt hier doch kein Mensch. Das ist nur die offizielle Version für die Touristen. Vor einer Stunde wurde sogar die Grenze nach Mosambik geschlossen. Da geht was richtig Großes ab, sag ich Ihnen. Die Verantwortlichen halten sich natürlich bedeckt.«

»Der Kruger-Nationalpark ist riesig«, sagte Brenner. »Ich bezweifle, dass man ein fast zwanzigtausend Quadratkilometer großes Gebiet abriegeln kann.«

»Sehe ich genauso. Das Militär überwacht zwar die Eingänge, aber es gibt tausend Wege, um in den Park zu gelangen. Die Zäune, die es früher gab, um Tierwanderungen zu verhindern, wurden ja schon vor vielen Jahren entfernt.«

»Also, Adam, wenn Sie nicht an Tollwut glauben – was glauben Sie, geht dann im Park vor?«

Die Gesichtszüge des Piloten verhärteten sich. »Keine Ahnung, aber hey, du kannst die Menschen nicht so offensichtlich belügen. Ich meine, wir reden hier über den Kruger-Nationalpark. Hunderttausende Touristen kommen jedes Jahr nur deswegen hierher. Und die Regierung schließt den Park einfach so wegen Tollwut? Lächerlich. Je mehr Geheimnisse man um die Vorgänge dort macht, desto neugieriger werden die Menschen. Wissen Sie, die Leute reden.«

»Ach ja? Was reden sie denn?«

»Dies und das.« Adam machte eine vage Handbewegung. »Mein Onkel kennt jemanden, der in Matsulu eine Lodge betreibt und geführte Safaris anbietet. Dieser Mann steht vor dem Ruin, wenn sich die Situation nicht bald normalisiert. Auf jeden Fall behauptet er, Park-Ranger würden hinter vorgehaltener Hand von einem Ebola-Ausbruch reden.«

»Das sind nur wilde Spekulationen«, warf Brenner ein. »Aufgrund des enormen Gefahrenpotenzials würde niemand eine Ebola-Epidemie unter den Tisch kehren.«

»Mag sein. Okay, wie klingt das für Sie. Der Großvater einer Bekannten behauptet, mitten im Park hätte sich ein gewaltiger schwarzer Riss in der Erde aufgetan, aus dem Geister der Unterwelt heraufsteigen. Wer mit ihnen in Berührung kommt, ist dem Tod geweiht.«

»Böse Geister?« Brenner schmunzelte. »Wie kommt er darauf?«

»Anscheinend hatte er eine Vision.«

»Tatsächlich?«

»Natürlich darf man nicht alles wörtlich nehmen, was die Alten so reden, aber man sollte es auch nicht ins Lächerliche ziehen.«

»Wenn Sie das sagen.«

Adam checkte seine Anzeigen auf der Instrumententafel des Cockpits, dann wandte er sich wieder an Brenner. »Weshalb sind Sie wirklich hier?«

»Wie lange noch bis zur Parkgrenze?«

»Etwa neunzig Minuten.«

»Dann wecken Sie mich bitte, wenn wir da sind. Ich habe die letzten Tage nicht sonderlich viel Schlaf bekommen.«

Brenner schloss demonstrativ die Augen, obwohl er nicht damit rechnete, schlafen zu können. Zu viele Gedanken beschäftigten ihn. Die überraschende Schließung und Abriegelung des Kruger-Nationalparks für die Öffentlichkeit hatte weltweit Aufsehen erregt. Die Tatsache, dass die südafrikanische Regierung den Park-Rangern sowie den Betreibern der Touristencamps Maulkörbe verpasst hatte, trug natürlich mit dazu bei, dass in den Medien, vor allem im Internet, die wildesten Gerüchte ins Kraut schossen. Sogar von Aliens, die im Park gelandet seien, war in einschlägigen Foren die Rede. Das war natürlich lächerlich, zeigte aber doch nur, wohin es führte, wenn man über Dinge spekulierte, ohne über gesichertes Faktenwissen zu verfügen. Und dasselbe galt für ihn, Brenner. Er musste es erst mit eigenen Augen sehen.

Der weitere Flug verlief ruhig. Adam schwieg – wenn er nicht gerade mit Fluglotsen kurze Funksprüche wechselte –, und die Cessna lag so sanft in der Luft, dass Brenner wider Erwarten tatsächlich einschlief.

»Hey Mann, wachen Sie auf. Wir sind da.«

Brenner öffnete die Augen und blinzelte. Die Sonne brannte unvermindert grell vom Himmel, und die Thermik war nach wie vor ruhig, doch am Horizont näherten sich von Osten tiefdunkle Wolken.

»Wird uns diese Schlechtwetterfront erreichen?«, fragte Brenner.

»Schwer zu sagen«, meinte Adam. »Kommt darauf an, wie weit Sie in den Park hineinfliegen wollen. Vor fünf Minuten haben wir den *Kruger Mpumalanga Airport* überflogen. Dorthin werden wir später zurückkehren.«

Brenner richtete sich in seinem Sitz auf, massierte den verspannten Nacken und sah durch die Frontscheibe. Unter ihnen zog eine hügelige, spärlich bewaldete Landschaft vorbei. In einiger Entfernung näherte sich ein grünes Band dichter Vegetation, das, wie Brenner vermutete, die Grenze zum Park markierte.

»Wir haben die Einflugschneise des Flughafens verlassen und können jetzt tiefer gehen, wenn Sie wollen«, informierte Adam ihn.

»Fliegen Sie so niedrig Sie können.«

Adam drückte das Steuer nach vorn, und die Cessna begann sachte an Höhe zu verlieren. Nur Sekunden später knarzte das Funkgerät, und eine Stimme meldete sich. Brenner verstand die Unterhaltung nicht, aber aus Adams Antworten schloss er, dass sich das Militär für die anfliegende Cessna interessierte. Nachdem Adam ihre Flugkennung übermittelt hatte und die Sondererlaubnis zum Tiefflug über den Nationalpark bestätigt worden war, ließ man sie in Ruhe. Einmal mehr fragte Brenner sich, wie es seinem Auftraggeber gelungen war, an diese Erlaubnis zu gelangen. Sein Auftraggeber schien über ein erstaunliches Netzwerk zu verfügen, das bis in Regierungskreise reichte. Im Augenblick aber zählte nur, dass sie in hundertfünfzig Metern Höhe der Parkgrenze entgegenflogen. Straßen, Autos, einzelne

Gebäude, baufällige Hütten, Bäume, Büsche und sogar Menschen waren jetzt erstaunlich gut zu erkennen.

»Können Sie noch tiefer gehen?«, fragte Brenner.

Adam schüttelte den Kopf. »Wir fliegen schon mit Mindestsicherheitsabstand zum Boden. Noch niedriger, und ich kassiere eine Strafe.«

Sie überflogen ein breites, an den Rändern ausgetrocknetes Flussbett. Zu beiden Seiten des Ufers wucherte sattgrüne Vegetation, überragt von hohen Bäumen mit breiten Kronen.

»Das ist der *Nsizaki*«, sagte Adam. »Willkommen im Kruger Nationalpark.«

Brenners Augen glitten über die karge, felsige Landschaft aus Granitgestein, die sich hinter dem dicht bewachsenen Flussufer erstreckte. Unruhig rutschte er in seinem Sitz hin und her, während er auf der Suche nach den ersten Tieren sich fast den Kopf verrenkte. Nach einigen Minuten fragte er: »Wo sind die Tiere? Ich sehe keine. Ist das normal?«

Adam zögerte. »Eigentlich nicht. Seltsam.«

Wenig später ging die Bergregion in eine flache Graslandschaft über, in der vorwiegend dornige Akazien wuchsen. Dazwischen sah man immer wieder beeindruckend hohe Termitenbauten. Die unbefestigten Straßen und Trampelpfade, die kreuz und quer durch die Savanne führten, waren gut zu erkennen. Wie erwartet, war heute kein einziges Fahrzeug unterwegs.

Dafür entdeckte Brenner endlich die ersten Tiere. Er hatte natürlich damit rechnen müssen, der Anblick traf ihn dennoch wie ein Schlag. Sein Mund wurde trocken, und er musste schlucken. So weit das Auge reichte, bedeckte ein Teppich aus Tausenden Tierkadavern die Savanne. Es handelte sich um eine Antilopen-Herde, genauer gesagt um Impalas, wie die senkrechten schwarzen Streifen am Steiß der rehbraunen Körper verrieten. Die Herde musste riesig gewesen sein, denn ein Ende der umherliegenden, verwesenden Kadaver war nicht abzusehen.

»Sangoma steh uns bei«, keuchte Adam.

»Gehen Sie tiefer«, forderte Brenner.

»Ich sage Ihnen doch, das geht nicht, ich …«

»Ich verdopple Ihr Honorar«, sagte Brenner, ohne den Blick von den verendeten Tieren abzuwenden.

Adam stieß geräuschvoll Luft aus. »Okay, scheiß drauf.« Er ließ die Cessna absacken, bis sie in lediglich fünfzig Metern Höhe über die Savanne schossen.

Mit einem Bestand von rund 150 000 Tieren war die Impala-Antilope das am häufigsten anzutreffende größere Säugetier im Park, wie Brenner noch am frühen Morgen einer Broschüre der Parkverwaltung entnommen hatte. Während sie die verendete Herde überflogen, schätzte er die Anzahl der in der Sonne verwesenden Kadaver auf über zehntausend. Weder er noch Adam sagten etwas. Der furchtbare Anblick sprach für sich.

Eine künstlich angelegte Wasserstelle von der Größe eines kleinen Badesees kam in Sicht. Im Park gab es viele solcher Gewässer, die bei Touristen äußerst beliebt waren, da dort in der Regel die besten Chancen auf Tiersichtungen bestanden. Rund um die Wasserstelle lagen Hunderte verendete Kaffernbüffel. Sie besaßen massive Hornplatten mit abwärts geschwungenen Hörnern auf der Stirn, die sie häufig als Rammen benutzten. Diese Tiere dort unten jedoch würden nie wieder um Reviere streiten oder sich gegen Fressfeinde verteidigen müssen. Ihre über eine halbe Tonne schweren Körper lagen aufgedunsen im Umkreis der Wasserstelle, als wären sie geradewegs während des Trinkens umgekippt. Brenner überschlug die

Anzahl der Kadaver und kam auf mindestens fünfhundert tote Büffel.

Sie flogen weiter. Um sie herum erstreckte sich die Savanne jetzt in alle Richtungen so weit das Auge reichte. Brenner warf einen raschen Blick auf die tiefdunkle Wolkenfront, die deutlich schneller heranzog, als von Adam vorhergesagt. Nur noch wenige Kilometer entfernt, trieb sie einen Vorhang aus dichtem Regen vor sich her. Grelle Blitze leuchteten im Innern der Gewitterwolken auf. Der Anblick war beängstigend, auch weil es hier im Fall der Fälle kaum Chancen für eine saubere Notlandung gab. Doch so Angst einflößend die Schlechtwetterfront auch war, der wahre Schrecken ging von dem Anblick unter ihnen aus. Tod und Verwesung, wohin sie auch blickten.

Im Laufe der nächsten halben Stunde sahen sie tote Elefanten, Giraffen, Nashörner, sowie mehrere verendete Gnu- und Zebraherden. Die wenigen lebenden Tiere, die sie mit der Cessna aufscheuchten und für kurze Zeit vor sich hertrieben, erweckten den Eindruck, dass auch sie krank und längst dem Tode geweiht waren. Unter den Opfern des Massensterbens befanden sich auch Hyänen, Löwen und Geparden, die allesamt stark verwesende Züge aufwiesen. Demnach schien es die Großkatzen als Erste erwischt zu haben. Überhaupt waren auffällig wenige Kadaver von Raubtieren angefressen, was Brenner zu dem Schluss verleitete, dass nicht nur die Großkatzen, sondern der überwiegende Teil aller im Park ansässigen Raubtiere, inklusive der Aasfresser, von diesem Sterben betroffen waren. Über Hunderte Quadratkilometer hinweg erstreckte sich das Massensterben. Was um alles in der Welt mochte diese Katastrophe ausgelöst haben?

Sie überflogen einen weiteren Fluss, und Adam deutete aufgeregt nach unten. »Dort! An den Ufern!«

»Ich sehe es«, flüsterte Brenner.

Dutzende verendete Nilpferde säumten die Flussufer. Ihre mächtigen Leiber waren halb im Schlamm versunken, die Bäuche aufgebläht, die rissige Haut in der sengenden Sonne aufgeplatzt. Auf dem Wasser trieben dicht an dicht tote Reiher und Flamingos.

»Es ist viel schlimmer, als ich gedacht hatte«, sagte Brenner mehr zu sich selbst als zu Adam.

»*Schlimm*?«, echote Adam. »Das ist eine verdammte Katastrophe! Jetzt mal ehrlich, Mann, was wissen Sie darüber?«

»Bisher nicht viel mehr als Sie.«

»Das nehme ich Ihnen nicht ab.«

Brenner atmete tief durch. »Massensterben treten in den letzten Jahren gehäuft auf. Überall auf der Welt. Aber dabei ist normalerweise immer nur eine einzige Tierart oder eine bestimmte Spezies betroffen. Man hat zum Beispiel 2018 festgestellt, dass die größte Königspinguin-Kolonie der Erde, auf einer Insel zwischen Afrika und der Antarktis, in kürzester Zeit um fast neunzig Prozent geschrumpft war.«

»Okay, das ist tragisch«, sagte Adam, »aber das können Sie nicht mit dem hier vergleichen. Pinguine sind keine bedrohte Tierart, oder? Hier sterben Nashörner und andere seltene Tiere.«

»Ich gebe Ihnen recht, Adam, aber die Häufung von Massensterben in den letzten Jahren führt eben genau dazu, dass zuvor nicht bedrohte Tierarten plötzlich durchaus vor dem Aussterben stehen.« Brenner löste seinen Blick von den Tierkadavern, um Adam anzusehen. »Vielleicht haben Sie von dem weltweiten Amphibienrückgang gehört. Seit etwa drei Jahrzehnten lässt ein Pilz weltweit Froschpopulationen aussterben. In Mittel- und

Südamerika sind in manchen Regionen bis zu neunzig Prozent der Froschbestände verschwunden. Tendenz weiter steigend.«

»Und dafür gibt es keine Erklärung?«

Brenner rieb sich die Augen. »Es gibt verschiedene Theorien. Auslöser eines Massensterbens sind meist Infektionskrankheiten, verursacht fast immer durch Viren, Bakterien oder Pilze. Zweithäufigste Ursache sind menschliche Eingriffe in Ökosysteme. Allerdings gibt es hier im Park eine Besonderheit, und die macht mir ehrlich gesagt höllische Angst.«

»Und die wäre?«

»Wir haben es hier mit einem artenübergreifenden Sterben zu tun, das in diesem Ausmaß und in dieser kurzen Zeitspanne untypisch ist. Nicht nur eine Tierart ist betroffen, sondern wie es scheint Säugetiere allgemein. Sogar Vogelarten sterben. Das alles ist extrem besorgniserregend.«

Die Thermik wurde instabiler. Die Cessna lag jetzt unruhiger in der Luft, und die erste ernst zu nehmende Windböe ließ sie für einen Moment zur Seite kippen. Brenner schloss für einen Moment die Augen.

»Fliegen wir zurück«, sagte er. »Ich habe gesehen, was ich sehen wollte.«

»Und? Was werden Sie unternehmen?«

»Ich?«

»Sie sind doch nicht zufällig hier. Ich wette, Sie sind Wissenschaftler. Biologe oder so.«

»Ich wette nie«, entgegnete Brenner.

Brenner musterte den jungen Piloten, der jegliche Lockerheit verloren hatte, die er noch zu Beginn ihres Fluges an den Tag gelegt hatte. Adam wirkte verzweifelt, schien regelrecht unter Schock zu stehen, was Brenner ihm nicht verübeln konnte. Ihm erging es kaum anders. Eine weitere Windböe traf die Cessna und rüttelte sie durch. Die Gewitterfront hatte sie beinahe erreicht.

»Bitte drehen Sie jetzt um, und fliegen Sie zurück«, wies er Adam an. »Ich muss Bericht erstatten.«

»Für wen arbeiten Sie? Die Regierung?«

Der Junge war hartnäckig, das musste Brenner ihm lassen.

»Das geht Sie nichts an. Aber der Auftraggeber, der meinen Bericht erwartet, kann möglicherweise etwas gegen das Sterben da unten unternehmen.«

»Sicher?«

»Vielleicht.« Brenner hasste es zu lügen. Doch was sollte er diesem armen, verzweifelten Jungen sonst sagen? Adam sah seine Heimat sterben, und sobald die Touristenströme versiegten, würde er arbeitslos werden. Und das würde schneller geschehen, als Adam sich das vorstellen konnte. Kein Tourist wollte Tod und Verwesung sehen.

Brenner nestelte in seiner Brusttasche, zog ein Bündel Geldscheine hervor, zählte einige Scheine ab und steckte sie Adam zu. »Wie versprochen, das Doppelte des vereinbarten Honorars.«

Ohne großen Enthusiasmus nahm Adam das Geld entgegen.

Brenner musterte ihn, zählte dann erneut einige Scheine ab und drückte sie ihm in die Hand. »Und nochmals dieselbe Summe, wenn Sie kein Wort darüber verlieren, was Sie heute gesehen haben.«

»Das hier wird sich wie ein Lauffeuer verbreiten«, sagte Adam.

»Das wird es. Aber wir müssen Zeit gewinnen, bevor die Medien über die Sache herfallen.«

Adam verzog den Mund, steckte das Geld aber ein. »Zeit gewinnen? Wozu?«

»Wir müssen alles versuchen, um das hier zu beenden«, sagte Brenner leise, wohl wissend, dass kein Mensch auf der Welt, keine Umweltbehörde, keine Regierung und auch keine private Umweltschutzorganisation die Macht besaß, diesen furchterregenden Prozess zu stoppen. Das Einzige, was Brenner im Augenblick für den Jungen tun konnte, war, ihm ein bisschen Hoffnung zu machen, und mit dem zusätzlichen Geld würde er wenigstens einige Wochen über die Runden kommen.

»Gut«, sagte Adam mit wässrigen Augen, während er eine Kurve beschrieb und die Cessna auf Kurs Richtung Mpumalanga Airport brachte, fort von der Gewitterfront. »Danke, Mann.«

Brenner starrte aus dem Fenster. Den Rest des Fluges über schwieg er.

Tag 1

»Schließung des Kruger-Nationalparks wirft Fragen auf. Die Verantwortlichen halten sich bedeckt.«

The Budapest Times, Daily Journal

BUDAPEST, UNGARN

Lajos Farkas betrat das Kaffeehaus Müvész, zog seine Hände aus den Manteltaschen und rieb sie warm. Farkas fror am ganzen Körper, die Gelenke seiner knöchrigen Finger schmerzten. Dort machte sich die Gicht immer besonders stark bemerkbar. Farkas hatte nicht erwartet, dass die Temperaturen noch einmal so stark fallen würden, obwohl der Wind selbst Mitte März noch eisig durch Budapests Straßen fegen konnte. Offenbar weigerte sich der Winter, dem Frühling das Feld zu räumen, und wagte einen letzten, trotzigen Versuch zur Rückkehr.

Das Müvész empfing Farkas mit wohliger Wärme, gedämpftem Licht und dem angenehmen Hintergrundgemurmel der Gäste. Der tägliche Besuch dieses altehrwürdigen Etablissements war längst zu einer Routine geworden, die Farkas nur durchbrach, wenn ihn dringende Angelegenheiten ins Ausland trieben oder er erkrankt war, was selten vorkam. Mit müden Augen sah er sich im vorderen Teil des gut besuchten Kaffeehauses nach einem freien Nichtrauchertisch um. Zu seiner Enttäuschung waren sämtliche Tische besetzt. Trotz seiner Aversion gegen Zigarettenrauch beschloss er, im hinteren Salon nach einem Tisch zu sehen. Er ging an der verspiegelten Bar vorbei und passierte Vitrinen, in denen sich auf mehreren Etagen ein beeindruckendes Sortiment an allerlei süßen Köstlichkeiten im Kreis drehte. Torten, Kuchen, Karamellcremeschnitten und kleine Marzipan-Kunstwerke führten die Gäste hier in Versuchung. Unweigerlich lief Farkas das Wasser im Mund zusammen. Vielleicht würde er sich heute eine der ausgezeichneten Mehlspeisen des Müvész gönnen.

Er betrat den Salon, entdeckte einen freien Tisch, hängte seinen Mantel an die Garderobe und nahm Platz. Zigarettenqualm waberte durch den Raum und sammelte sich unter der klassizistischen Stuckdecke. Seit jeher hatten sich hier im Müvész Budapester Künstler und Bohemiens getroffen, um über Gott und die Welt zu diskutieren. Unter Farkas' Vorsitz hatte an dieser Stelle vor vielen Jahren sogar der *Innere Zirkel* eine inoffizielle Versammlung abgehalten. Farkas hatte dafür den Salon für einen Tag exklusiv gemietet. Damals war er noch in seinen besten Jahren gewesen, körperlich fit, voller Tatenkraft und Ideale. Heute stand er wenige Wochen vor seinem fünfundsiebzigsten Geburtstag, seine Knochen ächzten jeden Morgen beim Aufstehen, und immer häufiger quälten ihn Gichtanfälle. Einzig die Überzeugung für seine Ideale war ungebrochen. Für diese Ideale würde Lajos Farkas bis zu seinem Tod kämpfen.

Ein Kellner kam auf ihn zu, ganz in Schwarz, mit einer goldenen Krawatte, wie sie auch die weiblichen Bedienungen im

Müvész trugen. Zielstrebig bahnte er sich mit katzenhafter Geschmeidigkeit seinen Weg zwischen den Tischen hindurch. In einer Hand balancierte er ein leeres Tablett. Farkas schätzte ihn auf Ende zwanzig. Er hatte glänzende schwarze Locken, war athletisch gebaut und hatte außergewöhnlich strahlende grüne Augen.

»Der Herr?«, fragte der Kellner und deutete eine Verbeugung an.

»Presszókávé, bitte.«

»Sehr wohl.« Der Kellner lächelte. »Dazu vielleicht eine kleine Süßigkeit?«

»Was können Sie denn empfehlen?« Farkas merkte, wie er einen Tick schneller atmete. Die leuchtenden Augen des Kellners, dazu das Grübchen an dessen markantem Kinn, faszinierten ihn. Es war lange her, dass er auf einen Mann so reagiert hatte.

Der Kellner sah ihm tief in die Augen. Sein wissendes Lächeln wurde eine Spur breiter. »Lassen Sie sich von mir überraschen, mein Herr.«

»Sie denken, Sie kennen meine Vorlieben?«

»Vertrauen Sie mir.«

Nun huschte auch über Farkas' faltiges Gesicht ein Lächeln. Das Müvész legte immer schon Wert auf ein attraktives, zuvorkommendes Personal, das sich um das Wohl des Gastes zu kümmern wusste. Er nickte und sah dem Kellner auf dessen Weg zur Theke hinterher. Noch vor zehn Jahren hätte Farkas diesen hübschen Burschen mit zu sich nach Hause genommen. Seit dem überstandenen Prostatakrebs geschah dies aber nur noch in seiner Fantasie. Die Träume allerdings ließ Farkas sich nicht nehmen. Was blieb einem Mann, der nicht mehr träumen durfte?

Eine weibliche Bedienung mit blasser Haut und einem Ring in der linken Augenbraue kam an seinen Tisch und fragte ihn, was er wünsche.

»Ich habe bereits bei Ihrem Kollegen bestellt«, teilte er ihr mit.

Die junge Frau wirkte irritiert. »Aber das ist mein Tisch.« Er breitete seine Hände aus. »Was soll ich sagen, werte Dame? Wer zuerst kommt ...«

»Darf ich fragen, welcher Kollege Sie bedient hat?«

»Der Herr mit den grünen Augen«, antwortete Farkas lächelnd.

Sie zog eine Schnute. Farkas sah ihr an, dass sie mit seiner Beschreibung nicht viel anzufangen wusste. Schließlich zuckte sie mit den Schultern. »So, so«, sagte sie und ging davon.

Farkas gegenüber saß ein älterer, gebeugter Mann und las Zeitung. In seiner Hand brannte eine Zigarette ab. Er schien vergessen zu haben, dass er sie angezündet hatte. Er erinnerte Farkas an Kristóf Sándor, einen alten Freund und Weggefährten, der Kettenraucher gewesen war und dessen Zigarettenasche selten im Aschenbecher, sondern meistens irgendwo auf dem Boden gelandet war. Trauer überkam Farkas, als er an Kristófs tragischen Tod dachte. Erst eine Woche war das her. Kristóf war eben nicht mehr der Jüngste gewesen, nur so konnte Farkas sich das Unglück erklären. Er war mit glimmender Zigarette in der Hand auf dem Sofa eingeschlafen. Offenbar hatte der Teppich zuerst Feuer gefangen, danach hatten die Flammen rasch auf die alten Holzmöbel übergegriffen. Feuerwehr und Polizei hatten übereinstimmend geäußert, dass Kristóf mit Sicherheit nicht von den Flammen getötet worden war, sondern bereits zuvor von den giftigen Rauchgasen. Schon wenige Atemzüge Kohlenstoffmonoxid waren tödlich. Wenigstens hatte Kristóf nicht leiden müssen. In zwei Tagen fand die Beerdigung statt. Danach würde der Innere Zirkel zusammentreten und einen neuen zweiten Vorsitzenden wählen müssen. Die Einladungen an die Club-Mitglieder zur Trauerfeier und dem anschließenden Treffen hatte Farkas bereits versandt. Es würde eine traurige Zusammenkunft werden.

»Einmal Presszókávé, der Herr.«

Farkas schrak aus seinen Gedanken. Der Kellner mit den grünen Augen stand vor ihm und stellte eine Porzellantasse mit dampfendem Espresso auf dem Tisch ab. In einer eleganten Bewegung nahm er einen Teller vom Tablett und präsentierte Farkas eine ovale Patisserie aus dunkler Schokolade, garniert mit einem Blatt grüner Minze und einem Klecks Marmelade.

»Mein persönlicher Favorit«, sagte der Kellner. »Eine Cukrászda. Einfach himmlisch. Sie werden begeistert sein.« Einmal mehr sah er Farkas tief in die Augen und lächelte verführerisch.

Farkas schluckte trocken. In diesem Augenblick hätte er seine Seele dafür verkauft, wieder jung zu sein und anstatt der Cukrászda diesen Burschen vernaschen zu können. »Danke. Ich bin sehr gespannt.«

Der Kellner deutete eine Verbeugung an und verschwand in Richtung Theke.

Die Cukrászda roch ein klein wenig wie Weihnachten. Farkas steckte sie sich zur Gänze in den Mund. Sie war klebrig süß, wie erwartet. Farkas kaute langsam und genießerisch. Der volle Geschmack von dunkler Schokolade und Erdbeermarmelade breitete sich an seinem Gaumen aus. Farkas fühlte sich geradezu berauscht von der Süße. Der Kellner hatte nicht zu viel versprochen.

Keine Minute später ging das berauschende Gefühl in leichten Schwindel über, der rasch zunahm. Im schummrigen Licht des Salons begannen sich die Tische mitsamt den Gästen um Farkas herum zu drehen. Er stützte sich mit einer Hand an seinem Tisch ab und schluckte die Reste der halb zerkauten Cukrászda mit Hilfe des Espressos hinunter. Stechende Kopfschmerzen setzten ein, so rasch, als hätte jemand auf einen Knopf gedrückt, um sie auszulösen. Farkas stöhnte leise und kniff die Augen zusammen. Am Ausgang stand der Kellner. Er sah Farkas mit starrer Miene an. Farkas wollte mit der Hand signalisieren, dass er Hilfe benötigte, doch seine Arme lagen wie gelähmt auf seinen verhärteten Oberschenkeln. Überhaupt fühlten sich jetzt alle seine Muskeln hart und verkrampft an. Er schwitzte stark, das Atmen fiel ihm zunehmend schwerer.

Die Kellnerin mit dem Augenbrauenring tauchte auf, gefolgt von einem wichtig aussehenden Mann in einem grauen Anzug. Sie deutete auf Farkas' Kellner, woraufhin der Mann im Anzug energisch auf diesen zusteuerte. Der Kellner warf Farkas einen letzten Blick zu und eilte in Richtung der vorderen Eingangstür davon. All dies nahm Farkas noch wahr, doch dann begann sein Blick einzutrüben. Sein Kopf dröhnte. Er saß da, unfähig, auch nur den kleinen Finger zu rühren, und schnappte nach Luft wie ein Fisch an Land. Dann verließen ihn seine Kräfte, und sein Kopf schlug auf die Tischplatte. Um ihn herum hörte er Aufschreie.

Die *Cukrászda*, dachte Farkas in einem letzten Moment geistiger Klarheit. Jemand hat *mir* eine vergiftete Cukrászda untergejubelt.

Aber warum? Wer konnte seinen Tod wollen? Farkas hatte keine Feinde und nie jemandem etwas zuleide getan. Ganz im Gegenteil. Sein ganzes Leben hatte er danach getrachtet, der Menschheit zu dienen.

Jetzt spürte er Hände, die ihn ergriffen und versuchten, ihn aufzurichten. Doch dann setzte sein Atemreflex aus, und Lajos Farkas erstickte bei vollem Bewusstsein.

Tag 2

»Hunderte tote Delfine sind in den vergangenen Tagen an der russischen Schwarzmeerküste angeschwemmt worden. Die Hintergründe des Massensterbens sind noch unklar. Viren, Bakterien oder mangelnde Wasserqualität schließen Veterinärmediziner als Ursachen aus.«

Krasnodar (dpa)

MÜNCHEN, DEUTSCHLAND

Fabian Nowack saß im nüchtern eingerichteten Wartezimmer der internistischen Praxis des Ärztehauses am Sendlinger Tor und atmete schwer. Ausgerechnet heute wurde der Aufzug im Gebäude gewartet. Es waren nur zwei Stockwerke, trotzdem war Fabian völlig aus der Puste, und so schwer war sein Aktenkoffer ja nun wirklich nicht. Vornübergebeugt saß er auf einem unbequemen Plastikstuhl und unterdrückte einen Hustenreflex. Seine Fitness ließ wirklich zu wünschen übrig. Einmal mehr nahm er sich vor, endlich wieder joggen zu gehen. Was gab es Schöneres, als in den frühen Morgenstunden entlang der Isar auf noch menschenleeren Wegen zu laufen. Doch er war seit Monaten nicht mehr dazu gekommen. Schuld daran war sein neuer Job. Ständig war er müde, und an den Wochenenden schaffte er es nur noch, sich mit einer Tüte Chips aufs Sofa zu hauen und sich Serien auf Netflix reinzuziehen. Aber solange sich die unbezahlten Rechnungen auf seinem Küchentresen stapelten, musste er unter der Woche im Job Vollgas geben.

Ein Hustenanfall schüttelte ihn. Heute fühlte er sich ganz besonders schlapp. Womöglich brütete er etwas aus? Er rieb sich den verschwitzten Nacken und lockerte die Krawatte. Nur allzu gerne hätte er sie abgenommen und den obersten Knopf seines Hemdes geöffnet, doch die Kleidungsvorschriften von *Artinova Pharma* waren streng. Artinova erwartete von seinen Pharmareferenten einen seriösen Auftritt beim Arzt. Dazu gehörte, nach Meinung von Fabians Arbeitgeber, zwingend eine Krawatte zum Anzug. In seiner Freizeit trug Fabian lieber Jeans und T-Shirt. Doch er wollte sich nicht beklagen. Dieser Job stellte für ihn einen Neuanfang dar. Er hatte eine zweite Chance bekommen, und diesmal würde er es nicht verbocken.

Eine Arzthelferin mit blondem Pferdeschwanz steckte ihren Kopf ins Wartezimmer und rief den Namen einer Frau auf. Eine ältere Dame erhob sich. Fabian seufzte. Die Frau war nach ihm gekommen, das wusste er genau, allerdings gehörte Warten zu diesem Job wie Anzug und Krawatte. Sein Blick fiel auf eine brünette Frau, die sich mit ihrem Handy beschäftigte. Die Art und Weise, wie sie es in ihren Händen hielt und mit beiden Daumen tippte, erinnerte Fabian an Bea. Im Gegensatz zu ihm hatte Bea ständig Nachrichten verschickt. Sie schrieb lieber Dutzende Nachrichten, als einmal kurz anzurufen.

Leider waren er und Bea nicht nur in Sachen Handy sehr

verschiedener Auffassung gewesen. Am Anfang hatte jeder die Eigenarten des anderen noch als liebenswerte Marotten abgetan, doch nach und nach war die Toleranzschwelle gesunken. Zum Schluss hatte es beinahe täglich Streit gegeben. Inzwischen wusste Fabian, dass er und Bea einfach nicht füreinander geschaffen waren. Die Art und Weise, wie sie ihn abserviert hatte, schmerzte noch immer. Zumal das Ende ihrer Beziehung auf einem großen Missverständnis beruhte. Leider hatte Bea ihm nie die Möglichkeit gegeben, diese blöde Geschichte aufzuklären. Seitdem sie Knall auf Fall ausgezogen war, hatte sie ihn komplett aus ihrem Leben verbannt. Nun, vielleicht war das auch besser so. Trotz allem gab es aber immer wieder Momente, in denen Fabian sie vermisste, und zwar zu seinem eigenen Erstaunen mehr, als ihm guttat.

Die Brünette hob ihren Kopf und sah ihn an, als hätte sie seine Blicke gespürt. Sogar ihr leicht vorwurfsvoller Blick erinnerte Fabian an Bea. So hatte sie ihn immer angesehen, kurz bevor sie wegen irgendeiner Lappalie Streit vom Zaun gebrochen hatte. Rasch wandte er seinen Blick ab.

Um sich abzulenken, zog er ebenfalls sein Smartphone aus der Hosentasche. Er überflog die Nachrichten. Das Massensterben im Kruger-Nationalpark war die Schlagzeile des Tages. Vor wenigen Stunden hatte die südafrikanische Regierung erste Bilder des Ausmaßes der Katastrophe veröffentlicht und vorsorglich eine Reisewarnung für den Park herausgegeben. Die Ursachen für das weitreichende Artensterben lagen vollkommen im Dunkeln. Offizielle Zahlen sprachen von mehr als fünfhunderttausend toten Tieren, Tendenz steigend. Vor allem die Tatsache, dass sich das Sterben nicht nur auf eine Tierart beschränkte, ließ Experten rätseln. Die Sorgen waren groß. Veterinärmedizinern vor Ort war es bislang nicht gelungen, Krankheitserreger nachzuweisen, die zum Tod der Tiere geführt haben könnten.

Niedergeschlagen steckte Fabian das Smartphone weg. Er liebte Tiere. Wenn er nicht den ganzen Tag außer Haus wäre, hätte er sich längst einen Hund zugelegt. Immerhin hatte er Bob, zu dem er wie die Jungfrau zum Kind gekommen war. Zwar konnte man Bob beileibe nicht mit einem Hund vergleichen, aber unbeaufsichtigt in der Wohnung, stellte Bob mindestens ebenso viel Blödsinn an wie ein solcher. Bob war ein Chamäleon.

Die Arzthelferin mit dem blonden Pferdeschwanz erschien wieder in der Tür, und diesmal rief sie Fabian auf. Sie führte ihn durch einen Korridor, von dem drei Behandlungszimmer abgingen. In dem ersten saß ein kleines weinendes Mädchen mit seiner Mutter, und das zweite war geschlossen. Die Tür des dritten Zimmers war einladend weit geöffnet. Die Arzthelferin führte ihn hinein. In einer Ecke stand ein weiß glänzender Schrank, daneben eine Liege, gegenüber befanden sich zwei Rollcontainer, auf denen Pflaster und Verbandmittel lagen. In der Luft lag der unverwechselbare Geruch nach alten Menschen, Krankheit und Desinfektionsmittel. Die Arzthelferin kippte das Milchglasfenster und sagte: »Der Herr Doktor kommt gleich.«

»Danke.«

Sie verschwand, und Fabian wuchtete seinen Aktenkoffer auf die Liege. Dann richtete er seine Krawatte und strich sein Sakko glatt. Wieder hieß es warten. Er massierte sich den Nacken. Kopfschmerzen kündigten sich an. Vermutlich war wirklich ein grippaler Infekt im Anmarsch.

In seiner Hosentasche vibrierte sein Smartphone. Rasch riskierte er einen Blick. Seine Schwester Charlotte hatte ihm eine

SMS geschickt. Offenbar war Fabians dreijähriger Neffe Marvin an Scharlach erkrankt, und Charlotte bat Fabian deswegen um Rückruf. Er lächelte. Seit seiner Ausbildung zum Pharmareferenten dachten alle, er sei nun so etwas wie ein Arzt, weshalb man ihn ständig um medizinischen Rat fragte. In der Tat hatte er sich in den letzten Monaten einiges an medizinischem Fachwissen angeeignet, und so wusste er immerhin, dass Scharlach bei Kleinkindern zwar unangenehm, aber in aller Regel nicht gefährlich war. Sobald er wieder im Auto saß, würde er Charlotte zurückrufen.

Eine Viertelstunde später rauschte Dr. Schwarz ins Zimmer. Er war Mitte fünfzig, schlank, und unter seinem Arztkittel trug er ein blaues Hemd. »Na, Herr Nowack, was gibt's Neues?«

»Guten Tag, Herr Doktor Schwarz.« Fabian reichte ihm die Hand. »Danke, dass Sie sich heute Zeit für mich nehmen.«

Dann spulte Fabian sein antrainiertes Verkaufsgespräch ab. Doch er hatte Mühe, sich zu konzentrieren. Das Pochen hinter seinen Augen wurde von Minute zu Minute stärker. Vermutlich hatte er inzwischen sogar leichtes Fieber. Dr. Schwarz schien von alldem nichts zu bemerken. Er nickte zu seinen Ausführungen, stellte die eine oder andere unverbindliche Frage und begutachtete die Probepackungen, die Fabian ihm reichte.

Schließlich hatte Fabian es überstanden. Er bedankte sich erneut, ließ sich den Musterbeleg für die mitgebrachten Arzneimittelmuster abzeichnen und verabschiedete sich.

Im Korridor stieß er beinahe mit der Frau zusammen, die er in dem ersten Behandlungszimmer gesehen hatte. Das Mädchen an ihrer Hand hatte verheulte Augen und ein aufgeschürftes Knie, über das lieblos ein braunes Heftpflaster geklebt war. Fabian griff in die Innentasche seines Sakkos und zog zwei

Packungen Kinderpflaster mit Teddybären-Muster hervor. Lächelnd hielt er sie dem Mädchen hin. »Für dich. Dann wird alles ganz schnell wieder gut, und zu Hause kannst du deiner Lieblingspuppe auch ein Pflaster aufkleben.«
Über ihr fleckiges Gesicht huschte ein Lächeln. Sie sah ihre Mutter an. »Darf ich?«
»Natürlich, Schatz.« Die Mutter nickte Fabian zu. »Sehr freundlich von Ihnen.«
»Gute Besserung«, wünschte Fabian und verließ die Praxis.

Im Treppenhaus nahm er eine Ibuprofen ein und entschied, trotz seiner Kopfschmerzen der Praxis im vierten Stock auch noch einen Besuch abzustatten. Artinova forderte von seinen Pharmareferenten einen Besuchsdurchschnitt von neun Ärzten pro Tag, und den erreichte man nicht, wenn man wegen jeder kleinen Unpässlichkeit zu Hause blieb. Wehmütig warf Fabian einen Blick auf das Wartungsschild an der Aufzugtür. Aber hatte er nicht gerade erst vor ein paar Minuten beschlossen, sich mehr zu bewegen? Das ständige Sitzen im Auto und in den Wartezimmern war nicht nur fatal für seinen Rücken, sondern auch für seine Figur. Längst war die kleine Speckrolle über seinem Gürtel nicht mehr zu übersehen. Wenn das so weiterging, würde er im Sommer am Langwieder See sein T-Shirt nicht mehr ausziehen, so viel stand fest.

Auf dem zweiten Treppenabsatz spürte Fabian, dass etwas ganz und gar nicht stimmte. Sein Herz pochte heftig und irgendwie unregelmäßig. Kalter Schweiß brach ihm aus. Ihm fiel ein, dass es ihm erst vor einer Woche beim Treppensteigen ähnlich ergangen war. Damals hatte er mehrere Minuten gebraucht, um wieder zu Kräften zu kommen.

Fabian verlangsamte sein Tempo, doch das drückende Gefühl in Brust und Magen wollte nicht verschwinden. Seine Beine wurden schwer, jeder Tritt, jede einzelne Treppenstufe kostete ihn Überwindung. Sein Aktenkoffer schien Tonnen zu wiegen. Magenkrämpfe setzten ein, weiße Blitze zuckten durch sein Gesichtsfeld.

Nur mit allerletzter Kraft schaffte er es in den vierten Stock. Die Eingangstür zur Arztpraxis tauchte wie aus dichtem Nebel auf. Er drückte sie mit dem Gewicht seines Körpers auf und taumelte auf die Anmeldung zu.

»Kann ich Ihnen helfen?«, hörte er eine Frauenstimme sagen, dann in deutlich höherer Stimmlage: »Mein Gott, was ist mit Ihnen? Geht es Ihnen nicht gut?«

Fabian wollte die Arzthelferin beruhigen und ihr sagen, dass er sich nur ein wenig ausruhen müsse, doch er brachte kein Wort heraus. Seine Zunge klebte am Gaumen.

Ein Schlaganfall, schoss es ihm durch den Kopf. *Mein Gott, habe ich etwa gerade einen Schlaganfall?*

»Elke, komm schnell!«, hörte er die Arzthelferin rufen.

Dann eine andere Frau: »Der ist ja weiß wie die Wand.«

Alle Kraft wich aus Fabians Körper. Sein Aktenkoffer glitt ihm aus der Hand. Sein Magen rebellierte. Fabian ging auf die Knie. Dann übergab er sich lautstark auf dem cremefarbenen Teppich.

Tag 4

»Der Zustand der Artenvielfalt in Deutschland ist alarmierend. Ein Drittel aller in Deutschland vorkommenden Arten steht inzwischen auf der Roten Liste und gilt in seinem Bestand als gefährdet.«

Bundesamt für Naturschutz, Artenschutzreport

MÜNCHEN, DEUTSCHLAND

Über München schien die Sonne an einem wolkenlosen Himmel. Die Sonnenstrahlen fielen durch Fabians Fenster und offenbarten gnadenlos eine dünne Staubschicht auf dem Laminat, während er auf allen vieren auf der Suche nach Bob durch das Wohnzimmer kroch. Am Wochenende musste er endlich mal wieder die Wohnung auf Vordermann bringen. Er blickte unter das Sofa, sah hinter Kissen und Vorhänge und zog sogar die Kommode ein Stück von der Wand ab. Bob blieb verschwunden. Nicht zum ersten Mal.

Fabian sah auf seine Armbanduhr. Er sollte längst auf dem Weg zu Dr. Quandt sein. Er wollte aber auf keinen Fall Bob den ganzen Tag unbeaufsichtigt umherlaufen lassen. Der Kerl würde die Bude auf den Kopf stellen. Fabian versuchte sein Glück in der Küche. Er schob Kochbücher, Tupperdosen und Konservenbüchsen beiseite und stieg sogar auf den Küchentresen, um auf dem Kühlschrank nachzusehen. Vergeblich. Notgedrungen entschied er, Bob ein paar Stunden die Freiheit zu gönnen.

Während er sich den blau-weißen Hoodie mit dem Logo seines Eishockey-Vereins SC Riessersee sowie die dazu passende Baseballcap von der Garderobe schnappte, entdeckte er Bob schließlich doch noch. Er hockte auf der Garderobenstange, hatte den hellbraunen Farbton des Holzes angenommen und starrte Fabian mit seinen großen Augen an.

»Wolltest du etwa ausgehen?«, fragte er und nahm Bob vorsichtig in die Hand. Er steckte das Chamäleon zurück ins Terrarium und vergewisserte sich, dass der Deckel richtig schloss. Bob nutzte jede Möglichkeit abzuhauen, und für heute hatte Fabian genug gesucht. Außerdem befürchtete er, dass er nach dem Termin bei seinem Hausarzt ganz andere Probleme haben würde.

Bei der Haustür traf er auf den Postboten. Dieser nutzte die Gelegenheit und drückte Fabian drei Briefe in die Hand. Er überflog die Absender. Zwei Mahnungen, der dritte Brief schien ein Strafzettel zu sein. Fabian seufzte und steckte die Briefe in seinen Briefkasten. Die Mahnungen mussten bis zum nächsten Gehaltseingang warten. Wenn das Konto bis dahin nicht wieder überzogen war.

Eine knappe Stunde später saß er auf dem Freischwinger vor Dr. Quandts Schreibtisch. Die schräg stehenden Jalousien vor den Fenstern warfen Schatten, die sich über das Fischgrätenparkett, den Schreibtisch sowie die Behandlungsliege zogen. An den Wänden hingen Tafeln mit anatomischen Abbildungen menschlicher Gliedmaßen und Organe. Fabian sah auf die Baseballcap in seiner Hand. Zwei Tage nach seinem unerklärlichen Zusammenbruch lagen die Ergebnisse der Blutuntersuchung vor. Zum Glück war es kein Schlaganfall gewesen, allerdings verhieß die Tatsache, dass Fabians Hausarzt die Ergebnisse nicht telefonisch, sondern persönlich mit ihm besprechen wollte, nichts Gutes. Nervös ließ er die Kappe in seiner Hand rotieren. Endlich öffnete sich die Tür, und Dr. Quandt trat ein. Mit seinem grauen Haarkranz, der Lesebrille, dem weißen Kittel und dem Stethoskop, das er um den Hals trug, wirkte er wie der gute alte Onkel Doktor aus einer Fernsehserie des letzten Jahrhunderts. Reflexhaft erhob sich Fabian und streckte ihm die Hand entgegen. »Guten Tag, Herr Doktor Quandt.«

»Herr Nowack, wie fühlen wir uns heute?«

»Ein wenig müde vielleicht, aber eigentlich ganz gut. Als wär nichts gewesen.«

»Das ist schön zu hören.« Dr. Quandts Gesichtsausdruck blieb neutral. Er ging langsam um seinen Schreibtisch und setzte sich mit einem leisen Ächzen in den altgedienten, speckigen Ledersessel. Obwohl die Einrichtung der Praxis ebenso altmodisch anmutete wie Dr. Quandt selbst, vertraute Fabian dessen Erfahrung. Trotz stetig steigenden Kostendrucks im Gesundheitswesen nahm er sich immer viel Zeit für seine Patienten. Von Berufs wegen kannte Fabian mittlerweile Dutzende Ärzte, die heimlich mit Stoppuhren arbeiteten, damit die Patienten keinesfalls mehr Zeit in Anspruch nahmen, als abrechnungstechnisch für sie vorgesehen war.

»Und?«, fragte Fabian ungeduldig. »Was ist mit mir los?«

Dr. Quandt nahm eine Mappe vom Schreibtisch und schlug

das Deckblatt auf. »Dieser Schwächeanfall war nicht der erste dieser Art, richtig?«

»Ungefähr vor zwei Wochen ist mir etwas Ähnliches passiert, aber das war bei Weitem nicht so schlimm.«

»Erzählen Sie mir davon.«

»Das war auch beim Treppensteigen.« Er dachte nach. »Die Symptome waren dieselben ... Kurzatmigkeit, Herzrasen, Übelkeit ... aber längst nicht so dramatisch wie diesmal.«

»Im Bericht des Kollegen steht, dass Sie sich in seiner Praxis zunächst erbrochen haben und dann für mehrere Minuten nicht ansprechbar waren.«

Betreten starrte Fabian auf die Kappe in seinen Händen. »Sie können sich gar nicht vorstellen, wie peinlich mir das ist. Ich kann mich in dieser Praxis nie wieder blicken lassen.«

Dr. Quandt sah von der Mappe auf. »Vergessen Sie jetzt mal die Arbeit. Wie ging es danach weiter?«

»Das wissen Sie doch«, sagte Fabian irritiert. »Ihr Kollege hat noch an Ort und Stelle Blut abgenommen und mir eine Kochsalzinfusion verpasst. Nach einer Stunde war ich wieder auf dem Damm und durfte die Praxis verlassen.«

»Das meinte ich nicht.« Dr. Quandt klopfte mit der flachen Hand auf die Mappe. »Ich habe den Bericht des Kollegen gelesen. Was ich meinte, Herr Nowack – wie ist es Ihnen die Tage danach ergangen? Hat sich ein derartiger Vorfall wiederholt?«

»Nein. Wie gesagt, eigentlich geht es mir gut. Mir tut nichts weh. Manchmal fühle ich mich ein wenig schlapp, aber in letzter Zeit schlafe ich auch nicht besonders gut. Ist sicher nur der Stress.«

»Haben Sie Muskel-, Glieder- oder Gelenkschmerzen?«

»Nein. Jetzt sagen Sie schon. Was fehlt mir?«

Dr. Quandt legte die Mappe zurück auf den Schreibtisch und deutete auf die Behandlungsliege. »Machen Sie sich bitte frei, und legen Sie sich hin.«

Zunehmend unruhig, zog Fabian sein T-Shirt aus und legte sich auf die Liege. Weshalb sagte der Arzt ihm nicht einfach frei heraus, was die Blutuntersuchung ergeben hatte? Dafür konnte es nur eine Erklärung geben: Es war tatsächlich etwas Schlimmes. Mit einem Mal war Fabians Mund staubtrocken.

»Ihre Haut ist sehr hell«, bemerkte Dr. Quandt, während er Fabians Oberkörper mit den Fingern abklopfte. »An manchen Stellen wirkt sie fast ein wenig durchscheinend.«

»Durchscheinend?«

»Dazu kommen wir noch. Haben Sie in letzter Zeit Gewicht verloren?«

»Sehe ich vielleicht so aus?« Beinahe hätte er laut aufgelacht. »Seitdem ich Pharmareferent bin, habe ich fünf Kilo zugelegt.«

»Setzen Sie sich bitte auf.« Dr. Quandt griff nach seinem Stethoskop. Nachdem er Fabian abgehört hatte, legte er ihm die Manschette des Blutdruckmessgeräts um den Oberarm. »Treiben Sie Sport?«

»Kaum noch. In meiner Jugend habe ich Eishockey beim SC Riessersee gespielt. Wir haben dreimal die Woche trainiert. Ich war gut. Ich hätte es in die Profimannschaft schaffen können, aber na ja, irgendwie haben mich zu der Zeit Mädchen mehr interessiert, und ich habe das Training schleifen lassen.«

»Ihr Blutdruck ist normal.« Dr. Quandt nahm ihm die Manschette ab. »Sagen Sie, gibt es in Ihrer Familie irgendwelche ... ungewöhnlichen Erkrankungen?«

»*Ungewöhnlich?* Was meinen Sie damit?«

»Na schön, vergessen wir das für den Moment.« Mit einer

kleinen Lampe leuchtete er in Fabians Augen. »Der Pupillenreflex ist in Ordnung. Sie können sich wieder anziehen.«

»Irgendwie klingt das für mich, als ob alles andere *nicht* in Ordnung wäre«, entgegnete Fabian, während er sich das T-Shirt überstreifte. »Sagen Sie mir bitte die Wahrheit. Habe ich Krebs?«

Dr. Quandt blinzelte überrascht. »O nein, Herr Nowack, Sie haben keinen Krebs. Sie leiden auch an keinem viralen oder bakteriellen Infekt. In dieser Hinsicht sind Sie gesund.«

»Nun spannen Sie mich doch nicht länger auf die Folter!« Fabian ließ sich in den Freischwinger fallen und kratzte sich nervös über den Handrücken.

»Ich habe eine molekularbiologische Untersuchung Ihres Blutes in Auftrag gegeben.« Dr. Quandt lehnte sich in seinem Sessel zurück und legte die Fingerspitzen aneinander. »Wir haben Ihr Blut mehreren spezifischen DNA-Analysen unterzogen.«

Fabians Herz schlug schneller. »Was haben Sie gefunden?«

Dr. Quandt betrachtete ihn mit einem Gesichtsausdruck, der Fabian an seinen Vater erinnerte. Genau so hatte sein Vater ihn vor vielen Jahren während der Beerdigung seiner Mutter angesehen, als sie gemeinsam an ihrem Grab gestanden und geweint hatten. Schlagartig wurde ihm klar, was er im Gesicht des Arztes sah. Es war Mitleid.

»Zuerst wollte ich es nicht glauben«, sagte Dr. Quandt mit belegter Stimme, »denn die Wahrscheinlichkeit, dass man als praktizierender Arzt einen solchen Fall in der Praxis sieht ...« Er suchte nach Worten. »Wie auch immer, ich habe den Ergebnissen des ersten Labors nicht getraut, deshalb habe ich umgehend ein zweites Labor mit denselben Analysen beauftragt. Doch das Ergebnis ist dasselbe. Herr Nowack, wir konnten bei Ihnen

Mutationen im WRN-Gen und das Fehlen des normalen WRN-Proteins nachweisen.«

Fabian schüttelte verwirrt den Kopf. »Bitte reden Sie Klartext.«

»Sagt Ihnen das Werner-Syndrom etwas?«

Fabian schüttelte erneut den Kopf.

»Das Werner-Syndrom ist eine Form von Progerie und wird auch als ›Progeria adultorum‹ bezeichnet.«

»Progerie?« Diesen Begriff kannte Fabian. Groteske, Furcht einflößende Bilder drangen auf ihn ein. Kinder, die aussahen wie Greise, klein, dünn, mit kahlen Köpfen und faltigen Gesichtern. Teenager, deren Körper schon in jungen Jahren alt und gebrechlich waren und die fast immer früh starben. »Ich verstehe nicht. Was hat das mit mir zu tun?«

»Das Werner-Syndrom ist eine sehr seltene Krankheit«, dozierte Dr. Quandt weiter. »Weltweit weist nur einer von zweihunderttausend Menschen diesen vererbten Gendefekt auf. In Deutschland gibt es etwa vierhundert Patienten, die an Progeria adultorum leiden. Ich muss Ihnen leider mitteilen, Herr Nowack, dass Sie einer dieser vierhundert Betroffenen sind.«

»Aber ich bin doch kein Kind mehr«, platzte es aus Fabian heraus. Er weigerte sich, eine derart abwegige Diagnose zu akzeptieren, und schoss aus seinem Stuhl. »Ich soll widernatürlich schnell altern? Ist es das, was Sie mir sagen wollen? Das ist wohl ein Witz! Ich bin topfit.«

»Das sind Sie leider nicht, Herr Nowack«, entgegnete Dr. Quandt, in dessen Stimme Bedauern sowie Verständnis mitschwangen. »Ich kann nachvollziehen, dass diese Nachricht ein Schock für Sie sein muss. Nur bitte beruhigen Sie sich, damit wir über alles reden können.«

»So ein Quatsch! Es gibt unzählige Ursachen für derartige Schwächeanfälle.«

»Sie werden lernen müssen, Ihre Krankheit zu akzeptieren, Herr Nowack. Glauben Sie mir, ich habe alles andere ausgeschlossen. Die DNA-Analyse ist eindeutig.«

»Ach ja? Ist sie das?« Aufgewühlt begann Fabian durch das Besprechungszimmer zu tigern.

Dr. Quandt seufzte. »Wenn es um Progerie geht, denkt man meistens an betroffene Kinder, weil die Auswirkungen der Krankheit bei ihnen extremer und anschaulicher sind. Es ist in der breiten Öffentlichkeit kaum bekannt, dass diese Krankheit ebenso erwachsene Menschen treffen kann, meistens um das dreißigste Lebensjahr herum.«

Fabian war stehen geblieben. Er starrte den Arzt einen Moment an und setzte sich dann wieder in Bewegung. »Erzählen Sie mir mehr darüber.«

»Der Gendefekt, der zum Werner-Syndrom führt, wird autosomal-rezessiv vererbt. Deswegen hatte ich nach Ihrem Familienhintergrund gefragt. Das ist in Ihrem Fall jedoch eine Sackgasse. Typische Werner-Syndrom-Patienten sind bei der Geburt und in den Kinderjahren gesundheitlich vollkommen normal und unauffällig. Allerdings fehlt der pubertäre Wachstumsschub. Das war bei Ihnen augenscheinlich anders. Sie haben sich zu einem stattlichen jungen Mann entwickelt. Das ist mit diesem Gendefekt äußerst ungewöhnlich.«

»Also irren Sie sich, was die Diagnose betrifft«, beharrte Fabian. »Ich war schon in der Grundschule sportlicher als die meisten meiner Freunde. Nein, ich habe keinen verdammten Gendefekt. Ich hatte einfach nur zwei stressbedingte Schwächeanfälle.«

Dr. Quandt musterte ihn. »Ich gebe zu, Ihr Fall ist außergewöhnlich. Einige der charakteristischen klinischen Symptome scheinen bei Ihnen verzögert aufzutreten, oder sie treten sogar in atypischer Reihenfolge auf.«

»Was für Symptome?«

»Nun, üblicherweise entwickeln Betroffene typische Alterserscheinungen in sehr kurzer Zeit. Die Haare ergrauen und dünnen aus, häufig entwickelt sich Grauer Star. Die Haut verändert sich markant. Altersflecken, schlecht heilende Wunden oder sonstige Hautveränderungen sind die Folge. Die Haut wird dünn, häufig durchscheinend und ist anfällig für Verletzungen.«

Fabian hob das T-Shirt über seinen Bauch und sah prüfend an sich herab. »Und Sie denken, das ist bei mir der Fall?«

Dr. Quandt nickte.

»Okay, ich bin käsig, das gebe ich zu.« Er zog sein T-Shirt wieder herunter. »Mal angenommen, ich glaube Ihnen ... Was jetzt? Werde ich bald aussehen wie mein eigener Opa?« Es sollte wie ein Scherz klingen, aber Dr. Quandt verzog keine Miene. »Also, wie muss ich mir das vorstellen?«, fuhr er daher fort. »Was erwartet mich?«

Dr. Quandt holte tief Luft. »In den meisten Fällen treten neben Alterungsprozessen zusätzliche altersabhängige Störungen auf, darunter Osteoporose, Diabetes mellitus, Arteriosklerose sowie erhöhte Wahrscheinlichkeit auf Tumorwachstum und, wie erwähnt, sehr häufig Grauer Star. Progeria adultorum bedeutet nicht einfach nur vorzeitiges Altern. Wir sprechen hier vielmehr von einem Prozess, der den normalen Alterungsprozess exponentiell beschleunigt.«

Resignierend ließ Fabian sich in den Freischwinger sacken. »Wie geht es jetzt weiter?«

»Wie gesagt, Ihr Fall ist sehr speziell. Vor allem die Diskrepanz zwischen den bekannten klinischen Symptomen und dem Verlauf bei Ihnen stellen mich vor ein Rätsel. Ich habe natürlich auch keinerlei praktische Erfahrung mit dem Werner-Syndrom bisher. Zu diesem Zeitpunkt bleibt uns nicht viel mehr übrig, als regelmäßige Untersuchungen vorzunehmen, um die erwähnten Symptome frühzeitig zu erkennen.«

»Frühzeitig? Das heißt also, ich werde alle diese Krankheiten, die Sie gerade aufgezählt haben, irgendwann bekommen?«, fragte Fabian entsetzt.

»Mit großer Wahrscheinlichkeit zumindest einige davon. Sie sollten ab sofort weder rauchen noch Alkohol trinken. Eine fettarme Ernährung kann nicht schaden. Gegen körperliche Betätigung in vernünftigem Umfang ist nichts einzuwenden, sofern Sie sich nicht überanstrengen. Falls Sie psychologische Begleitung wünschen, so kann ich Sie hierfür an einen guten Kollegen verweisen.«

»Ich brauche keinen Seelenklempner. Ich will eine zweite Meinung, und zwar von einem Experten.«

»Das steht Ihnen natürlich frei.«

Fabian starrte ins Leere. Was sollte er zu alldem sagen? Tausend Fragen schossen ihm durch den Kopf, doch er war nicht in der Verfassung, sie laut zu formulieren. Er fühlte sich wie im falschen Film, innerlich leer und ausgelaugt. Schließlich räusperte er sich. »Gibt es Medikamente? Ich meine, es gibt doch sicher was dagegen?«

Die Mundwinkel des Arztes zuckten kurz, dann beugte er sich in seinem Sessel vor und sprach aus, was Fabian längst vermutete: »Für das Werner-Syndrom gibt es keine Therapie. Es gibt keine Medikamente, die ein Fortschreiten des Alterungsprozesses verlangsamen könnten. Betroffene wie Sie, Herr Nowack, weisen leider eine stark verkürzte Lebenserwartung auf. Die Behandlung beschränkt sich auf die Therapie der Komplikationen.«

Fabian ließ die Antwort sacken, dann stellte er seine letzte Frage: »Wie lange habe ich noch?«

Dr. Quandt zögerte. »Die meisten Betroffenen versterben vor dem fünfzigsten Lebensjahr. Viele deutlich früher. Aber wie gesagt, bei Ihnen scheinen einige Symptome von der Norm abzuweichen, daher wäre alles, was ich Ihnen jetzt dazu sagen könnte, reine Spekulation.«

»Dann spekulieren Sie.«

»Bei der Heftigkeit Ihrer Schwächeanfälle und in Anbetracht der DNA-Analysen würde ich sagen, zwei bis drei Jahre. Wenn Sie Glück haben.«

Fabian erwiderte nichts. Der Arzt, der Schreibtisch, der ganze Raum schien plötzlich in weite Ferne gerückt. Es dauerte eine Weile, bis er begriff, dass Dr. Quandt bereits weitersprach.

»Auf jeden Fall müssen wir Ihren Fall sehr viel besser untersuchen, Herr Nowack, bevor wir exakte Aussagen hierzu treffen können. Doch dafür bin ich nicht der richtige Arzt. Ich mache Ihnen einen Vorschlag.« Er tippte mit dem Zeigefinger auf Fabians Patientenakte. »Ich werde nach einem Kollegen Ausschau halten, der sich mit dem Werner-Syndrom auskennt. Ich verspreche Ihnen, ich werde eine Koryphäe auf diesem Gebiet finden. Er oder sie wird Ihnen weiterhelfen.«

»Sagten Sie nicht gerade, es gäbe keine Hilfe?«

Dr. Quandt erhob sich schwerfällig aus seinem Sessel. Er kam um den Schreibtisch herum, trat neben Fabian und legte ihm eine Hand auf die Schulter. »Sie dürfen die Hoffnung nicht aufgeben.«

Seine brüchige Stimme verriet, dass er an seine eigenen Worte nicht glaubte.

Tag 6

»Das Massensterben im Kruger-Nationalpark weitet sich aus. Behörden und Wissenschaftler sind ratlos. Urlaubsstornierungen für Südafrika schießen in die Höhe. Die Tourismusbranche steht vor einem Desaster.«

Die Welt, Ressort »Wirtschaft«

CUXHAVEN, DEUTSCHLAND

Der Bug des Lotsenbootes teilte das schmutzig braune Wasser der Elbe und katapultierte es in hohen Fontänen zur Seite. Die Dieselmotoren der *Lotse 3* dröhnten. In Anbetracht der Dringlichkeit holte der Kapitän das Maximale aus ihnen heraus. Mark Brenner spürte die Vibrationen des Stahlrumpfs unter seinen Füßen. Breitbeinig stand er achtern, im Windschatten der Steuerkabine. Um diese Jahreszeit war es am frühen Morgen auf dem Fluss noch eisig, und die Kälte drang Brenner bis auf die Knochen. Er hielt sich mit der Linken an der Reling fest, mit der Rechten fummelte er an der Rettungsweste herum, die seiner Meinung nach viel zu eng saß und sein Sakko mitsamt Krawatte zerknitterte. Brenner bevorzugte legere Kleidung, wie er sie vor wenigen Tagen noch in Südafrika getragen hatte. Kleidung, die ihn einengte, konnte er ebenso wenig leiden wie einnehmende Frauen, die versuchten, über sein Leben zu bestimmen. Zu allem Überfluss roch die Weste muffig.

Zwei Schnellboote der Wasserschutzpolizei näherten sich unter Blaulicht mit hoher Geschwindigkeit von achtern und überholten die *Lotse 3* in knappem Abstand. Für einen Augenblick trug der Wind knarzenden Funkverkehr herüber, dann waren die Schnellboote auch schon an ihnen vorbei. Brenner wischte sich übers Gesicht, das feucht vom aufsprühenden Elbwasser war. Von einem der Lotsen wusste er, dass die Polizei längst vor Ort war. Wie es schien, hatten die Beamten dort Verstärkung angefordert. Weshalb? Brenner hoffte inständig, dass es nicht mit seiner heiklen Fracht zusammenhing, die sich an Bord des havarierten Containerschiffes befand.

Ein tief im Wasser liegender Tanker kam ihnen entgegen, gefolgt von einem Containerschiff. Auf diesem Abschnitt der Unterelbe herrschte stets reger Schiffsverkehr. Brenner sah sich auf dem Achterdeck um, fand aber keine Stelle, die ihm sauber oder trocken genug erschien, um sich zu setzen. Er hasste Schiffe und alle schwimmfähigen Vehikel, seitdem er als Zehnjähriger auf einem Baggersee mit seinem aufblasbaren Schlauchboot umgekippt war und sich beim verzweifelten Versuch, das Boot wieder umzudrehen und hineinzuklettern, mit den Füßen in Wasserschlingpflanzen verfangen hatte. Je mehr er gestrampelt hatte, desto mehr schleimige Fäden hatten sich um seine Füße gewickelt. Bald war er davon überzeugt, die Pflanzen würden versuchen, ihn mit aller Macht unter Wasser zu ziehen. Er hatte geschrien und geweint, bis endlich sein Vater aufgetaucht war und ihn gerettet hatte. Nach diesem Vorfall hatte es drei Jahre gedauert, bis er sich wieder in tiefes Wasser traute, und auch nur, weil er im Freibad vor der hübschen Ines nicht als Feigling gelten wollte. Das alles lag Jahrzehnte zurück, doch Brenners Aversion gegen Boote aller Art hielt unvermindert an. Heute hatte er keine Wahl gehabt und in den sauren Apfel beißen müssen. Dank seiner Überredungskunst sowie einem glatt gebügelten 500-Euro-Schein war es ihm gelungen, auf diesem Lotsenboot mitzufahren. Er atmete tief durch. In wenigen Minuten würde er die havarierte *Mary Rose* betreten.

Laut Auskunft des Seewetteramtes war das Wetter am Vormittag, zum Zeitpunkt der Havarie, gut gewesen. Die Sicht war klar, das Wetterradar hatte weder Nebelbänke noch sonstige nautische Beeinträchtigungen gezeigt. Inzwischen war es Mittag, graue Wolken bedeckten den Himmel, und nur ab und an schafften es einzelne Sonnenstrahlen für kurze Zeit, die Wolkendecke zu durchbrechen. Weshalb war das große Containerschiff vor Cuxhaven von der Fahrrinne abgekommen und auf Grund gelaufen? Und warum bestand schon seit über vierzig Stunden kein Funkkontakt mehr zu dem Schiff? Ein technischer Defekt? Unwahrscheinlich. Auf modernen Containerschiffen beugten mehrere Sicherheitssysteme dieser Gefahr vor. Viele dieser Giganten konnte man heutzutage sogar weltweit per Fernbedienung steuern, falls es die Situation erforderte. Warum hatte niemand an Bord der *Mary Rose* einen Notruf abgesetzt? Brenner sorgte sich um die Besatzung, vor allem aber um Fabrice, der sich seit Mauritius ebenfalls an Bord befand und seit Tagen keine E-Mails mehr geschickt hatte. Und dann war natürlich noch die sensible Fracht. Je länger die Fahrt dauerte, desto mehr war Brenner davon überzeugt, dass das

Worst-Case-Szenario eingetreten war. Nach den furchtbaren Bildern, die sich ihm im Kruger-Park geboten hatten, musste er diese Möglichkeit in Betracht ziehen, ob es ihm gefiel oder nicht.

In der Steuerkabine des Lotsenbootes plärrte das Funkgerät, doch keiner der Anwesenden reagierte darauf. Mark sah, wie die beiden jungen Lotsen angestrengt nach vorn starrten, ebenso wie Kapitän Dirks, der mit seinem wettergegerbten Gesicht und dem grauen Kinnbart wie der Inbegriff eines Seebären aussah. Brenner schmunzelte, während er sich in Erinnerung rief, wie schnell Kapitän Dirks den 500-Euro-Schein eingesteckt und Brenner an Bord gewinkt hatte. Das Geld tat Brenner nicht weh. Es gehörte schließlich nicht ihm. Sein Budget für derartige Ausgaben war praktisch unbegrenzt und die Fracht, um die er sich heute dringend kümmern musste, war in Geld kaum aufzuwiegen und rechtfertigte jeden Euro Schmiergeld.

Am Ufer kam ein Seezeichen in Sicht – eine grüne Raute auf einem grün-weißen Pfahl. Brenner betrat die Kabine und fragte: »Wie lange noch?«

»Zehn Minuten«, brummte Kapitän Dirks.

Brenner räusperte sich. »Da wäre noch was ...«

Dirks zog die Augenbrauen zusammen und bedeutete den beiden Jungspunden zu verschwinden. Ohne Widerspruch gingen sie hinaus aufs Achterdeck.

»Was?«, fragte Dirks unwirsch, den Blick wieder auf das Fahrwasser gerichtet.

»Ich muss an Bord der *Mary Rose*. Es ist wichtig.«

»Das war nich vereinbart. Sie wollten lediglich mitfahren. Mehr is nich drin.«

»Sie verstehen nicht ...«

»Nich mit mir, min Jung.« Dirks schüttelte energisch den Kopf. »Die WaPo ist schon vor Ort.«

»WaPo?«

»Wasserschutzpolizei. Was soll ich denen erzählen? Es gibt Vorschriften.«

Brenner öffnete den Klickverschluss der Schwimmweste, griff in die Innentasche seines Sakkos, zog seine Brieftasche heraus, fischte einen weiteren 500-Euro-Schein hervor und drückte ihn dem Kapitän in die Hand. »Sagen Sie einfach, ich sei von der Hafenaufsicht. Oder was auch immer. Niemand wird heute nachfragen. Die Polizei hat ganz andere Probleme.«

Die Finger des Kapitäns schlossen sich um den Geldschein. »Na gut. Und falls doch jemand fragt – Sie sind vom Oberhafenamt, nautische Zentrale. Außerplanmäßige Kontrolle. Verstanden?«

Brenner nickte, steckte seine Brieftasche ein und schloss die Schwimmweste. Der Kapitän machte den beiden Lotsen Zeichen, wieder hereinzukommen.

In diesem Moment funkte jemand die *Lotse 3* an. Während Dirks mit der Wasserschutzpolizei sprach, betrachtete Brenner die Szenerie draußen. Sie befanden sich an der Elbmündung, vor ihnen öffnete sich die Nordsee. Linkerhand zogen die Cuxhavener Hafenanlagen mitsamt den riesigen Kränen vorbei. Einmal mehr kam ihnen ein Containerschiff entgegen. Der haushohe Stahlkoloss raubte Brenner für einige Sekunden die Sicht, dann erblickte er die havarierte *Mary Rose*. Sie war am nördlichsten Punkt vor Cuxhaven auf Grund gelaufen, an der Verlängerung des Döser Deichs, an dessen Ende sich eines der berühmtesten Seezeichen der Region befand: die knapp dreißig Meter hohe Kugelbake, ein ehemals wichtiger nautischer Orientierungspunkt. Das heißt – die Kugelbake hatte sich bis vor Kurzem dort befunden. Jetzt lag die denkmalgeschützte Holzkonstruktion zermalmt unter dem gewaltigen Rumpf der *Mary Rose*, die wie ein gestrandeter Wal halb im Wasser, halb an Land lag. Der schwarze Bug des Containerschiffes ragte gut zwanzig Meter in die Höhe. Der massige Wulstbug hatte sich tief in den Grund eingegraben und einen Berg aus Sand, Erde und Schlick aufgetürmt. Das Schiff wies eine leichte Schräglage auf, und soweit Brenner überblicken konnte, waren einige der tonnenschweren Container über Bord gegangen. An Land hatte die Polizei das Gelände großräumig abgesperrt. Trotzdem hatten sich Schaulustige auf dem Deich und am Strand eingefunden, um das Schauspiel aus nächster Nähe zu verfolgen. Ein Polizeihubschrauber kreiste um das havarierte Schiff, zwei Schnellboote der Wasserschutzpolizei lagen längsseits, ein drittes verschwand gerade hinter dem Heck der *Mary Rose*. Ein roter Helikopter der Seenotrettung SAR schwebte über dem turmartigen Aufbau am Heck des Schiffes, in dem die Brücke sowie die Mannschaftsquartiere untergebracht waren. Zwei Männer in orangeroten Overalls befestigten mit geübten Handgriffen eine Art Strickleiter an der Reling der *Mary Rose* und ließen diese zu den Polizeibooten hinabfallen. Hintereinander kletterten Beamte der Wasserschutzpolizei die Leiter hinauf. Oben angekommen, liefen sie sofort in Richtung Brücke. Brenners Puls beschleunigte sich.

Kapitän Dirks stoppte die Maschinen und manövrierte die *Lotse 3* längsseits an eines der Polizeiboote, und die beiden Lotsen vertäuten die Boote. Dirks warf Brenner einen strengen Blick zu. »Sie sind nur Beobachter. Verstanden?«

»Verstanden.«

Dirks stieg auf das Polizeiboot über und kletterte von dort aus ohne zu zögern die Strickleiter hinauf. Brenner legte den

Kopf in den Nacken und sah ihm hinterher. Die hoch aufragende schwarze Stahlwand war einschüchternd. Er musterte die wackelige Strickleiter. Da sollte er hinauf? Ohne Sicherung? Seine Handflächen wurden schweißnass. Was, wenn er abrutschte und auf das Deck des Polizeibootes fiel? Er rieb sich die Hände an der Hose trocken und atmete tief durch. Was hatte er denn erwartet? Einen Fahrstuhl?

Während er Sprosse um Sprosse nach oben kletterte, vermied er es, nach unten zu sehen. Obwohl ihn die Schwimmweste in seinen Bewegungen einschränkte, kam er besser voran, als gedacht. Dann streckten sich ihm kräftige Hände entgegen, und zwei SAR-Männer halfen ihm über die Reling an Deck.

»Danke«, rief Brenner ihnen durch den Lärm der Hubschrauberrotoren zu.

Sie nickten, dann folgten sie Kapitän Dirks. Informationen wurden ausgetauscht. Unschlüssig sah Brenner den Männern nach, während er sich aus der Schwimmweste schälte und die unzähligen Container musterte. In diesem Labyrinth konnte es lange dauern, bis er fand, was er suchte. Er entschied, nach Fabrice Ausschau zu halten. Der junge Kreole würde ihm helfen können. Brenner eilte los.

Am Eingang zu den Mannschaftquartieren holte er die Seenotretter und Kapitän Dirks ein. Er folgte ihnen durch eine Metalltür, wobei er den Kopf einziehen musste. Der Lärm der Hubschrauberrotoren verblasste zum Hintergrundgeräusch. Im Innern des Schiffes roch es nach Schmieröl und Diesel, die Luft war abgestanden. In den spärlich beleuchteten Gängen hallten die Schritte der Männer bei jedem Tritt. Endlich erreichten sie ihr Ziel. Zwei uniformierte Polizisten standen vor einer geöffneten Tür, aus der Licht auf den grauen Stahlboden fiel. Sie wirkten ratlos und traten zur Seite, um Kapitän Dirks vorbeizulassen. Brenner beschlich das Gefühl, dass der Mann nicht nur in seiner Eigenschaft als Lotse hierher beordert worden war.

Noch im Türrahmen blieb Dirks wie angewurzelt stehen. »Donnerlüttchen, was ist denn hier passiert?«

»Und?«, fragte einer der beiden Polizisten. »Ist er es?«

Eine ganze Weile sagte Dirks nichts, den Blick starr auf etwas gerichtet, das Brenner vom Gang aus nicht sehen konnte. Schließlich nickte er. »Ja.«

»Sind Sie sicher?«, hakte der Polizist nach.

»Herrgott, ja.« Plötzlich klang Dirks' Stimme heiser. »Das ist Hendrik Maaßen. Auch wenn ... Doch, ich bin mir sicher. Das ist Maaßen, der Kapitän der *Mary Rose*. Wir haben vor einunddreißig Jahren auf der Seefahrtsschule Lübeck gemeinsam unser Kapitänspatent gemacht.«

»Wann haben Sie Maaßen das letzte Mal gesehen?«, hörte Brenner eine tiefe Stimme aus dem Zimmer. Es war also noch eine weitere Person anwesend.

Dirks kratzte sich den Kinnbart. »Das ist mindestens zwei Jahre her. Aber da sah er noch ganz ... normal aus. Gesund. Nicht so wie jetzt.«

»Wissen Sie, ob Maaßen krank war?«

»Woher soll ich das wissen? Maaßen befuhr alle Meere der Welt. Wir haben uns nur selten gesehen.«

»Okay, dann sind wir hier fertig. Danke, Kapitän Dirks, Sie haben uns sehr geholfen. Wir melden uns, falls wir weitere Fragen haben.«

»Was ist hier passiert?«

»Das wissen wir noch nicht.«

Einen Augenblick verharrte Dirks noch schweigend, dann

wandte er sich um. Auf dem Gang schob er sich sichtlich verwirrt an Brenner vorbei, ging zurück Richtung Ausgang.

»Sie können ebenfalls gehen, meine Herren«, hörte Brenner die tiefe Stimme aus dem Raum. »Hier liegt offensichtlich kein Fremdverschulden vor. Ich muss jetzt meine Vorgesetzten informieren. Vermutlich werden wir die *Mary Rose* unter Quarantäne stellen. Aber das habe nicht ich zu entscheiden.«

Jetzt traten auch die Polizisten aus dem Raum. Sie gingen, ohne Brenner eines Blickes zu würdigen. Die Tatsache, dass er einen Anzug trug und gemeinsam mit Kapitän Dirks aufgetaucht war, reichte als Legitimation für seine Anwesenheit offenbar aus.

Endlich war der Weg frei. Was hatte Dirks, diesen alten Seebären, so schockiert? Obwohl Brenner versprochen hatte, sich im Hintergrund zu halten, betrat er die Kabine, die von einem mobilen Scheinwerfer auf einem Stativ ausgeleuchtet wurde.

Fäkaliengestank schlug Brenner entgegen. In der linken Ecke stand ein deckenhoher Schrank, daneben ein Metalltisch, auf dem sich ein Teller mit verschimmelten Essensresten befand. Auf der rechten Seite war die Koje. In ihr lag ein alter, ausgezehrter Mann auf einem schmutzigen Laken. Er trug eine dreckige Hose und ein schweißfleckiges Hemd. Seine Hände waren über dem Bauch gefaltet, seine Augen standen offen.

Ein kräftiger Mann mit kurzen schwarzen Haaren kniete vor dem Bett und klappte gerade eine Arzttasche zu. Er trug eine Jacke der Seenotrettung, Mundschutz, Untersuchungshandschuhe, und an seinem Gürtel klemmte ein Handfunkgerät.

Er bemerkte Brenner. »Sind Sie vom RKI?« Misstrauisch musterte er ihn. »Kein Schutzanzug? Haben Sie mein Memo nicht gelesen?«

Brenner stutzte. RKI? Offensichtlich hielt der Arzt ihn für einen Mitarbeiter des Robert-Koch-Instituts. Da Brenner nicht wusste, was er darauf erwidern sollte, machte er eine vage Handbewegung, die alles und nichts bedeuten konnte. »Na, mir egal.« Der Mann zuckte mit den Schultern. »Immerhin seid ihr Jungs schnell. Das muss man euch lassen. Sie können jetzt übernehmen. Ich bin hier fertig.« Er streifte die Untersuchungshandschuhe ab und streckte Brenner die Hand entgegen. »Ronny Vahsen. Verdammt seltsame Geschichte. So etwas ist mir noch nicht untergekommen.«

Brenner schüttelte dem Mann die Hand. »Mark Brenner.« Seine Gedanken rasten. Dieser Vahsen hatte offensichtlich das Robert-Koch-Institut über die *verdammt seltsame Geschichte*, wie er es nannte, informiert und hielt Brenner nun für die angeforderte Verstärkung aus Berlin. Die Tatsache, dass Vahsen die Seuchenexperten angefordert hatte, ließ in Brenner alle Alarmglocken schrillen. Er musste unbedingt mehr darüber erfahren.

Er beschloss, alles auf eine Karte zu setzen: »Bringen Sie mich auf den aktuellen Stand, Herr Kollege. Was ist hier vorgefallen?«

Vahsen nickte. »Die *Mary Rose* ist vor sechs Wochen in Hongkong ausgelaufen. Zielhafen war Hamburg, mit Zwischenstopps in Mauritius und Mossel Bay. Soweit wir bisher wissen, wurden der Reederei während der Reise keine besonderen Vorkommnisse gemeldet. Bis vor sechs Tagen. Da hat die *Mary Rose* die erste Meldung über gesundheitliche Probleme an Bord gesendet. Offenbar hat ein Infekt nach und nach die gesamte Besatzung außer Gefecht gesetzt. Vorgestern brach dann jeglicher Kontakt ab. Inzwischen wissen wir, warum.« Er warf einen Blick auf den Toten. »Vermutlicher Todeszeitpunkt vor vierundzwanzig bis sechsunddreißig Stunden. Wie es scheint, hat Kapitän Maaßen sein Bett jedoch mehrere Tage vor seinem Tod schon nicht mehr verlassen. Die offenkundige extreme Dehydrierung dürfte ihn zu sehr geschwächt haben.«

»Möglich«, entgegnete Brenner. »Aber warum brach der Funkkontakt ab? Was ist mit der restlichen Crew?«

Vahsen sah Brenner betreten an – und schwieg.

»Alle?«, hauchte Brenner entsetzt. »Die gesamte Besatzung?«

»Alle tot. Bis auf die zwei Männer, die wir noch nicht gefunden haben.« Er sah Brenner leicht vorwurfsvoll an. »Das habe ich in meinem Memo aber erwähnt. Denken Sie, ich informiere Ihre Behörde zum Spaß?«

»Tut mir leid«, sagte Brenner rasch. »Ich habe eine lange Nacht hinter mir. Notfalleinsatz.«

Vahsen erwiderte nichts.

Brenner dachte an Fabrice. Ziemlich sicher war er ebenfalls tot. Ein trauriger Gedanke. Fabrice war ein guter Kerl gewesen, und noch so jung, höchstens zwanzig. Aber wenn er tot war, wer hatte sich dann um die Fracht gekümmert? Hatte sich nach Ausbruch der Infektion überhaupt noch jemand darum gekümmert? Brenner wurde mulmig zumute. Er musste den Käfig so schnell wie möglich finden.

»Sind Sie an Details interessiert?«, fragte Vahsen.

Eigentlich wollte Brenner nur so schnell wie möglich fort von hier, doch wenn er jetzt verschwand, würde Vahsen womöglich misstrauisch werden. Er musterte den Toten. »Schießen Sie los.«

»Hendrik Maaßen, sechsundfünfzig Jahre alt, keine bekannten chronischen Vorerkrankungen. Vorläufige Diagnosen: extreme Dehydrierung, Verdacht auf Gelbsucht. Vermutliche Todesursache ...« Er strich sich durch das kurze schwarze Haar. »Nun ja, halten Sie mich jetzt bitte nicht für verrückt, aber ich würde sagen, Maaßen starb an Altersschwäche.«

»Mit sechsundfünfzig Jahren«, wiederholte Brenner tonlos. Was redete der Mann da?

»Schon klar. Aber sehen Sie ihn sich genauer an.«

Brenner zögerte. »Ich habe wohl in der Hektik meinen Mundschutz vergessen.«

Vahsen reichte ihm einen Mundschutz aus seiner Arzttasche. Umständlich befestigte Brenner die Gummizüge hinter den Ohren. Dann trat er vor den Toten und betrachtete ihn aus der Nähe.

Der Anblick war ein Schock. Kapitän Maaßens Gesicht glich dem eines hundertjährigen Greises. Seine Kleidung wirkte zwei Nummern zu groß, fast so, als sei Maaßen in seinen letzten Tagen in ihr geschrumpft. Seine dünne, faltige Gesichtshaut zog sich wie eine brüchige Maske über die hakenförmige Nase und die Wangenknochen. Die Haut an Finger und Handrücken war übersät mit Altersflecken. Noch nie hatte Brenner eine derartige, ledrige Haut gesehen, oder allenfalls auf Bildern von Moorleichen und Mumien. Er verstand jetzt, was Vahsen mit »extremer Dehydrierung« gemeint hatte. Und er verstand jetzt auch die Reaktion von Kapitän Dirks beim Anblick seines alten Freundes. Maaßens ins Leere starrende Augen waren gelb verfärbt.

Brenner drehte sich zu Vahsen um: »Welches Virus kann so etwas auslösen?«

»Es ist Ihre Aufgabe, herauszufinden, ob hierfür überhaupt ein Virus verantwortlich ist.«

Kam es Brenner nur so vor, oder schwang in Vahsens Worten ein Anflug von Misstrauen? »Benötigen Sie Handschuhe?«

»Später vielleicht.« Brenner versuchte sich seine zunehmende Unsicherheit nicht anmerken zu lassen. Er warf einen Blick auf seine Uhr. Die Zeit lief ihm davon. Er musste unbedingt den Käfig finden, bevor die echten Ärzte des Robert-Koch-Instituts hier auftauchten und sein Schwindel aufflog. Doch wo sollte er anfangen zu suchen? Vielleicht besaß Fabrice irgendetwas Schriftliches, ein Dokument mit Angaben, wo der Käfig gelagert wurde?

»Ich möchte die anderen Besatzungsmitglieder sehen«, forderte er.

Vahsen nickte. Er ging voran und führte ihn zur Tür nebenan. Diese Kabine war etwas kleiner, die Einrichtung glich jedoch im Wesentlichen der Kapitänskabine. Auch hier stank es nach Kot und Urin. Auf dem Boden vor der Koje sah Brenner eine getrocknete Pfütze Erbrochenes. In der Koje selbst lag ein spindeldürrer Mann. Seine leblosen Augen starrten an die Decke, sein Mund stand offen. Dieser Mann hatte weiße Bartstoppeln, ansonsten glich sein Gesicht dem des Kapitäns: eingefallen, ledrig, greisenhaft.

In den weiteren Kabinen bot sich Brenner stets das gleiche Bild. Vermeintliche Greise lagen tot in ihren Betten, ausgezehrt, wie geschrumpft, die Augen gelblich verfärbt. Kein Wunder, dass Vahsen unverzüglich die Seuchenexperten des RKI informiert hatte. Brenner bekam eine Gänsehaut. Hoffentlich steckte er sich hier an Bord nicht mit irgendeinem verfluchten Virus an!

Plötzlich bekam er keine Luft mehr.

»Ich muss hier raus«, krächzte er, stolperte in den Gang, riss sich den Mundschutz herunter und lehnte sich schwer atmend mit dem Rücken gegen die Stahlwand. Aus irgendeinem Grund tauchten vor seinem geistigen Auge die furchtbaren Bilder der verendeten Tiere im Kruger-Park auf.

Stumm zählte er von zehn rückwärts. In der Kabine meldete sich das Handfunkgerät an Vahsens Gürtel. Während Brenner darauf wartete, dass sich seine Panikattacke legte, lauschte er der Konversation, die Vahsen über das Funkgerät führte.

»Hier Vahsen. Kommen.«

»Hier Martin«, sagte eine Funkstimme. »Wir haben ein Problem und brauchen dich. Kommen.«

»Verstanden. Medizinischer Notfall? Kommen.«

»Wir haben einen Überlebenden. Beeil dich. Kommen.«

»Verstanden. Wo seid ihr? Kommen.«

»Vordeck. Kommen.«

»Bin unterwegs. Ende.«

Im nächsten Moment lief Vahsen mit seiner Arzttasche in der Hand an Brenner vorbei. Ohne zu zögern folgte Brenner ihm. Vielleicht handelte es sich bei dem Überlebenden um Fabrice, der bislang nicht unter den Toten in den Kabinen gewesen war.

Sie traten ins Freie. Die Bewölkung hatte zugenommen, der Wind wehte stärker, es war spürbar kühler geworden. Der Helikopter des SAR war verschwunden, einzig der Polizeihubschrauber schwebte nach wie vor über dem Schiff.

Gemeinsam liefen sie an Containerreihen vorbei in Richtung Bug, wo ein SAR-Mitarbeiter stand und ihnen zuwinkte. Auf halber Strecke fiel Brenner eine offen stehende Luke auf Deck auf. Fabrice hatte sich in einer seiner Mails darüber beschwert, dass die Luft im Laderaum zu stickig für die Tiere sei und er deswegen ständig für Frischluftzufuhr sorgen musste. Brenner blieb stehen. Vahsen schenkte ihm keine Beachtung und lief weiter.

Als Brenner allein war, ging er auf die Luke zu. Aus dem Inneren schlug ihm eine Wolke aus Fäkalien- und Fäulnisgestank entgegen. Er würgte und zog sich den Mundschutz über, den er wohlweislich behalten hatte. Vorsichtig stieg er die Metalltreppen hinunter in den Laderaum. Mit jedem Tritt wurde der Gestank beißender. Unten angekommen, hielt Brenner die Luft an. Eine Deckenleuchte brannte. Ihr trübes Licht erreichte kaum die Ecken des etwa zwanzig Quadratmeter großen Raums. Direkt unter der Lampe stand ein Eisengitterkäfig, umgeben von einem engmaschigen Zaun. Brenner sah auf den ersten Blick, dass er zu spät kam. Langsam ging er auf den Käfig zu. Der Anblick war niederschmetternd. Er betrachtete die Langschwanzmakaken, die er in von Cronbergs Auftrag vor vier Monaten bestellt hatte. Die etwa zehn Kilogramm schweren Tiere, mit ihrem graubraunen Fell und den langen Schwänzen, lagen neben- und übereinander auf dem kotverschmierten Boden. Alle tot. Brenner ging in die Hocke und inspizierte die Kadaver. Abgesehen davon, dass bei einigen Tieren bereits die Verwesung einsetzte, fiel ihm nichts Außergewöhnliches auf. Einmal mehr fühlte er sich an die Geschehnisse im Kruger-Park erinnert. Bestand hier ein Zusammenhang?

Brenner beschloss, umgehend von Cronberg zu informieren. Es war besser, das schnell hinter sich zu bringen. Brenner wusste nicht viel über den Mann, der ihn finanzierte, aber er hatte mit angesehen, wie unbeherrscht er auf schlechte Nachrichten reagieren konnte.

Ein Stöhnen aus der im Dunklen liegenden Ecke hinter ihm ließ Brenner herumwirbeln. Ein Schatten schälte sich aus der Ecke und kroch langsam auf ihn zu.

Fabrice!

Brenner erhob sich, ging auf den jungen Kreolen zu, doch dann fiel Licht auf Fabrice' Gesicht, und Brenner blieb wie angewurzelt stehen. Er hatte Fabrice vor zwei Jahren auf Mauritius in einem der Zuchtzentren für Langschwanzmakaken kennengelernt. Wilde Affen waren aufgrund des Artenschutzes weltweit streng geschützt, doch in Mauritius galten Affen als Schädlinge, da sie den Menschen das Zuckerrohr wegfraßen. Mehrere Zuchtzentren, verteilt über die ganze Insel, fingen deshalb – mit dem Segen der Behörden – Affen und verkauften deren Nachkommen ganz legal weltweit an Pharmakonzerne zu Forschungszwecken. Fabrice war Tierpfleger, und es hatte Brenner damals imponiert, wie sehr das Wohl der Tiere dem jungen Kreolen am Herz gelegen hatte – im Gegensatz zu den meisten anderen Pflegern.

Doch die Gestalt, die ihm hier entgegenkroch, bekleidet lediglich mit einer eingekoteten Unterhose, besaß nur noch entfernt Ähnlichkeit mit dem sportlichen jungen Mann aus Mauritius. Fabrice' Haut war grau und faltig, sein krauses Haar bis auf einen dünnen weißen Haarkranz ausgefallen. Seine vor wenigen Wochen noch kräftigen Arme waren jetzt dünne Streichholzärmchen, die Beinmuskulatur war degeneriert. Aus gelben Augen starrte er Brenner Hilfe suchend an. Er öffnete den Mund, doch einzig ein Faden dickflüssigen Bluts troff heraus.

Entsetzt trat Brenner einen Schritt zurück. »Ich hole Hilfe«, keuchte er. Er wandte sich um, hastete die Treppen hinauf. Oben angekommen, riss er sich den Mundschutz herunter, sog frische Luft in seine Lungen und rannte dann zum Bug, wo er Vahsen vermutete.

»Doktor Vahsen!«, rief er schon von Weitem. »Hier ist ein Überlebender. Kommen Sie schnell, ich ...«

Er verstummte. Neben Vahsen standen zwei Männer. Sie trugen schwarze Lederjacken mit Polizeiabzeichen.

Vahsen deutete auf ihn. »Das ist der Mann.« Brenner seufzte resigniert. Das war es also. Den Rest des Tages würde er wohl oder übel auf einem Polizeirevier verbringen. Und sobald dort herauskam, dass er auf Bewährung war, würde man ihn zwangsläufig etwas länger dabehalten.

Tag 7

»Der Rückgang der Insekten in der EU um bis zu 80 Prozent hat dramatische Auswirkungen auf die Vogelwelt. Seit 1980 hat die Zahl der Vögel um fast 60 Prozent abgenommen. Hunderte Millionen Tiere, darunter ganze Arten, sind damit schlicht verschwunden.«

BUND, Presseerklärung

MÜNCHEN, DEUTSCHLAND

Das Schrillen der Türklingel bohrte sich unerbittlich in Fabians Kopf und weckte ihn aus einem komatösen Schlaf. Himmel! Hinter seinen Augen schien eine Abrissbirne im Takt eines Technobeats gegen seinen Schädel zu hämmern. Sein Hals fühlte sich ausgedörrt an. Mit rauer Zunge fuhr er über belegte Zähne und öffnete schlaftrunken die Augen. Zu seiner Verwunderung lag er nicht in seinem Bett, sondern auf dem Sofa im Wohnzimmer – in dem grauen Jogginganzug, den er bereits seit drei Tagen trug. Bob saß auf seiner Brust und glotzte ihn an. Auf dem Beistelltisch lagen mehrere zerdrückte Bierdosen neben der

Fernbedienung und einer aufgerissenen Tüte Chips. Unter dem Tisch lag eine leere Flasche Hennessy. Fabian blinzelte und versuchte, die entsetzlichen Kopfschmerzen zu ignorieren. Es schrillte erneut. Jemand stand offensichtlich vor der Wohnungstür. Fabian hoffte inständig, der- oder diejenige möge rasch wieder verschwinden.

Vorsichtig nahm er Bob und setzte ihn auf dem Tisch ab. Sofort nahm das Chamäleon die gelb-rote Farbe der Chipstüte an. In der Sofaritze entdeckte Fabian sein Handy. Zwei Anrufe waren heute Morgen eingegangen, beide Male dieselbe Rufnummer. Gestern schon hatte diese Nummer mehrfach angerufen, doch seit seinem Gespräch mit Dr. Quandt war er nicht mehr ans Handy gegangen. Selbst die Anrufe seines Chefs – Bernhard Wittmann, den alle nur Charly nannten – nahm er nicht entgegen. Wittmann wollte natürlich sehr zu Recht wissen, weshalb Fabian keine Tagesberichte mehr einreichte. Doch was sollte er ihm schon sagen? Dass er sich in seiner Wohnung verkrochen hatte, dass er schlecht schlief, kaum aß und dass er, wenn er in den Spiegel sah, bereits die ersten Rippen erkennen konnte, die sich am Brustkorb unter seiner hellen Haut abzeichneten? Sollte er Wittmann etwa erzählen, dass er seit drei Tagen beinahe stündlich in den Spiegel starrte, ständig auf der Suche nach ersten Falten oder grauen Haaren? Nein, das alles ging niemanden etwas an. Außer vielleicht Fabians Vater, doch der litt an Demenz. Ganz sicher würde Fabian ihn nicht mit derartigen Nachrichten belasten. Die Unterhaltungen, die sie in den letzten Wochen im Wohnheim geführt hatten, waren kaum mehr als belanglose Plaudereien über Alltagsgeschichten gewesen. Zuletzt hatten sich die Erzählungen seines Vaters zunehmend wiederholt, doch das war in Ordnung, solange sie nur miteinander redeten. Das war nicht immer so gewesen.

Wieder schrillte die Klingel. Fabian hielt sich die Ohren zu. Er beobachtete Bob, der über Chipskrümel hinweg in Richtung Küche stakste. Fabian hob ein wenig den Kopf und sah auf dem Küchentresen den aufgeklappten Laptop. Der Bildschirm war schwarz, vermutlich hatte der Akku im Laufe der Nacht den Geist aufgegeben. Die letzten Tage und Nächte hatte Fabian im Internet alles zum Thema Progerie gelesen. Jede noch so kleine Information. Unweigerlich war er an den Fotos hängen geblieben – vergreiste Kinder, deren Gesichtszüge mit den kahlen Köpfen, der typisch gebogenen Nase und den tief liegenden Augen etwas Vogelhaftes hatten. Bald schon würde Fabian einer von ihnen sein. Frauen, die ihn heute noch mit einem Lächeln auf den Lippen musterten, würden ihn im besten Fall mit Mitleid betrachten, im schlimmsten Fall mit Abscheu. Sie würden hinter seinem Rücken tuscheln und insgeheim Gott dafür danken, dass es ihn erwischt hatte und nicht sie. Gestern hatte Fabian dies in vollkommener Klarheit erkannt und war daraufhin mental zusammengebrochen. Er hatte sich hemmungslos betrunken, um wenigstens für einige Stunden in einen traumlosen Schlaf zu fallen.

Der Besucher vor der Tür ließ nicht locker. Fabian fluchte. Barfuß und mit zittrigen Beinen tapste er zur Wohnungstür.

Draußen stand eine attraktive, blonde Frau. Fabian schätzte sie auf Mitte dreißig. Sie trug schwarze Jeans, die ihre sportliche Figur betonte, eine helle Bluse, darüber einen marineblauen Blazer. Ihre Augenbrauen hoben sich, als sie ihn erblickte. »Herr Nowack?«

»Was wollen Sie?«

»Mein Name ist Leonie Hauser. Ich komme in Absprache mit Doktor Quandt. Wir sollten uns unterhalten.«

»Doktor Quandt schickt Sie?« Sein Kater machte es ihm schwer, klar zu denken.

»Es ist in Ihrem Interesse.«

»Was haben Sie mit meinem Arzt zu schaffen?«

»Wir sollten das nicht hier im Treppenhaus besprechen. Darf ich eintreten?«

Fabian stützte sich am Türrahmen ab und beugte sich zu ihr vor. »Wie kommt mein Arzt dazu, Ihnen irgendetwas über mich zu erzählen?«

Sie rümpfte die Nase und wich einen Schritt zurück. »Ich bin ebenfalls Ärztin. Ich hätte ja zuerst am Telefon mit Ihnen darüber gesprochen, aber leider konnte ich Sie nicht erreichen.«

»Ach ja?« Er musterte sie. Immerhin schien jetzt das Rätsel der unbekannten Rufnummer gelöst zu sein.

»Hören Sie, Herr Nowack«, sagte sie leise, aber bestimmt, »ich bin über Ihr Problem informiert. Und ich kann Ihnen möglicherweise helfen.«

»Mein ... *Problem*?«

Sie deutete auf sein Gesicht. »Das da sollten Sie säubern und desinfizieren.«

»Was?«

»Anstrengende Nacht gehabt?« Ein kaum wahrnehmbares Lächeln umspielte ihre Mundwinkel. »Heute noch nicht in den Spiegel gesehen?«

Unwillkürlich betastete er sein Gesicht und zuckte zusammen, als seine Finger über eine Schwellung im Bereich der Augenbrauen glitten. Nebulöse Erinnerungen an rutschige Badfliesen und einem Waschbecken aus hartem Acryl tauchten in seinem Innern auf.

»Mist«, knurrte er. Er wandte sich ab, ging zurück in die

Wohnung und direkt ins Bad. Ohne sich umzudrehen, sagte er: »Die Küche ist hier links. Kaffee und Filtertüten sind in der Schublade unter der Kaffeemaschine. Ich trinke ihn heute schwarz. Bin gleich wieder da. Ach, und falls Ihnen ein Chamäleon über den Weg läuft, nicht erschrecken.«

»Ein Chamäleon?«

»Er heißt Bob.«

»Ich empfehle Ihnen dringend eine Dusche«, hörte er Dr. Hausers Stimme im Flur. »Für das, was ich Ihnen anzubieten habe, sollten Sie wach sein.«

Fabian sah in den Badezimmerspiegel. Sein Gesicht sah übel aus. Seine linke Augenbraue war geschwollen und blutverkrustet. Die hellen Bodenfliesen waren gesprenkelt mit getrockneten Blutstropfen. Doch das war in diesem Augenblick nicht weiter von Belang, denn als Fabian erneut in den Spiegel sah, starrten ihm matt-gelbe Augen entgegen. Er rollte seine Pupillen hin und her, betrachtete seine verfärbten Lederhäute und schluckte trocken. Die Erkrankung schritt offensichtlich schneller voran als gedacht.

Eine Viertelstunde später betrat Fabian geduscht und in frischen Klamotten das Wohnzimmer. Es roch nach frisch gebrühtem Kaffee. Leonie Hauser saß auf einem Sitzwürfel vor dem niedrigen Sofatisch. Sie hatte die leeren Bierdosen entsorgt, den Hennessy gegen eine Flasche Mineralwasser ausgetauscht und sämtliche Fenster geöffnet. Sonnenlicht fiel in die Wohnung und ließ die Staubpartikel in der Luft tanzen. Bob war nirgendwo zu sehen. Die Ärztin schob eine Tasse dampfenden Kaffee über den Tisch in seine Richtung. »Fühlen Sie sich besser?«

»Ich habe zwei Ibuprofen eingeworfen. Das wird schon.« Er

setzte sich ihr gegenüber aufs Sofa. Die alten Federn quietschten unter seinem Gewicht.

»Ich kann mir Ihr Gesicht ansehen, wenn Sie wollen«, bot sie an.

»Halb so wild.« Er strich sich die feuchten Haare aus der Stirn. »Sie sind also Ärztin? Was wollen Sie?«

»Ihnen helfen, Herr Nowack.«

»Wenn Sie über mich Bescheid wissen, dann wissen Sie, dass es keine Hilfe für mich gibt.«

»Ich kann mir kaum ausmalen, was Sie gerade durchmachen. Sicher erscheint Ihnen die Situation aussichtslos. Sie fragen sich, ob das Leben noch lebenswert ist und wie lange ...«

»Weshalb sind Sie hier?«, unterbrach er sie. »Ist Doktor Quandt etwa der Meinung, ich bräuchte psychologischen Beistand? Brauche ich nicht.«

»Oh, ich bin keine Psychologin.«

»Ach ja?«

Fabian griff nach dem Mineralwasser. Er hatte einen entsetzlichen Brand. Er trank in großen Schlucken direkt aus der Flasche. Allmählich klangen die Kopfschmerzen auf ein erträgliches Maß ab, und er betrachtete die Ärztin zum ersten Mal genauer. Ihre Kleidung war leger, aber doch gestylt. Ihre glatten, blonden Haare fielen ihr über die Schultern, und ihr helles Gesicht mit den leuchtend blauen Augen brachte sicher so manchen Mann zum Träumen. Alles an ihr wirkte makellos, bis auf einen kleinen überschminkten Pickel auf ihrer Stirn. Sie registrierte, dass er sie anstarrte, woraufhin er rasch den Blick senkte.

»Ich arbeite für das Robert-Koch-Institut in Berlin«, sagte sie. »Das ist eine zentrale Forschungseinrichtung, die direkt dem Bundesministerium für Gesundheit unterstellt ist.«

»Ich weiß, was das RKI ist.«

»Aber natürlich.« Sie lächelte, wurde jedoch sofort wieder ernst. »Ich leite ein Team von Wissenschaftlern. Seit einiger Zeit betreiben wir sehr intensive Grundlagenforschung im Bereich Progeria adultorum. Erst wenn wir alles über die Ursachen dieses seltenen Gendefekts wissen, können wir darangehen, ihn zu beheben. Unser Ziel ist die Heilung dieser Krankheit.«

»Ich dachte, die Ursachen sind bekannt? Mein Körper kann keine Proteine bilden, die auftretende Schäden im Erbgut während der Zellteilung reparieren. Das bedeutet, dass mein geschädigtes Erbgut mit jeder einzelnen Zellteilung zunimmt, was mich rasend schnell altern lässt.«

»Nicht schlecht«, sagte Hauser. »Man merkt, dass Sie Pharmareferent sind.«

»Woher wissen Sie so viel über mich?« Er lehnte sich auf dem Sofa zurück, sah sie reserviert an. »Wie kommt mein Hausarzt dazu, vertrauliche Patientendaten über mich herauszugeben?«

»Dr. Quandt ist auf unser Forschungsprojekt gestoßen, während er nach einem Spezialisten für Sie suchte. Er landete bei mir und schilderte mir Ihren Fall. Ich bat ihn um Übermittlung sämtlicher Befunde und DNA-Analysen, selbstverständlich anonymisiert, wie das in derartigen Fällen Usus ist. Nachdem ich alle Befunde vor mir auf dem Tisch hatte, sah ich sofort, dass Sie ins Profil passen.«

»In was für ein Profil?«

»Für eine experimentelle Medikamentenstudie im Rahmen unseres Forschungsprojektes suchen wir freiwillige Probanden, die wie Sie an Progeria adultorum leiden. Wir nehmen jedoch nur Betroffene mit einem ganz bestimmten Profil in diese Studie auf. Mein Team und ich sind zuversichtlich, dass wir mit einem neuartigen Medikament kurz vor einem Durchbruch stehen. Es gibt zumindest einige vielversprechende Ansätze. Wie klingt das bis hierher für Sie?«

Fabian versuchte das soeben Gehörte zu sortieren. Hatte er diese Frau richtig verstanden? Gab es tatsächlich ein Medikament in der Erprobungsphase gegen diese bislang als unheilbar geltende Krankheit? War also doch noch nicht alles verloren? »Erzählen Sie mir mehr«, sagte er und spürte, wie ihn leichte Euphorie ergriff.

Sie lächelte, als hätte sie nichts anderes erwartet. »Wir testen neue Ansätze in der Behandlung von Progerie und haben möglicherweise einen Weg gefunden, den Gendefekt zu beheben. Die Therapie befindet sich noch in einem frühen Stadium der Erprobung, doch am Ende unserer Forschungen könnte die vollständige Genesung stehen. Das bedeutet, Herr Nowack, dass die Chance besteht, dass Sie Ihr Leben ganz normal weiterleben können. Ohne Einschränkungen. Zudem gibt es eine sehr attraktive Vergütung für die Teilnahme an dieser Studie.«

»Das alles klingt ganz hervorragend«, gab Fabian zu, »aber wie wollen Sie einen Gendefekt therapieren? Muss man dazu nicht Gene verändern?«

»Sie denken an Gen-Editing oder Gen-Splicing?« Wieder präsentierte sie ihr blendendes Lächeln. »Nun, in der Tat gibt es die sogenannte Crispr-Cas9-Methode, die seit einigen Jahren als wahres Wunderwerkzeug für das Modifizieren von Genen gilt. Aber sie hat ihre Tücken. Das Eiweißmolekül Cas9 stammt aus Streptokokken- oder Staphylokokken-Bakterien, auf die bestimmte körpereigene Immunzellen reagieren können. Dies kann zu unerwünschten, teils heftigen Immunreaktionen führen. Wir schlagen aus Sicherheitsaspekten daher einen anderen

Weg ein. Wir entwickeln ein Gentherapeutikum, das diese Aufgabe erledigt.«

»Ein Medikament, das Gene verändert?«

»So ist es. Auf dem Gebiet der Gentherapeutika wird seit vielen Jahren geforscht. Es gibt bereits erste Arzneimittelzulassungen auf dem Markt.« Sie schlug die Beine übereinander. »Gentherapeutika fügen bestimmte Gene in das menschliche Genom ein. Die Wirkweise dieser Arzneimittel ist hochkomplex. Forschung und Entwicklung sind extrem teuer.«

Fabian beugte sich vor. Er sah ihr direkt in die Augen. »Meine Augen sind gelb«, sagte er. »Was hat es damit auf sich?«

»Eine gelbliche Verfärbung der Schleimhäute deutet auf Ikterus hin, im Volksmund auch Gelbsucht genannt. Hierfür kann es viele Ursachen geben. Wir werden das natürlich untersuchen.«

Fabian lehnte sich wieder zurück. »Warum ich? Was ist das für ein Profil, in das ich passe?«

»Es gibt mehrere Voraussetzungen für eine Teilnahme an dieser Studie. Erstens«, sie streckte den Daumen in die Höhe, »suchen wir ausschließlich Betroffene, die erst kürzlich erkrankt sind und bei denen der Krankheitsverlauf erst am Anfang steht.« Der Zeigefinger kam hinzu. »Zweitens sollten Betroffene nicht älter als vierzig Jahre alt sein.« Der Mittelfinger folgte. »Drittens müssen wichtige Blut- und DNA-Parameter innerhalb bestimmter Werte liegen. All das trifft auf Sie zu, Herr Nowack.«

Er rieb sich die Schläfen. »Scheint, als wäre heute mein Glückstag.«

»Das können Sie durchaus so sehen«, erwiderte sie selbstbewusst. »Allerdings gibt es spezielle Bedingungen für die Teilnahme. Ich möchte nicht verheimlichen, dass diese Bedingungen nicht allen gefallen.«

»Aha, jetzt kommt der Haken. Darauf habe ich schon gewartet.«

»Kein Haken«, widersprach sie. »Es geht um Vorgaben, die für einen Erfolg der Studie zwingend notwendig sind. Zunächst einmal muss ich Sie darauf hinweisen, dass sich die Therapie in einem experimentellen Stadium befindet. Sie werden eine intensive klinische Überwachung sowie eine Behandlung über einen Zeitraum von mindestens drei Monaten erhalten. Jede gentherapeutische Behandlung ist riskant und kann Nebenwirkungen zur Folge haben. Diese Nebenwirkungen können erheblich sein, auch wenn wir aktuell keine Anzeichen dafür sehen. Aufgrund der intensiven Überwachung und des Risikoprofils der Behandlung verpflichten Sie sich für den Zeitraum der Studie zu einem stationären Aufenthalt in unserer Klinik.«

»Ich muss drei Monate in einem Krankenhaus verbringen?«

»Oh, kein normales Krankenhaus«, versicherte sie rasch. »Das Pharmaunternehmen, mit dem wir hierbei zusammenarbeiten, stellt uns eine ehemalige Klinik zur Verfügung, die zwei Jahrzehnte lang als Kurhotel gedient hat. Sie werden diese drei Monate wie in einem Hotel verbringen, Herr Nowack. Selbstverständlich erhalten Sie ein Einzelzimmer mit allem Komfort, dazu hervorragendes Essen – und WLAN.« Sie zwinkerte ihm zu und lächelte einmal mehr ihr bezauberndes Lächeln. »Sie werden uns gar nicht mehr verlassen wollen.«

»Kann ich Bob mitnehmen?«

»Haustiere sind wegen der erhöhten Infektionsgefahr während der Behandlung leider nicht erlaubt.«

»Und ich kann da vor Ablauf der drei Monate nicht raus?«, hakte er nach.

»Raus aus der Studie oder raus aus der Klinik?«

»Beides.«

Sie seufzte. »Wir stecken Sie in kein Gefängnis, Herr Nowack. Wir sperren niemanden ein. Es ist in Ihrem eigenen Interesse, wenn Sie rund um die Uhr einer intensiven medizinischen Überwachung unterliegen.«

Fabian stand auf, ging nachdenklich ein paar Schritte durch den Raum. Er entdeckte Bob auf dem Fernseher und ließ ihn auf seine geöffnete Handfläche klettern. »Klingt für mich, als sei diese Behandlung nicht so harmlos, wie Sie mir das verkaufen wollen.«

»Ich verharmlose nichts. Selbstverständlich ist eine derartige experimentelle Therapie nicht ohne Risiken. Aber mal ehrlich, Herr Nowack, was haben Sie zu verlieren?«

Er erwiderte nichts. Natürlich hatte sie recht. Ihm blieb kaum eine andere Wahl.

»Sie haben die Chance, Ihr Leben zurückzubekommen«, setzte sie nach. »Das allein sollte das Risiko wert sein. Darüber hinaus erhalten Sie 25 000 Euro Aufwandsentschädigung. Das ist erheblich mehr, als üblicherweise für Medikamentenstudien bezahlt werden.«

Während Bob Fabians Arm hinauflief, warf Fabian einen Blick auf die Rechnungen und Mahnungen, die sich auf dem Küchentresen stapelten. Trotz seiner angespannten finanziellen Situation interessierte ihn das Geld in diesem Augenblick eher weniger. Vielmehr hatte er das Gefühl, dass Dr. Leonie Hauser nicht ganz mit offenen Karten spielte. Sie hatte ihn mit wohlklingenden Worten geködert und gab nun vor, entspannt aus dem Fenster zu sehen, um ihm Zeit zum Nachdenken zu geben. Doch ihre Zehen wippten unablässig auf und ab, und ihre ganze Körperhaltung – die verschränkten Arme, die hochgezogenen

Schultern – verriet, dass sie nervös war. Irgendetwas verschwieg sie ihm.

Sie schien zu bemerken, dass er sie musterte. Sie erhob sich von dem Sitzwürfel, trat ans Fenster und sah hinaus.

Fabian dachte nach. Das Robert-Koch-Institut forschte gemeinsam mit einem Pharmaunternehmen an Progerie? Das war ungewöhnlich. Derartige Forschungen waren nicht der eigentliche Aufgabenbereich dieses Instituts. Noch dazu scheuten beide Seiten offenbar weder Kosten noch Mühen. Für ein Arzneimittel gegen Progerie gab es naturgemäß nur einen sehr begrenzten Markt. Dr. Quandt hatte von deutschlandweit lediglich vierhundert Patienten gesprochen. Warum also diese Studie? Was versprach sich das RKI davon?

Fabian steckte Bob ins Terrarium und trat zu Hauser ans Fenster. Er sah hinaus auf den sonnendurchfluteten Innenhof der Wohnanlage. Zwei Jungen spielten Fußball. Sie lachten und hatten sichtlich Spaß. *Sie haben die Chance, Ihr Leben zurückzubekommen*, hatte die Ärztin gesagt. Dieser Satz ging Fabian nicht mehr aus dem Kopf. Sie hatte recht. Was hatte er schon zu verlieren? Im Grunde hatte er sich längst entschieden. Dennoch, ein sonderbar nagender Zweifel blieb, so sehr Fabian auch versuchte, ihn zu ignorieren.

»Können Sie mich denn für drei Monate krankschreiben, Frau Doktor?«, fragte er mit gezwungenem Lächeln.

Die Ärztin ging auf seinen kleinen Scherz nicht ein. Sie sah ihn ernst an. »Was ich noch erwähnen muss, wird Ihnen vielleicht nicht gefallen. Das Pharmaunternehmen, mit dem wir bei dieser Studie kooperieren, ist Artinova.«

Fabian lachte bitter auf. Die Situation entbehrte nicht einer gewissen Ironie. Er musste sich also gar nicht krankmelden. Er wechselte einfach vom Außendienst in die Forschungsabteilung. Als Versuchskaninchen.

»Ihre Daten werden selbstverständlich streng vertraulich behandelt«, fuhr Hauser fort. »Sie sind nur Ärzten und Wissenschaftlern zugänglich, die in diese Studie involviert sind.

»Mir ist vollkommen egal, wer dieses Medikament herstellt. Hauptsache, es hilft.«

Ihr Blick wurde eine Spur milder. »Ich kann Ihnen keinen Erfolg garantieren, aber ich versichere Ihnen, dass gute Chancen bestehen.«

Fabian nickte. »Ich bin zu allem bereit. Ich will leben.«

Tag 9

»Geisterschiff aus Mauritius – Welches Geheimnis verbirgt sich hinter den mumifizierten Seemännern? Wer ist der Unbekannte, der auf der havarierten *Mary Rose* verhaftet wurde? Jetzt packt ein Lotse aus.«

Bild am Sonntag

SCHWARZWALD, DEUTSCHLAND

Mit einer raschen, präzisen Handbewegung richtete der Mann den Laserpointer durch den Türspalt hindurch frontal auf die Linse der an der Decke montierten Überwachungskamera. Erst danach betrat er den Raum. Sorgsam darauf bedacht, den roten Laserpunkt stets auf die Linse zu richten, stellte er das mitgebrachte Kamerastativ auf einen Tisch mitten im Raum. Den Laserpointer hatte er eigens aus den USA besorgt, da es dort deutlich leistungsstärkere Geräte als in Deutschland gab. Der Mann schob ihn in die eigens angefertigte Halterung, wo er ihn fixierte, ohne dabei den Blick von der Kamera zu nehmen. Der über die Linse zuckende rote Punkt verriet die Nervosität des Mannes.

Es fiel ihm schwer, seine Hand so ruhig zu halten wie während der vorangegangenen Simulationen. Sollte der rote Punkt auch nur für eine Sekunde von der Linse rutschen, würde dies unweigerlich zur Enttarnung des Mannes führen und das Ende seiner Karriere bedeuten, möglicherweise sogar seinen Tod. Diesmal würden ihm weder eine Perücke noch grüne Kontaktlinsen helfen.

Unwillkürlich musste er grinsen. Die Angelegenheit in Budapest war weit weniger riskant gewesen, obwohl es sich dort um zweifachen Mord gehandelt hatte. Doch dort kannte niemand seine wahre Identität – weder im Müvész noch in den Datenbanken der Budapester Polizei. In diesem Gebäude allerdings war die Situation eine vollkommen andere. Hier war er bekannt wie ein bunter Hund. Wie immer in Stresssituationen, juckte seine Nase.

Geschafft. Der Laserpointer war fixiert. Der rote Punkt zeigte direkt auf die Kameralinse, wo der Laser die lichtempfindlichen Zellen der Linse nach und nach erwärmte und dadurch schließlich zerstören würde. Der Mann atmete durch, gönnte sich jedoch keine Pause. *Vier Minuten. Maximal.* Bis dahin musste er von hier verschwunden sein. Besser, er schaffte es in weniger als drei Minuten.

Er zog sein Smartphone aus der Hosentasche und fingerte die im Gerät befindliche MicroSD-Speicherkarte heraus. Diese steckte er in den mitgebrachten, externen USB-Speicherkartenleser, den er wiederum mit dem USB-Slot des Hauptservers verband. Er schnappte sich die Tastatur und beantwortete zwei aufeinanderfolgende Sicherheitsfragen. Für jede Antwort hatte er genau zehn Sekunden Zeit. Sollte er länger brauchen oder sich vertippen, würde dies einen Alarm auslösen. In diesem Augenblick war er froh, von seiner Kontaktperson darauf getrimmt worden zu sein, die Passwörter im Schlaf zu beherrschen.

Ein Dateiverzeichnis baute sich auf dem Bildschirm auf. Der Mann überflog den Verzeichnisbaum, bis er das Gesuchte fand. Wenige Klicks später begann der Kopiervorgang. Während die verschlüsselten Daten vom Server auf die MicroSD-Karte wanderten, rieb sich der Mann seine juckende Nase.

Jetzt hieß es warten. Die Sekunden vergingen mit quälender Langsamkeit. Immer wieder schossen seine Blicke zwischen der Tür und der Überwachungskamera hin und her. Die Wachmannschaft im Untergeschoss war abgelenkt, dafür hatte er gesorgt. Sofern alles nach Plan lief, würde niemand vom Sicherheitsteam in der nächsten Zeit hier oben auftauchen. Doch darauf verlassen durfte er sich nicht. Seltsam, dachte er, dass er in Budapest weit weniger nervös gewesen war als jetzt hier. Immerhin hatte er dort zwei Menschen getötet. Kristóf Sándor, das erste Opfer, hatte er in dessen Wohnung überwältigt. Er hatte Sándor eine Atemmaske auf den Mund gedrückt, und ihn gezwungen, Kohlenmonoxid aus einer kleinen Druckluftflasche einzuatmen. Es hatte nur Sekunden gedauert, bis der alte Mann für immer eingeschlafen war. Danach hatte er Sándors Leiche nur noch aufs Sofa legen und die Wohnung anzünden müssen, damit es wie ein Unfall aussah. Denn so lautete sein Auftrag: *Lass es wie Unfälle aussehen oder wie natürliche Todesfälle.* Bei seinem zweiten Opfer, Lajos Farkas, wäre die Sache beinahe schiefgegangen. Diese verdammte Kellnerin und der Manager des Müvész waren ihm auf die Schliche gekommen. Es kam immer wieder vor, dass sich in Budapest Betrüger in belebte Cafés oder Restaurants einschlichen, um als Kellner verkleidet Geld aus der Kasse zu stibitzen oder um Gäste zu bestehlen. Aber da die Ärzte bei Lajos Farkas eine natürliche Todesursache aufgrund plötzlichen Herzstillstandes diagnostiziert hatten, hatte sich bald niemand mehr für diesen ominösen Kellner mit den grünen Augen interessiert. Es hatte sich also gelohnt, etwas mehr Zeit und Geld in das Gift der Sydney-Trichternetzspinne zu investieren, das er in Farkas' Cukrászda gespritzt hatte. Um die spezielle Eiweißstruktur dieses Giftes nachzuweisen, hätten die ungarischen Behörden zunächst einmal einen Anfangsverdacht haben müssen. Darüber hinaus hätten sie Antikörper dagegen besitzen müssen. Beides war, wie erwartet, nicht der Fall gewesen. Also war Farkas, ebenso rasch wie zuvor Sándor, unter der Erde verschwunden, und niemand schöpfte Verdacht. *Mission erfüllt.*

Endlich waren die enormen Datenmengen auf die MicroSD-Karte kopiert. Es wurde auch höchste Zeit. Hektisch zog der Mann den USB-Speicherkartenleser heraus und fummelte die MicroSD-Karte zurück in sein Smartphone. Niemand würde sie dort vermuten. In wenigen Stunden, nach seiner Schicht, konnte er beim Verlassen des Gebäudes den Sicherheitskontrollen entspannt entgegensehen.

Er loggte sich aus dem Server aus und widmete sich dem Stativ mitsamt dem Laserpointer. Nach wie vor juckte seine Nase wie verrückt, während er vorsichtig die Konstruktion anhob, den roten Punkt des Lasers weiterhin auf die Kameralinse gerichtet. So trat er den Rückzug an. Jetzt nur noch zur Tür hinaus, und er war auf einen Schlag um 50000 Euro reicher. Rechnete er das Geld für die beiden Jobs in Budapest hinzu, fehlte nicht mehr viel bis zu der Motoryacht, die er sich im Internet bereits ausgesucht hatte.

Der Niesreflex war stärker als er. Er hatte keine Chance, ihn zu verhindern. Noch während er zusammenzuckte, sah er den roten Punkt des Lasers über den Boden huschen. Reflexartig wirbelte er herum und wandte der Kamera den Rücken zu, die jetzt wieder aufzeichnete. Falls der Laser die Linse noch nicht zerstört hatte, wovon nicht automatisch auszugehen war, hatten sie ihn jetzt auf Band! *Abgefuckte Scheiße, gottverdammt!* Panikartig verließ der Mann den Raum, hastete den sterilen Gang entlang und verlangsamte seine Schritte erst an der Virenschleuse. Seine Gedanken überschlugen sich. War die Linse noch funktionsfähig gewesen oder bereits zerstört? Hatten sie ihn auf Band? Er musste es irgendwie herausfinden, auch wenn er damit ein weiteres, unkalkulierbares Risiko einging. Falls es Aufnahmen von ihm gab, musste er sie löschen. Koste es, was es wolle. Andernfalls war sein Leben keinen Pfifferling mehr wert.

Tag 10

»US-Rockstar Tommy Beach überraschend gestorben. Erst vor einer Woche hatte Beach seine Welttournee aus gesundheitlichen Gründen abgebrochen und war seitdem von der Bildfläche verschwunden gewesen. Beach wurde 34 Jahre alt. Bislang gibt es keine Stellungnahmen des Managements oder aus dem Familienkreis zur Todesursache.«

RollingStone.de

SCHWARZWALD

Kurz nach dem Ortsausgang Todtnau war der Taxifahrer – ein schweigsamer, dunkelhäutiger Mann mit Dreitagebart – von der B 317 auf einen schmalen, menschenleeren Privatweg abgebogen. Fabian saß im Fond des Taxis, sah zum Fenster hinaus und versuchte die nervige Radiowerbung zu ignorieren. Die Serpentinen, die sich inmitten eines Fichtenwalds den Berg hinaufwanden, schienen kein Ende zu nehmen. Nur vereinzelt fielen Lichtstrahlen durch die dichten Zweige der Nadelbäume. Nebelschwaden waberten über moosbedecktem Boden. Ungeduldig trommelte

Fabian mit den Fingern auf die Armablage. Die Anreise zur Rosenstein-Klinik zog sich hin.

Im Radio folgten die Nachrichten zur vollen Stunde. Der Sprecher meldete den überraschenden Tod von Tommy Beach. Schon kursierten die üblichen Spekulationen. Die Klatschpresse vermutete Drogen- und Alkoholprobleme. Die Nachricht betrübte Fabian. Er mochte Beachs markante Reibeisenstimme. Während der nächsten drei Monate würde er mehr als genug Zeit finden, seine Alben mal wieder rauf und runter zu hören.

Der Nachrichtensprecher wechselte das Thema: »*Das Massensterben im Kruger-Nationalpark weitet sich aus.*«

Fabian beugte sich zum Taxifahrer vor. »Etwas lauter, bitte.«

»*Wie aus südafrikanischen Regierungskreisen zu hören ist, beschränkt sich das Tiersterben nicht mehr nur auf den Kruger-Park, sondern hat auf den angrenzenden Limpopo-Nationalpark in Mosambik übergegriffen. Dort hat man in der Savanne mehrere Herden verendeter Antilopen entdeckt. Experten schätzten, dass die Zahl der toten Tiere mittlerweile die Millionengrenze überschritten hat. Der Tourismus ist vollständig zum Erliegen gekommen. Immer mehr Fluglinien streichen Flüge nach Johannesburg und Durban. Und nun zum Wetter.*«

»Krass«, kommentierte der Taxifahrer und stellte das Radio leiser.

»Furchtbar«, sagte Fabian und lehnte sich wieder zurück. »Hoffentlich hört das bald auf.« Er dachte an Bob, den er für die Dauer seiner Abwesenheit bei einem befreundeten Besitzer einer kleinen Zoohandlung in Obhut gegeben hatte. Fabian vermisste ihn jetzt schon.

Der Wald endete, und die Straße verlief weiter durch grüne Wiesen bergaufwärts. Als Fabian unvermutet sein Gesicht im Rückspiegel des Taxis erblickte, zuckte er unwillkürlich zusammen.

Er konnte sich an den Anblick seiner gelben Augen einfach nicht gewöhnen. Selbst am Tag nach seiner Blinddarmoperation vor vier Jahren hatte er nicht so krank ausgesehen. Endlich erreichten sie das Bergplateau. Auf einem verwitterten Schild am Straßenrand stand *Rosenstein-Klinik 1 km*. Kurz darauf befuhren sie eine lange Kieszufahrt, an deren Ende die ehemalige Heilanstalt für Lungenkranke auf einem Hügel thronte. Das um 1900 im Stil eines historischen Herrenhauses errichtete Hauptgebäude war fünfstöckig. An der Ostseite glitzerte ein moderner mehrstöckiger Kubus aus Glas und Stahl im Sonnenlicht. Das musste der Forschungskomplex sein, den Leonie Hauser erwähnt hatte. Während der Taxifahrer durch das geöffnete Tor in den eindrucksvollen Innenhof fuhr, betrachtete Fabian die Fachwerkfassade des Hauptgebäudes. Alles wirkte wie frisch renoviert.

Der Taxifahrer hielt vor dem Haupteingang. Er wuchtete Fabians Koffer und Rucksack aus dem Kofferraum, im Gegenzug gab Fabian ihm ein ordentliches Trinkgeld auf den Fahrpreis. Kurz darauf verschwand das Taxi, eine Staubwolke hinter sich herziehend, durch das Tor. Eine seltsame Stille senkte sich auf Fabian herab. Keine Vögel sangen, keine Grillen zirpten. Nichts. Fabian atmete tief durch. Die frische Luft tat gut, und hinter der Holztür wartete ein neues Leben auf ihn. *Hoffentlich.*

»Bitte nehmen Sie Platz«, sagte die dynamisch wirkende Frau mit den wallenden schwarzen Haaren und deutete auf einen Stuhl im Vorzimmer. Sie hatte Fabian an der Rezeption empfangen, sich als Frau Fritz-Schneider vorgestellt und ihn hinauf in den zweiten Stock geführt. »Doktor Hauser wird jeden Moment bei Ihnen sein.«

Fabian betrat das Zimmer, das wie die gesamte Klinik rustikal möbliert war und nach altem Holz roch. Er konnte Antiquitäten nichts abgewinnen, aber er mochte die hohen Räume mit ihren Stuckdecken. Auf der anderen Seite des Zimmers registrierte Fabian eine weitere Tür, hinter der sich die Praxis von Dr. Hauser befinden musste.

»Kann ich Ihnen eine Erfrischung anbieten?«, fragte Fritz-Schneider. »Wir haben ganz hervorragenden Eistee.«

Er drehte sich zu ihr um. Sie trug Jeans und Bluse, und trotz des Doppelnamens trug sie keinen Ehering. Unwillkürlich fragte er sich, ob die Angestellten ebenfalls hier in der Klinik wohnten, oder ob sie unten im Tal in einem Hotel oder einem Wohnhaus untergebracht waren?

»Ich habe keinen Durst. Aber danke.«

»Bevor ich es vergesse«, sie zog ein Smartphone aus ihrer Hosentasche und richtete die Kamera auf Fabian. »Bitte lächeln.«

Er machte ein verdutztes Gesicht.

»Für die Chipkarte«, erklärte sie. »Jeder braucht eine, sonst öffnen sich hier keine Türen.«

»Ach so.« Fabian setzte ein verkrampftes Lächeln auf.

»Fertig.« Sie steckte ihr Handy weg. »Wir sehen uns später.« Lächelnd zog sie die Tür zum Flur hinter sich zu und verschwand.

Fabian trat ans Fenster und sah hinaus. Von hier oben betrachtet, wirkte der Innenhof noch größer. Der Gebäudekomplex mit den breiten, halbrunden Türen direkt gegenüber musste in früheren Zeiten der Marstall gewesen sein. Nach Westen hin öffnete sich der Hof zu einer weitläufigen Parkanlage mit englischem Rasen, kunstvoll geschnittenen Buchsbäumen und kiesbedeckten Wegen sowie mit Parkbänken. Eine etwa drei Meter hohe Steinmauer verlief rund um den gesamten Park. Fabian gefiel, was er sah. Wie von Leonie Hauser vorhergesagt, stellte sich bei Fabian das Gefühl ein, in einem Kurhotel gelandet zu sein.

In diesem Moment wurde die Tür zur Praxis aufgerissen. Fabian fuhr herum. Ein breitschultriger Mann mit kurz rasierten Haaren und einem zu eng sitzenden, blauen Anzug stürmte in den Vorraum. Seine dunklen Augen funkelten wild, sein Gesichtsausdruck verriet schlechte Laune. Aus dem Zimmer erklang eine Frauenstimme: »Ich bin noch nicht mit Ihnen fertig, John!«

Überrascht hob Fabian die Augenbrauen. Die Stimme von Leonie Hauser war kaum wiederzuerkennen. Einen derartigen Kommandoton hätte er ihr gar nicht zugetraut.

Der Mann blieb stehen, sein Gesicht war rot angelaufen. Er schien Fabian gar nicht wahrzunehmen. Er kehrte um und stellte sich breitbeinig in den Türrahmen. »Was noch?«

»Sehen Sie zu, dass Sie diese Angelegenheit in den Griff bekommen«, hörte Fabian die Ärztin zischen. »Ich kann mich nicht um alles kümmern.«

»Kehren Sie lieber vor Ihrer eigenen Haustür.«

»Ich erledige meinen Job. Keine Sorge. Aber was Sie betrifft, John, bin ich mir da nicht mehr so sicher.«

Hinter seinem Rücken ballte der Mann eine Faust. »Nur damit Sie es wissen. Sie können Capellari meinetwegen bis zum Dünndarm in den Arsch kriechen. Ist mir scheißegal. Solange ich von Capellari keine gegenteiligen Anweisungen erhalte, gehe ich diese Sache an, wie ich es für richtig halte. Ihre Meinung interessiert mich einen Dreck.«

»Ich will Ergebnisse«, sagte Leonie Hauser mit eisiger Stimme, »oder ich sorge dafür, dass Sie hier demnächst die Toiletten putzen.«

Ohne ein weiteres Wort fuhr der Mann herum und lief an Fabian vorbei zur Tür hinaus.

Sekunden später erschien eine sichtlich aufgebrachte Leonie Hauser im Türrahmen. Sie bemerkte Fabian, und ihre Gesichtszüge entspannten sich. Sie produzierte ein durchaus überzeugendes freundliches Lächeln. Sie hatte sich gut im Griff, das musste Fabian ihr lassen.

»Herr Nowack, schön Sie zu sehen«, begrüßte sie ihn mit dem warmen Klang in ihrer Stimme, den Fabian in Erinnerung hatte. »Hatten Sie eine gute Anreise?«

»Schlechter Zeitpunkt? Soll ich vielleicht später …?«

»Aber nicht doch! Bitte verzeihen Sie diese unerfreuliche Szene. John Turner, unser Sicherheitschef, ist leider ein recht ungehobelter Klotz. Wenn es nach mir ginge …« Sie winkte ab. »Vergessen Sie ihn einfach. Sie werden nichts mit ihm zu tun haben. Bitte kommen Sie herein. Ich freue mich wirklich sehr, Sie hier zu begrüßen.«

Er trat auf sie zu. »Dachten Sie, ich überlege es mir anders?«

»Sie wären der Erste. Willkommen in der Rosenstein-Klinik.« Sie streckte ihm die Hand entgegen.

Das Lächeln wirkte – wie alles an dieser Frau – eine Spur zu perfekt, fand Fabian, und während er ihre Hand schüttelte, konnte er sich des Gedankens nicht erwehren, dass er womöglich gerade einen Pakt mit dem Teufel schloss.

Tag 11

»US-Wissenschaftler haben die höchste CO_2-Konzentration in der Erdatmosphäre seit Beginn der Aufzeichnungen in den 1950er-Jahren registriert. Zuletzt gab es vergleichbar hohe Werte vor etwa drei Millionen Jahren während des Pliozäns.«

ARD, Tagesthemen

SCHWÄBISCHE ALB, DEUTSCHLAND

Die Lichtkegel der LED-Taschenlampen strichen über den unbefestigten, felsigen Untergrund der Karsthöhle. Deren Lichtschein sowie die Stirnlampen auf ihren Schutzhelmen halfen Mark Brenner und Lorenz Faas bei der Orientierung. Im Gegensatz zu Faas war Brenner wenig geübt in Höhlenbegehungen. Ständig suchte er nach sicheren Trittstellen auf dem rutschigen Gestein. Die kalte Luft reizte seine Bronchien, und er ärgerte sich, dass er nicht an Handschuhe gedacht hatte. Schritt für Schritt folgte er Faas tiefer in das sogenannte »Finstere Loch«, einer Höhle auf der Schwäbischen Alb, die man nur zu Fuß erreichte. Hier, im Felsmassiv Rosenstein, gab es mehr als dreißig Höhlen, doch das Finstere Loch war mit mehr als hundertvierzig Metern Länge sowie mehreren Hallen die größte. Der Höhleneingang lag offen im Wald, Eintrittsgeld wurde keines erhoben. Folglich war das Finstere Loch nicht touristisch erschlossen. Es gab weder künstliches Licht noch irgendwelche Sicherungen wie Seile oder Handläufe. Von Anfang Oktober bis Ende März war der Südeingang, durch den Brenner und Faas gekommen waren, durch ein Gittertor verschlossen, um die Fledermäuse zu schützen, die hier in Scharen überwinterten. Für das Überleben der Tiere waren trockene, ruhige Rückzugsorte wichtig. Den Schlüssel zum Tor hatte Lorenz Faas besorgt, der für das Baden-Württembergische Ministerium für Umwelt, Klima und Energiewirtschaft arbeitete und in seiner Freizeit für eine Naturschutzorganisation tätig war. Jedes Frühjahr suchte Faas bekannte Fledermaus-Quartiere auf, um die dort überwinternden Gattungen und Arten zu bestimmen und zu zählen. Größe und Zusammensetzung der Populationen gaben Wissenschaftlern und Umweltschützern wichtige Aufschlüsse über den Zustand der Biodiversität der heimischen Flora und Fauna. Alles in allem stand es um die Fledermäuse in Deutschland nicht gut, und wie so häufig hatte dies verheerende Auswirkungen auf andere Tierarten. Ein Teufelskreis.

Immer tiefer drangen sie in die Höhle ein. Abgesehen vom Quietschen ihrer Schuhsohlen, war kein Laut zu hören. Je näher sie ihrem Ziel kamen, umso nervöser wurde Brenner. Hoffentlich würden sie hier nicht dieselbe verstörende Entdeckung machen müssen wie gestern in der nur wenige Kilometer entfernten Sontheimer Höhle.

Über ein kleines Geröllfeld gelangten sie in die erste Halle, dann ging es weiter in die Tiefe.

»Haben Sie von Kasachstan gehört?«, durchbrach Brenner die Stille. Seine Stimme hallte durch die Höhle.

»Von den Saigas?«, entgegnete Faas schwer atmend. »Furchtbare Sache. Kam heute Morgen im Radio. Wissen Sie mehr darüber?«

»Nicht wirklich. In den Koustanay-Steppen sind binnen weniger Tage über 120 000 Saiga-Antilopen verendet. Das ist mehr als ein Drittel der gesamten Population auf der Erde. Da denkt man natürlich sofort an den Kruger-Park.«

»Und wieder trifft es eine sowieso schon bedrohte Tierart«, sagte Faas. »Ist etwas über die Ursache bekannt?«

»Bisher Fehlanzeige«, sagte Brenner. »Die Tiere haben Schaum vor dem Mund und leiden an Durchfall. Virale oder bakterielle Erreger sind bislang nicht nachgewiesen. Und das Sterben dauert an.«

Faas blieb stehen und drehte sich zu Brenner um. »Bakterien und Viren sind weit seltener Auslöser von Massensterben, als wir gemeinhin annehmen. In letzter Zeit sehen wir im Ministerium zunehmend andere, allerdings schwer greifbare Faktoren, die Massensterben auslösen.«

»Kurze Trinkpause?«, fragte Brenner.

Faas nickte, setzte seinen Rucksack ab und zog eine Thermoskanne heraus.

»Und was sind das für Faktoren?«, fragte Brenner.

»Das Hauptproblem für die Tierwelt sind die gravierenden Veränderungen in unseren Ökosystemen in extrem kurzer Zeit«, sagte Faas und füllte heißen Tee in zwei Keramiktassen. »Allein in den letzten fünfzig Jahren sind durch menschengemachte

Umweltveränderungen sechzig Prozent der bekannten Säugetiere, Vögel, Fische und Reptilien ausgerottet worden.« Brenner nahm die dampfende Tasse entgegen, die Faas ihm hinhielt.

»Der Mensch wird durch seine bloße Existenz der Natur zum Verhängnis«, fuhr Faas fort. »Die Zerstörung von Lebensräumen, der massive Einsatz von Düngemitteln und Pestiziden in der Landwirtschaft sowie Monokulturen in der Land- und Forstwirtschaft sind nur einige der gravierendsten Ursachen. Weltweit vernichten wir Wälder in der Größenordnung von mehr als vierzig Fußballplätzen pro Minute. Auf ein Jahr hochgerechnet, entspricht das in etwa der Fläche Belgiens und Österreichs.«

Brenner betrachtete Faas, der etwa zehn Jahre jünger sein mochte, Ende dreißig. Mit seiner gesunden Hautfarbe, dem drahtigen Körperbau und dem welligen braunen Haar wirkte er wie der Inbegriff des Naturburschen.

»Welche Folgen werden die Vorgänge im Kruger-Park und in Kasachstan nach sich ziehen?«, fragte Brenner nach einer Weile.

Faas sah ihn ernst an. »Generell ist das Aussterben einer Art immer unumkehrbar und bringt unkalkulierbare Risiken mit sich. Jedes Tier und jede Pflanze hat eine Funktion im Ökosystem. Durch den Wegfall einer Spezies oder Art gerät dieses System durcheinander. Das zieht unweigerlich Folgen nach sich. In letzter Konsequenz auch immer für uns Menschen. Unser Überleben hängt, sehr viel mehr als gemeinhin angenommen, von einem funktionierenden und gesunden Ökosystem mit hoher Artenvielfalt ab.« Er nippte an seinem Tee. »Jedes Verschwinden einer Art löst eine Kettenreaktion aus, und am Ende dieser Todesspirale stehen irgendwann unweigerlich wir Menschen.

Massive Artenverluste, wie wir sie aktuell erleben, zerstören auf Dauer unsere Existenzgrundlage.«

Brenner umklammerte die heiße Tasse mit beiden Händen. Die Wärme tat gut. »Ab wann gerät ein Ökosystem eigentlich aus dem Gleichgewicht? Ich meine, gibt es Daten darüber, wieviel wir unserer Umwelt zumuten können, ohne selbst Schaden zu nehmen?«

Faas starrte ihn mit großen Augen an. »Fragen Sie das ernsthaft?«

»Wieso?«

»Sind Sie wirklich so kurzsichtig?«, entgegnete Faas kopfschüttelnd. Er leerte seine Tasse. »Wir müssen weiter.«

Brenner trank ebenfalls aus. Während Faas die Becher und die Kanne zurück in seinen Rucksack stopfte, sagte Brenner: »Ich muss Sie sicher nicht daran erinnern, wie großzügig Herr von Cronbergs Stiftung Ihre Arbeit unterstützt. Ich frage in seinem Auftrag. Also noch einmal – kann man das Umkippen von Ökosystemen berechnen?«

Faas schulterte seinen Rucksack und warf Brenner einen bösen Blick zu. »Herr von Cronberg ist wohl auch einer von denen, die glauben, man könne mit Geld alles regeln.«

Brenner verkniff sich einen Kommentar. Aus irgendeinem Grund war Lorenz Faas heute ziemlich reizbar.

»Kipp-Punkte zu definieren, oder gar vorauszuberechnen, ist in großen Ökosystemen wie Wäldern oder Meeren völlig unmöglich«, antwortete Faas schließlich. Mit großen Schritten ging er voraus, während seine Helmlampe den unmittelbaren Bereich vor ihnen ausleuchtete. »Wir verstehen noch zu wenig, welche Tier- und Pflanzenarten welche Funktionen erfüllen. Es gibt unzählige noch unbekannte Faktoren. Die traurige Wahrheit ist, dass wir nicht einmal wissen, ob ein Wald ohne Ameisen überleben könnte. Nur um ein Beispiel zu nennen.«

Brenner musste sich anstrengen, um mit Faas Schritt zu halten. »Wenn man schon für einen einzelnen Wald keine Vorhersagen treffen kann«, sagte er keuchend, »wie kann man dann behaupten, der Mensch würde die Natur zerstören? Unbestritten verändern wir durch unser Wirken unsere Umgebung, aber das Leben passt sich an. Oder etwa nicht? Das ist es doch, was wir Evolution nennen.«

Faas würdigte ihn keines Blickes. »Und ich habe Sie bislang für einen intelligenten Menschen gehalten«, brummte er kopfschüttelnd.

»Nun kommen Sie. Ich spiele nur den Advocatus Diaboli. Herr von Cronberg wird mir genau solche Fragen stellen. Also?«

Faas schnaubte verächtlich. »Na gut. Dann führen Sie Ihrem Boss Folgendes vor Augen. Wir, damit meine ich die gesamte Menschheit, sitzen in einem Flugzeug, das mit 900 Stundenkilometern in zehntausend Metern Höhe durch die Luft fliegt. Plötzlich fangen wir an, Schrauben und andere Kleinteile auszubauen. Erst aus den Kabinen, dann aus dem Cockpit und später aus den Turbinen. Das Flugzeug repräsentiert das Biosystem Erde, und die Kleinteile und Schrauben sind Tier- und Pflanzenarten, die nach und nach aussterben. Auf manche Kleinteile in den Kabinen kann man vermutlich verzichten, entfernt man aber nur eine einzige falsche Schraube aus einer Turbine, fliegt einem das ganze System buchstäblich um die Ohren. Das Problem ist, dass wir nicht wissen, welche Schrauben essenziell sind. Trotzdem zerlegen wir momentan die Turbinen eifrig in ihre Einzelteile und denken nicht an die Folgen.«

»Wir steuern also unvermeidbar auf einen Crash zu? Ist es das, was Sie mir sagen wollen?«

»Sie haben es erfasst.«

Brenner trat auf einen glitschigen Felsbrocken, rutschte ab, fing sich aber im letzten Augenblick. Er atmete durch und wünschte, sie wären schon wieder raus aus diesem Loch. Er kannte Lorenz Faas seit beinahe zwei Jahren, aber so pessimistisch hatte er ihn bisher noch nicht erlebt. »Wie wird sich ein solcher Crash Ihrer Meinung nach auswirken?«

»Das Leben auf unserem Planeten wird nicht enden, wenn unser Flugzeug abstürzt. Aber die Ökosysteme, die unsere Lebensgrundlage bieten, werden sich radikal verändern. Der Mensch ist in diese Systeme eingebettet und kann sich da nicht heraushalten. Je weniger Biodiversität, umso instabiler wird ein Ökosystem. Gibt es irgendwann zu viele Arten, die wiederum von nur wenigen Arten abhängig sind, dann ...«

»... ist das der Todesstoß für uns«, vollendete Brenner den Satz.

»Wenn zu viele wichtige Schlüsselarten aussterben – denken Sie an das Insekten- und Bienensterben –, nun, dann löst das eine Kettenreaktion aus, die über kurz oder lang zu einem globalen Massenaussterben führt.« Jetzt hielt er an, drehte sich zu Brenner um. Wieder sah er ihm mit ernster Miene in die Augen. »Die Erde hat bereits fünf verheerende Massenaussterben erlebt. Aktuell erleben wir den Beginn des sechsten großen Sterbens. Darin sind sich Wissenschaftler heute weitgehend einig. Mich persönlich überrascht nur, wie schnell es voranschreitet.«

Brenner dachte an den Anblick, der sich ihm im Kruger-Park geboten hatte. War das furchtbare Tiersterben, das in letzter Zeit überall auf der Welt stattfand, tatsächlich Vorbote eines noch verheerenderen, alles umfassenden Sterbens?

Faas marschierte weiter. »Sie wollten wissen, wie ich über einen solchen Crash denke«, nahm er den Faden wieder auf.

»Ja.«

»Wir gehen schlafwandelnd auf eine mörderische Klippe zu. Der Crash wird kommen. Unausweichlich. Das sechste Massenaussterben lässt sich kaum mehr aufhalten. Danach wird sich das Leben auf der Erde neu strukturieren, wie bisher nach jedem solchen Ereignis. Nur ob der Mensch dann noch mit von der Partie ist, das wage ich zu bezweifeln. Und vielleicht ist das auch ganz gut so.«

»Eine ziemlich radikale Ansicht.«

»Wissen Sie, was das Interessante an all dem ist?« Faas drehte sich erneut um. Zu Brenners Erstaunen lächelte er. Doch es war ein trauriges Lächeln. »Jeder Einzelne von uns spielt in diesem Stück die Rolle des Bösewichts. Es gibt keine Helden. Wir alle tragen dazu bei, dass wir auf den Crash zusteuern. Ganz gleich wie umweltbewusst wir zu handeln versuchen. Das macht das Ganze für uns auch so schwer begreiflich. Menschen verursachen Probleme. Ganz einfach. Jedes Mal, wenn Sie Ihr Auto starten, etwas essen oder trinken, im Internet surfen oder ein Antibiotikum nehmen, leisten Sie Ihren Beitrag zu irgendeinem Artensterben irgendwo auf der Welt.«

»Und, was schlagen Sie vor?«, fragte Brenner. Sein Ton war herausfordernd. Er war nicht so schnell bereit, sich von Faas ins moralische Abseits schieben zu lassen. »Sollen wir jetzt alle aufhören zu essen, zu trinken und zu atmen, damit Mutter Natur genesen kann? Ein wenig konstruktiver wäre ganz nett.«

»Es ist vollkommen egal, was wir tun oder nicht tun.« Faas

zuckte mit den Schultern. »Es spielt keine Rolle. Das sechste Massenaussterben ist im Gange, und diesmal wird es zwangsläufig auch uns Menschen erwischen.« Er setzte seinen Weg fort.

Brenner folgte ihm, schweigend. Mit dem Mann war heute offensichtlich nicht gut zu reden. Er teilte Faas' radikale Ansicht durchaus nicht. In den vergangenen Jahren hatte man viele Probleme erkannt und man arbeitete mit Hochdruck an Lösungen. Allerdings musste Brenner zugeben, dass sich die besorgniserregenden Meldungen in letzter Zeit geradezu überschlugen. Kam das erwachende Umweltbewusstsein der Menschheit möglicherweise zu spät?

Der schmale Gang führte jetzt wieder leicht nach oben. Ein beißender Gestank drang in Brenners Nase. Fledermausexkremente. Doch daneben nahm er einen weiteren Geruch wahr, der nichts Gutes verhieß. Kurz darauf betraten sie die knapp vierzig Meter lange und sieben Meter breite Haupthalle, die an ihrer höchsten Stelle dreizehn Meter maß. Der Gestank war überwältigend. Brenner zog seinen Schal über Mund und Nase.

»O nein!«, rief Faas aus.

Brenner ließ den Lichtkegel seiner Mag-Lite über die Decke der Halle gleiten. Dort hingen kaum mehr als zwanzig Fledermäuse kopfüber. Brenner keuchte. Es hätten eigentlich an die fünfhundert Tiere sein müssen! Er schwenkte die Taschenlampe nach unten, und seine schlimmsten Befürchtungen bestätigten sich.

»Scheiße«, murmelte er.

»Wir haben ein ernsthaftes Problem«, stellte Lorenz Faas fest.

»Zufall ausgeschlossen?«

»Erst gestern und jetzt heute?« Faas schüttelte traurig den Kopf. »Das ist kein Zufall.«

Der Höhlenboden war übersät mit Hunderten toten Fledermäusen. Viele der Tiere waren bereits im Stadium der Verwesung. Erst kürzlich verendete und von der Decke gefallene Exemplare lagen obenauf, ein paar wenige lebten noch. Sichtlich ausgezehrt und geschwächt krabbelten sie orientierungslos über den Berg aus Exkrementen und toten Artgenossen, der sich auf dem Höhlenboden gebildet hatte. *Es geschieht also auch hier*, dachte Brenner.

»Hier überwintern vornehmlich die Große sowie die Kleine Hufeisennase«, sagte Faas deprimiert. »Beide Arten stehen auf der Roten Liste als vom Aussterben bedroht.«

Brenner beugte sich hinunter und leuchtete eines der lebenden Tiere an. »Völlig abgemagert.«

»Dieses Tier wird keine weitere Nacht überstehen.« Faas deutete auf den weißen Pilzbewuchs rund um die Nase der Fledermaus. »Wie gestern in der Sontheimer Höhle.«

Nachdenklich rieb Brenner sich den Nacken. Eigentlich waren Fledermäuse Überlebenskünstler. Über Kopf hängend, kamen sie während des Winters monatelang ohne Nahrung aus, wobei sie ihre Herzfrequenz auf nur einen Schlag pro Minute herunterfuhren. Doch dabei waren sie anfällig für das Weißnasen-Syndrom, eine Pilzinfektion, die erstmals 2006 im Staat New York festgestellt wurde und die sich seitdem in den USA und Kanada ausbreitete. Über zehn Millionen Fledermäuse waren in den letzten Jahren in Nordamerika an der Krankheit gestorben. Experten schätzten, dass in den USA neunzig Prozent der heimischen Populationen verschwunden waren.

»Bisher galten Fledermäuse in Europa als immun gegen diesen Pilz«, sagte Brenner. »Hat sich daran womöglich etwas geändert?«

»Scheint so. Nur warum?«

Vor ihren Augen fiel eine Fledermaus von der Decke. Beinahe lautlos plumpste sie auf den Berg toter Artgenossen am Boden. Desorientiert und erschöpft versuchte sie davonzukrabbeln. Traurig betrachtete Brenner das hilflose Tier, das dem Tod geweiht war.

Faas zog einen Druckverschlussbeutel sowie ein Schweizer Taschenmesser aus der Gesäßtasche seiner Jeans. Er klemmte die Mag-Lite unter die Achsel, schabte mit dem Messer eine in den Exkrementen festgeklebte tote Fledermaus vom Fels und schob sie mit der Spitze des Messers in den Plastikbeutel. Laboruntersuchungen würden Aufschlüsse darüber geben, was genau sich hier unten abspielte. Bedrückt warf er einen Blick auf die wenigen noch lebenden Tiere an der Höhlendecke. Ziemlich sicher würden auch sie in den nächsten Tagen verenden.

Brenner hatte genug gesehen. Es wurde Zeit, Philipp von Cronberg die schlechten Nachrichten zu übermitteln. Wie im Falle der havarierten *Mary Rose* hatte von Cronberg auch hier den richtigen Riecher bewiesen. Wie hatte er das vorhersehen können?

Während des schweigsamen Rückwegs zerbrach Brenner sich den Kopf über eventuelle Zusammenhänge zwischen der Besatzung der *Mary Rose*, den toten Makaken im Laderaum, dem Kruger-Park und Kasachstan sowie diesen Fledermäusen. In den letzten Wochen hatte Philipp von Cronberg ihn im Auftrag der Stiftung um die halbe Welt geschickt, um Informationen zu jedem auftretenden Massensterben zu sammeln. Warum? Was verschwieg von Cronberg ihm?

Eine knappe Stunde später waren sie zurück beim Höhlenausgang. Mit tiefen Atemzügen sog Brenner frische Luft in seine Lungen. Vor der Höhle stand ein Mann, der gegen das Sonnenlicht im Rücken nur als schattiger Umriss zu erkennen war.

»Ich dachte schon, Sie wollen da drin übernachten«, sagte er.

»Kennen wir uns?«, fragte Brenner.

»Herr von Cronberg schickt mich. Ich soll Sie zu ihm bringen.«

»Worum geht's diesmal?«

»Keine Ahnung.«

Brenner musterte den Mann. Er hatte nicht die geringste Ahnung, was nun schon wieder vorgefallen war. Eigentlich hatte er sich auf ein paar freie Tage gefreut, doch wie es schien, war ihm keine Ruhepause vergönnt.

Tag 11

»Jahrzehntelange Überfischung und immer mehr sauerstoffarme Todeszonen in unseren Meeren lassen marine Nahrungsketten kollabieren. Inzwischen sind über fünfhundert solcher Todeszonen bekannt, in denen es praktisch kein Leben mehr gibt. Tendenz steigend.«

GEOMAR, Helmholtz-Zentrum

SCHWARZWALD

»Es gibt keinen Grund, nervös zu sein«, sagte Leonie Hauser, während sie mit Fabian im Schlepptau durch einen langen Flur im Erdgeschoss ging, der sie zum Forschungstrakt führen würde.

»Ich bin nicht nervös«, log Fabian und wischte sich unauffällig die feuchten Handflächen an seiner Jeans ab. Wenige Minuten zuvor hatte er im Sekretariat die letzten Formalitäten erledigt. Dazu hatte auch das Aufsetzen einer Patientenverfügung gehört. Spätestens damit war ihm endgültig klar geworden, welche Risiken mit der Teilnahme an dieser Studie einhergingen.

»Heute steht eine ausführliche Anamnese auf dem Programm«, sagte Hauser. »Wir werden Ihnen außerdem Blut abnehmen. Keine große Sache.«

»Das sagen Sie.«

»Sagen Sie bloß, Sie haben Angst vor einer Spritze?«

»Kommt drauf an, wie dick die Nadel ist und wo sie reinmuss.«

Sie lächelte. »Schön, dass Sie trotz der Umstände Ihren Humor nicht verlieren.«

Er zuckte mit den Schultern. »Würde das was ändern?«

»Wissen Sie, die meisten Menschen reagieren auf zwei Arten auf die Nachricht einer tödlichen Erkrankung: aggressiv oder depressiv. Sie, Herr Nowack, sind eine wohltuende Ausnahme.«

»Um offen zu sein, es ging mir beschissen, als Sie in meiner Wohnung aufgetaucht sind. Aber jetzt bin ich hier. Ich habe wieder Hoffnung.«

»Das ist gut.«

Das Klappern von Leonie Hausers Absätzen hallte durch den Flur. Abgesehen davon, war die Ruhe im Klinikgebäude fast erdrückend. Bis auf eine Putzfrau, die einen Reinigungswagen vor sich hergeschoben hatte, hatte Fabian bislang noch niemanden gesehen.

Vor einer grauen Stahltür blieben sie stehen. Daneben, an der Wand, befand sich ein elektronisches Zutrittskontrollsystem.

Dr. Hauser deutete auf Fabians Ausweiskarte, die an einer dünnen Kordel um seinen Hals baumelte. »Versuchen Sie es.«

Er hob den Ausweis vor den Scanner, und die Tür wurde entriegelt.

Sie betraten den Forschungstrakt. Der Unterschied zur Architektur und zur Einrichtung der eigentlichen Klinik hätte nicht größer sein können. In dem Stahl-und-Glas-Kubus herrschten sterile Nüchternheit und spartanische Leere. Sie gingen an der Glasfront entlang, die zu ihrer Linken lag. Die Türen zu ihrer Rechten waren mit Zahlen-Buchstaben-Kombinationen versehen. Vermutlich waren es Büros. In regelmäßigen Abständen passierten sie Türen mit Zutrittskontrolle.

»Mit Ihrer Ausweiskarte«, erklärte Dr. Hauser, »können Sie sich praktisch frei in der gesamten Klinik bewegen. Nur in den Forschungsabteilungen und Mitarbeiterbüros gilt Zutritt verboten.«

»Und wenn ich mal an die frische Luft will?«

»Ihre Abwehrkräfte werden durch den Gentransfer sehr geschwächt sein. Wir können keinerlei Infektion riskieren. Daher sollten Sie die Klinik in Ihrem eigenen Interesse nicht verlassen.«

Kurz darauf betraten sie ein Ärztesprechzimmer. Hochglanzweiße Schränke, chromblitzende Regale mit medizinischen Geräten, in der Mitte des Raums eine Liege, daneben ein Trimmrad. Vor der Glasfront stand ein Schreibtisch, an dem ein älterer Mann auf einem ergonomischen Stuhl vor einem PC-Monitor saß. Nachdenklich lutschte er an einem Füllfederhalter.

»Professor Engelmann«, sagte Dr. Hauser, »das ist Herr Nowack. Proband PM7.«

Engelmann sah auf und nahm den Füllfederhalter aus dem Mund. »Ah, der Pharmareferent. Gut, gut.«

Er erhob sich und schob seine Lesebrille auf seinen kahlen Schädel. Der Professor reichte Fabian gerade einmal bis zur Schulter, und unter seinem Arztkittel trug er eine braune Cordhose sowie abgetretene Lederschuhe. Aufgrund der Glatze, der buschigen Augenbrauen und der teigigen Haut fiel es Fabian schwer, das Alter des Professors zu schätzen. Er mochte sechzig sein oder auch siebzig.

»Professor Harvey Engelmann ist eine Koryphäe auf dem Gebiet der Molekularbiologie«, sagte Dr. Hauser. »Hauptsächlich ihm verdanken wir unser experimentelles Gentherapeutikum.«

Fabian nickte ungeduldig. Jetzt, wo es losgehen sollte, konnte es ihm gar nicht schnell genug gehen. Jeder Tag zählte. Beim Zähneputzen heute Morgen hatte Fabian im Spiegel die ersten Fältchen entdeckt, die sich buchstäblich über Nacht fächerförmig um seine Augen ausgebreitet hatten. Außerdem hatte er sich drei graue Haare ausgerissen.

»Willkommen in der Non-Aetatis-Studie«, sagte Engelmann. »Wie fühlen Sie sich?«

»Ganz gut.«

»Sehr schön.« Engelmann klatschte in die Hände. »Legen wir gleich los.«

»Ich lassen Sie beide jetzt allein«, sagte Dr. Hauser und war schneller zur Tür hinaus verschwunden, als Fabian ihr nachsehen konnte.

»Bitte machen Sie es sich auf der Liege bequem«, sagte Engelmann. »Ich nehme Ihnen als Erstes Blut ab, damit wir die Labordiagnostik möglichst rasch bekommen.«

»Natürlich.« Fabian legte sich auf die Liege und schob den Ärmel seines T-Shirts nach oben.

Während Engelmann ihm einen Stauschlauch um den Oberarm legte und nach einer geeigneten Vene Ausschau hielt, fragte Fabian: »Wie stehen meine Chancen?«

»Es ist viel zu früh, um darüber zu spekulieren.« Engelmann stach die Nadel in Fabians Vene und löste den Stauschlauch. Er füllte vier Kolben mit Blut, zog die Nadel heraus und presste einen Tupfer auf die Einstichstelle. Er drückte auf den Knopf einer Sprechanlage. »Blut zur Abholung bereit. Proband PM7.« Dann schnappte er sich ein Klemmbrett und seinen Füllfederhalter und sah Fabian an. »Bereit für ein paar Fragen?«

»Schießen Sie los.«

Die nächste halbe Stunde stellte Engelmann ihm Fragen zu seinem familiären Hintergrund, Krankheiten innerhalb der Familie, früheren Erkrankungen, Unfällen, Infektionen, Impfungen, Allergien und Unverträglichkeiten. Zwischendurch erschien ein junger Assistenzarzt, um die Blutproben abzuholen. Engelmann fragte nach Fabians Appetit und ob er in letzter Zeit zu- oder abgenommen habe. Bei der Frage nach Schlafstörungen schweiften Fabians Gedanken sofort zu Bea ab. Hier, in dieser abgeschiedenen Umgebung, vermisste er sie mehr denn je. Sie hätte ihm in dieser schwierigen Zeit Halt gegeben. Stattdessen hatte sie es vorgezogen, mit einem anderen Mann durchzubrennen. Leider war Fabian daran nicht ganz unschuldig. Verdammt, wie hatte er das nur zulassen können? Wo steckte sie? Was tat sie gerade? Ihm wurde klar, dass er Bea finden und sich endlich mit ihr aussprechen musste. Sie musste die Wahrheit über diese verhängnisvolle Nacht erfahren.

Endlich hatte Engelmann seinen Fragenkatalog abgehakt, und er begann mit den Untersuchungen. Er checkte Fabians innere Organe und führte einen Lungenfunktionstest durch, bei dem Fabian so lange und tief ausatmete, bis ihm schwindlig wurde. Danach schloss er Fabian an ein Ruhe-EKG an.

»Wann bekomme ich mein Medikament?«, fragte Fabian.

»Bitte nicht sprechen.« Engelmann kontrollierte den Sitz zweier Elektroden. »Da die Therapie speziell auf Ihre DNA abgestimmt wird, benötigen wir ein paar Tage, um die Infusionen herzustellen.«

»Ein paar Tage?«

»Nicht sprechen.« Engelmann sah ihn streng an. »Für einen erfolgreichen Gentransfer sind zwei Strategien denkbar. Entweder wir injizieren Ihnen die therapeutische DNA direkt. Allerdings birgt dies ein gewisses Risiko, da wir hierzu Adeno- oder Retroviren als Träger einsetzen müssten, die sich in Ihrem Körper unkontrolliert vermehren und Immunreaktionen auslösen könnten. Daher haben wir uns zunächst für die zweite Option entschieden. Wir entnehmen Ihnen geschädigte Zellen und verändern diese gentechnisch im Labor. Anschließend infundieren wir die modifizierten Zellen wieder zurück in Ihren Körper.«

Irgendwann piepte das EKG, und Engelmann befreite Fabian von den Elektroden. »Jetzt noch ein Belastungs-EKG, dann sind wir für heute fertig.«

Fabian setzte sich auf das Trimmrad und wartete geduldig, bis Engelmann erneut alle Elektroden angebracht hatte.

»Sie können loslegen«, sagte der Professor. »Keine Sorge, wir steigern uns langsam. Falls Ihnen übel werden sollte, brechen wir sofort ab. Allerdings sollten Sie ruhig versuchen, an Ihr Limit zu gehen.«

Fabian begann zu treten. Noch spürte er kaum Widerstand. Engelmann schien zufrieden und erhöhte den Tretwiderstand um eine Nuance.

»Ich habe gelesen«, sagte Fabian, »dass es dreizehn Jahre gedauert hat, das menschliche Genom vollständig zu entschlüsseln. Bis heute ist allerdings kaum geklärt, welchem Gen welche Funktion zukommt. Wie haben Sie das bei Progeria adultorum herausgefunden?«

»Wir konzentrieren uns in der Frage des Alterns auf das sogenannte MCAt-Gen sowie das Protein PAI-1«, antwortete Engelmann und erhöhte einmal mehr den Widerstand.

Jetzt musste Fabian schon deutlich mehr Kraft aufwenden. Sein Puls stieg, aber noch fühlte er sich gut. »Aber wie sind Sie gerade auf dieses Gen und dieses spezielle Protein gekommen?«
Engelmann machte eine etwas gequälte Miene. »Bisher kennen wir über tausendfünfhundert Krankheitsgene, aber ständig kommen neue hinzu. Jede einzelne menschliche Körperzelle enthält etwa 25 000 Gene. Ich würde sagen, wir hatten wohl auch ein wenig Glück. Über das Protein stolperten Ärzte zufällig bei Forschungen in einer isoliert lebenden Amisch-Gemeinde in den USA, in der die Menschen, dank einer bestimmten Gen-Variante, erstaunlich alt werden.«

»Und wie sind Ihre Erfahrungen mit vergleichbaren Gentransfer-Arzneimitteln?«

»Vergleichbar ist hier gar nichts. Jeder genetische Defekt ist ein Fall für sich. Das erste Gentransfer-Arzneimittel wurde 2003 in China zugelassen. Inzwischen gibt es mehrere Therapien, die meisten davon bei Tumorsuppressionen.« Engelmann kontrollierte eine Anzeige auf dem Display und fuhr fort: »Leider setzen uns die ethischen Grundsätze der Deklaration von Helsinki in diesem Bereich enge Grenzen. Demnach darf das menschliche Genom nur bei lebensbedrohlichen, schwerwiegenden oder unheilbaren Erkrankungen verändert werden.«

Der Tretwiderstand nahm weiter zu. Fabians Herz schlug kräftiger. Schweißtropfen erschienen auf seiner Stirn. »So langsam wird's anstrengend.«

»Jetzt schon?« Engelmann notierte sich etwas auf seinem Klemmbrett. »Versuchen Sie noch ein wenig durchzuhalten. Nicht reden hilft.«

Fabian biss auf die Zähne und trat weiter in die Pedale. Seine Kräfte ließen erschreckend schnell nach. Schon jetzt hatte er das Gefühl, ihm würde das Herz aus der Brust springen. Seine Oberschenkel zitterten.

Der Tretwiderstand sprang auf die nächste Stufe. Der Schweiß lief Fabian in die Augen, aber er dachte nicht daran aufzugeben. Sein Sichtfeld verengte sich, er bekam kaum noch Luft, und ihm wurde schwindlig. Wie aus weiter Entfernung vernahm er Engelmanns energische Stimme: »Stopp! Lassen Sie es gut sein!«

Fabian hörte auf zu treten. Sein Kinn sank auf die Brust. Engelmann half ihm vom Trimmrad auf die Liege. Fabian brauchte mehrere Minuten, bis er wieder klar denken konnte. »Was ist da gerade eben passiert?«

Engelmann, der nachdenklich an seinem Füllfederhalter lutschte, antwortete nicht sofort. Mit besorgtem Gesichtsausdruck musterte er Fabian. Schließlich bot er ihm ein Glas Wasser an, das Fabian gierig leerte.

»Sie sind von einem Moment auf den anderen fast kollabiert. Sie haben mir, offen gesagt, einen Mordsschrecken eingejagt.«

»Was bedeutet das?«

Engelmann sah ihn betreten an. »Bevor ich Sie nicht eingehender untersucht habe, kann ich natürlich nur Vermutungen anstellen, aber Sie scheinen sehr viel schneller zu altern, als ich bislang angenommen hatte.«

Tag 11

»Die größten Gefahren für die Erde, und damit auch für die Menschheit, gehen von den Menschen selbst aus. Wenn wir so weitermachen wie bisher, gebe ich der Menschheit noch hundert Jahre.«

Stephen Hawking, wenige Wochen vor seinem Tod

VULKANEIFEL, DEUTSCHLAND

Der Rittersaal von Schloss Lichtenhausen war für den jungen Philipp von Cronberg schon immer der mit Abstand schönste Raum im gesamten Schloss gewesen mit seiner reich ornamentierten Holzbalkendecke, den vier tragenden Säulen sowie dem großen Prunkkamin an der Stirnseite. Doch heute erstrahlte der Saal in ganz besonderem Glanz. In der kunstvoll verzierten Einfassung des Kamins loderte ein helles Feuer. Mächtige Blumenbouquets standen in allen vier Ecken des Saals sowie links und rechts von dem Rednerpult, hinter das Philipp von Cronberg in seinem maßgeschneiderten hellgrauen Anzug und mit seiner Ferragamo-Designerbrille soeben getreten war und lächelnd wartete, bis die rund zweihundert anwesenden Gäste im Saal still wurden.

Die Stuhlreihen waren bis auf den letzten Platz gefüllt – mit großzügigen Förderern der Von-Cronberg-Stiftung sowie ausgewählten Politikern und Prominenten. Die Pressevertreter standen im Hintergrund. Eine Einladung zum alljährlichen Gala-Dinner der Stiftung war begehrt, und so mancher Prominente hatte bereits vergeblich versucht, sich mit einer einmaligen Spende eine Einladung zu erkaufen. Doch wie schon sein Vater, so war auch Philipp von Cronberg nicht käuflich. Jeder Gast, der sich heute in diesem Saal aufhielt, unterstützte die Stiftung seit vielen Jahren regelmäßig mit Summen, die häufig im sechsstelligen Bereich lagen.

Als sich ihm alle Gesichter erwartungsvoll zugewandt hatten, beugte Philipp von Cronberg sich zum Mikrofon vor: »Meine sehr verehrten Damen und Herren. Sie alle wissen, dass die Von-Cronberg-Stiftung Projekte unterstützt und initiiert, die Nachhaltigkeit fördern und der Ausbeutung nicht-erneuerbarer Ressourcen entgegenwirken. Dazu gehören Programme zur Aufforstung, Schutz von natürlichen Lebensräumen sowie moderne, nachhaltige Agrikultur ohne großflächigen Einsatz von Düngemitteln oder Pestiziden. Allein im vergangenen Jahr haben wir dafür mehr als 34 Millionen Euro aus unserem Stiftungsvermögen bereitgestellt.« Ein anerkennendes Raunen ging durch die Reihen, und er fuhr fort: »Unser Ziel ist es, eine nachhaltige Welt zu erschaffen, in der niemand hungern und dursten muss. Diesem Ziel fühlen wir uns seit dreißig Jahren verpflichtet. Seit einiger Zeit stellen wir ein wachsendes Interesse am Thema Nachhaltigkeit fest. Endlich erreichen wir mit unseren Anliegen eine breite Öffentlichkeit. Je näher der kritische Punkt rückt, an dem die Ausbeutung unserer Erde irreversibel wird, umso stärker wird dies den Menschen bewusst. Leider engagieren sich die meisten Menschen – die Anwesenden selbstverständlich ausgenommen – erst im Angesicht des drohenden Unheils. Doch die enormen Herausforderungen, vor denen die Menschheit heute steht, können nur durch die Schaffung eines gemeinsamen, globalen Bewusstseins überwunden werden. Wir alle müssen erkennen, dass die auf uns zukommenden Probleme nur gemeinsam gelöst werden können.«

Applaus brandete auf. Am hinteren Ende des Saals öffnete sich in diesem Moment leise eine Tür, und Radu Serban kam herein. Offiziell hatte Serban den Posten eines Leibwächters inne, doch diese Bezeichnung wurde ihm nicht gerecht. Seit vielen Jahren war Serban im Dienst der Familie tätig. Inzwischen war er Philipp von Cronbergs engster Vertrauter. Von Cronberg schätzte den Rumänen. Serban hatte zu vielen Dinge seine ganz eigene Sichtweise. Er war über 1,90 Meter groß, und seine Schultern waren so breit, dass er durch manche schmale Tür nur seitwärts hindurchkam. Seine halblangen, pechschwarzen Haare mitsamt den Koteletten und dem Schnauzer ließen ihn wie ein Relikt aus den Siebzigern erscheinen. Kurz nach Philipps fünfzehntem Geburtstag – nach einer versuchten Entführung – hatte sein Vater ihm Serban an die Seite gestellt. Das war jetzt elf Jahre her.

Serban suchte Augenkontakt, nickte knapp und lehnte sich dann mit dem Rücken an eine der Säulen, von wo aus er den Saal überblicken konnte.

Perfektes Timing, dachte von Cronberg. Sein Gast war also endlich eingetroffen.

»Meine sehr verehrten Damen und Herren«, fuhr von Cronberg fort, »ich möchte Ihnen heute ein Projekt vorstellen, das mir besonders am Herzen liegt. Es geht um einen Lebensraum, der bislang noch kaum in den Fokus der Öffentlichkeit geraten ist, und doch beherbergt er die größte Artenvielfalt in unseren Breiten. Ich rede von der Wiese. Naturbelassene, blühende Wiesen verschwinden zunehmend, meine sehr verehrten Damen und Herren. In landwirtschaftlich genutzten Gebieten finden wir fast ausnahmslos noch Grasäcker, die sich einzig als Tierfutter eignen. Wildbienen, Heuschrecken, Zikaden, Schmetterlinge und im Gras brütende Vögel können auf diesen Äckern nicht leben. Auch deswegen stehen Vögel und Insekten auf der Roten Liste, die noch vor wenigen Jahren überall anzutreffen waren. Ich muss Ihnen nicht vor Augen führen, was das bedeutet. Wir Menschen stehen am Ende einer Kette, deren Glieder nach und nach von Rost zerfressen unter unseren Fingern zerbröseln. Es ist nur eine Frage der Zeit, wann wir an der Reihe sind.«

Betroffenes Gemurmel unter den Anwesenden zeigte von Cronberg, dass er den richtigen Ton getroffen hatte. »Um diesem Prozess entgegenzuwirken, hat die Von-Cronberg-Stiftung im letzten Jahr damit begonnen, über ganz Deutschland verteilt Ackerland aufzukaufen. Insgesamt besitzen wir zu diesem Zeitpunkt 1495 Hektar Ackerflächen, die wir in blühende Naturwiesen zurückverwandelt haben. Dafür haben wir bisher 21 Millionen Euro aus dem Stiftungsvermögen aufgewendet. Mit Ihren Spenden, die ich wie jedes Jahr an dieser Stelle in Namen der Stiftung gerne entgegennehme, werden wir weitere Flächen erwerben und wieder zum Leben erwecken. Geben wir unseren heimischen Arten eine Chance. Deutschland wird wieder erblühen. Ich danke Ihnen für Ihr Engagement!«

Die Zuhörer klatschten Beifall. Fotos wurden gemacht. Philipp von Cronberg dankte mit einem Kopfnicken, dann verließ er die Bühne. Auf dem Weg zum hinteren Ausgang, an dem Radu Serban auf ihn wartete, traten ihm mehrere Reporter in den Weg, die sich bislang im Hintergrund gehalten hatten.

Ein dunkelhäutiger Reporter hielt ihm ein Mikrofon vor die Nase. »Herr von Cronberg, Sie haben vor drei Jahren auf einer Veranstaltung des BUND gesagt, kaum ein Fleck in Deutschland sei noch ursprünglich. Seitdem hat Ihre Stiftung viel erreicht. Würden Sie sagen, dass es zu einer Trendwende gekommen ist?«

»Trendwende?«, entgegnete von Cronberg. »Auf einer Straße, die Tausende Kilometer lang ist, kommen wir leider nur millimeterweise voran. Unsere Arbeit hat gerade erst begonnen.«

»Dennoch wirken Sie optimistisch.«

»Wenn wir handlungsfähig bleiben wollen, müssen wir optimistisch sein.«

»Sind Sie ein gläubiger Mensch, Herr von Cronberg?«

»Was den Glauben angeht, so habe ich meine eigenen Vorstellungen. Ich glaube zum Beispiel, dass der sündige Mensch nie aus dem Paradies vertrieben wurde. Der Mensch sitzt mitten drin. Nur erkennt er es nicht.«

»Sind Sie deswegen Veganer?«

»Wegen mir soll kein einziges Tier leiden oder sterben müssen.«

Ein weiterer Reporter trat vor. Er hatte schütteres Haar und trug eine Brille mit dickem, schwarzem Rand. »Herr von Cronberg, Sie sind im Vorstand des Club of Magyar, einem der Hauptgeldgeber der Von-Cronberg-Stiftung. Gerade erst sind zwei der vier Vorsitzenden gestorben. Bitte ein kurzes Statement dazu.«

Von Cronberg nickte. »Wir alle im Club sind darüber sehr betroffen. In so kurzen Abständen von gleich zwei langjährigen

Weggefährten Abschied nehmen zu müssen ist tragisch und fällt uns allen schwer.«

»Neben Ihnen sitzt aktuell nur noch Sophia von Cronberg, Ihre Mutter, im Vorstand. Schon seit einiger Zeit hat man Ihre Mutter nicht mehr in der Öffentlichkeit gesehen. Es heißt, sie sei schwer erkrankt. Bestimmen momentan Sie allein die Geschicke der Stiftung?«

»Meine Mutter leidet unter den körperlichen Einschränkungen, die das Alter mit sich bringt. Allerdings hat dies keine Auswirkungen auf ihren nach wie vor messerscharfen Verstand. Das kann ich Ihnen versichern.« Er lächelte und wollte seinen Weg fortsetzen, doch der Reporter ließ nicht locker.

»Was sagen Sie zu den Gerüchten, dass der Tod von Kristóf Sándor kein Unfall gewesen sein soll. Auch Lajos Farkas soll unter sehr ungewöhnlichen Umständen ums Leben gekommen sein.«

Philipp von Cronbergs Miene verhärtete sich. »Wer behauptet das?«

»Eine Budapester Tageszeitung hat heute einen Artikel dazu veröffentlicht. Innerhalb der Budapester Polizei gibt es Stimmen, die die offiziellen Todesursachen anzweifeln.«

»Tut mir leid, dazu kann ich nichts sagen. Da müssen Sie schon bei den Budapester Behörden nachfragen. Und jetzt entschuldigen Sie mich bitte. Ich habe noch zu tun.«

Damit ging er weiter Richtung Tür, die Radu Serban in diesem Moment für seinen Chef öffnete.

Kaum dass sich die Tür hinter ihnen schloss, sagte von Cronberg: »Beschaff mir die Budapester Tagespresse von heute. Ich muss wissen, was in diesem Artikel steht.«

»Geht klar.«

»Und jetzt weiter im Programm. Wo ist er?«

»Er wartet im Grünen Salon auf Sie.«

Kurz darauf betraten sie den Raum, dessen Name von der Bespannung der Sitzmöbel herrührte, die allesamt mit dunkelgrünem Brokat bespannt waren. An den Wänden hingen Lang- und Kurzschwerter sowie altertümliche Schlagwaffen wie Streithämmer und Morgensterne. Mark Brenner stand vor einer der Vitrinen und betrachtete einen vergoldeten Brustharnisch. Als sie eintraten, drehte er sich zu ihnen um.

»Schön, Sie zu sehen, Mark«, begrüßte von Cronberg ihn. »Sie haben Farbe bekommen. Die Ausflüge in die Natur scheinen Ihnen zu bekommen.«

»Ich habe schon angenehmere Ausflüge unternommen«, entgegnete Brenner.

»Sie machen Ihre Sache hervorragend, Mark. Einen Auftrag habe ich noch für Sie. Danach haben Sie sich erst einmal eine Auszeit verdient.« Er gab Serban ein Zeichen.

Der Rumäne griff in die Innentasche seiner Lederjacke, wobei er für eine Sekunde den Blick auf eine Pistole in einem Schulterhalfter freigab. Er zog einen braunen Umschlag hervor und reichte ihn Brenner.

»Was ist das?«, fragte Brenner.

»Sehen Sie nach«, forderte von Cronberg ihn auf.

Brenner riss den Umschlag auf und warf einen Blick hinein. Schließlich nahm er den Inhalt heraus und überflog einige Dokumente, einen tabellarischen Lebenslauf sowie eine Ausweiskarte auf seinen Namen und mit seinem Foto. »Wofür ist das?«

Philipp von Cronberg erklärte es ihm in knappen Worten. »Sie werden sich in eine Spezialklinik begeben und diskret Kontakt zu einem Patienten aufnehmen. Alles Weitere, was Sie wissen müssen, finden Sie in dem Umschlag. Sie haben eine Woche Zeit.« Er gab Serban ein Zeichen, und gemeinsam gingen sie zur Tür.

»Moment!«, rief Brenner ihnen hinterher.

»Ist noch etwas unklar?« Von Cronberg drehte sich um. Der Tag war lang gewesen und der Abend noch lange nicht vorbei. Er musste noch eine Rede halten, und zwar vor einem weitaus kritischeren Publikum als eben im Rittersaal.

»Ich will mehr wissen«, sagte Brenner und tippte demonstrativ mit dem Zeigefinger auf den Umschlag. »Wenn ich weiter für Sie arbeiten soll, muss ich wissen, wozu das Ganze gut ist. Ich bin es leid, hin und her geschoben zu werden wie eine Schachfigur.«

»Nanu, was sind das für Töne?« Von Cronberg lächelte schmallippig. Er musterte den Mann, der da vor ihm stand – Ende vierzig, groß gewachsen, sportlich. Er war der Mann, der das Unmögliche möglich machte, der wusste, wie man die Menschen nehmen musste, um sie für die eigenen Zwecke einzuspannen, der Aufgaben erledigte, an denen andere scheiterten. Schon häufiger hatte Mark Brenner sich in letzter Zeit zu den Entscheidungen des Clubs kritisch geäußert, und das gefiel von Cronberg ganz und gar nicht.

Er legte den Kopf schief: »Sagen Sie, Mark, was ist aus dem Mann geworden, den ich vor zwei Jahren von der Straße aufgelesen habe? Dem ich ein Dach über dem Kopf gegeben haben? Der durch mich einen neuen Sinn im Leben gefunden hat?«

Brenner sah betreten zu Boden. »Ich meine ja nur ...«

»Was?«

»Ihr Handeln wird weitreichende Konsequenzen nach sich ziehen. Was, wenn Sie falschliegen?«

»Habe ich mich jemals geirrt? Sie wissen, für welche Werte die Stiftung steht. Was also wollen Sie? Mehr Geld? Geht es darum?«

»Was Sie von mir verlangen ist moralisch in höchstem Maße bedenklich ...«

Von Cronberg sah auf seine Armbanduhr und seufzte. »Also gut. Folgen Sie mir.« Er wandte sich um, eilte zur Tür. Serban und Brenner folgten ihm. »Ich bin spät dran. Ich habe einen Termin, und Sie werden mich begleiten. Sie sollen die Wahrheit erfahren, Mark. Danach können Sie entscheiden.«

Sie verließen den Grünen Salon, gingen einen kurzen Flur entlang, bis sie zu einer Treppe kamen, über die sie in den ersten Stock gelangten. Oben angekommen, hielten sie vor einer Holztür mit Eisenbeschlag.

Von Cronberg drehte sich zu Brenner um. »Was Sie gleich sehen und hören werden, wird Ihre Sicht auf Ihren Auftrag verändern. Mehr noch. Es dürfte Ihr Leben verändern. Egal, was geschieht, Sie halten sich im Hintergrund. Sie sind lediglich Zuhörer. Verstanden?«

Brenner nickte stumm.

Von Cronberg klopfte ihm lächelnd auf die Schulter, stieß dann die Tür auf und trat schwungvoll hindurch.

Für die Zusammenkunft des Inneren Zirkels hatte er die Bibliothek ausgewählt. Zur Feier des Tages hatte er hier eine Tafel für elf Personen decken lassen, mit edlem Porzellan und silbernen Kerzenständern. Die Gäste saßen bereits am Tisch – acht Männer und zwei Frauen, allesamt deutlich älter als Philipp von Cronberg. Die Männer trugen Frack, die Frauen Abendkleider. Man rauchte Zigarre oder Pfeife und nippte an Wein- oder Champagnergläsern. Als von Cronberg zusammen mit Brenner und Serban den Raum betrat, erstarben die Gespräche. Alle Augen richteten sich auf ihn.

Von Cronberg begrüßte jeden Gast per Handschlag, dann trat er ans Kopfende der Tafel, während Brenner und Serban an der Tür stehen blieben. Von Cronberg atmete tief durch. Viel hing von seinen Worten in den nächsten Minuten ab. Er hatte diese Rede sehr gut vorbereitet. Jetzt war der große Moment gekommen. Der Rumäne wusste bereits, was folgen würde, doch Mark Brenner würde in den nächsten Minuten zweifelsohne glauben, Philipp von Cronberg habe den Verstand verloren.

Tag 12

»G7-Gipfel abgesagt. Aufgrund der krankheitsbedingten Absagen des US-Präsidenten sowie der Bundeskanzlerin vereinbarten die restlichen Staats-und Regierungschefs, das Treffen um einige Wochen zu verschieben.«

n-tv, Breaking News

SCHWARZWALD

Obwohl die Sonne im Laufe des Vormittags immer wieder zum Vorschein gekommen war, war es unangenehm kalt. Fabian stand vor dem Eingangsbereich der Klinik und sah in die Ferne. Eine graue Wolkenfront zog über die Berggipfel heran. Es sah nach Regen aus, vielleicht war sogar ein wenig Schnee möglich. Anfang April, inmitten der Berge, konnte das Wetter unberechenbar sein. Fabian vergrub seine Hände in der Kängurutasche seines blau-weißen SC-Riessersee-Hoodies und marschierte los. Er ging durch den Innenhof in den weitläufigen Park, der zur Rosenstein-Klinik gehörte. Professor Engelmanns Diagnose, dass die Erkrankung bei Fabian offenbar schneller voranschritt, als erwartet, hatte ihn ziemlich runtergezogen. Die halbe Nacht über hatte er sich in seinem Bett schlaflos umhergewälzt. Dr. Quandt hatte noch von zwei bis drei Jahren gesprochen, die Fabian vermutlich blieben. Wenn es jetzt in dem Tempo weiterging, würde er vielleicht nicht einmal mehr Weihnachten erleben, und Marvin würde sich in wenigen Jahren nur noch anhand von Fotos an seinen Onkel erinnern können. Fabian sah seine Schwester mit Marvin auf dem Sofa kuschelnd alte Fotoalben durchblättern, während sie ihm dabei die traurige Geschichte seines leider viel zu früh verstorbenen Onkels erzählte. Bei dieser Vorstellung wurden Fabians Augen feucht. Wie gerne hätte er seinen Neffen zu einem jungen Mann heranwachsen sehen. Er wäre mit ihm zu jedem Heimspiel des SC Riessersee gegangen, hätte ihm Fan-Kleidung gekauft, und wer weiß, vielleicht hätte Marvin ja selbst mit Eishockey spielen begonnen? Fabian hätte ihm einige Tricks beibringen können. Doch wenn nicht bald mit seiner Therapie begonnen wurde und sie zudem nicht rasch anschlug, würde es dazu nicht kommen.

Und dann war da noch die Sache mit Bea. Seitdem Fabian die Zeit davonlief, erschien ihm ein klärendes Gespräch wichtiger denn je. Noch hatte er sich nicht dazu durchringen könne, alte gemeinsame Freunde anzurufen, um sie nach Beas derzeitigem Aufenthaltsort zu fragen. Nach seinem Spaziergang wollte er das endlich in Angriff nehmen.

Ein Kiesweg führte ihn über einen Rasen zu einem Holzpavillon, der unter mächtigen Walnussbäumen stand. Vor dem Pavillon standen zwei Männer, rauchten und unterhielten sich. Fabian kannte sie vom Sehen. Es waren Probanden wie er. Was würde Dr. Hauser wohl dazu sagen, wenn sie wüsste, dass einige ihrer Probanden rauchten? Aber das ging ihn nichts an.

Fabian hatte keine Lust auf Small Talk, also schlenderte er über den Rasen auf einen Teich zu, um dessen Ufer sich der verglaste Forschungskomplex in einem weiten Rund erstreckte. Fabian betrachtete des zweistöckige Gebäude. In diesen Räumen forschten Mediziner an einer Therapie, die ihn heilen sollte. Er konnte nur hoffen, dass die Experten des RKI und Artinova mit Hochdruck daran arbeiteten, sonst wäre es bald zu spät für ihn.

In der Glasfront des Gebäudes sah Fabian sein verzerrtes Spiegelbild. Nie zuvor war er sich so verloren vorgekommen.

Er wollte sich gerade abwenden, als ihn lautes Klirren zusammenfahren ließ. Dann sah er die Gestalt im weißen Laborkittel, die keine zwanzig Meter von ihm entfernt offenbar direkt durch eine der Glastüren gelaufen war, die hier ins Freie führten. Die Gestalt sackte auf einem Glasscherbenteppich auf die Knie, hielt die Hände ans Gesicht gepresst und schrie vor Schmerzen aus Leibeskräften.

Fabian stand wie paralysiert da. Dann erkannte er die Gestalt. *Dr. Leonie Hauser.*

Irgendwie gelang es ihr, sich aufzurichten, wobei sie Fabian den Rücken zukehrte. Orientierungslos taumelte sie über den Rasen. Ihre spitzen Schreie waren einem grauenvollen Röcheln gewichen. Aus dem Innern des Forschungstrakts drang jetzt ein durchdringender Alarmton. Gleichzeitig hörte Fabian aufgeregt durcheinanderrufende Stimmen. Endlich löste er sich aus seiner Schockstarre und lief auf Leonie Hauser zu.

Kurz bevor er sie erreichte, drehte sich die Ärztin unvermittelt um, und Fabian sah ihr Gesicht. Ihm stockte der Atem. Ihre Stirn und ihre rechte Gesichtshälfte waren von blutenden Schnittwunden durchzogen. Doch so schmerzhaft diese Wunden auch aussahen, sie waren nichts im Vergleich zu dem grotesk großen

Loch in ihrer linken Wange. Hauser hatte die Augen geschlossen und stolperte mit vor sich ausgestreckten Armen Richtung Teich.

»Halt!«, rief Fabian. »Warten Sie! Ich helfe Ihnen.« Er wollte sie packen, doch sie entwand sich seinem Griff und taumelte röchelnd weiter.

»So bleiben Sie doch stehen! Sie müssen sich hinlegen. Ich hole Hilfe.«

Fabian versuchte sie aufzuhalten, doch sie schüttelte seine Hände ab. Zu seinem Entsetzen schien sich das Loch in ihrer Wange mit jeder Sekunde zu vergrößern. Blut vermischte sich mit einer eitrig gelben Flüssigkeit zu einem ätzend riechenden Gemisch, das jetzt in Form von blubbernden Schaumbläschen über ihren Unterkiefer lief oder über das, was von ihm noch übrig war. Fabian war dicht bei ihr, und er konnte hören, wie es in ihrer Wange zischte und brodelte. Ihm wurde übel.

»Was ist geschehen?«, hörte er in seinem Rücken einen Mann rufen. »Doktor Hauser?«

Fabian wirbelte herum. Mehrere Männer und Frauen in weißen Kitteln kamen herbeigelaufen.

»Ein Arzt! Schnell ein Arzt«, brüllte er.

Eine Frau schüttelte verzweifelt den Kopf. »Wir sind nur Laborassistenten. Du meine Güte, was ist denn passiert?«

»Ich hole Hilfe«, sagte ein Mann und rannte zurück ins Gebäude.

Leonie Hauser brach zusammen. Sie fiel auf den Rasen und blieb auf dem Rücken liegen. Ihr Röcheln erstarb, ihre Arme fielen kraftlos zur Seite. Man musste kein Arzt sein, um zu erkennen, dass Leonie Hausers Gesicht von einer stark ätzenden Säure regelrecht zerfressen wurde. Die Säure fraß sich immer tiefer in den Kopf, schäumend und brodelnd. Fabian meinte bereits Leonie Hausers Schädelknochen zu sehen. In diesem Augenblick war ihm klar, dass für die Ärztin jede Hilfe zu spät kommen würde. Ihr Brustkorb hob und senkte sich nicht mehr, ihre Augen blickten starr in den Himmel. Fabian ertrug den Anblick nicht länger. Er wandte sich ab, taumelte einige Schritte über den Rasen und übergab sich. Fabian hatte keine Ahnung, wie lange er so dagehockt hatte. Als er wieder aufsah, war Leonie Hausers lebloser Körper umringt von Menschen – Ärzten, Labortechnikern, Probanden. Alle hielten Abstand. Niemand traute sich, dem Opfer zu nahe zu kommen. In einiger Entfernung bemerkte Fabian einen hochgewachsenen Mann, der das Geschehen scheinbar reglos verfolgte. Sein Gesicht war gegen die Sonne nicht zu erkennen, trotzdem war Fabian sicher, den großen Mann hier auf dem Klinikgelände bisher noch nicht gesehen zu haben. Er musste den Alarm gehört haben, und er sah die Menschentraube auf dem Rasen, dennoch kam er nicht näher. Das fand Fabian seltsam. In diesem Moment hob der Mann seinen Kopf und sah hinauf zum Dach des Forschungskomplexes. Fabian folgte seinem Blick. Auf der Dachterrasse stand John Turner in seinem eng sitzenden Anzug und starrte zu ihnen hinunter. Was tat er auf dem Dach? Sollte er nicht hier unten sein und zumindest die Unfallstelle für die Polizei absichern, die garantiert bald aufkreuzen würde? Fabian erinnerte sich daran, wie er dem Chef des Sicherheitsdienstes zum ersten Mal begegnet war. Turner und Hauser hatten sich lautstark gestritten. Turners blanke Wut auf die Ärztin war nicht zu übersehen gewesen. Und jetzt war sie tot.

Tag 14

»Vermehrt erreichen uns in diesen Tagen Anfragen zu Patienten mit unnatürlich schneller Alterung, einhergehend mit Ikterus und unklarer Pathologie. Um die zunehmende Anzahl an Anfragen zu bearbeiten, hat das RKI jetzt eine Sonderabteilung eingerichtet.«

Rundschreiben des RKI an alle Kliniken –
sowie niedergelassenen Mediziner in Deutschland

SCHWARZWALD

Zwei Tage nach Leonie Hausers furchtbarem Tod verbargen graue Wolken den Blick auf die Berggipfel. Ein feiner, kalter Nieselregen fiel, doch das hielt Fabian nicht davon ab, seine tägliche Runde durch die Parkanlage zu drehen. Er hatte die Kapuze seines Hoodies aufgesetzt und die Hände in der Kängurutasche vergraben. Die Kiesel knirschten unter seinen Stiefeln. Die Luft roch nach feuchter Erde. Einmal mehr wunderte Fabian sich über die beinahe unheimliche Stille, die über der Parkanlage lag. Wo waren die ganzen Singvögel abgeblieben, die er hier, in dieser naturbelassenen Umgebung, erwartet hätte?

Die Tage vergingen, und die kleinen Fältchen in seinen Augenwinkeln und um den Mund waren bereits zu regelrechten Furchen geworden. Seine Wangen begannen einzufallen, als würde er seit Tagen fasten – was nicht der Fall war – und seine Schläfen ergrauten. Der Alterungsprozess schritt in rasantem Tempo voran. Immerhin hatte man inzwischen mit der Therapie begonnen. Allerdings schlug sie noch nicht an. Es konnte dauern, bis man in Fabians DNA erste Veränderungen feststellte. Professor Engelmann hatte bei der morgendlichen Visite nicht gerade optimistisch gewirkt. Es war ein Jammer, dass Leonie Hauser auf so tragische Weise umgekommen war. Bei ihr hatte Fabian sich wesentlich besser aufgehoben gefühlt. Die Ärztin war einfühlsam gewesen. Mit ihr hatte Fabian über seine Sorgen und seine Ängste sprechen können. Mit Engelmann war das undenkbar.

Der schreckliche Tod Leonie Hausers war ein Laborunfall gewesen, wie es offiziell hieß. Fabian fand es erschreckend, wie schnell man in der Rosenstein-Klinik wieder zum Alltag zurückgekehrt war. Gleichzeitig war er froh, dass die Studie ohne Unterbrechung fortgeführt wurde, jetzt unter Engelmanns Leitung.

Freilich änderte sich dadurch nichts an Fabians täglichen Routineuntersuchungen. Doch abseits des medizinischen Themenfelds hatte Professor Engelmann eine überraschende Personalentscheidung getroffen. Noch am Tag der Übernahme der Studienleitung hatte er John Turner, den Sicherheitschef, fristlos entlassen. Fabian hatte von Frau Fritz-Schneider davon erfahren, die ihre Augen und Ohren überall zu haben schien und ihr Wissen bereitwillig mit jedem teilte, der sich dafür interessierte. Offenbar hatte es vor einigen Tagen einen Einbruch im

Forschungstrakt gegeben, bei dem eine Menge hochsensibler Daten vom Hauptserver gestohlen worden waren. Natürlich machte Engelmann John Turner für die mangelhaften Sicherheitsvorkehrungen verantwortlich. Fabian dachte an den Streit zwischen Hauser und Turner bei seiner Ankunft zurück. Leider erinnerte er sich nicht mehr daran, was die beiden sich gegenseitig an den Kopf geworfen hatten, aber es war gut möglich, dass es dabei um eben diesen Datendiebstahl gegangen war. Soweit Fabian wusste, gab es für John Turner noch keinen Nachfolger.

Als Fabian das Ende des Kieswegs erreichte, blieb er stehen. Er wischte sich Regen aus dem Gesicht. Vor ihm, entlang der Steinmauer, die den Park umgab, erhob sich eine Zuschauertribüne aus Aluminium – vermutlich fanden hier im Sommer Veranstaltungen statt. Auf der obersten Tribünenreihe sah Fabian einen Mann. Er war hochgewachsen, trug einen eleganten Wollmantel und hielt einen Regenschirm in der Hand. Er sah über die Mauer hinweg in Richtung Tal.

Bisher hatte Fabian noch keinen Kontakt zu anderen Probanden. Er hatte allerdings auch keinen gesucht. Er blieb lieber für sich. Die meiste Zeit verbrachte er in seinem Zimmer, hörte Musik – bevorzugt die Alben des kürzlich verstorbenen Tommy Beach – und spielte das Online-Strategiespiel *Forge of Empires*, vor allem nachts, wenn er nicht schlafen konnte.

Fabian erkannte die hochgewachsene Gestalt sofort wieder. Er war der stille Beobachter, der etwas abseits gestanden hatte, als Leonie Hauser gestorben war. Seitdem hatte Fabian ihn nicht mehr gesehen. Als schien er Fabians Anwesenheit in seinem Rücken zu spüren, drehte er sich um und winkte ihn heran. Langsam, um nicht in Atemnot zu gelangen, stieg Fabian die Tribüne hoch und stellte sich neben ihn.

»Sehen Sie sich das an«, sagte der Mann und deutete vor sich. Zuerst dachte Fabian, der Mann meine die Aussicht ins Tal, die bei schönem Wetter sehr malerisch war. Heute allerdings bedeckten graue Regenwolken die Gipfel, und das Tal war unter Hochnebel verschwunden. Direkt vor ihnen erstreckte sich eine saftige Wiese, die sich über den sanft geschwungenen Hang bis an den Waldrand zog. Ein Wanderweg verlief von der Klinik dorthin.

»Sehen Sie es?«, fragte der Mann und deutete Richtung Waldrand.

Jetzt fiel Fabian etwas auf der Wiese auf. »Sind das Felsbrocken oder Steine?«

»Wohl eher nicht.«

Fabian kniff die Augen zusammen. Abgesehen von den äußeren, offensichtlichen Alterungserscheinungen, ließ auch sein Sehvermögen allmählich nach. Schließlich aber erkannte er, was den Fremden so beschäftigte. Ihm lief ein Schauer über den Rücken.

»Ist es das, wofür ich es halte?«

»Wofür halten Sie es denn?«

»Lassen Sie es uns aus der Nähe ansehen«, schlug Fabian vor.

»Ich weiß nicht recht«, entgegnete der Mann. »Ich darf das Klinikgelände nicht verlassen.«

»Nun, ich auch nicht.« Fabian zuckte mit den Schultern. »Sind ja nur ein paar Meter. Wir gehen ja nicht auf Weltreise.«

Der Mann wandte sich ihm zu. Sein Gesicht war wettergegerbt und braun. Seine Augen waren tiefblau, wirkten aber müde. »Sie haben recht. Warum nicht? Ich bin es leid, hier eingesperrt zu sein.«

»Nehmen Sie ebenfalls an der Studie teil?«

»Ja. Offensichtlich teilen wir dasselbe Schicksal.« Er streckte Fabian eine Hand entgegen. »Mark Brenner.«

Fabian erwiderte den überraschend kräftigen Händedruck.

»Fabian Nowack. Seit wann sind Sie hier?«

»Ist mein dritter Tag.«

»Ich sehe Sie heute zum ersten Mal«, log Fabian.

Brenners Mund verzog sich zu einem schrägen Grinsen. »Haben Sie überhaupt schon andere Probanden gesehen?«

»Wenige. Alle hängen nur in ihren Zimmern herum. Wahrscheinlich sind wir alle ein wenig depressiv.«

»Finden Sie es nicht seltsam, dass wir untereinander keinen Kontakt haben?« Er sah Fabian auf eigentümliche Art und Weise an. »Sollten wir uns nicht vielmehr gegenseitig unterstützen? Uns gegenseitig Kraft und Halt geben? So wie in einer Selbsthilfegruppe?«

»Keine Ahnung. Aber vermutlich haben Sie recht.« Fabian musterte Brenners Kleidung. Der Mantel bestand offensichtlich aus Kaschmirwolle, und an den Füßen trug er Budapester. »Haben Sie das von Doktor Hauser gehört?«, fragte er unvermittelt.

Brenners Miene verfinsterte sich. »Eine Schande.«

»Was meinen Sie mit *Schande*?«

»Die Frau war so jung. Sie hatte ihr ganzes Leben noch vor sich.« Brenner zögerte, bevor er fortfuhr. »Aber ich frage mich, ob es tatsächlich ein Unfall war.«

Fabian sah ihn entgeistert an. »Sie zweifeln daran? Weshalb?«

Brenner erwiderte nichts.

»Die Polizei hat mich befragt«, fuhr Fabian fort. »Sie gehen von einem Unfall aus.«

Brenner musterte Fabian und machte eine besorgte Miene.

»Wie alt sind Sie?«, fragte Fabian unvermittelt.

»Schätzen Sie.«

»Fünfzig?«

»Einunddreißig.«

»Scheiße«, entfuhr es Fabian. Sofort tat es ihm leid. »Entschuldigung.«

»Sie müssen sich nicht entschuldigen.« Er winkte ab. »Wir sitzen alle im selben Boot. Vielleicht schreitet die Krankheit bei mir etwas schneller voran als bei Ihnen, aber früher oder später läuft es bei uns allen auf dasselbe hinaus.«

»Haben Sie mitbekommen, dass immer mehr Menschen am Werner-Syndrom erkranken? Man munkelt, dass auch Tommy Beach daran gestorben ist, und zwar innerhalb weniger Tage. Ich wette, deswegen nimmt auch niemand aus der Familie Stellung zur Todesursache.«

»Ich bin nicht mit den Einzelheiten vertraut«, entgegnete Brenner und kratzte sich am Kinn. »Aber möglich wäre es natürlich.«

»Finden Sie das alles nicht seltsam?«, fragte Fabian.

»Ich habe aufgehört, Nachrichten zu verfolgen. Deprimiert mich zu sehr.«

»Geht mir ähnlich.« Fabian musterte ihn von der Seite. Er hatte das Gefühl, dass es seinem Gesprächspartner unangenehm war, über dieses Thema zu reden. Er glaubte Brenner nicht, dass er keine Nachrichten verfolgte. Fabian selbst las jeden Bericht, verfolgte jede Meldung im Radio über diesen sprunghaften Anstieg von Progerie-Fällen. Die vielen Neuerkrankungen konnten kein Zufall sein. Vielleicht wollte Brenner nur nicht darüber reden, weil er tief in seinem Herzen doch nicht so cool war, wie er sich gab.

Fabian sah wieder zum Waldrand. »Also, was ist? Sehen wir es uns an?« Er wartete keine Antwort ab und stieg die Tribüne hinunter.

»Na schön«, sagte Brenner und folgte ihm.

Sie gingen durch den Park, vorbei am ehemaligen Marstall, und verließen durch das offen stehende Tor das Klinikgelände. Während sie sich von der Rosenstein-Klinik entfernten, blickte Fabian sich um. Niemand schien sich für ihn und Brenner zu interessieren. Nach etwa hundert Metern wechselten sie von der Straße auf den matschigen Feldweg. Die regennasse Wiese abseits des Weges wuchs dicht, doch noch fehlten die Farbtupfer der Frühlingsblumen.

»Finden Sie diese Stille hier nicht auch geradezu unheimlich?«, fragte Fabian. »Man hört keine Vögel. Nicht einmal Raben sind zu sehen.«

Brenner sah ihn bedeutungsvoll an. »Und es gibt auch kaum noch Insekten. Kein Wunder also, dass die Vögel verschwunden sind. Nicht mehr lange, und ...«

»Und was?«, fragte Fabian, als Brenner nicht weitersprach.

»Nichts.«

Aus den Augenwinkeln musterte Fabian erneut seinen neuen Bekannten. Mark Brenner war ihm sympathisch, aber der Mann war schlecht einzuschätzen. Mit den feinen Klamotten und der Art, wie er den Regenschirm hielt, wirkte er nicht nur hier auf dem Feldweg sonderbar fehl am Platze. Wenn Fabian es nicht besser gewusst hätte, hätte er ihn jedenfalls nicht für einen Patienten gehalten.

Sie erreichten den Waldrand. Bodennebel kroch über die Wiese.

»Hier irgendwo müssen sie sein«, sagte Fabian. »Können Sie sie sehen?«

»Das Gras ist zu hoch. Von der Mauer oben war die Sicht besser.«

»Kommen Sie.« Fabian verließ den Weg und ging quer über die Wiese. Das nasse Gras streifte um seine Jeans. Brenner zögerte keine Sekunde, sondern folgte ihm – trotz seines edlen Schuhwerks.

»Da drüben«, rief Brenner und wies Fabian die Richtung.

Fabian kniff die Augen zusammen. Zunächst konnte er außer einem Stapel Baumstämme sowie einem Hochsitz nichts Außergewöhnliches erkennen. Dann erblickte er die rotbraunen Körper auf der Wiese, die er von der Tribüne aus zunächst irrtümlich für Felsbrocken gehalten hatte.

Brenner war schon bei einem der Tiere, als Fabian hinzutrat. Das Fell des Rehs war nass, vom Körper stieg kein Dampf auf, also musste das Tier seit Stunden tot sein.

»Ein Jammer«, murmelte Brenner.

Fabian sah sich um. Im kniehohen Gras waren nur die Rücken und Bäuche der Rehe zu erkennen. Insgesamt zählte er in einem Umkreis von fünfzig Metern neun verendete Tiere, darunter einen Rehbock. Er ging von einem Kadaver zum Nächsten und betrachtete sie von Nahem, aber er konnte keinerlei Gewalteinwirkungen feststellen, die zum Tod der Tiere geführt haben mochten – keine Verletzungen, keine Bissspuren, keine Schusswunden. Auffällig war einzig, dass die Kadaver allesamt ausgezehrt wirkten, beinahe so, als seien die Tiere verhungert.

Fabian sah erneut in die Runde. Ein verendetes Reh aufzufinden war keinesfalls ungewöhnlich. Aber gleich neun ausgezehrte Tiere auf einmal? Er wandte sich an Brenner: »Wir sollten das dem Veterinäramt melden.«

Unter seinem Regenschirm starrte Brenner auf einen Kadaver zu seinen Füßen. »Es beginnt also auch hier.«

»Wovon reden Sie?«
»Zuerst Kanada und die USA, dann Skandinavien, jetzt Mitteleuropa. Überall findet man seit Wochen beinahe täglich irgendwo Herden mit bis zu zwanzig verendeten Tieren vor. Verdammt, das alles geschieht viel zu schnell ...«
»Was geschieht zu schnell?«
Brenner erwiderte nichts. Mit zusammengepressten Lippen starrte er auf den Kadaver. In diesem Augenblick sah er einfach nur wie ein fünfzigjähriger, trauriger Mann aus.
»Lassen Sie uns zurückgehen«, schlug Fabian vor. »Frau Fritz-Schneider soll das melden.«
Brenner nickte. Auf dem Rückweg sprachen sie kein Wort. Fabian fragte sich, woher sein Leidensgenosse über dieses Wildsterben Bescheid wusste, obwohl er vorgab, keine Nachrichten zu verfolgen? Und was hatte er beim Forschungstrakt zu suchen, als Leonie Hauser starb? Und warum war er auf Distanz geblieben? Etwas stimmte nicht mit diesem Mann, davon war Fabian überzeugt.

Als sie das Eingangstor zur Rosenstein-Klinik passiert hatten, trennten sie sich. Brenner wollte zum Patiententrakt, Fabian ins Hauptgebäude zum Sekretariat.

Brenner war schon ein paar Schritte gegangen, als er sich noch einmal umwandte. »Spielen Sie Backgammon?«, rief er Fabian zu.

Fabian sah ihn verdutzt an. »Ist schon eine Weile her ...«
»Treffen wir uns nach dem Abendessen auf ein Spiel?«
»Warum nicht?«
Brenner lächelte verschmitzt. »Dann bis später.«
Er winkte Fabian zu, wandte sich ab und ging davon.
Fabian sah ihm hinterher, und plötzlich wurde ihm klar,

warum Brenner auf ihn nicht wie ein Patient wirkte. Es waren nicht seine feinen Klamotten oder sein vornehmes Gehabe. Es waren seine Augen. Mark Brenners Augen waren nicht gelb. Sie strahlten hellblau und klar.

Tag 17

»An Floridas Golfküste werden seit Monaten tote Delfine, Seekühe, Schildkröten und Hunderttausende Fische an die Strände gespült. Schuld an der sogenannten Roten Flut sind giftige Cyanobakterien, die in Folge einer industrialisierten Landwirtschaft entstehen; überall dort, wo gigantische Mengen verseuchter und überdüngter Abwasser in die Meere geleitet werden.«

CNN, *Daily News*

VULKANEIFEL

Mit bedächtigen Schritten ging Philipp von Cronberg durch den Korridor im ersten Stock des Ostflügels von Schloss Lichtenhausen. Das Anwesen befand sich seit sieben Generationen im Familienbesitz. Durch breite Fenster fiel das Sonnenlicht auf die ausgetretenen Steinfliesen. An der Wand hingen Ölgemälde – barocke Jagdszenen in reich verzierten goldenen Rahmen. Aber von Cronberg hatte dafür heute wahrlich keinen Blick.

Seit über einer Woche hatte er seine Mutter nicht mehr aufgesucht. Am Gala-Abend hatte er dem neugierigen Reporter zwar versichert, dass es Sophia von Cronberg den Umständen entsprechend gut ging, doch das war gelogen gewesen. Ihr Gesundheitszustand war besorgniserregend. Das war mit ein Grund, weshalb Philipp es bislang nicht über sich gebracht hatte, ihr die schlechten Nachrichten zu überbringen. Inzwischen hatte sich die Lage jedoch dramatisch verschärft. Er musste eine Entscheidung treffen. Es war unvermeidlich. Wie so häufig in den letzten Tagen fragte Philipp von Cronberg sich, ob er den Mut aufbringen würde, so zu handeln, wie es sein Vater von ihm erwartet hätte. Vor einer Woche erst hatte er seinen sechsundzwanzigsten Geburtstag gefeiert, doch noch immer zitterten ihm die Knie, wenn er seiner Mutter gegenübertrat. Er wusste, er hätte sie aufsuchen müssen, unmittelbar nachdem Green Flash die neuesten Berechnungen ausgespuckt hatte. Das war noch vor der Zusammenkunft des Inneren Zirkels gewesen. Jetzt stand er unter Zugzwang. Er hatte die Dynamik des Prozesses unterschätzt, und es bestürzte ihn, wie schnell die Dinge voranschritten. Nur hatte er darauf keinerlei Einfluss. Seine gesamte Kindheit über hatte sein viel zu früh verstorbener Vater ihn auf diesen Tag vorbereitet, und doch fühlte Philipp von Cronberg sich längst nicht bereit.

Er wollte gerade die Tür öffnen, als er hinter sich Schritte hörte.

»Herr von Cronberg!«

Er drehte sich um. Radu Serban kam auf ihn zu. Serban hatte sich vor vier Jahren einmal für Philipp von Cronberg in Lebensgefahr begeben, seither vertraute Philipp ihm blind, und er bezahlte ihn äußerst großzügig. Den Großteil seines Lohns schickte Serban jeden Monat nach Rumänien, wo das Geld seinen drei

Kindern, seiner Schwester sowie Serbans Eltern half, über die Runden zu kommen. Seine Frau war vor vielen Jahren an einem Infekt gestorben, weil es in ihrem Dorf an Antibiotika gefehlt hatte.

»Sie wollten mich sprechen?«, fragte Serban.

»Schon vor einer halben Stunde.«

»Ich war im Wald und habe wie gewünscht die Jagdhütte für Sie hergerichtet«, erinnerte Serban ihn, ohne dabei vorwurfsvoll zu klingen. »Wie kann ich helfen?«

»Ich muss mit meiner Mutter sprechen. Es ist dringend. Ich möchte dabei unter keinen Umständen gestört werden. Von niemandem, verstanden?«

Serban nickte. »Ich sorge dafür.«

Von Cronberg deutete auf die Halle, aus der Serban soeben gekommen war. »Warte dort auf mich, und achte darauf, dass niemand den Ostflügel betritt. Falls jemand nach mir fragt, wimmele ihn ab.«

»Das ist alles?« Serban wirkte irritiert.

»Es könnte sein, dass ich dich nachher um einen Gefallen bitten muss.«

Serbans linkes Auge zuckte kurz. Üblicherweise gab von Cronberg seinem Leibwächter klare Anweisungen. Wenn er Serban um einen *Gefallen* bat, bedeutete dies, die Sache war heikel. In der Regel war solch ein *Gefallen* mindestens moralisch bedenklich, wenn nicht illegal. Serban nickte. »Ich warte in der Halle.«

Er drehte sich um und ging.

Von Cronberg sah ihm nach. Obwohl der Rumäne seit vielen Jahren Tausende Kilometer von seinen Kindern getrennt lebte und sie nur wenige Tage im Jahr sah, verband ihn ein starkes Band mit ihnen. Gerne hätte Philipp von Cronberg gewusst, wie sich so etwas anfühlte – Liebe und Verbundenheit in einer Familie. Er selbst hatte dies nie erfahren.

Er sah auf seine Breitling-Armbanduhr. Obwohl er deutlich teurere Uhren besaß, bevorzugte er dieses Modell. Sie war ein Geschenk seines Vaters zu seinem zehnten Geburtstag. Damals war die Welt noch in Ordnung gewesen. Zumindest in Philipps Erinnerungen.

Er atmete tief durch, strich sein Jackett glatt und kontrollierte ein letztes Mal den Sitz seiner Krawatte. Er musste jetzt stark sein. *Gott schuf die Tage, und wir müssen hindurch.* Das hatte seine Großmutter immer gesagt. Noch auf dem Sterbebett hatte sie diesen Spruch ein letztes Mal gemurmelt, und obwohl Philipp von Cronberg damals gerade einmal sechs Jahre alt gewesen war, schwor er Stein und Bein, dass seine Großmutter dabei gelächelt hatte. *Gott schuf die Tage, und wir müssen hindurch.* Die moderne Variante lautete wohl *Augen zu und durch.* Von Cronberg presste seine Kiefer aufeinander. Er durfte sich keine Gefühlsduseleien erlauben. Nicht jetzt. Zu viel hing davon ab.

Er betrat das Schlafzimmer seiner Mutter. Sophia von Cronberg hatte in ihren Gemächern immer wie in einem Museum gelebt. Kein modernes Detail störte den barocken Gesamteindruck. Die Wände sowie die vier Meter hohen Decken waren mit dunklen Holzpaneelen bedeckt. Vor den Fenstern hingen schwere, burgunderrote Samtvorhänge, die von goldenen Kordeln zusammengehalten wurden. Das Bett, in dem Sophia von Cronberg mit geschlossenen Augen lag, war riesig, mit einer hohen, geschwungenen Rückwand und einem Baldachin aus weißgoldenem Brokat. Wie ein Fremdkörper wirkten daher der Vitalzeichenmonitor sowie der Infusionsständer, die am Kopfende des Bettes standen.

Philipp von Cronberg trat näher und fragte sich, ob die grauhaarige, abgemagerte Frau wach war oder schlief? So wie sie dalag, hätte sie ebenso gut tot sein können, doch der piepende Monitor verriet ihm, dass das Herz seiner Mutter noch schlug. Sie war zäh, das musste er ihr lassen. Er sah auf sie herab. Fleckige Pergamenthaut spannte sich über knochige Wangen, die eingefallenen Augenhöhlen waren dunkel umrandet, die höckerige Nase war schmaler denn je. Die Hände, die gefaltet auf der Bettdecke lagen, wirkten zerbrechlich. Kaum vorstellbar, dass diese Hände ihn einst gezüchtigt hatten, wenn er wieder einmal gegen das strenge Protokoll verstoßen hatte. Sophia von Cronberg hatte wahrlich nicht das Zeug zu einer liebenden Mutter gehabt. Und nun lag sie da und wartete darauf, dass Gott sie zu sich rief.

»Mutter?«

Keine Reaktion.

Er räusperte sich. »Mutter, ich muss mit dir reden.«

Kaum merklich öffnete sie ihre Augen. Philipp von Cronberg trat erschrocken einen Schritt zurück. Sein Herz schlug schneller. Als er seine Mutter vor einer Woche das letzte Mal besucht hatte, war sie bereits kaum ansprechbar gewesen. Inzwischen stand sie offenkundig an der Schwelle des Todes. Die Lederhäute ihrer Augen hatten sich gelb verfärbt. Jetzt öffnete sie ihren Mund, brachte jedoch nur ein Krächzen hervor. Diese Frau war eindeutig nicht mehr in der Lage, Entscheidungen zu treffen. Doch falls die Stiftung nicht rasch wieder handlungsfähig wurde, geriet das ganze Projekt in Gefahr. Alles, was Philipps Vater aufgebaut und er fortgeführt hatte, wäre umsonst gewesen. Nun stand der Sohn in der Pflicht. Die Zeit des Abwartens und Abwägens war vorbei.

Von Cronberg schloss die Augen und sprach stumm ein

Vaterunser. Dann trat er vor. Behutsam hob er den Kopf seiner Mutter an, zog das Daunenkissen darunter hervor und bettete ihren Kopf dann sachte auf das Laken. Die alte Frau sah ihn jetzt direkt an, und Philipp von Cronberg musste einem Impuls widerstehen, die Flucht zu ergreifen. Seine Finger krallten sich in das Kissen, kalter Schweiß bedeckte seine Stirn. »Es tut mir leid, Mutter. Ich wünschte, es wäre anders gekommen. Ich hoffe, du weißt, dass es so das Beste ist – für uns alle.«

Philipp von Cronbergs Augen füllten sich mit Tränen, als er seiner Mutter das Kissen auf Mund und Nase drückte.

Tag 21

»In Brasilien wurde alleine im letzten Jahr Regenwald auf einer Fläche von mehr als einer Million Fußballfelder vernichtet. Die neue Regierung hat heute eine Reduzierung des Budgets für Umweltschutz um 95 Prozent angekündigt sowie zusätzliche Abholzungen.«

FAZ, Ressort Ausland

SCHWARZWALD

Nach der morgendlichen Routineuntersuchung lag Fabian in seinem Zimmer angezogen auf dem Bett, balancierte seinen Laptop auf den Oberschenkeln und scrollte lustlos durch Facebook. Die schöne, heile Welt, die seine Freunde dort zelebrierten, war ihm zunehmend zuwider. Sie inszenierten ihr Leben, als wären sie die erfolgreichsten und glücklichsten Menschen der Welt. Niemand schien ernsthafte Sorgen oder Nöte zu haben, obwohl Fabian in der realen Welt niemanden kannte, der keine Probleme hätte. In nicht enden wollenden Diskussionen regte man sich über zehnminütige Verspätungen der Deutschen Bahn auf, als wäre ein verpasster Anschlusszug das Ende der Welt. *Deren Problem möchte ich haben*, dachte Fabian. Doch selbst wenn die meisten seiner Freunde ihr vermeintlich so tolles Leben in den sozialen Medien nur inszenierten, so besaßen sie immerhin ein Leben. Er dagegen verrottete unaufhaltsam in einem trostlosen Zimmer in einer Klinik hier in der Einöde. Genervt klappte er den Laptop zu und blickte aus dem Fenster.

Draußen schüttete es wie aus Kübeln. Regen klatschte gegen das Fenster. Nicht einmal der nahe gelegene Waldrand war zu erkennen. Die Tage zogen sich träge dahin, und jeden Morgen tat Fabian ein anderer Körperteil weh. Mal schmerzte seine Hüfte, mal wachte er mit Krämpfen in den Waden auf. Am meisten deprimierte es ihn, wenn er sein Bild im Spiegel sah. Die Therapie zeigte bislang keinerlei Wirkung. Ganz im Gegenteil. Immer schneller geriet Fabian beim Treppensteigen oder beim Ausdauer-EKG in Atemnot. Die quälende Ungewissheit, ob die Therapie bei ihm überhaupt anschlagen würde, drückte zunehmend auf sein Gemüt. Wie so oft in den letzten Tagen, dachte er an Bea. Sie war der einzige Grund, weshalb er sein Facebook-Konto nicht gelöscht hatte. Von Instagram, Twitter und wie sie sonst alle hießen hatte er sich längst verabschiedet. Doch Bea nutzte Facebook, und obwohl sie Fabian dort blockiert hatte, hoffte er, dass sie sich eines Tages doch einmal mit einer privaten Nachricht an ihn wenden würde.

Es klopfte an der Zimmertür. Mark Brenner trat ein. »Hey, mein Lieber, du warst nicht beim Mittagessen. Geht es dir gut?«

»Keinen Hunger.«

Er schloss die Tür, sah Fabian kritisch an. »Was ist los?«

Fabian legte den Laptop zur Seite und musterte den großen Mann, der keinen Tag älter aussah als an dem Tag, an dem sie sich kennengelernt hatten. Seither hatten sie sich regelmäßig verabredet – zum Mittagessen, zum Spazierengehen, oder abends im Aufenthaltsraum, wo sie Backgammon spielten und sich unterhielten. Fabian mochte Brenners ruhige, kultivierte Art. Es tat gut, mit jemandem zu reden, der dasselbe durchmachte und dieselben Sorgen und Ängste teilte. Fabian hatte das Gefühl, ihm vertrauen zu können.

»Ich glaube, dass die Therapie bei mir nicht anschlägt«, sagte Fabian schließlich. »Ich verwandle mich jeden Tag mehr in einen Greis. Und genauso fühle ich mich auch. Du dagegen ...«

Brenner setzte sich zu Fabian auf die Bettkante: »Was ist mit mir?«

Fabian zögerte. Dann platzte es aus ihm heraus. »Warum sind deine Augen nicht gelb?« Er hoffte, dass Mark Brenner die Frage nicht in den falschen Hals bekam, aber er musste sie endlich stellen. »Du bist der einzige Proband in der gesamten Klinik, der keine gelben Augen hat. Wie kommt das?«

Brenner wich seinem Blick aus.

»Versteh mich nicht falsch«, setzte Fabian nach, »ich freue mich für dich, dass die Therapie bei dir offenbar anschlägt. Ich frage mich nur, ob das alles hier für mich überhaupt Sinn ergibt? Vielleicht sollte ich die Zeit, die mir noch bleibt, besser nutzen.«

Brenner holte Luft, als wollte er etwas sagen, atmete dann aber lediglich tief aus. Fabian musterte ihn. Er kannte diesen Gesichtsausdruck. Mark Brenner plagte ein schlechtes Gewissen.

»Jetzt schieß schon los, Mark. Irgendetwas verschweigst du mir doch.«

»Okay, ich muss dir etwas sagen. Es wird dir nicht gefallen.«

Fabian setzte sich aufrechter hin. »Und das wäre?«

Brenner zögerte. »Bevor ich in die Rosenstein-Klinik kam, habe ich an dem Treffen eines ziemlich elitären Vereins teilgenommen. Dort habe ich etwas erfahren, das mir, gelinde gesagt, den Boden unter den Füßen weggezogen hat.«

»Was für ein Verein? Wovon redest du?«

»Sagt dir der Club of Magyar etwas?«

»Nein.«

Brenner rieb sich das rasierte Kinn. »Eigentlich darf ich nicht darüber reden. Ich bin mir auch nicht sicher, ob du schon so weit bist. Aber ich kann dich gut leiden, und deine Situation geht mir wirklich nah. Nun, und da du es von dir aus angesprochen hast …«

In diesem Augenblick klingelte Fabians Handy. Es war Charlotte. Erfahrungsgemäß rief sie nur an, wenn sie ein Problem hatte, und meistens ging es dabei um Marvin.

»Da muss ich rangehen«, sagte Fabian, »entschuldige bitte.« Er nahm das Gespräch an. »Lotti, was ist los?«

Ihre Stimme verriet ihm sofort, dass sie geweint hatte. »Ich weiß nicht mehr, was ich tun soll«, sagte sie. »Ich hab Marvin hier bei mir und …«

»Was ist mit Marvin?«

»Er ist okay. Ich bin es, die nicht okay ist. Scheiße, Fabi, meine Augen sind total gelb. So wie deine. Und ich hab Falten im Gesicht. Gestern waren da noch keine.«

Fabian spürte, wie ihn Schwindel ergriff. Er schloss für einen Moment die Augen. »Das ist nicht dein Ernst.«

»Ja klar ist das mein Ernst! Meinst du, ich mach Witze?«

Für einen Moment herrschte betretenes Schweigen in der Leitung. Fabians Gedanken überschlugen sich. Wie war das möglich? Wie wahrscheinlich war es, dass sie beide denselben seltenen Gendefekt teilten? Sicher, sie hatten dieselben Eltern, aber sie waren schließlich keine Zwillinge. »Wann hast du es bemerkt?«

»Die gelben Augen gestern und heute Morgen die Falten. Seitdem sehe ich alle fünf Minuten in den Spiegel. Verdammt, Fabi, meine Augen sehen aus wie deine!«

»Lotti, jetzt beruhige dich bitte. Wie fühlst du dich? Körperlich, meine ich.«

»Ich bin seit Tagen müde. Gestern im Supermarkt ist mir schwindlig geworden, und ich musste mich setzen. Heute hab ich es noch nicht weiter als bis zum Sofa geschafft. Mein Gott, Fabi, was soll ich nur machen? Ich muss mich doch um Marvin kümmern.« Sie begann zu weinen.

»Ich komme zu dir.«

»Aber du darfst die Klinik doch nicht verlassen.«

»Heute sind keine Untersuchungen mehr angesetzt. Es wird niemandem auffallen, wenn ich ein paar Stunden weg bin. Solange ich morgen früh wieder zurück bin.«

»Nein. Ich will nicht, dass du irgendetwas riskierst. Es geht um dein Leben.«

Jetzt geht es auch um dein Leben, dachte er, sprach es aber nicht aus. Ihm kam eine Idee. »Ich könnte versuchen, dich hier unterzubringen.«

»Als Probandin?«, fragte sie. Ihre Stimme klang hoffnungsvoll.

»Ja, natürlich. Ich rede gleich mit Professor Engelmann und melde mich dann bei dir. Gib Marvin einen Kuss von mir.«

Sie bedankte sich schluchzend, und er beendete das Gespräch. Dann stand er auf. Er durfte keine Zeit verlieren. Er ging zu seinem Schrank, um seine Schuhe herauszuholen. Unterdessen berichtete er Brenner, was er von seiner Schwester erfahren hatte.

Brenner machte ein betretenes Gesicht.

»Wir reden später«, sagte Fabian, nachdem er in die Schuhe geschlüpft war. Er schnappte sich seinen Hoodie und wollte den Raum verlassen, doch Brenner hielt ihn zurück.

»Warte«, sagte er und trat zu Fabian, der die Türklinke bereits in der Hand hatte. »Du hast noch nicht gehört, was ich dir zu sagen habe.«

»Nicht jetzt. Charlotte ist wichtiger.«

»Nein«, entgegnete Brenner entschlossen. »Gib mir ein paar Minuten, bevor du zu Engelmann gehst. Es ist wichtig. Es gibt etwas, das du unbedingt wissen solltest. Auch im Hinblick auf deine Schwester.«

Misstrauisch kniff Fabian die Augen zusammen. »Was hat Charlotte damit zu tun?«

»Es betrifft euch beide. Uns alle, um genau zu sein.« Er wies mit der Hand zu dem kleinen Tisch, der beim Fenster stand. »Komm. Setzen wir uns.«

Einen Moment stand Fabian unschlüssig da. Er hatte keine Ahnung, wovon Brenner redete. Aber offensichtlich war es ihm sehr ernst. Also folgte er Brenner und setzte sich zu ihm an den Tisch.

Brenner begann ohne Umschweife. »Ich bin nicht zufällig hier. Ich wurde gezielt in die Non-Aetatis-Studie eingeschleust. Hier in der Rosenstein-Klinik geht nämlich so einiges nicht mit rechten Dingen zu.«

»*Eingeschleust?*«

»Ich habe eine Aufgabe, die ich erledigen muss.«

Fabian deutete mit dem Finger auf ihn. »Du bist nicht krank.

Deine Augen sind gesund. Ich wusste von Anfang an, dass irgendetwas mit dir nicht stimmt.«

Brenner antwortete nicht darauf.

»In wessen Auftrag bist du hier und warum?«, fragte Fabian.

»Das ist schwierig zu erklären.«

»Hast *du* Doktor Hauser ermordet?«

»Wie kommst du denn darauf?«, fragte Brenner entgeistert.

»Es gibt Gerüchte, dass Hausers Tod kein Unfall war.«

»Das habe ich mitbekommen. Aber wieso soll ich etwas mit ihrem Tod zu tun haben?«

Fabian fixierte ihn. »Du warst an dem Tag da.«

»Du auch. Na und?«

Eine Weile starrten sie sich an, dann fragte Fabian: »Also? Was wolltest du mir erzählen?«

»Sagt dir VC-Pharma etwas?«

»Nein. Arbeitest du für ein Pharmaunternehmen?«

»Nicht direkt.«

»Spionierst du für VC-Pharma?«

»Bitte lass mich ausreden.«

Fabian musterte ihn. Wer war dieser Mann, von dem er geglaubt hatte, er wäre ein Freund? Er stellte fest, dass ihm dieser Mann schlagartig fremd geworden war.

Endlich sprach Brenner weiter. »Am besten, sage ich dir einfach, wie es ist. Du bist nicht an Progeria adultorum erkrankt. Keiner von euch Probanden. Tatsächlich leidet ihr an einer unbekannten, tödlichen Krankheit. Noch ist in der Öffentlichkeit nichts darüber bekannt. Die Behörden haben Stillschweigen darüber vereinbart, um in der Bevölkerung keine Panik aufkommen zu lassen. Aber die Lage ist ernst. Verdammt ernst sogar. Diese Krankheit breitet sich immer schneller aus.«

»Was redest du da für einen Quatsch? Ich habe alle Symptome von Progeria adultorum. Willst du das etwa leugnen?«

Brenner nickte. »Tatsächlich finden sich erstaunliche Ähnlichkeiten zu Progerie. Bei näherer Betrachtung aber unterscheiden sich einzelne Genabschnitte. Daher ist es nicht verwunderlich, dass dein Hausarzt zunächst eine falsche Diagnose gestellt hat. So ergeht es Ärzten weltweit.«

»Was ist mit Hauser, Engelmann und der Forschungsabteilung von Artinova?«, entgegnete Fabian. »Willst du behaupten, dass die sich alle täuschen?«

»O nein, die täuschen sich überhaupt nicht.« Brenner lächelte bitter. »Die wissen sehr wohl, was sie tun. Sie erzählen es dir und den anderen nur nicht.«

»Was erzählen Sie uns nicht?«

»Dass ihr nur Versuchskaninchen seid. Die Studie ist ein Fake. Alles hier ist ein Fake, Fabian. Du bist nicht hier, weil Hauser und Engelmann eine neue Gentherapie gegen Progeria adultorum entwickeln, sondern weil man an euch diese neue Krankheit erforscht.«

»Das ergibt doch keinen Sinn. Warum sollte man uns derart belügen?«

Brenner zögerte. »Weil es für die Erkrankten keine Heilung gibt. Am Ende steht unweigerlich der Tod. Ohne Aussicht auf Heilung würde sich niemand freiwillig für die letzten Tage seines Lebens in eine abgeschiedene Klinik einsperren lassen.«

»Aber die Therapie ...«

Brenner hob die Hand, um ihn zu unterbrechen. »Ich bin im Besitz von Informationen, die beweisen, dass dieses experimentelle Genmedikament nicht wirkt. Die Wirksubstanz stoppt den Prozess nicht. Erkrankte gewinnen lediglich etwas Zeit.

Vielleicht ein paar Wochen. Früher oder später aber sind bisher alle gestorben. Ohne Ausnahme.«

Fabian sprang auf. »Und hast du auch Beweise für deine abstrusen Behauptungen?« Unruhig lief er im Zimmer auf und ab. »Ein Betrug? Wie sollte das funktionieren? Es gibt Gesetze. Behörden müssen Studien, neue Medikamente und Therapien prüfen, zulassen und überwachen.«

Brenner lachte verächtlich. »Wach auf, Kumpel. Das Robert-Koch-Institut *ist* eine dieser Behörden. Leonie Hauser, um die du so trauerst, hat sich von Artinova kaufen lassen. Sie war keine Retterin der Menschheit. Ihr ging es nur ums Geld. So einfach ist das.«

Fabian schüttelte energisch den Kopf. »Nein, so einfach ist das eben nicht. Es gibt Vorschriften und Kontrollgremien.«

»Unter normalen Umständen würde ich dir beipflichten, aber wir befinden uns in einem Ausnahmezustand. Die Gesundheitsbehörden sind ratlos.«

»Gehen wir für einen Moment davon aus, dass ich dir glaube«, sagte Fabian und setzte sich wieder, »dann stellt sich für mich die Frage, wieso sich das Robert-Koch-Institut auf eine derartige Zusammenarbeit mit einem Pharmakonzern eingelassen hat?«

Brenner rieb Daumen und Zeigefinger gegeneinander. »Die Aussicht auf Profit, mein Lieber. Wir reden hier von Milliardengewinnen, die ein solches Medikament einbringen würde. Zumindest was Artinova angeht. Das RKI ist in erster Linie an der Bekämpfung der Krankheit interessiert. Artinova hat das RKI mit einer angeblich wirksamen Substanz geködert, woraufhin Leonie Hauser die Zusammenarbeit eingefädelt hat.«

»Wie kam es dazu?«

»Artinova hätte unter normalen Voraussetzungen vom Bundesinstitut für Arzneimittel niemals die Genehmigungen für derartige Phase-I-Forschungen bekommen. Dazu liegen viel zu wenig Daten vor. Leonie Hauser dagegen war in der Position, bestimmte Pandemie-Notfall-Paragrafen anzuwenden, um erste Tests an Probanden zu rechtfertigen. Außerdem muss das potenzielle Medikament in ungewöhnlich kurzer Zeit entwickelt werden, um es danach per Notfalldekret zuzulassen. All dies gelingt Artinova nur mit Hilfe von wohlgesonnenen Behörden. Deshalb haben sie die von dir so geschätzte Leonie Hauser gekauft. Die wiederum nahm im RKI einige Vertraute mit ins Boot, und schon lief die Sache.«

Fabian starrte Brenner an. Was er sagte, klang ungeheuerlich. Dennoch lag in alldem eine gewisse Plausibilität. Und vor allem – warum sollte er sich ein derartiges Lügenkonstrukt ausdenken?

»Woher weißt du das alles?«, fragte Fabian.

»Mein Auftraggeber verfügt über sehr gute Kontakte. Unter anderem gehört ihm VC-Pharma. Deren Wissenschaftler sind im Besitz sämtlicher Forschungsdaten und aller Informationen über die Non-Aetatis-Studie.«

»Woher?«

»Das spielt keine Rolle.«

»Also wusstest du von Anfang an Bescheid?« Fabians Stimmte zitterte vor Wut. »Du hast mich belogen. Du hast mir weisgemacht, du seist ebenfalls krank. Du hast mein Vertrauen missbraucht.«

»Das tut mir leid. Aber ich hatte meine Gründe.«

»Wie alt bist du wirklich?«

Brenner seufzte. »Achtundvierzig.«

Fabian schüttelte entsetzt den Kopf. Wie hatte er nur so naiv sein können?

»Hör zu, Fabian, es tut mir leid, wenn ich dich angelogen habe. Aber was ich dir hier erzähle, ist die Wahrheit, und ich riskiere damit verdammt viel.«

»Du verstehst, dass es mir schwerfällt, dir zu glauben?«

»Natürlich. Aber hör mir jetzt gut zu. Beim Auslesen der Daten der Non-Aetatis-Studie bin ich über eine hochinteressante Information gestolpert, die dich betrifft.«

Fabians Herz schlug schneller. »Welche Informationen?«, stieß er hervor. Seine Stimme war heiser.

Brenner zog sein Smartphone aus der Hosentasche, wischte ein paarmal über den Bildschirm und legte dann das Telefon vor Fabian auf den Tisch. Der sah eine Tabelle mit Zahlen und Buchstaben.

»Das hier sind die sogenannten TRAC-Daten«, erläuterte Brenner. »Sie zeigen unter anderem das Studiendesign und den Verlauf der Studie. TRAC beinhaltet die persönlichen Daten jedes einzelnen Probanden, dazu Labordiagnostik und Medikation. Wenn wir deinen Namen aufrufen, dann sehen wir Folgendes ...«

Er deutete mit dem Finger auf eine Zeile, die mit *Medikation PM7 Fabian Nowack* bezeichnet war. Darunter stand ein einziges Wort.

Fabian schnappte nach Luft. »Was hat das zu bedeuten?«

»Du weißt genau, was das bedeutet.«

»Aber das kann nicht sein.«

»Du kommst aus der Pharmabranche, mein Lieber. Du weißt, wie Medikamentenstudien ablaufen.«

»Ich bekomme Placebos?«, fragte Fabian fassungslos. »Ich erhalte gar keine Therapie? Seitdem ich hier bin, bekomme ich nur Traubenzucker oder sonst irgendein wirkungsloses Zeugs verabreicht?«

»In jeder ernst zu nehmenden Studie gibt es eine Kontrollgruppe, die Placebos erhält.« Brenner zuckte mit den Schultern. »Wie will man ansonsten zuverlässig den Erfolg einer neuen Therapie beurteilen? In diesem Fall, mein Lieber, bist du in der Kontrollgruppe gelandet.«

Fabian bekam kaum Luft. »Es war also alles eine Lüge«, sagte er mit gepresster Stimme. »Doktor Hauser hat mir Hilfe versprochen. Stattdessen hat sie mich von Anfang an zum Tod verurteilt.«

Brenner beugte sich vor und legte eine Hand auf Fabians Schulter. »Beruhige dich, bitte.«

»Lass mich!« Er schüttelte die Hand ab, sprang erneut auf und ging zur Tür.

»Wo willst du hin?« Brenner stand ebenfalls auf.

»Zu Engelmann. Ich werde ihn zur Rede stellen.«

»Warte. Du musst noch etwas wissen ... Fabian!«

Doch Fabian ignorierte ihn. Er eilte den Gang entlang. In seinen Ohren rauschte das Blut. Engelmann würde reden. Dafür würde Fabian sorgen.

Tag 21

»Arbeitsmoral lässt zu wünschen übrig. Der Deutsche Arbeitgeberverband e. V. beklagt eine deutliche Zunahme an Krankschreibungen. Offenbar bleiben immer mehr Arbeitnehmer zu Hause, weil sie sich unwohl fühlen.«

Handelsblatt

SCHWARZWALD

Fabian riss die Tür zu Professor Engelmanns Büro auf. »Ich muss mit Ihnen reden!« Ohne eine Antwort abzuwarten, trat er ein.

Engelmann stand in seinem Arztkittel am Schreibtisch und blätterte durch einen Stapel Computerausdrucke. Ohne aufzusehen, sagte er: »Was immer es ist, Herr Nowack, es muss warten. In wenigen Minuten beginnt im zweiten Stock eine außerordentlich wichtige Konferenz. Bitte kommen Sie morgen wieder, dann können wir gerne über alles ...«

»Verabreichen Sie mir Placebos?«, fiel Fabian dem Professor ins Wort.

Jetzt sah Engelmann auf. Er betrachtete Fabian einen Moment, dann wendete er sich wieder seinen Papieren zu. »Wie kommen Sie darauf?«

»Ja oder nein?« Fabians Stimme zitterte. »Nehmen Sie meinen Tod wissentlich in Kauf?«

Engelmann legte den Papierstapel auf den Schreibtisch, dann wandte er sich Fabian zu. »Die Non-Aetatis-Studie ist eine Doppelblind-Studie. Nicht einmal ich weiß, welche Probanden in der Placebo-Kontrollgruppe sind.«

»Also gibt es Probanden, die nur Placebos bekommen.«

Engelmann erwiderte nichts.

Fabian kochte vor Wut. »Sie haben mir von Anfang an keine Chance gegeben!«

»Ich sagte doch, ich weiß es nicht.« Engelmann wandte sich einem zweiten Papierstapel zu. »Verdammt, wo ist nur diese verdammte Fallzahlanalyse?«

Fabian trat neben den Professor und stützte sich mit beiden Händen auf den Schreibtisch. »Ich kenne die TRAC-Daten«, sagte er mit leiser Stimme.

Das ließ Engelmann aufhorchen. »Woher wissen Sie von TRAC?«

»Das spielt keine Rolle.«

Einen Moment lang sahen sie sich in die Augen. Dann sagte Engelmann mit ungewohnter Aggressivität in der Stimme: »Ich habe im Augenblick für diese Diskussion wirklich keine Zeit. Kommen Sie morgen wieder. Falls es dann überhaupt noch von Bedeutung ist. Falls dann überhaupt noch irgendetwas von Bedeutung ist.« Er setzte seine Suche fort.

Fabian war verunsichert. Er wusste selbst nicht, welche Reaktion er von Engelmann erwartet hatte, aber ganz sicher nicht eine derartige Gleichgültigkeit.

»Na endlich!«, rief der Professor plötzlich aus und hielt ein Blatt hoch. Er wollte damit aus dem Büro stürzen, doch Fabian versperrte ihm den Weg.

»Stimmt es, dass ich überhaupt nicht am Werner-Syndrom leide, sondern an einer unbekannten, unheilbaren Krankheit?« Dies schien Engelmann aus dem Konzept zu bringen. Seine Mundwinkel zuckten, seine Augen verengten sich zu Schlitzen.

»Wie kommen Sie auf diese absurde Idee?«

»Beantworten Sie meine Frage.«

»Hören Sie, Herr Nowack, ich muss jetzt zu dieser Konferenz. Falls dort bestimmte Sachverhalte und Analysen bestätigt werden, ist diese Studie hier sowieso für uns alle vorbei. Lassen Sie mich jetzt bitte durch.«

»*Vorbei*?«, echote Fabian alarmiert. »Wie meinen Sie das?«

»Professor Harvey Engelmann?«, erklang eine tiefe Stimme in Fabians Rücken. Er drehte sich um und sah zwei uniformierte Polizisten in der Tür stehen.

»Sie wünschen?«, fragte Engelmann.

Einer der Polizisten trat vor. »Harvey Engelmann, gegen Sie liegt ein Haftbefehl im Mordfall Leonie Hauser vor. Bitte folgen Sie uns aufs Revier.«

Fabian hielt die Luft an. *Mordfall Leonie Hauser?* Also war ihr Tod doch kein Unfall gewesen?

»Wie bitte?«, keuchte Engelmann. »Mord? Ich verstehe nicht ... Da muss ein Irrtum vorliegen.«

Der zweite Polizist trat vor und postierte sich neben seinen Kollegen. »Bitte machen Sie uns keine Schwierigkeiten.«

Instinktiv wich Fabian zurück, bis er mit dem Rücken gegen einen Rollschrank stieß.

»Aber das ist doch lächerlich.« Engelmann stemmte die Hände

in die Hüften. »Wie kommen Sie dazu, mich zu verdächtigen, meiner Kollegin etwas angetan zu haben? Meines Wissens war ihr Tod ein Unfall.«

»Es gibt eine Zeugenaussage, die Sie schwer belastet, am Tod von Frau Doktor Hauser beteiligt gewesen zu sein«, erwiderte der Polizist.

»Wie bitte?«, rief Engelmann aus. »Soll das ein Scherz sein?«

Fabian sah Engelmann schockiert an. Aus den Augenwinkeln registrierte er, wie der zweite Polizist mit geübtem Handgriff ein Paar Handschellen von seinem Gürtel löste.

Engelmann hatte es ebenfalls gesehen, denn er legte seine Fallzahlanalyse zähneknirschend zurück auf den Schreibtisch. »Lächerlich! Kann das nicht wenigstens eine Stunde warten? Sie haben ja keine Ahnung, was in diesem Augenblick da oben los ist.« Er deutete mit dem Zeigefinger an die Decke. »Ich werde dringend erwartet. Wenn Sie also ...«

»Wenn Sie nicht freiwillig mitkommen, sehen wir uns leider gezwungen, Sie gegen Ihren Willen mitzunehmen«, unterbrach ihn der Polizist.

Engelmann stand einen Moment mit wutverzerrter Miene da. Dann zog er seinen Kittel aus und warf ihn über die Stuhllehne. »Sie begehen einen schweren Fehler. Bringen wir diese Farce schnell hinter uns. Und diese Dinger da«, er deutete auf die Handschellen, »können Sie getrost wegstecken.«

»Das hängt ganz von Ihnen ab.«

Engelmann holte sein Sakko aus einem schmalen Kleiderschrank und verließ in Begleitung der Polizisten den Raum.

Fabian blieb verwirrt zurück. Hatte Engelmann wirklich etwas mit dem Tod von Leonie Hauser zu tun? Immerhin hatte er von ihren Ableben profitiert – ihm war die Leitung der Studie übertragen worden. Aber war das als Motiv ausreichend, um einen Mord zu begehen? Wer konnte das schon sagen?

Fabian fiel wieder ein, dass Engelmanns erste Amtshandlung die Entlassung des Sicherheitschefs, John Turner, gewesen war. Laut Frau Fritz-Schneider hatten Turners mangelhafte Sicherheitsvorkehrungen den Einbruch in den Forschungstrakt und den Datenklau vom Hauptserver ermöglicht. Handelte es sich bei diesen gestohlenen Daten etwa um Brenners TRAC-Daten? Fabians Blick fiel auf Engelmanns Arztkittel. Am Revers war mit einer Sicherheitsnadel sein Zugangsausweis befestigt. Die Nervosität des Professors in Zusammenhang mit der Konferenz im zweiten Stock hatte Fabian mehr als neugierig gemacht. Welche neuen Erkenntnisse mochte es geben, die so wichtig waren, dass man dafür sogar den Abbruch der Studie in Erwägung zog?

Kurz entschlossen zwängte er sich in Engelmanns Kittel und machte sich auf den Weg in den zweiten Stock. Irgendwie würde er sich schon unbemerkt in den Konferenzraum reinschmuggeln. Was hatte er schon zu verlieren?

Tag 21

»Fühl mich seit Tagen schlapp. Hab gerade in den Spiegel gesehen und bin mega erschrocken. Meine Augen sind krass gelb. Kennt das jemand? Geht gerade Grippe um? #grippe #krank #gelbeAugen«

Bine_34, Twitter

SCHWARZWALD

Mit pochendem Herzen stand Fabian vor dem Konferenzraum. Bis hierher war alles gut gegangen. Engelmanns Ausweis hatte Fabian Türen geöffnet, die ihm zuvor verschlossen waren. Auf den Gängen hatte er mit seinem weißen Kittel keinerlei Aufmerksamkeit erregt. Doch jetzt wurde es ernst. Er hielt die Luft an und drückte Engelmanns Ausweis gegen den Scanner. Die Tür wurde entriegelt. Fabian öffnete sie vorsichtig und schlüpfte hindurch.

Der Konferenzraum war abgedunkelt. Die einzige Lichtquelle war ein Beamer, der eine Grafik auf eine Leinwand an der gegenüberliegenden Wand warf. Im Zwielicht erkannte Fabian etwa zwanzig Männer und Frauen, die an einem langen Konferenztisch saßen. Einige von ihnen trugen weiße Kittel, die meisten normale Bürokleidung.

Neben der Tür standen zwei Frauen, die sich kurz zu Fabian umwandten, dann ihre Aufmerksamkeit wieder nach vorn richteten. Rasch schloss Fabian die Tür und stellte sich wie selbstverständlich neben sie. Erleichtert, dass sich niemand für seine Anwesenheit interessierte, richtete er seine Aufmerksamkeit auf die Rednerin neben der Leinwand, die mit einem Laserpointer gerade die Grafik erklärte.

»… insgesamt sehen wir also einen signifikanten Anstieg an Meldungen der Gesundheitsbehörden weltweit«, sagte sie gerade, »insbesondere in den letzten Tagen.«

»Wieso hat man nicht früher reagiert?«, wollte eine Zuhörerin wissen.

»Sehen Sie, um auf den Ausbruch einer Seuche reagieren zu können, muss dieser Ausbruch erst einmal als solcher erkannt werden. Und selbst wenn er erkannt wird, muss diese Information dann Menschen und Organisationen erreichen, die reagieren *können*. Im Amazonasgebiet sowie in West- und Zentralafrika gibt es praktisch keine funktionierenden Meldesysteme. Die Information, dass Menschen unter mysteriösen Umständen sterben, verbreitet sich nur sehr langsam. Selbst nachdem die Pandemie längst zivilisierte Gegenden erreicht hatte, haben die Ärzte fast durchgängig als Todesursache ›Altersschwäche‹ auf den Totenscheinen vermerkt. Aber die Krankheitssymptome waren stets unbekannt geblieben.«

Dieselbe Zuhörerin meldete sich erneut zu Wort: »Spätestens mit den zunehmenden Fallzahlen in Europa, Asien und den USA hätte man doch erkennen müssen, dass hier etwas faul ist«, hakte sie nach.

»Bei Aids haben die Gesundheitsbehörden über zwei Jahre gebraucht, bis sie erkannt haben, dass es sich trotz weltweiter Meldungen nicht um Einzelfälle, sondern um eine neue, übertragbare Krankheit handelte.« Die Rednerin machte ein gequältes Gesicht. »Zum besseren Verständnis will ich Ihnen noch ein Beispiel geben. In Zentralafrika hatte ein Mitarbeiter einer Gesundheitsbehörde gerüchteweise davon gehört, dass sich in der Gegend mysteriöse Todesfälle häuften. Da dieser Mitarbeiter aber einzig für das Überprüfen von Cholera-Meldungen zuständig war, hat er, nachdem er Cholera als Todesursache ausschließen konnte, weiterhin Woche für Woche in das Meldesystem eingegeben: ›Cholera – null Fälle‹. Damit war die Sache für ihn erledigt. Fakt ist, dass wir siebzig Prozent aller Seuchenausbrüche und Pandemien einzig aufgrund von Gerüchten entdecken.«

Ein untersetzter Mann im Nadelstreifenanzug erhob sich. »Vielen Dank, Frau Kollegin Dröger für Ihre Ausführungen«, sagte er. Die Rednerin nickte und setzte sich auf einen freien Stuhl.

Derweil fuhr der Mann im Nadelstreifenanzug fort: »Zum jetzigen Stand gilt Folgendes festzuhalten. Entgegen unserer ersten Einschätzung breitet sich diese Pandemie erheblich schneller aus als erwartet. Die Neuerkrankungsraten sind exorbitant. Weder die Weltgesundheitsorganisation noch unsere Kollegen von den Zentren für Seuchenkontrolle in Atlanta konnten bislang virale oder bakterielle Erreger nachweisen, die als Auslöser in Frage kommen. Da sich der Kollege Engelmann offensichtlich verspätet, möchte ich nun dem Kollegen Matter das Wort erteilen, der uns mehr über Ätiologie und Pathogenese dieser mysteriösen Krankheit berichten wird.«

Der Untersetzte nickte einem deutlich jüngeren Mann mit

Nickelbrille zu, der sich erhob. Er trug ein kariertes Hemd mit hochgekrempelten Ärmeln.

»Wie Sie bereits gehört haben«, begann Dr. Matter, »liegen uns mittlerweile Meldungen aus praktisch allen Regionen der Welt vor. Die Symptome laufen stets auf widernatürlich schnelles Altern hinaus, begleitet von Ikterus, der verantwortlich ist für die charakteristischen gelben Augen. Schließlich folgt Tod durch Organversagen. Auch sind Mutationen im WRN-Gen nachweisbar, weshalb die meisten Ärzte fälschlich annehmen, es handle sich um eine Form von Progerie. Bemerkenswert ist, dass es enorme Unterschiede in Bezug auf die Geschwindigkeit des Krankheitsverlaufs gibt. Während sich der Alterungsprozess bei einigen Erkrankten über Wochen hinzieht, gibt es gesicherte Berichte über Fälle, bei denen Menschen innerhalb von zweiundsiebzig Stunden gealtert und gestorben sind.«

Ein Raunen ging durch den Raum. Dr. Matter nutzte die Gelegenheit, um einen Schluck Wasser zu trinken, dann fuhr er fort: »Die Symptome ähneln einer Krankheit aus dem Tierreich, die in der Presse reißerisch als ›Zombie-Krankheit‹ bezeichnet wird. Wir bezeichnen sie als chronische Auszehrungskrankheit. Erkrankte Tiere, meistens Rehe und Hirsche, seit einiger Zeit auch Affen, verlieren drastisch an Gewicht, haben Koordinationsschwierigkeiten, und ihr Allgemeinzustand verschlechtert sich rapide, bis unweigerlich der Tod eintritt. Die erstmals in den USA aufgetretene Krankheit weitet sich seit Jahren aus. Um ein mögliches Übergreifen der chronischen Auszehrungskrankheit auf den Menschen auszuschließen, haben wir die Probanden speziell unter diesem Gesichtspunkt untersucht. Dabei wurden wir im Rückenmark fündig.«

Wieder genehmigte Dr. Matter sich einen Schluck Wasser.

Dann räusperte er sich und trank noch einen Schluck. Fabian wurde klar, dass der Mann schrecklich nervös war. Wie es schien, gefiel ihm nicht, was er gleich verkünden musste.

»Seit wenigen Stunden wissen wir«, fuhr Dr. Matter schließlich fort, »dass weder Viren noch Bakterien noch abnorm gefaltete Proteine Ursache dieser Pandemie sind. Vielmehr haben wir im Rückenmark der Non-Aetatis-Probanden einen unbekannten parasitären Pilz entdeckt, der die menschliche DNA angreift und dramatische Zellveränderungen hervorruft.«

Erneut ging ein Raunen durch den Raum. Erregte Worte wurden gewechselt. Kein Wunder, dass Engelmann vorhin so nervös gewesen war. Er musste gewusst haben, was Dr. Matter hier verkünden würde.

»Pilzbefall im menschlichen Körper – die sogenannte Systemmykose – ist, wie Sie wissen, eine der gefährlichsten Erkrankungen überhaupt«, sagte Dr. Matter. »In der Regel gelangen der Pilz oder dessen Sporen über die Lunge in die Blutbahn des menschlichen Körpers, wo sie nach und nach alle inneren Organe befallen. Systemmykosen beginnen schleichend und verlaufen häufig tödlich, denn der Erreger befällt immer den ganzen Körper. Eine Systemmykose macht vor nichts halt.«

»Was ist das für ein Pilz?«, fragte ein Mann am hinteren Ende des Tisches.

Dr. Matter nahm seine Nickelbrille ab und rieb die Gläser über den Stoff seines Hemds. »Der Pilz ähnelt in seiner Struktur Blastomyces, einem Schimmelpilz. Dennoch gehört er einer neuen, unbekannten Art an. Wir wissen, dass Pilze wahre Anpassungskünstler sind. Wir vermuten daher eine Mutation. Im Kollegenkreis diskutieren wir noch darüber. Wir haben diesen Pilz daher vorläufig *Blastomyces mortiferum* getauft.«

Mortiferum, dachte Fabian. *Tödlich*. Er bekam eine Gänsehaut. Im Raum war es jetzt mucksmäuschenstill.

Dr. Matter setzte seine Brille wieder auf. »Wir konnten Blastomyces mortiferum in allen Organen der Probanden nachweisen. Über das Rückenmark streut der Pilz bis ins zentrale Nervensystem. Etwa ab diesem Zeitpunkt zeigen sich die bereits beschriebenen Symptome. Bis dahin vergehen, nach unserer ersten vorsichtigen Schätzung, mehrere Monate.«

»Einen Augenblick«, meldete sich der Mann im Nadelstreifenanzug zu Wort. »Würden Sie uns bitte erläutern, was Sie mit *mehreren Monaten* meinen?«

Dr. Matter warf einem älteren Herrn mit schneeweißen Haaren, der unweit von ihm vor den abgedunkelten Fenstern stand, einen Hilfe suchenden Blick zu. Doch dieser reagierte nicht, woraufhin sich Dr. Matter dem Fragesteller zuwandte und sagte: »Ich würde diese Frage gerne für einen Augenblick zurückstellen.«

Fabian horchte auf. Denselben Satz hatte auch er im Repertoire – wie jeder Pharmareferent. Immer wenn ein Arzt Fabian eine Frage stellte, die er nicht beantworten konnte oder wollte, hatte er den Arzt auf später vertröstet und ihn dann mit anderen Informationen abgelenkt. Fast immer vergaßen die Ärzte zum Schluss, was sie wenige Minuten zuvor eigentlich noch brennend interessiert hatte. Der Mann im Nadelstreifenanzug schien einen heiklen Punkt angesprochen zu haben. Fabian war gespannt, ob Dr. Matter auf die Frage zurückkommen würde.

»Wir alle atmen tagtäglich mehrere Hundert Pilzsporen ein«, nahm Dr. Matter den Faden wieder auf. »Das stellt normalerweise kein Problem dar. Unser Immunsystem besitzt dafür zwei Verteidigungslinien – Fresszellen und weiße Blutkörperchen.

Dennoch gelingt es Blastomyces mortiferum, in unseren Körpern auszukeimen und sich zu verbreiten. Wie dies geschieht, ist uns noch schleierhaft.«

»Systemische Pilzinfektionen sind gefährlich, keine Frage«, warf ein Zuhörer ein, »aber sie sind therapierbar. Wo liegt das Problem?«

Dr. Matter holte tief Luft. »Dieser Pilz weist einige Besonderheiten auf, darunter eine uns bisher unbekannte Zellmembran.«

»Würden Sie uns das bitte näher erläutern?«, bat der Mann im Nadelstreifenanzug. »Uns stehen Dutzende Arzneistoffe gegen Pilzerkrankungen zur Verfügung.«

»Das ist korrekt.« Dr. Matter nickte, als habe er diesen Einwand erwartet. »Nur bauen sämtliche verfügbaren Antimykotika auf ein- und demselben Wirkprinzip auf. Kurz gesagt, gelingt es keinem uns bekannten Wirkstoff, die Zellmembran von Blastomyces mortiferum zu durchdringen.«

Jetzt trat der ältere Mann mit den schneeweißen Haaren vor. »Vielleicht darf ich hierzu ein paar grundsätzliche Worte verlieren. Ich bin Dr. Gundolf Marquardt von der Berliner Charité und Vorsitzender der Deutschen Mykologischen Gesellschaft. Wir stellen seit Jahren fest, dass krankheitserregende Pilze zu einer immer größeren Bedrohung für den Menschen werden. Weshalb tödliche Pilzinfektionen in den letzten Jahren auf dem Vormarsch sind, wissen wir nicht. Wir vermuten, es könnte an veränderten Umweltbedingungen liegen. Wie mein junger Kollege bereits sagte – Pilze sind Meister der Anpassung. Binnen Minuten verändern sie ihre Genetik, falls es für ihr Überleben notwendig ist. Sie können überall auf der Welt existieren, sogar in den Tiefen des Ozeans und in unserem Blut. Wir weisen auf die wachsende Gefahr durch tödliche

Pilzinfektionen seit Jahren hin, doch bislang haben wir kaum Gehör gefunden.«

»Danke, Dr. Marquardt«, brummte der Mann im Nadelstreifenanzug, »ich denke wir haben Ihren Standpunkt verstanden. Die Frage lautet also: Was können wir gegen diesen Pilz ausrichten? Wie können wir die Pandemie eindämmen?«

Dr. Matter nickte. »Die enge biologische Verwandtschaft von Pilz und Mensch ist ein Problem«, erklärte er. »Pilze ähneln uns viel mehr als alle anderen Mikroorganismen. Selbst ihre Biochemie gleicht im Wesentlichen der menschlichen. Deshalb gibt es für Wirkstoffe gegen Pilze in unseren Körpern kaum Angriffsziele.«

»Sonstige Therapiemaßnahmen?«

»Bluttransfusionen und Kochsalzinfusionen haben eine temporäre Besserung der Symptome gezeigt, aber die Wirkung ist begrenzt, und die Ursache wird nicht bekämpft. Außerdem dürften die Blutvorräte bei der hochgerechneten Ausbreitung der Pandemie bereits in wenigen Tagen erschöpft sein.« Wieder nahm Dr. Matter die Brille ab. Er wirkte plötzlich sehr erschöpft. »Wir forschen mit Hochdruck an einem Wirkstoff, doch wegen der geschilderten Ähnlichkeiten im Zellaufbau und den biochemischen Abläufen im menschlichen Körper, stehen wir vor einer beinahe unlösbaren Aufgabe. Wir können den Pilz nicht zerstören, ohne unsere eigenen Zellen zu zerstören.«

»Was ist mit der Non-Aetatis-Studie?«, fragte der Mann im Nadelstreifenanzug. »Meines Wissens hat Artinova eine wirksame Substanz gefunden?«

»Für diese Frage wäre Professor Engelmann der richtige Ansprechpartner«, wich Dr. Matter mit sichtlichem Unbehagen aus.

»Da er nicht anwesend ist, frage ich Sie.«

»Bisher hat sich dieser Therapieansatz als wirkungslos erwiesen«, antwortete Dr. Matter. »Das muss man leider so deutlich feststellen.«

»Verstehe ich das also richtig, dass die Erkrankten quasi bei lebendigem Leib innerlich verschimmeln und es keine Aussicht auf Heilung gibt?«

»Ein etwas drastischer Vergleich. Aber ja, so in etwa.«

Im Saal setzten aufgeregte Gespräche ein.

Fabian schloss die Augen. Artinovas Therapie war wirkungslos. So gesehen, spielte es nicht einmal mehr eine Rolle, dass Fabian lediglich Placebos erhalten hatte. Die Studie war ein Fehlschlag. Leonie Hauser hatte ihn mit leeren Versprechen geködert. Wie Mark Brenner gesagt hatte, war Fabian nichts weiter als ein Versuchskaninchen. Noch vor einer Stunde war er wegen der ausbleibenden Therapieerfolge zwar deprimiert gewesen, aber immerhin hatte er Hoffnung gehabt. Jetzt war die Aussicht auf Heilung in weite Ferne gerückt.

Der Mann im Nadelstreifenanzug meldete sich wieder zu Wort: »Ich denke, wir haben verstanden. Die Situation ist ernst. Da der Kollege Engelmann weiterhin abwesend ist, gehen wir jetzt besser alle wieder an die Arbeit. Ich berufe heute Abend das nächste Meeting ein.«

Die Anwesenden erhoben sich, machten Anstalten, den Raum zu verlassen, während Dr. Matter seine Unterlagen in eine Aktentasche stopfte.

Fabian nahm all seinen Mut zusammen und rief: »Entschuldigung, Herr Doktor Matter, aber Sie sind uns noch eine Antwort auf eine Frage schuldig.«

Ein paar Köpfe drehten sich zu Fabian herum. Am anderen

Ende des Raums sah Dr. Matter schuldbewusst von seinen Unterlagen auf. »Welche Frage meinen Sie?« Er war ein schlechter Schauspieler.

»Sie sagten, es würden mehrere Monate vergehen, bis sich die ersten Symptome zeigen. Wir haben ebenfalls gehört, dass die Pandemie inzwischen alle Kontinente erreicht hat. Was bedeutet das?«

»Vollkommen richtig«, sagte der Mann im Nadelstreifenanzug. »Diesen Aspekt haben wir ganz aus den Augen verloren.« Er wandte sich an Dr. Matter. »Was können Sie uns hierzu sagen?«

Der junge Mann blickte betreten vor sich auf den Tisch. »Ich hätte es vorgezogen, diese Frage heute noch nicht zur Sprache zu bringen. Noch haben wir keine Gewissheit, aber mit hoher Wahrscheinlichkeit hat sich Blastomyces mortiferum unbemerkt über die gesamte Welt verteilt. Wir alle tragen diesen Pilz längst in uns.« Jetzt sah er auf, und auf seiner Stirn stand Schweiß. »Es dürfte nur noch eine Frage von Wochen sein, bis sich bei jedem Einzelnen von uns erste Symptome zeigen.«

Empörte Stimmen wurden laut. In den Gesichtern der Zuhörer spiegelten sich Fassungslosigkeit, aber auch Furcht wider. Der Mann im Nadelstreifenanzug wurde weiß wie die Wand. »Wollen Sie damit andeuten, dass wir alle von einem tödlichen Pilz befallen sind, gegen den es keinen Wirkstoff gibt?«

Dr. Matter nickte langsam. »Alles spricht dafür.«

»Aber das würde ja bedeuten ...«

»... dass das Überleben der Menschheit akut in Gefahr ist«, beendete Dr. Matter mit versteinerter Miene den Satz. »Wenn nicht rasch ein Wunder geschieht, droht der Homo sapiens auszusterben. Und zwar schneller, als wir es uns vorstellen können.«

Im Konferenzraum brach die Hölle los. Alle redeten durcheinander. Ein Mann lachte höhnisch auf. Eine Frau fuhr ihn gereizt an, und die beiden gerieten in Streit. Der Mann im Nadelstreifenanzug versuchte die erhitzten Gemüter zu beruhigen. Niemand hörte auf ihn. Fabians Gedanken rasten. Er musste unbedingt mit Mark Brenner reden, der mehr über all das hier zu wissen schien, als er eigentlich wissen konnte.

Er huschte zur Tür hinaus und lief atemlos durch die Gänge der Rosenstein-Klinik. Der Schweiß lief ihm über den Rücken, und Seitenstechen kündigte sich an. Er lief zu schnell, wusste, dass er seinem Körper zu viel zumutete, doch ausruhen konnte er sich später. Keuchend erreichte er sein Zimmer. Da er dort niemanden vorfand, lief er weiter, zu Mark Brenners Zimmer. Die Tür stand offen. Das Zimmer war leer, ebenso wie der Schrank und die herausgezogenen Schubladen der Kommoden. Die Bettwäsche lag zerwühlt auf dem Boden. Es schien, als habe Brenner in großer Eile gepackt. Fabian sah auch im Bad nach, entdeckte aber nur getrocknete Zahnpasta im Waschbecken. Von Mark Brenner fehlte jede Spur.

Kraftlos sank er aufs Bett. In seinem Kopf klangen die Worte von Dr. Matter nach. Die Menschheit drohte in kürzester Zeit auszusterben. Und ihr blieb nicht mehr lange, um etwas dagegen zu unternehmen.

ZWEITER TEIL

Ein halbes Jahr zuvor

NÖRDLICHES AMAZONASBECKEN, BRASILIEN

Davina DeBoni stand an der rostzerfressenen Reling des zweiundzwanzig Meter langen Stahlschiffes und kratzte an einem Moskitostich am Ellbogen, während der alte Kahn flussaufwärts auf dem Rio Negro in Richtung Norden tuckerte. Davina trug eine Baseballkappe, ein beiges Baumwollhemd, Shorts und Flip-Flops, die sie kurz vor Abfahrt des Schiffes bei einem Händler auf dem Markt in Novo Airão gekauft hatte. Ihre Wanderstiefel würde sie die nächsten Tage oft genug tragen müssen. Ihr Blick war auf das Ufer gerichtet, dieses scheinbar undurchdringliche Gewirr von Bäumen, Büschen und riesigen Blättern, das ständig erfüllt war von den Geräuschen seiner Bewohner – Tukane, Papageien, Frösche, Affen. Vor allem Affen. Davina hatte in den letzten Jahren viele Regenwälder Südamerikas und Afrikas bereist, und diese ganz spezielle Geräuschkulisse faszinierte sie jedes Mal aufs Neue.

Sie schlug nach einem Moskito in ihrem Nacken und betrachtete dann den winzigen Blutfleck auf ihrer Handfläche. Viele ihrer ehemaligen Teamkollegen waren mit dem Dschungel nicht klargekommen und hatten nach den ersten Reisen das Handtuch geworfen. Davina konnte es ihnen nicht verdenken. Der

Dschungel war eine Herausforderung – vor allem nachts in den Hängematten, wenn sich der Verstand weigerte einzuschlafen, weil man trotz aller Vorsichtsmaßnahmen nie wirklich sicher sein konnte, ob einem nicht doch irgendein Käfer oder Tausendfüßler in die Ohren kroch. Dazu kam die ständige Gefahr, von einem giftigen Insekt oder einer Schlange gebissen zu werden. Während Davinas letzter Expedition hatte sich eines Nachts sogar ein Jaguar ins Lager geschlichen. Davina hatte wach gelegen und das Raubtier direkt unter ihrer Hängematte atmen gehört. Zum Glück hatte der Jaguar kein Interesse an ihr gezeigt, aber sie wäre vor Angst beinahe gestorben.

Davina schob den Schirm ihrer Baseballkappe nach oben und betrachtete das Deck des alten Kahns, den der Konzern für diese Expedition angeheuert hatte. Der weiße Anstrich des Schiffs war mit Rostflecken übersät. Dicke, aufgerollte Taue lagen neben der Reling. Überall stapelten sich Holzkisten und Plastikcontainer mit dem Logo des Konzerns – einem geschwungenen großen »A«. Es stank nach Diesel und Öl.

Weiter vorne saß ihr Kollege Harry Strom auf einer der Kisten, starrte mit Kopfhörern auf den Ohren in das schwarze Wasser des Rio Negro und nickte mit dem Kopf zum Takt einer Musik, die nur er hören konnte.

»Alles in Ordnung, Senhora?«

Davina drehte sich um. Hinter ihr stand Rodrigo, der dunkelhäutige Kapitän. Er trug eine Fischermütze, unter die er sich einen verschmierten Lappen geschoben hatte, der seine Ohren und seinen Nacken vor der Sonne schützen sollte.

»*Tudo bem*, Rodrigo. Alles bestens.«

Rodrigo lächelte und deutete nach vorne. »Wir sind gleich da.«

Davinas Blick folgte seinem Finger. Der Rio Negro, dessen gewundener Verlauf sich während der letzten beiden Tage von fünfzehn Kilometern Breite auf etwa zweihundert Meter verengt hatte, beschrieb eine scharfe Biegung. Hinter einer Landzunge öffnete sich eine weitläufige Lichtung, in deren Mitte einfache Häuser aus Naturmaterialien und mit Dächern aus getrockneten Palmenblättern standen – das Dorf der Awárei. Die Häuser waren kreisförmig um einen zentralen Platz angelegt. In dessen Mittelpunkt stach ein quadratisches Gebäude ins Auge, bei dem es sich um den Versammlungsort der Ältesten handeln musste. Etwas abseits der Häuser befanden sich Holzkäfige, wahrscheinlich für Schweine und Ziegen. Rund um das Dorf war die Erde verbrannt. Offenbar hatten die Awárei das Land erst kürzlich gerodet.

Während das Schiff auf den wackelig aussehenden Holzsteg zusteuerte, kamen die Dorfbewohner herbeigelaufen. Viele der kleinwüchsigen Männer und Frauen trugen nichts außer einem Lendenschurz am Leib, die lärmenden und sichtlich aufgeregten Kinder sprangen allesamt nackt umher. Die älteren Männer hatten ihr Gesicht mit dunkelbrauner und roter Farbe bemalt. Die Jüngeren trugen ausgeblichene T-Shirts und Shorts, die sie von früheren Expeditionsteilnehmern geschenkt bekommen haben mussten. Vermutlich handelte es sich bei ihnen um die Scouts, doch das würde Davina noch früh genug erfahren. Zunächst galt es, ein freundschaftliches, respektvolles Verhältnis zu dem Naturvolk aufzubauen. Zwar hatten die Awárei immer wieder Kontakt zur Zivilisation – hauptsächlich zu Mitarbeitern der FUNAI, der brasilianischen Behörde für die Belange der indigenen Völker. Dennoch gab es bei einem Zusammentreffen derart unterschiedlicher Kulturen häufig Missverständnisse. Letzten

Endes konnte niemand vorhersagen, wie ein indigenes Volk auf Interventionen von außen reagieren würde. Im brasilianischen Dschungel, fernab jeglicher Zivilisation, herrschten eigene Gesetze.

Sachte stieß das Schiff mit dem Rumpf gegen den Anleger. Davina rückte ihre Baseballkappe zurecht und trat neben Harry Strom. »Bereit?«

»Klar. Du?«

»Klar.« Sie atmete tief durch, öffnete die Tür in der Reling und sprang auf den Anleger. Reihum starrten ernste Gesichter zu ihr empor. Für die eins einundsechzig kleine Davina war es ein seltsames Gefühl, zur Abwechslung einmal nicht zu anderen Menschen emporschauen zu müssen. Aus Erfahrung wusste sie, dass viel von ihrem Verhalten in den nächsten Minuten abhing. Sie versuchte es mit dem ältesten Trick der Welt: Sie lächelte. Und es funktionierte. Die ernsten Mienen entspannten sich. Die Awárei erwiderten Davinas Lächeln und machten ihr und Harry Zeichen, ihnen zum Dorf zu folgen.

Im Haus der Ältesten wurden sie mit einem traditionellen Chicha-Umtrunk willkommen geheißen, danach setzten sie sich mit den drei jungen Scouts zusammen. Ein Verbindungsmann der FUNAI hatte bereits vor mehreren Wochen Kontakt zu ihnen aufgenommen und ihnen in groben Zügen mitgeteilt, wobei Davina ihre Hilfe benötigte. Jetzt erläuterte sie den Indigenen ihr Vorhaben genauer – wobei ihnen Rodrigo als Dolmetscher zur Seite stand. Die jungen Männer schienen zu verstehen, was Davina sich von ihnen erhoffte. Für den nächsten Morgen vereinbarten sie eine Uhrzeit für den gemeinsamen Aufbruch in den Dschungel.

Der Rest des Tages verging mit Vorbereitungen für die

Expedition. Am Abend kontrollierte Davina auf dem Schiff ein letztes Mal ihre Ausrüstung und fiel schließlich todmüde in ihre Koje. Sie schlief sofort ein.

Als Davina am nächsten Morgen erwachte, lag Nebel über dem Fluss. Sie machte sich frisch, zog sich an, schlüpfte in ihre Wanderstiefel, schulterte ihren Rucksack und verließ die Kajüte. Harry stand bereits an Deck. Er rauchte, nickte ihr müde zu. Auch im Dorf waren die Menschen schon auf den Beinen. Erneut fiel Davina auf, dass die Bevölkerung des Dorfs größtenteils aus älteren Einwohnern bestand, abgesehen von den drei Scouts. Das war ungewöhnlich. Wo waren die ganzen jungen Männer und Frauen abgeblieben? Davina nahm sich vor, dieser Sache bei Gelegenheit nachzugehen.

Angeführt von einem Scout in einem löchrigen roten Nike-T-Shirt, marschierten Davina und Harry sowie die beiden anderen Scouts wenig später über die kürzlich gerodete Fläche auf die undurchdringliche, grüne Wand des Dschungels zu. Davina spürte Adrenalin durch ihren Körper strömen. Egal wie gut man eine solche Exkursion auch vorbereitete, man musste immer auf Überraschungen gefasst sein – besonders in dieser Region des Amazonasgebiets, die von Menschen noch weitgehend unberührt war und in der es noch immer unbekannte Tierarten gab.

Sie erreichten den Rand des Dschungels und betraten einen ausgetretenen Pfad, der sie unter vierzig Meter hohen Bäumen hindurchführte, deren dichtes Blätterdach kaum einen Sonnenstrahl hindurchließ. Davina atmete tief ein. Nirgendwo roch und schmeckte die Luft so satt, so würzig, so sehr nach Leben wie im Regenwald. Es waren Tage wie dieser, für die sie lebte.

Das diffuse Licht, der Geruch, die allgegenwärtigen Geräusche der Tierwelt, dazu die unfassbare Fülle unterschiedlicher Pflanzen und Blüten – all das war geradezu berauschend. Immer tiefer drangen sie in den Dschungel ein. Bald schon war der Trampelpfad so überwuchert, dass nur der Scout ihn überhaupt noch ausmachen konnte. Immer wieder mussten er und seine beiden Helfer die Macheten benutzen, um ihnen den Weg freizuschlagen. Die Luftfeuchtigkeit nahm zu. Der Schweiß lief Davina in die Augen, und das Hemd klebte ihr wie ein nasser Lappen am Körper.

Inzwischen hatten sie so oft die Richtung geändert, dass Davina jegliche Orientierung verloren hatte. Sie bewunderte den jungen Scout, der unbeirrt voranschritt und jeden Baum und jeden Strauch zu kennen schien. Im Laufe vieler Jahrhunderte hatten sich die Indigenen ihrer grünen Umwelt perfekt angepasst. Sie hatten gelernt, die Gaben der Natur für ihre Zwecke zu nutzen, ohne dabei ebendiese Natur zu zerstören. Sie konnten essbare Pflanzen, Wurzeln und Beeren von giftigen unterscheiden, darüber hinaus wussten sie, welche Substanzen und Extrakte gegen Schmerzen, Insektenbisse und Fieber wirkten, und aus welchen Pflanzen sie Salben zubereiten konnten, die Wunden heilten. Sie lebten im Einklang mit der Natur, die ihnen alles gab, was sie zum Überleben benötigten. Dieses Wissen wurde von Generation zu Generation weitergegeben. Und genau deswegen war Davina hier.

Der Scout hob die Hand, und die Gruppe hielt an. Er drehte sich im Kreis, schien sich zu orientieren. Davina nutzte die Verschnaufpause, um einen fetten, glänzenden Käfer von ihrer Schulter zu wischen und einen Schluck aus ihrer Wasserflasche zu nehmen.

»Was denkst du?«, fragte Harry, durchgeschwitzt und schwer atmend. »Ob wir sie heute schon finden?«

»Vielleicht heute, vielleicht in einem Monat.«

»Wir haben eine Woche«, erinnerte er sie. »Danach bringt uns Rodrigo zurück in die Zivilisation.«

»Ich gehe hier nicht weg, bevor wir nicht haben, weswegen wir gekommen sind.«

»Klar, Chef.« Er salutierte halbherzig.

»Nenn mich nicht so.«

Harry grinste.

Hoch oben in den Baumwipfeln raschelte und knackte es, doch außer einem wippenden Ast war nichts zu erkennen. *Vermutlich ein Affe*, dachte Davina.

Harry starrte ebenfalls nach oben. Er sagte: »Vielleicht sitzen wir nur einem Märchen auf, und es gibt sie gar nicht? Schon mal daran gedacht?«

»Sie existiert. Davon bin ich überzeugt.«

Harry nickte, als hätte er keine andere Antwort erwartet. »*Grünes Gold*. Schon klar. Ob der Vorstand eigentlich weiß, was wir hier leisten?«

Davina massierte sich die Schläfen. »Garantiert nicht. Denkst du, auch nur einer von diesen Sesselfurzern hätte jemals einen Fuß in die Wildnis gesetzt?«

Er schnaubte. »Was wären die ohne uns?«

»Du sagst es.«

Harry musterte sie. »Du siehst schlecht aus. Hast du wieder …«

»Mir geht's gut«, unterbrach sie ihn.

»Ich meine ja nur. Wenn es dir zu viel wird, kehren wir um.«

»Ich bin okay.«

Harry zuckte mit den Schultern und trank ebenfalls einen Schluck aus der Wasserflasche. Davina war froh, dass er nicht nachhakte. Sie hasste es, ihren Partner zu belügen. Harry war ein guter Beobachter. Er hatte recht: Es ging ihr nicht gut. Überhaupt nicht gut. Aber das würde sie ihm gewiss nicht auf die Nase binden.

Der Scout rief seine beiden Freunde zu sich und deutete abseits des Pfades in das undurchdringliche Gewirr aus Blättern und Sträuchern. Die Männer nickten und begannen mit ihren Macheten einen Weg durch das Dickicht zu schlagen. Es war eine mühevolle Arbeit, die nur langsam voranging. Bei jedem Schritt versanken Davinas Wanderstiefel tief im morastigen Boden. Sie atmete schwer. Obwohl sie in Basel regelmäßig ins Fitnessstudio ging, ließ ihre Kondition in letzter Zeit zu wünschen übrig. Wenn sie wieder in der Schweiz war, würde sie ihr Trainingspensum erhöhen, außerdem würde sie wieder mehr Wert auf eiweißreiche Nahrung legen.

Die Stunden vergingen. Davina hatte das Gefühl, dass sie kaum noch von der Stelle kamen. Die extreme Luftfeuchtigkeit setzte ihr zu. Schneller als erwartet hatte sie ihren Wasservorrat aufgebraucht. Kopfschmerzen kündigten sich an – zweifellos ein Folge der beginnenden Dehydration. Spätestens an diesem Punkt wäre es vernünftig gewesen, die Suche abzubrechen, um am nächsten Tag einen neuen Versuch zu unternehmen. Doch das kam für Davina nicht in Frage. In ein paar Stunden mussten sie ohnehin aufs Schiff zurückkehren, so lange würde sie schon noch durchhalten.

Überraschenderweise lichtete sich jetzt der Wald vor ihnen. Helles Sonnenlicht blendete Davina, und sie zog ihre Baseballkappe tief ins Gesicht. Sie hatten das Ufer eines kleinen, von wuchernden Wasserpflanzen gesäumten Sees erreicht, der von einem gurgelnden Wasserlauf gespeist wurde. Unzählige Insekten schwirrten über die Wasseroberfläche, unter ihnen Megaloprepus caerulatus, die größten Libellen, die Davina je gesehen hatte.

Harry tippte ihr auf die Schulter und bat um ihre leere Wasserflasche. Er fummelte zwei Tabletten aus seinem Rucksack, warf sie in die Trinkflaschen und stapfte an den Rand des Sees, um sie aufzufüllen. Erschöpft sah Davina ihm dabei zu, wie er die Flaschen in den See tauchte. Die in den Tabletten enthaltenen Silberionen würden sämtliche Mikroorganismen, Bakterien und Protozoen im Wasser unschädlich machten. Doch es würden zwei Stunden vergehen, bis das Wasser trinkbar war. Davina fuhr sich mit der trockenen Zunge über die aufgeplatzten Lippen. Mittlerweile war sie ernsthaft dehydriert, und in ihrem Kopf tobte ein Gewitter. Ihre Waden brannten, Krämpfe deuteten sich an.

Davina blickte noch auf den See, als sie hinter sich den Scout rufen hörte: »Senhora! Senhora! Olha aqui!« Er stand etwa zehn Meter von ihnen am Waldrand und deutete aufgeregt auf etwas vor sich am Ufer. Es dauerte einen Augenblick, bis Davinas getrübtes Bewusstsein begriff. Mit einem Mal schlug ihr Herz schneller.

Sie taumelte wie in Trance auf die etwa einen Meter hohe, stachelige Pflanze zu, deren orange-blaue Blüten in der Sonne glänzten. Niemals hatte Davina etwas Schöneres gesehen. Der Strauch, der angeblich wahre Wunder bewirken sollte, existierte tatsächlich. Davinas Augen füllten sich mit Tränen. All die Mühen der wochenlangen Vorbereitung, die anstrengende Anreise und vor allem die Strapazen am heutigen Tag – all das war schlagartig vergessen. Die Blüten dieser sagenumwobenen Pflanze, die noch keinen wissenschaftlichen Namen besaß, weil sie noch kein Weißer je gesehen hatte, versprachen Heilung für Millionen Menschen auf der ganzen Welt, die an Morbus Parkinson litten.

Grünes Gold, dachte Davina. Diese in der Pharmabranche gebräuchliche Formulierung für seltene, exotische Pflanzen, die naturheilkundliche Wirkung versprachen, hatte ihr schon immer gefallen. Und heute hatte sie ihr ganz persönliches Grünes Gold gefunden.

Sie ging auf die Knie, strich sanft über die raue Oberfläche der süßlich duftenden Blüten und ließ ihren Freudentränen freien Lauf.

Plötzlich fuhr ein schneidender Schmerz durch ihren Kopf. Sie schrie auf und presste die Hände gegen die Schläfen. Grelle Blitze zuckten vor ihren Augen, dann wurde es um sie herum schwarz. Davina DeBonis Körper erschlaffte und kippte zur Seite.

MANAUS, BRASILIEN

Der Himmel über Manaus war bedeckt, die Luftfeuchtigkeit lag bei über neunzig Prozent. Schon bald würden heftige Regenfälle die Straßen der Zwei-Millionen-Einwohner-Stadt erneut für Stunden unter Wasser setzen, wie beinahe täglich. Davina DeBoni stand im vierten Stock des »Fundação Hospital Adriano Jorge« und sah durch das weit geöffnete, vergitterte Fenster auf die vierspurige Avenida Carvalho Leal. Eine leichte Brise wehte Baulärm von einer benachbarten Großbaustelle herüber. Obwohl Davina nur eine luftige Bluse und Shorts trug, überzog ein dünner Schweißfilm ihre Haut. Mit einer Zeitschrift fächelte sie sich Luft zu, während sie die verwaisten Taxiparkplätze vor der Klinik betrachtete. Seit einer halben Stunde war kein Wagen mehr vorgefahren. Eigentlich hätte das Taxi, das sie zum Flughafen bringen würde, längst hier sein sollen, doch in Südamerika tat man gut daran, jegliche Zeitangaben lediglich als unverbindliche Vorschläge anzusehen.

Beinahe zwei Wochen waren seit Davinas Zusammenbruch im Dschungel vergangen, und heute, endlich, ging es zurück in die Heimat. Noch drei Stunden bis zum Abflug. Davina freute sich auf das kühle Basel, auf die Privatsphäre ihrer Wohnung und vor allem auf ihr Bett. Außerdem konnte sie es kaum erwarten, ihre jüngere Schwester Emilia wiederzusehen. Sie würden Tee trinken, plaudern und Emilias zweijährigem Sohn Yannik beim Spielen zusehen. Ob Yannik seine Tante überhaupt noch erkannte? Zuletzt hatte Davina den kleinen Racker vor vier Monaten auf dem Schoß gehabt.

Endlich fuhr ein Taxi vor. Davina wollte sich schon abwenden, um ihr Gepäck zu schultern, als sich die Tür des Taxis öffnete und ein Mann ausstieg. Davina traute ihren Augen nicht. Der Mann streckte sich und sah in ihre Richtung, als wüsste er, dass sie ihn beobachtete.

»Verdammt!«, zischte Davina und schleuderte die Zeitschrift, die ihr als Fächer gedient hatte, wütend aufs Bett. Die Anwesenheit von Alessandro Capellari verhieß nichts Gutes.

Wenige Minuten später öffnete sich ihre Zimmertür.

»Davina, schön Sie zu sehen!«, sagte Capellari mit seinem strahlenden Lächeln, das für gewöhnlich auf Frauen so überaus anziehend wirkte. Er trug braune Lederschuhe, eine hellblaue italienische Designerhose, die beiden obersten Knöpfe seines weißen Hemdes waren geöffnet und die Ärmel bis an die Ellbogen hochgekrempelt. Das eng anliegende Hemd betonte seine sportliche Figur. In einer Hand hielt er eine braune Papiertüte, in der anderen Hand einen Pappbecher mit Strohhalm. Er musterte sie. »Wie geht es Ihnen?«

Davina stand noch immer beim Fenster und machte keine Anstalten, ihm entgegenzugehen. »Bestens. In weniger als drei Stunden geht mein Flug. Was führt Sie hierher, Alessandro?«

Capellari breitete die Arme aus und spielte den Entrüsteten: »Warum so ungehalten? Darf ich eine unserer wertvollsten Mitarbeiterinnen nicht im Krankenhaus besuchen und mich nach ihrem Befinden erkundigen?«

»Wenn Sie hier wären, um mich nach Hause zu begleiten, Alessandro, dann würde ich mich sogar freuen.« Sie lächelte bitter. »Aber deswegen sind Sie wohl kaum hier.«

»Wie ich sehe, sind Sie wieder ganz die Alte.« Er legte einen Finger an die Lippen und tat, als würde er nachdenken. »Nur fürs Protokoll. Falls ich wirklich gekommen wäre, um Sie nach Hause zu begleiten, würden Sie dann endlich einmal mit mir Essen gehen?«

»Da wären sicher viele Frauen sehr enttäuscht«, entgegnete sie. »Das kann ich Ihren Verehrerinnen nicht antun. Ich gerate nur ungern zwischen die Fronten. Sie verstehen.«

»Ich würde nie wieder eine andere Frau auch nur ansehen.«

Sie lachte freudlos.

Er trat zu ihr, hielt ihr die Papiertüte und den Pappbecher hin. »Low-Carb-Kekse aus Basel und ein frischer Smoothie vom Flughafen.«

Kiwi- und Mangoduft stiegen Davina in die Nase, während sie zuerst die Mitbringsel und dann Capellari musterte. »Ich werde heute nicht nach Hause fliegen, richtig?«

Alessandro Capellaris Miene wurde ernst. Er stellte die Tüte und den Becher auf den kleinen Tisch, der neben dem Bett stand. »Nein, Davina«, sagte er schließlich, »heute noch nicht. Ich weiß, dass Sie bereits seit drei Monaten in Brasilien sind, aber dringende Angelegenheiten erfordern jetzt unsere volle Aufmerksamkeit. Tut mir leid.«

Davina wandte sich zum Fenster um. Er sollte nicht sehen, wie sie mit den Tränen kämpfte. Sie liebte Südamerika, Brasilien, den Dschungel, das Land und die Leute, doch nach fast hundert Tagen in der Fremde wollte sie nur nach Hause. »Was ist so wichtig, Alessandro?«

»Wir haben etwas zu erledigen.«

»*Wir*? Seit wann arbeiten wir beide zusammen?«

»Es gibt für alles ein erstes Mal.«

Während sie ihm weiter demonstrativ den Rücken zuwandte und zum Fenster hinaussah, dachte sie nach. Alessandro Capellari war der einzige Sohn des Mehrheitsaktionärs von Artinova Pharma sowie Mitglied des Vorstands und somit ihr Vorgesetzter. Zudem war er der zukünftige Erbe eines riesigen Vermögens und sah blendend aus. Die Damenwelt der Schweizer High Society schlug sich förmlich um diesen begehrten, jedoch überzeugten Junggesellen. Alessandro liebte das Leben, und die Klatschpresse liebte Alessandros Affären. Das war einer der Gründe, weshalb Davina bisher jede seiner Einladungen zum Abendessen abgelehnt hatte. Er machte keinen Hehl daraus, dass er sich für sie interessierte. Trotz seines Charmes und seiner Attraktivität kam eine Beziehung mit ihm für Davina jedoch nicht in Frage. Sie bezweifelte, dass er überhaupt beziehungsfähig war, und lieber blieb sie Single, als sich mit einem Playboy einzulassen. Aber all das erklärte nicht, warum er heute hier aufgetaucht war.

Sie drehte sich zu ihm um. »Also schön. Ich höre.«

Er zog einen Plastikstuhl heran und setzte sich. »Zuerst Sie. Was ist im Dschungel passiert? Was war los mit Ihnen?«

»Nichts Ernstes. Ich war nur stark dehydriert. Wir waren an diesem Tag länger als geplant unterwegs. Das Trinkwasser ist uns ausgegangen. Ich habe nicht auf die Warnzeichen meines Körpers geachtet.«

»Und weiter?«

»Harry Strom hat mich hierher gebracht. Ich habe stark gefiebert, hatte tagelang nichts gegessen und nur wenig getrunken.

Ich war nicht ansprechbar. Während der Bootsfahrt habe ich mich fiebernd in der Koje hin und her gewälzt. Meine Erinnerungen daran sind verschwommen.«

»Das klingt nicht gut.«

»Zunächst sind die Ärzte von einer Infektion ausgegangen, obwohl ich gegen sämtliche Tropenkrankheiten geimpft bin. Man konnte eine Infektion aber rasch ausschließen. Ich habe dann literweise Kochsalzinfusionen bekommen und kreislaufstärkende Mitteln. Danach kam ich schnell wieder auf die Beine.«

»Ich nehme an, man hat Ihr Blut untersucht?«

»Natürlich.«

»Und?«

»Nichts.«

»Was ist mit Ihren Leberwerten?«

»Mir geht's gut, Alessandro. Ich habe meinen Körper schlicht und ergreifend überfordert.« Sie sah keinen Grund, ihm zu erzählen, dass sie seit ihrem dreizehnten Geburtstag unter starken Regelschmerzen litt, die oft von Krämpfen begleitet wurden. Ausgerechnet am Tag ihrer Ankunft in Novo Airão hatte sie ihre Regel bekommen. Die starke Blutung, die körperlichen Anstrengungen sowie die Dehydration waren rückblickend betrachtet eine fatale Kombination gewesen.

»Haben die Ärzte eine DNA-Analyse vorgenommen?«, wollte er wie beiläufig wissen.

»Weshalb sollten sie?«

»Ich bin nur neugierig. Was ist mit Parasiten? Nicht ungewöhnlich im Dschungel.«

»Nichts dergleichen.« Sie musterte sein Gesicht. Seine Kiefer mahlten. Irgendetwas beschäftigte ihn. Was verschwieg er ihr?

»Warum sind Sie hier, Alessandro? Mein Bericht über die Expedition ist seit drei Tagen im Artinova-Intranet online.«

»Ich habe Ihren Bericht gelesen. Aber es gibt wichtigere Dinge, die unsere volle Aufmerksamkeit fordern.«

Davinas Miene verdüsterte sich. Beinahe zwei Tage hatte sie durchgearbeitet, hier in diesem öden Krankenhauszimmer, bei Straßenlärm und Tropenhitze, nur um diesen verdammten Bericht schnellstmöglich vorzulegen. Die Art und Weise, wie Capellari ihre Arbeit abtat, versetzte ihr einen Stich. Das war eigentlich nicht sein Stil.

Er schien zu bemerken, dass er sie gekränkt hatte. »Davina, ich weiß sehr zu schätzen, was Sie für Artinova leisten. Bitte verzeihen Sie mir, wenn ich taktlos erscheine.« Er lächelte, und für einen Moment blitzte dieser Charme auf, der auch Davina nicht ganz kaltließ. »Unsere Experten nehmen sich die Pflanze bereits vor. Sie hat Potenzial.«

Sie nahm einen Keks aus der Papiertüte und biss hinein. »Na gut, Alessandro, schießen Sie los.«

Für einen Moment schien er zu überlegen, wo er anfangen sollte, dann beugte er sich in seinem Stuhl vor. »Wie Sie wissen, ist Artinova mit Niederlassungen in mehr als vierzig Ländern vertreten. Insgesamt arbeiten weltweit an die 25 000 Pharmareferenten für uns im Außendienst. Das bedeutet grob geschätzt 200 000 Kontakte zu Ärzten und Kliniken jeden Tag über den Erdball verteilt. Über dieses extrem effiziente Vertriebsnetz erhalten wir seit etwa einigen Wochen zunehmend Meldungen über eine rätselhafte Erkrankung, die mit einem bisher unbekannten, diffusen Krankheitsbild einhergeht.«

Davina wurde hellhörig. »Ein neues Virus?« Sie nahm noch einen Keks aus der Tüte. Sie schmeckten gut. Nach Heimat.

»Wir wissen es nicht. Unsere Außendienstmitarbeiter berichten, dass immer mehr Menschen mit mysteriösen Symptomen Arztpraxen und Kliniken aufsuchen. Noch konnte kein Erreger identifiziert werden. Die Ärzte sind ratlos.«

»Erzählen Sie mir mehr über die Symptome.«

»Die Betroffenen klagen über körperliche Schwäche, rasche Ermüdung, Schwindel, gelegentlich Ohrensausen. Die Haut erscheint blass. Häufig ist im Blut eine Erhöhung des indirekten Bilirubins nachzuweisen. Auffällig ist eine Gelbfärbung der Haut sowie der Lederhäute der Augen.«

»Gelbsucht?«

»Ja. Mit zunehmender Erkrankungsdauer tritt eine irreversible Leberschädigung ein. Betroffene altern sehr schnell. Es treten Verwirrtheit auf sowie Bewusstseinstrübung, Desorientierung und meist starker Gewichtsverlust. Offenbar ...« Er zögerte.

»Ja?«

»Nun, offenbar dehydrieren die Betroffenen ungeachtet aller medizinischen Maßnahmen und fallen in ein endogenes Leberkoma, bis schließlich unweigerlich der Tod eintritt.«

Davina starrte ihn entgeistert an. Mit einem Mal begriff sie, weshalb er ihr all diese Fragen gestellt hatte. Alessandro Capellari hatte nicht höflich sein wollen, sondern er hatte versucht herauszufinden, ob sie womöglich ebenfalls mit diesem mysteriösen Erreger infiziert war. *O Gott, war sie es? Trug sie einen unbekannten, lebensgefährlichen Erreger in sich?* Einmal mehr starrte sie durch das vergitterte Fenster hinaus auf die Straße. »Mir geht es gut«, verkündete sie.

»Ich glaube Ihnen. Ihre Augen sind weiß. Ihre Gesichtsfarbe ist ebenfalls gesund.« Er deutete auf die Kekstüte. »Und Sie haben Appetit.«

»Der ist mir vergangen.«

»Nichts deutet darauf hin, dass Sie den Erreger in sich tragen, Davina. Würde ich das vermuten, säße ich nicht mit Ihnen hier im Zimmer.«

Davina schloss für einen Moment die Augen. Was er sagte, klang glaubwürdig. Was blieb ihr auch anderes übrig, als ihm zu glauben. Sie drehte sich wieder zu ihm herum. »Verschieben wir dieses Thema für den Moment. Sie sagten, die Betroffenen altern schnell?«

»Das kann man wohl sagen. Es gibt Berichte, wonach Menschen innerhalb weniger Wochen, in manchen Fällen innerhalb von Tagen, quasi vor den Augen ihrer Ärzte um Jahrzehnte altern. Bei anderen Menschen wiederum läuft dieser Prozess langsamer, aber dennoch unaufhaltbar ab. Uns liegen Berichte von Ärzten vor, die schildern, sie hätten grotesk gealterte Patienten zu Hause tot aufgefunden, die noch wenige Tage zuvor quicklebendig bei ihnen in der Praxis waren.«

»Und das alles ist verifiziert?«, fragte Davina skeptisch. »Von wo stammen diese Berichte?«

»Hauptsächlich aus Südamerika und Afrika, aber es gibt auch erste Hinweise aus Asien. Wir vermuten eine Zoonose.«

»Also einen Erreger, der vom Tier auf den Mensch übergesprungen ist«, überlegte sie laut. »So wie SARS oder Schweinegrippe oder ...?«

»Oder wie Ebola, Hanta, Lassa oder weitere geschätzte zweihundert Krankheiten«, ergänzte Capellari. »Die gefährlichsten Erreger der Welt stammen aus dem Tierreich.«

Davina verschränkte die Arme vor der Brust. »Warum erzählen Sie mir das alles, Alessandro? Ich bin Botanikerin und Pharmakologin. Keine Ärztin.«

»Bei Artinova sind wir der Auffassung, dass wir es hier mit den Anfängen einer bedrohlichen Pandemie zu tun haben. Wir müssen diese Berichte ernst nehmen. Eine neue, mysteriöse Krankheit breitet sich auf allen Kontinenten aus, bislang unbemerkt von der breiten Öffentlichkeit und mit einer erschreckend hohen Sterblichkeitsrate.«

»Geben die Gesundheitsbehörden schon Warnhinweise heraus?«

»Die haben noch keine Ahnung.«

Davina machte ein überraschtes Gesicht.

Capellari lächelte nachsichtig. »Davina, Sie übersehen, dass wir hier über Symptome reden, die keiner Meldepflicht unterliegen. In keinem Land der Welt müssen Ärzte Schwindel, körperliche Schwäche oder Dehydration an die Behörden melden. Und selbst wenn ...« Er seufzte. »Wir reden bislang vornehmlich über Länder, die über kein besonders gutes Surveillance-System verfügen. Ach, was sage ich, in vielen afrikanischen Staaten gibt es praktisch überhaupt kein Meldewesen.«

Davina kniff die Augen zusammen. »Artinova weiß also besser über endemische Krankheitsausbrüche in diesen Ländern Bescheid als deren Gesundheitsbehörden?«

»Davon können Sie ausgehen.« Er richtete sich auf seinem Stuhl auf. »Unsere Armada an Pharmavertretern liefert uns tagtäglich ein Feedback aus Kliniken und Arztpraxen – eine wahrhaft unbezahlbare Fülle an Daten. Mein Ressort bündelt diese Daten und wertet sie aus. Wir überwachen zudem alle Online-Mitteilungen wichtiger staatlicher Institutionen. Niemand außer uns hat diese Pandemie bisher auf dem Schirm. Noch sind die Behörden blind. Davina, ist Ihnen klar, was das bedeutet?«

Sie nickte. »Wir müssen die Behörden informieren.«

»Quatsch!« Er sah sie an, als käme sie von einem anderen Stern. »Natürlich werden wir die Sache *nicht* an die große Glocke hängen. Solange niemand außer uns davon weiß, sind wir im Vorteil.«

Sie sah ihn entgeistert an. »Wie bitte?«

»Uns bietet sich hier eine einmalige Chance. Aber wir müssen schnell handeln. Ich habe deshalb bereits eine Taskforce gebildet.« Er lehnte sich zurück. »Und um unsere Forschungen zu unterstützen, möchte ich, dass Sie gemeinsam mit mir hier vor Ort einigen Fragen nachgehen. Sie sind mit Abstand die am besten geeignete Person dafür in unseren Reihen. Sie haben die erforderlichen pharmazeutischen Kenntnisse, und Sie kennen den Dschungel.«

»Ich kann Ihnen nicht folgen. Wobei genau soll ich Ihnen helfen?«

Alessandro Capellari schlug ein Bein über das andere. »Ich nehme an, die FUNAI sagt Ihnen etwas?«

Davina sah ihn skeptisch an. »Selbstverständlich. Die brasilianische Verfassung sichert indigenen Völkern ein Recht auf Land und auf Schutz des Lebensraums zu. Dazu muss die FUNAI regelmäßig die Existenz dieser Völker belegen, wofür sie neuerdings unauffällige Drohnen einsetzt. Die meisten indigenen Völker legen nämlich keinen gesteigerten Wert darauf, mit der Außenwelt in Kontakt zu treten.«

»Und genau deswegen brauche ich Sie, Davina. Sie wissen, wie man primitiven Völkern Informationen entlockt.« Er grinste.

In Davinas Kopf schrillten sämtliche Alarmglocken. »Was haben Sie vor?«

»Die FUNAI arbeitet eng mit spezialisierten Ärzten zusammen, darunter einem gewissen Dr. Bruno Varela, der in der

Vergangenheit an Zulassungsstudien für Artinova in Brasilien mitgewirkt hat. Dank seiner Mitarbeit in der FUNAI besitzt Varela Zugriff auf medizinische Daten und Informationen indigener Völker. Varela ist einer der wenigen Ärzte bisher, die über die Pandemie Bescheid wissen. Anscheinend macht diese Krankheit auch vor den Ureinwohnern nicht halt. Varela hat uns von einem Indianerstamm in Kenntnis gesetzt, der auf einem viertausend Hektar großen geschützten Gebiet lebt, das von niemandem betreten werden darf.«

»Es gibt gute Gründe für derartige Vorschriften«, warf Davina ein, die ahnte, worauf Capellari abzielte. »Was auch immer Sie vorhaben, Alessandro, vergessen Sie es. Ich mache da nicht mit.«

»Der FUNAI liegt aktuelles Videomaterial vor«, fuhr Capellari ungerührt fort. »Drohnenbilder zeigen einen bisher unkontaktierten indigenen Stamm – die Timbókanã. Fotos und Videos belegen, dass in diesem Stamm beinahe alle Frauen gestorben sind. Die wenigen noch lebenden Frauen sind alt und gebrechlich. Abseits des Dorfes sind ungewöhnlich viele rituelle Feuerstellen zu erkennen, aus denen teilweise noch Rauch aufsteigt.«

Davina erinnerte sich daran, dass bei ihrer Ankunft im Dorf der Awárei hauptsächlich ältere Menschen zu sehen gewesen waren, abgesehen von den drei Scouts. Bedauerlicherweise war sie nicht mehr dazu gekommen, diesen Umstand genauer unter die Lupe zu nehmen. Und noch etwas fiel ihr ein. Während einer ihrer ersten Expeditionen ins Amazonasgebiet, war sie Augenzeugin gewesen, wie die Yanomami einen Verstorbenen verbrannt hatten und dessen zermahlene Knochenreste in eine Bananensuppe gemischt hatten. Davina war heilfroh gewesen, dass man ihr nichts von der Suppe angeboten hatte. Jetzt dachte sie zurück an die gerodete Fläche rund um das Dorf der Awárei und fragte sich, ob dort womöglich ebenfalls kurz vor ihrer Ankunft Tote verbrannt worden waren? Sie teilte Capellari ihre Gedanken mit.

»Laut FUNAI gibt es die Feuerbestattung auch bei den Timbókanã«, sagte er.

»Was ist mit den Männern? Sie altern nicht?«

»Jetzt wird es interessant.« Wieder grinste Capellari, was Davina unter diesen Umständen als äußerst unangemessen empfand. »Die Männer, egal ob jung oder alt, scheinen sich bester Gesundheit zu erfreuen.«

»Also schlussfolgern Sie, dass die Männer gegenüber diesem unbekannten Erreger resistent sein könnten?«

Er nickte. »Entweder durch eine erworbene oder eine angeborene Resistenz. Aber das ist noch nicht alles. Doktor Varela hat eine interessante Theorie aufgestellt. Aufgrund der überproportional hohen weiblichen Sterberate und der Tatsache, dass wir auf dem Videomaterial nicht einen einzigen erkrankten Mann entdecken konnten, besteht laut Varela die Möglichkeit, dass wir im Blut der Timbókanã nicht nur den Erreger identifizieren könnten.«

»Sondern?«

»In Anbetracht der extremen Isolierung dieses Indianerstammes besteht laut Varela eine gewisse Wahrscheinlichkeit, dort auch den Indexpatienten zu finden. Die erste erkrankte Person überhaupt, wenn Sie so wollen.«

Davina schüttelte den Kopf. »Das leuchtet mir nicht ein. Wie sollte sich ein Erreger aus dem tiefsten Dschungel über alle Kontinente hinweg verbreiten?«

»Zugegeben, ein weiter Weg. Aber in unserer heutigen Zeit

stellen große Distanzen bekanntlich keinen Hinderungsgrund für die Ausbreitung einer Krankheit dar.« Capellari verfiel in einen dozierenden Ton. »Bei einer Zoonose sind Tiere die Überträger. Tiere werden gefangen, an Händler verkauft, in andere Länder verschifft, teilweise gegessen ...«

»Schon gut.« Davina wünschte, sie hätte das Taxi früher bestellt und wäre fort gewesen, bevor Alessandro Capellari hier aufgekreuzt war. Dann sprach sie das Offensichtliche aus: »Ich soll für Sie die Timbókanã aufspüren und herausfinden, ob an dieser Theorie etwas dran ist.«

»Im Vorstand sind alle der festen Überzeugung, dass es niemand Geeigneteren für diese Aufgabe gibt als Sie. Außerdem habe ich vollstes Vertrauen in Ihre Verschwiegenheit.« Er stieß einen Zeigefinger in ihre Richtung. »Finden Sie dieses indigene Volk, Davina. Identifizieren Sie den Erreger, und kehren Sie mit einer verwertbaren biologischen Probe zurück. Artinova wird als erstes Unternehmen ein Medikament oder eine Impfung gegen diese neue Krankheit auf den Markt bringen.« Seine Augen begannen zu leuchten. »Falls wir tatsächlich vor einer Pandemie stehen, geht es hier um ein Milliardengeschäft.«

Davina erwiderte nichts. Die Luft im Krankenzimmer war mit einem Mal unerträglich stickig. Sie schnappte sich die Zeitschrift vom Bett und fächelte sich erneut Luft zu. Was Capellari von ihr verlangte, war moralisch in höchstem Maße verwerflich.

»Was denken Sie?«, fragte er. »Ich will Ihre offene und ehrliche Meinung dazu.«

»Es ist strengstens verboten, von der FUNAI geschützte Reservate zu betreten. Ich habe keine Lust, in Brasilien ins Gefängnis zu wandern.«

»Darum wird sich Doktor Varela kümmern. Sie erhalten eine Ausnahmegenehmigung der FUNAI.«

»Damit allein ist es nicht getan. Da ist noch das Zeitproblem. Es könnte Wochen dauern, die Timbókanã aufzuspüren.«

»Wir können von der FUNAI die GPS-Koordinaten der Drohnenfotos bekommen. Das sollte also kein Problem sein. Darüber hinaus werden Sie jede Unterstützung erhalten, die Sie benötigen.«

»Indigene Amazonasvölker verlegen häufig die Standorte ihrer Dörfer«, gab sie zu bedenken. »GPS-Koordinaten hin oder her ... Alessandro, Sie unterschätzen offenbar die logistischen Herausforderungen einer solchen Expedition. In derart kurzer Zeit ist das unmöglich. Allein die mehrwöchige Quarantäne, die wir beachten müssen, bevor wir Völker kontaktieren dürfen ...«

»Auch hierfür werden wir eine Ausnahmegenehmigung bekommen. Des Weiteren habe ich mir erlaubt, bereits von Basel aus ein Schiff mitsamt Crew zu chartern und die wichtigsten Bestellungen für Materialien aufzugeben.« Er lächelte sie selbstzufrieden an. »Natürlich gibt es noch verschiedene Dinge hier vor Ort zu organisieren, aber das sollte nicht mehr als ein paar Tage dauern.«

Davina lachte auf. »Haben Sie auch nur die leiseste Ahnung, wie lange es dauert, sich einem unkontaktierten Volk zu nähern und sein Vertrauen zu gewinnen? So etwas dauert Wochen und Monate!«

»Experten der FUNAI werden Sie begleiten und Sie dabei unterstützen.«

Davina verdrehte die Augen. »Okay, lassen wir den logistischen Aspekt einmal beiseite. Aber wie stellen Sie sich das weitere Vorgehen vor? Wie soll ich einen Erreger ausfindig machen, der bisher nicht einmal identifiziert wurde? Und das mitten im Dschungel, nur mit einem mobilen Labor. Das ist etwas vollkommen anderes, als nach Heilpflanzen zu suchen.«

»So viel anders ist es nicht«, widersprach Capellari. »Anstatt einer Pflanze suchen Sie diesmal einfach eine Person. Den Indexpatienten.«

»Aber woher weiß ich ...«

»Das werden Sie wissen, wenn Sie vor Ort sind«, fiel er ihr ins Wort. »Ziemlich sicher dürfte der Indexpatient längst gestorben sein.«

»Dann graben Sie ihn aus.«

»Die Toten werden verbrannt«, stieß sie hervor. »Schon vergessen?«

»Herrgott!« Capellari sprang auf und machte ein paar unruhige Schritte im Raum. »Lassen Sie sich etwas einfallen. Außergewöhnliche Situationen erfordern außergewöhnliche Maßnahmen.« Er war stehen geblieben und sah sie herausfordernd an.

Davina erwiderte nichts.

Sie betrachtete ihr reisefertiges Gepäck. Der Gedanke, mitten im Dschungel einem tödlichen Erreger hinterherzujagen, war mehr als abschreckend. Hinzu kamen die immensen Schwierigkeiten und Gefahren, die mit der Annäherung an ein indigenes Volk verbunden waren, das bisher keinen Kontakt zur Zivilisation hatte. Noch dazu in einer derartigen Ausnahmesituation: Den Timbókanã-Männern starben die Frauen weg. Niemand konnte vorhersehen, wie sie auf die Ankunft von Fremden reagieren würden. Diese Sache hatte rein gar nichts mit Davinas eigentlichem Aufgabengebiet zu tun, so viel stand fest. Doch Alessandro Capellari würde kein Nein akzeptieren. Ihm ging es nur um Profit. Wenn sie ablehnte, würde sie bei ihrer Rückkehr in Basel eine Kündigung im Briefkasten vorfinden – und unterdessen hätte jemand anders den Job übernommen. Was wäre also gewonnen? Hinzu kam, dass die reelle Chance bestand, Leben zu retten. Wenn sie unverzüglich handelten, konnten sie vielleicht in relativ kurzer Zeit einen Impfstoff produzieren, was kaum möglich wäre, wenn diese Sache den offiziellen Weg durch die Instanzen ginge. Sie atmete tief durch. »Wann soll es losgehen?«

»Hervorragend.« Capellari klatschte in die Hände. »Unten wartet ein Taxi. Es bringt uns ins Hotel Millenium. Dort habe ich für uns zwei Suiten und ein Büro angemietet. Ein Dossier mit allen relevanten Informationen liegt für Sie bereit.«

Davina seufzte. Mit Alessandro Capellari mehrere Abende in einem Hotel verbringen zu müssen war nun wirklich das Letzte, wonach ihr in dieser Situation der Sinn stand. Sie warf die Zeitschrift in den Mülleimer und schnappte sich ihr Gepäck. »Warum wollen Sie in Manaus bleiben, Alessandro? Fliegen Sie nach Hause. Harry Strom und ich bekommen das geregelt.«

Er nahm ihr den schweren Rucksack ab, schulterte ihn und meinte lächelnd: »Herr Strom ist längst zurück in der Schweiz. *Ich* werde Sie auf dieser Expedition begleiten.«

WESTLICHES AMAZONASBECKEN, BRASILIEN

Trotz seiner Länge von rund fünfhundert Kilometern war der Rio Jandiatuba nur einer von vielen Nebenflüssen des gewaltigen Amazonasstroms. Davina stand am seichten Flussufer, das hier einen sandigen, etwa fünfzig Meter breiten und einhundert Meter langen Strand aufwies. Abgesehen von diesem kurzen Abschnitt, waren die Ufer des träge dahinfließenden Rio Jandiatuba dicht bewachsen. Mitten im Fluss ankerte die *Almirante*, ein in die Jahre gekommenes Expeditionsschiff. Am Ende des Strands warteten Männer in zwei Beibooten auf Anweisungen.

Insekten umschwirrten Davinas verschwitzten Körper, während sie mit der Hand ihre Augen abschirmte und den Strand inspizierte. Diese freie Fläche war ein Geschenk des Himmels. Sie bot genügend Platz für die Zelte sowie Schutz vor dem Fluss. Davina warf einen Blick ans gegenüberliegende Ufer. Ihre Intuition und Erfahrung sagten ihr, dass irgendwo dort drüben, im Schutz des undurchdringlichen Blätterwerks, mehrere Augenpaare auf sie gerichtet waren.

Sie ging zurück in den Schatten eines mächtigen Kapokbaums, wo Alessandro Capellari und Luiz Santiago da Cruz auf sie warteten. Da Cruz, der leicht übergewichtige Dolmetscher der FUNAI, trug helle Baumwollkleidung sowie einen landestypischen Tarp-Hut aus recycelter Lkw-Plane. Capellari trug weiße Shorts und ein gelbes Polohemd, in dessen Knopfleiste eine Sonnenbrille steckte. Erneut verglich Davina ihre Position mit den GPS-Koordinaten, die Dr. Varela ihnen genannt hatte. Sie stimmten überein. Nach fünf Tagen zermürbender Fahrt flussaufwärts mit der *Almirante* hatten sie ihr Ziel erreicht. Unweit von hier stammten die Luftaufnahmen vom Volk der Timbókanã.

Sie tippte auf den GPS-Tracker, um ihren Standort via Satellit an die Koordinationsstelle der FUNAI zu senden, die diese Expedition nur unter strengen Auflagen genehmigt hatte. Ziemlich sicher hatte Dr. Varela eine Menge Schmiergeld verteilen müssen, um dieser Expedition in der Öffentlichkeit zumindest einen Hauch von Seriosität zu verleihen.

Sie nickte den beiden Männern zu. »Wir schlagen unser Lager hier auf. Das ist die richtige Stelle.«

»Was macht Sie so sicher?«, fragte Capellari.

»Abgesehen von den GPS-Koordinaten? Unweit von hier, auf der anderen Seite des Flusses, habe ich von Bord der *Almirante* aus mehrere leere Schildkrötenpanzer am Ufer entdeckt. Ich vermute, die Timbókanã sind ganz in der Nähe.«

»Gut«, sagte Capellari und schlug nach einem Insekt.

Da Cruz nahm seinen Tarp ab und wischte sich mit seinem behaarten Unterarm den Schweiß von der Stirn. »Ich weiß nicht so recht, Senhora DeBoni. Ist der Platz nicht ein wenig zu ungeschützt?«

»Genau darum geht es doch«, erwiderte sie. »Die Timbókanã müssen uns Tag und Nacht beobachten können. Sie müssen alles sehen können, was im Lager vor sich geht. Nur wenn die

Timbókanã von sich aus zu der Erkenntnis gelangen, dass wir ihnen nicht feindlich gesinnt sind, werden sie die mitgebrachten Geschenke annehmen, die wir am Ufer deponieren. Mit der Zeit werden sie sich uns nähern.« In Gedanken fügte sie ein *vielleicht* hinzu.

»Wir sollten aber Tag und Nacht Wachen aufstellen, Senhora.«

»Gut. Teilen Sie die Männer entsprechend ein.«

»Wachen?« Capellari runzelte die Stirn »Halten Sie das nicht für ein wenig übertrieben? Diese Wilden werden uns wohl kaum angreifen.«

Davina registrierte, wie da Cruz bei dem Wort »Wilde« zusammenzuckte.

»Wir dürfen kein Risiko eingehen«, entgegnete der Dolmetscher.

»Kommen wir nicht näher an diesen Stamm ran?«, fragte Capellari, der keinen Hehl aus seiner Ungeduld machte.

»Sie finden uns«, versicherte Davina ihm. »Vermutlich haben Sie das längst.«

Capellari sah sich misstrauisch um, als würde ihm erst jetzt bewusst, dass sie womöglich unter Beobachtung stehen konnten. Davina musterte ihn. Er nahm die Angelegenheit noch immer auf die leichte Schulter. Es war naiv anzunehmen, von den Timbókanã würde keine Gefahr ausgehen. Wozu eine solche Denkweise führen konnte, hatte ein achtundzwanzigjähriger Amerikaner erst vor zwei Jahren erfahren müssen. Der selbst ernannte christliche Missionar hatte sich von Fischern auf eine abgelegene Insel im Andamanen-Archipel im Golf von Bengalen übersetzen lassen, um dort einem bisher unkontaktierten Volk das Wort Gottes zu überbringen. Von den Inselbewohnern war hinlänglich bekannt, dass sie keinen Kontakt zur Zivilisation suchten und Eindringlingen gegenüber feindselig agierten. Mit Gastgeschenken und einer Bibel in der Hand hatte der Amerikaner den Strand der Insel betreten. Empfangen worden war er mit einem tödlichen Pfeilhagel. Capellaris Annahme, er sei den Timbókanã überlegen, war deswegen nicht nur naiv, sondern auch gefährlich. Hier im Dschungel waren die Indigenen im Vorteil.

»Na gut«, lenkte er ein. »Dann stellen wir eben Wachen auf. Wie lange wird es dauern, bis sich diese Wilden blicken lassen?«

»›Wilde‹ ist vielleicht nicht der angemessene Ausdruck«, sagte da Cruz pikiert. »In der Regel sind die Indigenen friedfertig.«

»Wie auch immer. Also, wie lange?«

Davina zuckte mit den Schultern. »Ein paar Wochen?«

»Wenn wir sehr optimistisch sind«, präsizierte De la Cruz.

»So viel Zeit haben wir nicht«, stellte Capellari klar.

»Aber Luiz hat recht«, sagte Davina. »Wir können und dürfen nichts erzwingen. Indigene Völker haben in den letzten Jahrzehnten sehr schlechte Erfahrungen mit der sogenannten Zivilisation gemacht.«

»Vor allem«, ergänzte da Cruz, »seitdem unsere neue Regierung im Amt ist. Die Rodungen und Abholzungen der Regenwälder haben ein nie für möglich gehaltenes Ausmaß angenommen. Selbst Schutzgebiete für indigene Völker sind mittlerweile davon betroffen.«

Davina nickte. »Holzverarbeitende Betriebe sowie Öl- und Bergbauunternehmen gehen buchstäblich über Leichen. Diese Industrien haben Tausende Indigene auf dem Gewissen – mit dem Segen der Regierung.«

»Und Sie sollten auch eins bedenken, Senhor Capellari.« Da Cruz sah Capellari eindringlich an. »Der Umstand, dass wir es bei den Timbókanã mit einem bisher nicht kontaktierten Volk zu tun haben, bedeutet nicht, dass dieses Volk nicht über unsere Existenz Bescheid wüsste. Indigene Gruppen wissen immer, dass es *die anderen* gibt. Wie Senhora DeBoni richtig anmerkt, isolieren sich die Indigenen sehr bewusst. Sie wissen, welche Bedrohungen beim Kontakt mit uns auf sie zukommen. Die Geschichte von Gewalt und Versklavung ist auch den isolierten Stämmen bekannt.«

»Ja und?« Capellari schien nicht recht zu begreifen, worauf der Brasilianer hinauswollte.

»Die gesundheitlichen Gefahren sind nahezu dieselben wie vor fünfhundert Jahren«, erklärte Davina ihm. »Eine für uns harmlose Maserninfektion kann im Dschungel einen ganzen Stamm auslöschen. Deswegen war ich sehr überrascht, dass es Doktor Varela gelungen ist, die übliche Quarantänezeit bei dieser Expedition auszusetzen.«

»Das ist ja wohl das Mindeste«, knurrte Capellari. »Bei den Unsummen, die wir ihm zahlen.« Er sah sich um. »Also schön, wir schlagen hier unser Lager auf.«

»Ganz wie Sie wollen, Senhor.« Da Cruz setzte seinen Tarp auf und gab den Männern in den Beibooten ein Zeichen, ebenfalls an Land zu kommen.

»Na, geht doch«, sagte Capellari und schmunzelte.

»Sie sollten auf Luiz hören«, riet Davina ihm. »Er ist ein Experte in Sachen indigene Völker.«

»Schöner Experte. Der Kerl starrt Ihnen andauernd auf die nackten Schenkel. Noch nicht bemerkt?«

»Ich habe vor allem bemerkt, dass Sie dasselbe tun, seitdem wir die *Almirante* betreten haben.«

»Ich kannte Sie davor nur im Business-Outfit.« Er hob

entschuldigend die Arme und entblößte dabei dunkle Schweißflecken unter den Achseln. »Wie konnte ich ahnen, dass Sie in Shorts so sexy aussehen?«

»Vorsicht. Ganz dünnes Eis.«

»Oh, Political Correctness gilt also auch im Dschungel?« Er zwinkerte ihr zu.

Sie musterte ihn. Sein Verhalten gefiel ihr nicht. Es waren nicht allein seine sexuellen Anspielungen, die in ihrer Situation so unangemessen waren. Auch diese offenkundige Sorglosigkeit, die er an den Tag legte, war Davina unbegreiflich. Capellari benahm sich insgesamt, als wäre ihre Expedition eine Geschäftsreise, die er möglichst schnell hinter sich zu bringen gedachte. Jedes Mal, wenn Davina das Thema Kontaktaufnahme zur Sprache brachte, wechselte er nach kurzer Zeit das Thema. Es schien ihn nicht im Mindesten zu interessieren, wie sie es bewerkstelligen wollte, das Vertrauen der Indios zu gewinnen. In diesem Zusammenhang fiel ihr ein Umstand ein, dem sie bislang keine Bedeutung beigemessen hatte. Capellari hatte sich auf dem Schiff mit einem der Hilfsarbeiter angefreundet, einem dunkelhäutigen Mann namens Edmondo. Ein paarmal hatte Davina die beiden auf dem Vordeck zusammen gesehen. Was konnte ein Vorstandsmitglied eines Pharmakonzerns von einem ungelernten brasilianischen Arbeiter wollen? Irgendetwas stimmte da nicht.

Hinter ihnen im Dschungel kreischte ein Vogel. Capellari fuhr herum. Mit zusammengekniffenen Augen suchte er das Dickicht ab. Dann wandte er sich an Davina. »Mit Ihrem Gerede haben Sie mich ganz nervös gemacht. Wie auch immer. Das alles muss schneller gehen.«

»Was muss schneller gehen?«

»Die Kontaktaufnahme. Wir können es uns nicht leisten,

wochenlang hier zu campen.« Erneut schlug er nach einem Insekt. »Die Zeit arbeitet gegen uns.«

»Das ist mir klar, aber ...«

»Sie verstehen nicht!« Plötzlich war seine Miene sehr ernst. »Denken Sie, Artinova ist der einzige Pharmakonzern, der über ein gut informiertes Vertriebsnetz verfügt?«

»Worauf wollen Sie hinaus? Was erwarten Sie von mir, Alessandro?«

Capellari sah sie eindringlich an. »Sie haben drei Tage Zeit, um Kontakt zu diesem Indianerstamm aufzunehmen.«

Davina lachte laut auf. »Das ist nicht Ihr Ernst?«

»Sehe ich aus, als würde ich scherzen?«

»Unmöglich.« Sie breitete die Arme aus. »Sehen Sie sich um. Dies ist das Reich der Indigenen. Hier gelten ihre Regeln. Wir müssen ihr Vertrauen gewinnen. Nur so kommen wir an sie heran.«

»Es gibt auch andere Möglichkeiten.«

»Wovon reden Sie?«

»Drei Tage, Davina. Entweder Sie stellen bis dahin Kontakt her, oder wir machen es auf meine Weise.«

»Und die wäre?«

»Das erfahren Sie, wenn es so weit ist.« Er zog die Sonnenbrille aus dem Ausschnitt seines Poloshirts und setzte sie auf. »Wir sollten zum Schiff zurückkehren und uns umziehen. Bald geht die Sonne unter, und ich habe keine Lust, mich von diesen verdammten Moskitos zerfleischen zu lassen.« Er ging zu den Beibooten, wo da Cruz dabei war, den angeheuerten Männern gestenreich Anweisungen zu geben, wie sie das Camp zu errichten hatten.

Mit zusammengepressten Lippen sah Davina ihrem Chef

hinterher. Sie war naiv gewesen zu glauben, Capellari wäre womöglich ihretwegen mitgekommen. Nicht dass ihr daran etwas gelegen hätte. Aber jetzt war ihr klar, dass Capellari sie von Anfang an nur ausgenutzt hatte. Selbstverständlich wusste er um die Schwierigkeiten einer Kontaktaufnahme. Er hatte geahnt, dass Davina womöglich Monate brauchen würde, bis sie den Krankheitserreger aufgespürt hatte und ihn nach Basel schaffte. Alessandro Capellari hatte diese beschwerliche Reise nur aus einem einzigen Grund auf sich genommen: Er war hier, um die Angelegenheit selber in die Hand zu nehmen.

Als Capellari jetzt die Beiboote erreichte, winkte er Edmondo zu sich. Der Mann war etwa so alt wie Capellari, aber kleiner und drahtiger. Er hatte ungepflegtes, lockiges schwarzes Haar, das mühsam von einer Baseballkappe gebändigt wurde, und er trug bei jeder Gelegenheit ein schiefes Grinsen zur Schau. Von vergangenen Expeditionen kannte Davina Kerle wie ihn – Hilfsarbeiter, die häufig in Hafenspelunken angeheuert wurden, weil sie billig waren, anpacken konnten und keine großen Ansprüche stellten. Sie beobachtete, wie Capellari eindringlich auf Edmondo einredete. Zum ersten Mal fragte sie sich, wie die beiden Männer überhaupt miteinander kommunizierten? Soweit sie wusste, sprach keiner der beiden die Sprache des anderen.

Als Davina begriff, lief ihr ein Schauer über den Rücken. Beide hatten die ganze Zeit ein Spielchen gespielt. Sie hatten sich nicht zufällig auf dem Schiff kennengelernt. Capellari musste den zwielichtigen Brasilianer selbst angeheuert haben. Zu welchem Zweck? Davina nahm sich vor, ab sofort ein Auge auf Edmondo zu haben.

Wütend ballte Davina die Hände zu Fäusten. Drei Tage hatte Capellari ihr gegeben. Ein Witz! Selbst wenn er ihr drei Wochen zugebilligt hätte, wäre es ein aussichtsloses Unterfangen. Besser, ihr fiel rasch etwas ein, bevor Capellari die Initiative ergriff. Sie war sich sicher, dass er buchstäblich über Leichen gehen würde. Noch immer redete Capellari auf den Brasilianer ein. Als hätte Edmondo Davinas Blick gespürt, sah er unvermittelt in ihre Richtung. Sein Mund verzog sich zu einem verschlagenen Grinsen. Davinas Puls beschleunigte sich. Sie musste sich vor diesem Mann in Acht nehmen.

Die Sonne senkte sich bereits dem Horizont entgegen, als Davina mit einer Wasserflasche in der Hand auf dem Achterdeck der *Almirante* stand und zusah, wie die Männer letzte Hand an das Zeltlager am Ufer legten. Hier auf dem Fluss war die Hitze erträglich. Tief unten im Bauch des Schiffes brummte das Stromaggregat, von dem gelegentlich eine Wolke aus Dieselabgasen heraufdrang. Nachdenklich nahm Davina einen Schluck aus der Flasche. Capellaris Ultimatum ging ihr nicht aus dem Kopf. Er verlangte das Unmögliche.

»Jetzt geht es also los.« Luiz Santiago da Cruz war aus dem Deckshaus gekommen, trat neben sie und stützte sich mit beiden Unterarmen auf der rostfleckigen Reling ab. Den Blick auf das Treiben am Ufer gerichtet, sagte er: »Normalerweise stimmt die FUNAI so etwas wie dem hier nicht zu. Außer in Notfällen.«

»Leider handelt es sich genau um einen solchen, Luiz.«

»Wie schlimm ist es?«, wollte er wissen. »Stimmt es, was Doktor Varela behauptet?«

»Was behauptet er denn?«

»Dass die Gelbaugen-Krankheit sehr viel mehr Menschen dahinraffen könnte als die Pest im Mittelalter oder die Spanische Grippe Anfang des letzten Jahrhunderts.«

»Die Gelbaugen-Krankheit?«

»So nennen die Menschen es hier.«

Davina seufzte. »Ich kenne nicht alle Hintergründe, aber es steht zu befürchten, dass Doktor Varela nicht übertreibt.«

Da Cruz nickte in Richtung Ufer. »Senhor Capellari ist sehr ungeduldig.«

»O ja, Luiz, das ist er.« Für einen Moment überlegte sie, ob sie ihm von dem Ultimatum erzählen sollte. Allerdings sah sie zum jetzigen Zeitpunkt noch keine Notwendigkeit, den gutmütigen Dolmetscher in Unruhe zu versetzen. Garantiert würde er umgehend seine Vorgesetzten informieren, die wiederum der Expedition sofort sämtliche Genehmigungen entziehen würden. Davina würde da Cruz reinen Wein einschenken, sobald sie eine Lösung für ihr Problem gefunden hatte. Zumindest wollte sie eine Nacht darüber schlafen.

Erneut öffnete sich die Tür zum Deckshaus, und Capellari trat in die Abendsonne. Er hatte sich umgezogen und trug nun weiße Baumwollkleidung mit langen Ärmeln und Hosenbeinen, die er eng um Knöchel und Handgelenke gewunden und mit Klammern befestigt hatte. In einer Hand hielt er eine Flasche Insektenspray, in der anderen Hand eine Dose Skol-Bier. Er nickte Davina und da Cruz zu und verzog sich unter das Sonnensegel auf dem Vordeck.

»Die Reise hat Senhor Capellari verändert«, stellte da Cruz fest. »Als wir uns vor einer Woche kennengelernt haben, war er freundlich und gesprächig. Jetzt meidet er jede Unterhaltung mit mir. Zumindest ist das mein Eindruck.«

»Nicht jeder kommt mit dem Dschungel zurecht«, erwiderte sie ausweichend.

»Nein, Senhora, da steckt mehr dahinter.«

»Was meinen Sie?«

Er zögerte. »Ich glaube, Ihr Chef verheimlicht mir etwas.« Er rückte näher an sie heran. »Wie Sie wissen, bin ich nicht nur Dolmetscher. Ich bin auch persönlich für die Sicherheit der Timbókanã verantwortlich. Seitdem die neue Regierung an der Macht ist, zählt das Leben der Indios noch weniger als zuvor. Ohne Sinn und Verstand werden Wälder und Lebensräume vernichtet. Nicht mehr lange, und es gibt keine indigenen Völker mehr, die wir schützen könnten. Wir müssen wachsam sein, Senhora DeBoni.«

»Ich weiß, Luiz, aber wenn Sie Bedenken haben, müssen Sie mit ihm reden.« Sie deutete auf Capellari, der im Schatten des Sonnensegels stand und sich großzügig mit Insektenspray einsprühte.

»Das werde ich«, brummte da Cruz.

Eine Weile starrte Davina in das braune Wasser des Rio Jandiatuba. Dann sah sie sich erneut zu Capellari um, der es sich inzwischen in einem Liegestuhl bequem gemacht hatte. Schließlich beugte sie sich zu da Cruz vor und sagte mit leiser Stimme: »Was wissen Sie über diesen Mann, der sich immer in der Nähe meines Chefs herumtreibt? Edmondo.«

»Edmondo? Ich kenne ihn nicht. Ich habe ihn nie zuvor gesehen. Das trifft aber auf alle Männer hier zu.«

»Behalten Sie ihn im Auge, Luiz. Irgendetwas stimmt nicht mit ihm.«

»Was meinen Sie damit?«

»Darüber bin ich mir selbst noch nicht ganz im Klaren. Sagen Sie, gibt es hier an Bord jemanden, dem Sie voll und ganz vertrauen?«

»Wie gesagt, das sind alles Fremde. Die meisten Männer sind Hilfsarbeiter, die für Geld wohl so ziemlich alles tun würden.«

»Was ist mit dem Kapitän?«, überlegte Davina.

»Er wird von Senhor Capellari sehr gut bezahlt. Ich wäre da vorsichtig.«

Davina stieß einen leisen Fluch aus.

»Senhora DeBoni«, sagte da Cruz mit sanfter Stimme, »verraten Sie mir, was Sie bedrückt. Mir können Sie vertrauen, das versichere ich Ihnen. Vielleicht kann ich helfen?«

»Das weiß ich zu schätzen, Luiz.« Sie zwang sich zu einem Lächeln. »Ich komme vielleicht darauf zurück.«

Er nickte mit ernster Miene und ging davon.

Eine Weile stand Davina da und starrte auf das gegenüberliegende, dicht bewachsene Ufer des Rio Jandiatuba. Irgendwo dort hinter dieser grünen Wand versteckten sich die Wächter der Timbókanã und beobachteten das Geschehen. Davon war Davina überzeugt. *Drei Tage. Unmöglich.*

Ein handtellergroßer Schmetterling mit kleinen, blaulila Kreisen auf den gelben Flügeln flatterte heran und setzte sich neben ihrer linken Hand auf die Reling. *Ochsenauge.* So nannten die Einheimischen diese Art, da die kreisförmige Zeichnung auf den hinteren Flügeln Augen glich, die Beutejäger abschrecken sollte. Davina beobachtete, wie das Tier seine Flügel sanft auf und ab bewegte.

»Was wollte da Cruz von Ihnen?«

Sie schrak aus ihren Gedanken. Sie hatte Alessandro Capellari nicht kommen hören. Zwei Meter neben ihr stand er im Schatten des Deckshauses. Eine Hand lässig in der Hosentasche, in der anderen Hand die Bierdose.

»Wie bitte?«, fragte sie.

»Da Cruz. Sie haben sich mit ihm unterhalten, und als er gerade eben an mir vorbeiging, hat er mir einen Blick zugeworfen, der mir gar nicht gefiel.«

Sie setzte ihr bestes Pokerface auf. »Was wollen Sie, Alessandro?«
Er trank einen Schluck Bier. Dann sagte er: »Ich wäre sehr enttäuscht, wenn ich feststellen müsste, dass Sie und Luiz hinter meinem Rücken irgendwelche Pläne schmieden.«
Sie verschränkte die Arme vor der Brust. »Sie und ich mögen unterschiedliche Ansichten darüber haben, wie wir unser Ziel erreichen können. Trotzdem ist unser Ziel immer noch dasselbe. Wir wollen Menschenleben retten. Ich mache keinen Hehl daraus, dass mir Ihre Art, die Dinge anzugehen, nicht gefällt. Aber deswegen arbeite ich noch lange nicht gegen Sie, Alessandro.«
Er nickte zufrieden. »Wenn wir Erfolg haben, erwartet Sie in Basel ein fetter Bonusscheck.«
»Das ist wohl das Mindeste. Und jetzt entschuldigen Sie mich. Ich muss noch einiges vorbereiten.«
Sie ließ ihn stehen, betrat das Deckshaus und schloss sich kurz darauf in ihrer Kabine ein. Capellaris Gegenwart war ihr zunehmend unerträglich. Sie dachte an das *Ochsenauge*. Der Anblick des Schmetterlings hatte sie auf eine Idee gebracht. Ein Plan reifte in ihr heran. Die Sache war äußerst riskant, doch ihr blieb keine andere Wahl.

Die Nacht hatte Davina – wie alle anderen auch – im Zeltlager verbracht. Nur Capellari, der Kapitän und der Maschinist waren auf dem Schiff geblieben. Am nächsten Morgen hatte sich der Himmel mit grauen Gewitterwolken bezogen. Der Regen brach am späten Vormittag los. Das ohrenbetäubende Prasseln der Regentropfen auf der Zeltplane, das gelegentlich von krachendem Donner übertönt wurde, störte Davina nicht. Im Laufe ihres Lebens hatte sie viele Monate in Regenwäldern zugebracht, und der tägliche, sintflutartige Regenguss, der so wuchtig war, dass er die Zeltplane nach unten drückte, gehörte einfach dazu. Davina sah auf ihre Armbanduhr und überschlug die Zeit. Sobald der Regen nachgelassen hatte, würde sie Luiz Santiago da Cruz aufsuchen und sich ihm endlich anvertrauen. Die halbe Nacht hatte sie wach gelegen und darüber nachgedacht, wie sie ihren Plan – die Timbókanã zu kontaktieren, ohne dass Capellari dies mitbekam – am besten in die Tat umsetzen konnte. Es konnte ihr gelingen, doch dazu brauchte sie dringend einen Verbündeten.

Davina öffnete den Reißverschluss des Zelteingangs ein Stück und spähte hinaus. Im Camp war niemand zu sehen. Die meisten hockten wohl in den Zelten und schlugen irgendwie die Zeit tot. Einige waren anscheinend auch aufs Schiff zurückgekehrt, denn am Ufer lag nur eins der Beiboote. Überall im Camp hatten sich tiefe Pfützen gebildet, die zu brodeln schienen, so heftig ging der Regen nieder. Der übrige Boden hatte sich in Morast verwandelt. Die Sicht auf den Rio Jandiatuba war schlecht, die *Almirante* nur ein verschwommener Schatten hinter einem dichten Regenvorhang.

Davina hockte sich auf die Kiste, die in den Zelten wahlweise als Tisch, Sitz oder Truhe diente, und widmete sich ihrem iPad. Einmal mehr sah sie sich die Aufnahmen der FUNAI-Drohne an, mit denen alles begonnen hatte. Die Videos und Fotos zeigten das Dorf der Timbókanã sowie die nähere Umgebung mitsamt den rituellen Feuerstellen. Die Qualität der Aufnahmen war zufriedenstellend, solange man nicht heranzoomte. Dennoch verrieten die Aufnahmen Davina etwas Wichtiges. Sie ging erneut ihre handschriftlichen Aufzeichnungen durch, die sie dazu in ihren Notizblock gemacht hatte. Sie war gespannt, was da Cruz davon halten würde.

Gegen Mittag hörte der Regen auf. Die Sonne kam zum Vorschein, greller und intensiver als zuvor, und im Camp kehrte wieder Leben ein. In ihren Wanderstiefeln stapfte Davina durch das matschige Plateau ans Ufer des Rio Jandiatuba. Dort schnappte sie sich das verbliebene Beiboot, startete den Motor und setzte zur *Almirante* über.

Auf dem Schiff angekommen, betrat sie das Deckshaus. Ein Gang verlief nach achtern, ein Gang am Salon vorbei in Richtung Bug zur Brücke. Eine Metalltreppe führte abwärts in den Schiffsrumpf, wo sich Kajüten, Lagerräume und Kombüse befanden. Durch ein Bullauge in der Tür zum Aufenthaltsraum sah sie da Cruz über Kartenmaterial gebeugt an einem der Tische sitzen. Sie wollte die Tür gerade aufdrücken, da hörte sie Stimmen, die über die Treppe vom Unterdeck nach oben getragen wurden. Zwei Männer unterhielten sich. Den einen erkannte Davina sofort als Capellari. Bei dem anderen Mann tippte sie instinktiv auf Edmondo. Dann hörte sie Tritte auf den Stufen. Davina wollte schon das Weite suchen, doch dann stellte sie fest, dass die Männer nicht nach oben kamen, sondern weiter abwärtsstiegen. Sie stutzte. Soweit sie wusste befand sich weiter unten nur der Maschinenraum. Was hatten die beiden dort zu suchen? Kurz entschlossen zog sie ihre Stiefel aus, um kein Geräusch zu machen, und folgte den Männern.

Je tiefer sie in den Bauch der *Almirante* hinabstieg, umso lauter wurde das Brummen des Dieselgenerators, der das Schiff mit Strom versorgte. Im Unterdeck stank es nach Diesel und Öl, und es war heißer und stickiger als irgendwo sonst an Bord. Vorsichtig näherte sich Davina einem offenen Schott. Sie spähte hinein. Die Mitte des Raums füllte der mächtige Motorblock aus. Dick isolierte Abgasrohre führten zur Auspuffanlage. An

Steuerbord brummte und vibrierte der Dieselgenerator. Backbords tat sich ein niedriger Gang auf. An der Wand daneben befand sich eine Werkbank. Von Capellari und Edmondo fehlte jede Spur. Sie konnten sich hier unten doch nicht in Luft aufgelöst haben?

Davina wollte gerade den Rückzug antreten, da hörte sie lautes Scheppern, gefolgt von groben Flüchen. Schnell versteckte sie sich hinter dem Lukendeckel. Sie spähte durch den schmalen Spalt zwischen Luke und Schott und sah, wie die beiden Männer in dem niedrigen Gang erschienen. Sie trugen eine längliche Holzkiste, deren Deckel mit einem Vorhängeschloss gesichert war. Schweißperlen standen ihnen auf der Stirn. Mit vereinten Kräften hievten sie die Kiste auf die Werkbank.

Capellari holte tief Luft. Dann sagte er auf Englisch: »Dann zeig mal.«

Edmondo zog einen Schlüssel aus seiner Hosentasche, öffnete das Schloss, klappte den Deckel hoch und trat beiseite. Mit ernster Miene betrachtete Capellari den Inhalt der Kiste. Schließlich griff er mit beiden Händen hinein und zog ein Gewehr heraus.

Davina traute ihren Augen nicht. Was in aller Welt wollte Alessandro Capellari mit einem Gewehr? Was ging hier vor?

Prüfend betrachtete Capellari die Waffe von allen Seiten. »Wie viele davon haben wir?«

»Acht«, antwortete Edmondo, »dazu ausreichend Munition.«

»Und deine Männer?«

»Warten nur auf meinen Befehl.«

»Erwartest du Probleme?«

Edmondo zeigte sein verschlagenes Grinsen. »Nicht, wenn die Männer wie versprochen bezahlt werden.«

»Da mach dir mal keine Sorgen.« Behutsam legte Capellari das Gewehr zurück in die Holzkiste. »Aber es könnte zu unschönen Szenen kommen. Ich muss absolut sicher sein, dass alle mitziehen.«

»Meine Männer haben Familien, die ernährt werden müssen. Ein paar ihrer Frauen sind an der Gelbaugen-Krankheit erkrankt. Niemand hier hat Geld für Ärzte. Keiner interessiert sich für irgendwelche Indianer im Dschungel, außer dem Dolmetscher und der Frau.«

»Damit wir uns richtig verstehen, Edmondo. Ich will nicht, dass es zu einem Blutvergießen kommt. Der Plan lautet, diese Angelegenheit friedlich durchzuziehen. Die Waffen dienen in erster Linie der Abschreckung.«

»Schon klar, aber diese Indianer werden es sich nicht gefallen lassen, wenn wir in ihr Dorf einmarschieren.« Edmondos Augenbrauen zogen sich zusammen. »Wenn meine Männer angegriffen werden, verteidigen sie sich.«

Capellari schien sich damit zufriedenzugeben. »Wir brechen morgen vor Sonnenaufgang auf. Aber pass auf, dass DeBoni und da Cruz nichts mitbekommen. Wenn wir erst einmal unterwegs sind, hängen sie hier fest und können uns keinen Ärger machen.«

»Geht klar. Aber morgen früh? Wollten Sie nicht drei Tage warten?«

»Ich habe das Gefühl, dass DeBoni etwas plant und uns in die Quere kommen könnte. Ich will kein Risiko eingehen.«

»Wie Sie wollen. Je eher wir wieder zu Hause sind, umso besser.« Edmondo klappte den Deckel der Holzkiste zu und verschloss sie wieder. »Darf ich etwas fragen?«

»Nur zu.«

»Wieso haben Sie die Frau überhaupt mitgebracht? Wenn Sie Ihnen doch nur Ärger macht.«

Capellaris Miene verfinsterte sich. »Ich dachte, es wäre eine gute Idee, eine erfahrene Botanikerin und Pharmakologin dabeizuhaben. Zumal die FUNAI darauf bestanden hat, dass da Cruz als Dolmetscher und Beobachter mitkommt. Inzwischen wäre mir auch lieber, sie wäre nicht hier. Aber daran ist nun mal nichts zu ändern.«

Erneut verzog Edmondos Mund sich zu einem verschlagenen Grinsen. »Für eine kleine Extra-Prämie kümmere ich mich gerne um Ihr Problem. Im Dschungel geschehen immer wieder tragische Unfälle ...«

Capellari starrte eine Weile auf die Holzkiste, dann nickte er kaum merklich. »Sollte DeBoni mir keine Wahl lassen, lasse ich es dich wissen.«

»Da wäre noch etwas«, sagte Edmondo. »Der Dolmetscher. Er wird garantiert reden und uns die Polizei auf den Hals hetzen. Er muss auf jeden Fall verschwinden.«

Capellari rieb sich die Schläfen, als plagten ihn heftige Kopfschmerzen. »Verdammt. Aber ja, was immer getan werden muss, tu es.«

»Gleich heute Nacht. Die Kaimane im Fluss werden sich freuen. Wir sollten jetzt die Kiste wieder verstecken.«

Davina stockte der Atem. Ihr Herz schlug bis zum Hals. Ihre Gedanken rasten. Alessandro Capellari, Vorstandsmitglied von Artinova Pharma und Liebling der Schweizer High Society, hatte gerade einen Mann damit beauftragt, einen Mord zu begehen. Und er würde nicht davor zurückschrecken, auch sie aus dem Weg zu räumen. Die Vorstellung war ungeheuerlich. Dazu kam die für morgen geplante Aktion. Was hatte er vor? Wollte er schwer bewaffnet in das Dorf der Timbókanã einfallen und sich die benötigten biologischen Proben mit Gewalt beschaffen? Wie stellte er sich das vor – ohne Blutvergießen? Natürlich würden die Timbókanã sich zur Wehr setzen. Das Ganze lief auf ein Massaker hinaus.

Während die beiden Männer mit der Holzkiste beschäftigt waren, lief Davina zur Treppe zurück. Edmondos Worte klangen ihr in den Ohren. *Im Dschungel geschehen immer wieder tragische Unfälle.* Davinas Magen verkrampfte sich.

Sie eilte in den Aufenthaltsraum. Luiz Santiago da Cruz saß noch immer über seine Karten gebeugt am Tisch.

Er machte große Augen, als er sie sah. »Senhora DeBoni, um Himmels willen, Sie sehen aus, als hätten Sie gerade einen Geist gesehen.«

»Wir haben ein Problem, Luiz. Ein gewaltiges Problem.«

Es war fast fünf Uhr am Nachmittag, und im Dschungel wurde es bereits dämmrig. Das Knacken eines Astes ließ Davina herumwirbeln. Da Cruz, der ihr in knappem Abstand durch das Dickicht folgte, sah sie fragend an. Entweder hatte er nichts gehört, oder er selbst war auf den Ast getreten. Vielleicht spielten Davinas Nerven ihr auch nur einen Streich. Seitdem sie Alessandro Capellari und Edmondo im Maschinenraum der *Almirante* belauscht hatte, quälte sie die Angst. Da Cruz erging es nicht anders, weshalb sie nicht lange gefackelt hatten und sich nun schon seit sechs Stunden auf der Flucht befanden. Immer tiefer drangen sie in den Dschungel ein, wobei Davina immer häufiger ihre Machete zu Hilfe nehmen musste, um den Weg frei zu schlagen. Mit Sicherheit hatte er ihr Verschwinden längst bemerkt und sich umgehend an die Verfolgung gemacht.

Und dann gab es da auch noch die Wächter der Timbókanã. Unsichtbar, mit dem Regenwald verschmolzen, ließen sie Davina und ihren Begleiter garantiert nicht aus den Augen. Würden sie angreifen? Und wenn ja, wann?

Doch ein Zurück gab es für Davina nicht. Als sie da Cruz im Aufenthaltsraum der *Almirante* von dem Gespräch zwischen Capellari und Edmondo berichtet hatte, war dieser kreidebleich geworden. Ohne zu zögern hatte er Davinas Plan zugestimmt, obwohl ihm deutlich anzusehen war, dass er ihn für wenig aussichtsreich hielt. Aber hatten sie eine andere Möglichkeit?

Eilig hatten sie alles Notwendige zusammengepackt. Danach warfen sie ihre prall gefüllten Rücksäcke in das eine Beiboot und warteten ab. In einem ruhigen Moment setzten sie zum Camp über, wo sie das zweite Beiboot in Schlepp nehmen. Die Männer im Camp hatten in den Zelten gedöst oder Karten gespielt. Niemand schenkte ihnen Beachtung. Danach waren sie flussaufwärts gefahren und erst nach drei Kilometern an einem steinigen Ufer angelandet.

Die leeren Schildkrötenpanzer, die noch am Vortag dort gelegen hatten, waren verschwunden. Die Timbókanã hatten versucht, ihre Spuren zu beseitigen. Das bewies Davina, dass sie auf dem richtigen Weg war. Sorgen bereiteten ihr die Wächter. Wie nahe würden sie Davina und da Cruz an ihr Dorf heranlassen? Und wie würden sie reagieren? Würden sie sofort die Waffen sprechen lassen oder Davina und da Cruz wenigstens die Chance geben, ihr Anliegen vorzutragen?

Davina umklammerte die Machete fester, den Blick starr ins Dickicht gerichtet.

»Was ist?«, flüsterte da Cruz nervös.

»Haben Sie das Geräusch nicht gehört?«

»Ich höre die ganze Zeit Geräusche.« Verunsichert drehte er sich um seine eigene Achse und suchte mit seinen Augen die Umgebung ab.

Wie aufs Stichwort begann jetzt ein Brüllaffe zu schreien. Weitere Artgenossen stimmten in die Schreie ein, und im Nu übertönte eine markerschütternde Kakofonie alle anderen Geräusche.

»Vermutlich nur ein neugieriger Kapuziner- oder Klammeraffe«, sagte Davina. »Wenn die Wächter uns angreifen wollten, hätten sie das längst getan.«

Da Cruz wischte sich den Schweiß von der Stirn. »Ich mache mir Sorgen wegen Senhor Capellari. Was denken Sie, wie groß ist unser Vorsprung?«

»Die *Almirante* wird den Fluss abfahren, bis man die Beiboote am Ufer entdeckt. Danach muss Capellari die Ausrüstung an Land schaffen. Das dürfte dauern.«

»Also?«

»Ein paar Stunden.«

Da Cruz sah nach oben, wo das schwächer werdende Licht kaum noch durch die Baumkronen drang. »Es wird bald dunkel.«

Davina erwiderte nichts. Sie versuchte, nicht an die bevorstehende Nacht zu denken. Sie stach die Machete neben sich in den Boden, dann schraubte sie den Verschluss ihrer Trinkflasche auf und ließ das Wasser durch ihre Kehle gleiten. Die letzte Expedition war ihr eine Lehre gewesen. Den Fehler, zu dehydrieren, würde sie nicht noch einmal begehen. Sie zeigte mit dem Finger auf da Cruz' Wasserflasche, die an seinem Gürtel hing. »Sie sollten mehr trinken, Luiz. Bis es dunkel ist, müssen wir noch ein gutes Stück laufen.«

Er gehorchte und befestigte nach dem Trinken die Flasche wieder an seinem Gürtel. »Bei diesen Lichtverhältnissen finden wir den Weg nie.«

»Vertrauen Sie mir, Luiz.«

»Meine Füße bringen mich um.« Er deutete auf seine Stiefel. »Ich habe schon überall Blasen. Ich bin so etwas nicht gewohnt, Senhora. Mein Arbeitsplatz ist der Schreibtisch.«

Da Cruz zog einen einfachen Kompass aus seiner Hosentasche und klappte ihn auf. »Sind wir überhaupt noch auf dem richtigen Weg?«

»Ich denke schon.« Er nahm seinen Tarp-Hut vom Kopf und kratzte sich die verschwitzte Kopfhaut. »Ich würde sagen, wir haben uns verirrt.«

»Nun machen Sie sich nicht verrückt, Luiz.« Sie nahm ihr Notizbuch sowie das iPad aus ihrem Rucksack. Per Fingerabdruck entriegelte sie das Tablet. Die Fotos der FUNAI-Drohnen erschienen. Davina zeigte auf eine der Luftaufnahmen.

»Das hier ist das Dorf der Timbókanã. Und hier«, sie wischte mit ihren Fingern über das Tablet, und der Bildausschnitt vergrößerte sich, »sehen wir die unmittelbare Umgebung des Dorfs.« Auf einer kreisrunden Lichtung war die Ansammlung einfacher Hütten, umgeben von gefällten Bäumen, gut zu erkennen. Etwas abseits wand sich ein brauner Streifen durch sattes Grün. »Das hier ist ein Nebenfluss des Rio Jandiatuba. Und dieser braune Fleck hier oben ist eine Uferböschung. Sehen Sie die Lichtung?«

»Ja.«

»Ziemlich sicher ist das die Stelle, an der die Timbókanã Wasser holen, sich waschen, fischen ...« Sie fuhr mit ihrem Finger nach unten. »Wir dürften aktuell *hier* sein. Den Fluss sollten wir bald erreichen. Von dort aus halten wir uns einfach flussaufwärts bis zur Lichtung. Dort müssten wir früher oder später auf einen Trampelpfad stoßen, der uns zum Dorf führt.«

Da Cruz schien nicht überzeugt. »Was macht Sie so sicher?« Der Anflug eines Lächelns huschte über ihr Gesicht. »Die erste Regel für das Überleben im Dschungel lautet: Folge dem Wasser. Früher oder später landest du immer in einer Siedlung.«

»Aber woher wissen Sie, in welcher Richtung das Dorf liegt? Wieso diese Route? Ich kann auf allen Fotos nur verdammten Dschungel erkennen.«

Davina schlug ihren Notizblock auf und zeigte ihm eine Liste mit hastig hingekritzelten Koordinaten und Uhrzeiten. »Ich habe sämtliche Daten der Fotos notiert. Anhand der Koordinaten und Uhrzeiten konnte ich die Flugroute der Drohne rekonstruieren. Dann musste ich nur noch den Punkt finden, wo die Drohne den Rio Jandiatuba überflogen hat. Der entspricht in etwa der Ankerposition der *Almirante*. Der Rest ist einfache Mathematik und ein wenig Intuition.«

»Wir hätten trotzdem den GPS-Tracker mitnehmen sollen.«

»Der Tracker kann von Capellari geortet werden«, widersprach sie.

»Schon, aber ...«

»Sie haben auf der *Almirante* doch den Funkspruch abgesetzt, oder?«

»Ja, aber ...«

»Dann läuft alles nach Plan.« Sie legte ihm eine Hand auf die Schulter und lächelte den übergewichtigen, stark schwitzenden Dolmetscher an. »Vertrauen Sie mir. Alles wird gut.«

Da Cruz schien wenig überzeugt, erwiderte jedoch nichts.

Eine Stunde später wurde es fast schlagartig dunkler. Durch eine Lücke im Blätterdach sah Davina schwere, dunkle Wolken, die aufgezogen waren. Hoffentlich stand kein neuerlicher Regenguss bevor. Der bislang noch trittfeste Boden würde sich in kürzester Zeit in matschigen Sumpf verwandeln, und sie würden wohl oder übel pausieren müssen. Sie schickte ein Stoßgebet gen Himmel. Schritt für Schritt bahnten sie sich weiter ihren Weg durch das Dickicht. Längst schmerzte Davinas Arm von den ständigen Hieben mit der Machete, doch den Fluss in Reichweite zu wissen trieb sie an. Ihre Gedanken kreisten um die Frage, weshalb die Timbókanã noch immer nicht versuchten, die Eindringlinge aufzuhalten? Ein derartiges Verhalten war ungewöhnlich für einen indigenen Stamm, der sonst jede Kontaktaufnahme vermied. Warum ließen die Wächter sie so nahe kommen? Irgendetwas stimmte da nicht.

Hinter ihr stieß da Cruz einen Fluch aus.

Davina blieb stehen. »Was ist?«

Der Dolmetscher rieb sich mit schmerzverzerrtem Gesicht den Nacken. »Mich hat irgendein Mistvieh gebissen.«

»Lassen Sie mal sehen.«

Genervt winkte er ab. »Jetzt ist es sowieso schon passiert.«

»Das könnte sich entzünden«, gab sie zu bedenken.

»Und was wollen Sie dagegen tun?« Da Cruz' Laune hatte sich in den vergangenen Stunden merklich verschlechtert. Längst gab er sich keine Mühe mehr, dies zu verbergen. »Wir haben keine Medikamente dabei, und in einer halben Stunde werden wir nicht einmal mehr die Hand vor Augen sehen können. Aber das ist Ihnen offensichtlich völlig egal.«

Davina ging nicht darauf ein. Sie setzte ihren Weg fort, und da Cruz folgte ihr. Donner grollte. Es klang beängstigend nahe.

»Haben Sie sich endlich überlegt«, brummte da Cruz, »wie wir die Timbókanã von unseren guten Absichten überzeugen wollen, bevor sie uns umbringen?«

»Sie sind der Dolmetscher. Lassen Sie sich etwas einfallen.«

»Wir sind so gut wie tot. Das ist Ihnen doch wohl klar, oder? Ich meine ...« Er stockte, blieb stehen. »Hey, hören Sie das?«

Davina blieb jetzt ebenfalls stehen und horchte. Dann hörte auch sie es, und ein Lächeln umspielte ihre Mundwinkel. »Ja, Luiz, ich höre es.«

Sie stapften weiter, und mit jedem zurückgelegten Meter schwoll das Geräusch fließenden Wassers an. Sie hatten den Fluss tatsächlich gefunden. Mit neuer Kraft schlug Davina mit ihrer Machete eine Schneise in die letzten Meter bis zum Ufer. Dort angekommen, blieb sie wie angewurzelt stehen. Ihr Lächeln erstarb, ihr Herz klopfte schneller.

»Was ist los?« Da Cruz trat neben sie. »Heilige Mutter Gottes!«

Am gegenüberliegenden Ufer des etwa zwanzig Meter breiten, schmutzig braunen Flusses standen gut zehn Timbókanã, mit schwarz-rot-weiß bemalten Gesichtern und Oberkörpern. Außer einem Lendenschurz aus getrockneten Blättern trugen sie nichts weiter am Leib. In ihren Händen hielten einige Männer Speere, andere richteten Pfeil und Bogen auf Davina und ihren Begleiter. In geduckter, angespannter Haltung starrten sie die Eindringlinge an und rührten sich nicht vom Fleck.

»Was jetzt?«, fragte da Cruz im Flüsterton.

Davina atmete tief durch. »Ich würde sagen, wir haben gefunden, wonach wir gesucht haben.« Vorsichtig ging sie in die Hocke und legte die Machete deutlich erkennbar auf dem Erdboden ab. Danach erhob sie sich und zeigte den Indianern ihre leeren Handflächen. Da Cruz folgte ihrem Beispiel. Die Timbókanã zeigten keine Regung.

»Soll ich etwas sagen?«, fragte der Dolmetscher verunsichert.

Hinter ihnen raschelte es. Darauf bedacht, keine schnellen Bewegungen zu machen, die in irgendeiner Weise bedrohlich wirken konnten, wandte Davina vorsichtig den Kopf. Keine drei Meter hinter ihnen standen fünf Timbókanã, die ihre Speere auf sie richteten. Im schummrigen Licht der Abenddämmerung verschmolzen sie fast mit den Schatten der Bäume. Davina registrierte ihre angespannten Muskeln und aufgerissenen Augen. Unweit von ihnen zuckte ein Blitz vom Himmel, unmittelbar gefolgt von krachendem Donner. Dann setzte der Regen ein. Noch immer standen die Timbókanã wie versteinert da, und Davina hatte nicht die geringste Ahnung, wie es nun weitergehen würde. Sie wusste nur, dass sie zum ersten Mal in ihrem Leben wahre Todesangst verspürte.

Davina schrak aus einem ohnmachtsgleichen Schlaf. Sie lag auf dem Rücken. Ihr Blick fiel auf ein sonnenbeschienenes Blätterdach aus armdicken Ästen und getrockneten Palmwedeln. Ihre Hände ertasteten gestampften Lehmboden, es roch nach feuchter Erde, Rauch und Ziegen.

Davina war bis auf die Knochen durchgefroren. Sie zitterte am ganzen Leib. Ihre Glieder fühlten sich steif an. Die Strapazen der letzten Tage hatten ihren Tribut gefordert. Binnen Sekunden fiel ihr alles wieder ein: der lange, anstrengende Marsch durch den Regenwald, die Timbókanã in Kriegsbemalung am Fluss, das Gewitter, die Wächter, die Davina und Luiz Santiago da Cruz ins Dorf gebracht und in diesen Stall gesperrt hatten.

Langsam setzte sie sich auf. Ein grün schimmerndes Insekt, das auf ihrer Brust gesessen hatte, flog davon. Neben ihr saß da Cruz auf dem Boden und betrachtete sie aus blutunterlaufenen Augen. »Unfassbar. Wie können Sie in dieser Situation schlafen?«
»Wie lange war ich weg?«
»Praktisch die ganze Nacht.«
Davina ließ ihren Kopf kreisen, der wie eine Kugel aus Blei auf die Nackenwirbel drückte. Das Gefängnis, in das man sie gesteckt hatte, war nichts weiter als ein Ziegenstall, und entsprechend roch er. Davina betrachtete den Holzriegel am Gatter. Er war für Tiere gemacht und für diesen Zweck ausreichend. Für einen Menschen wäre es ein Leichtes, durch die Äste hindurchzugreifen und den Riegel nach oben zu schieben. Dessen waren sich auch die Timbókanã bewusst, was die Anwesenheit zweier bewaffneter Wächter nur wenige Schritte entfernt verdeutlichte. Mit wachen Augen beobachtete einer der Wächter Davina. Ihr fiel eine tätowierte Sonne auf, die er am Solarplexus trug. Der Wächter registrierte, dass sie ihn musterte, und wurde sichtlich unruhig. Auch der zweite Wächter trat jetzt angespannt von einem Fuß auf den anderen. Auf seiner Brust sah Davina ebenfalls eine tätowierte Sonne. Da sie die beiden nicht verängstigen wollte, wandte sie ihren Blick rasch von ihnen ab.

Etwa fünfzig Meter entfernt befand sich das eigentliche Dorf. Im Gegensatz zu den Yanomami, die in großen Gemeinschaftshütten lebten, waren die Timbókanã ganz offensichtlich nomadisch lebende Jäger und Sammler. Ihre einfachen Unterkünfte bestanden aus jungen Bäumen und Palmwedeln und wirkten, als könne man sie in kürzester Zeit ab- und wieder aufbauen. Zentral gelegen befand sich die Feuerstelle, in der Holzscheite glommen. Ein Großteil des Stammes hatte sich dort um einen Jungen auf einer Bahre versammelt. Bis auf eine alte Frau, die unablässig Stirn und Mund des Jungen mit einem feuchten Lappen benetzte, sah Davina ausnahmslos Männer. Niemand sprach. Abgesehen von den üblichen Geräuschen des Dschungels, lastete eine seltsame Stille über dem Dorf.

»Was geht hier vor?«, fragte Davina leise.

»Keine Ahnung, aber die Männer haben die ganze Nacht über bei dem Jungen Wache gehalten.«

»Waren Sie etwa die ganze Zeit wach, Luiz?«

»Was denken Sie denn?«

»Ist der Junge tot?«

»Woher soll ich das wissen?«, murrte er.

Davina entgegnete nichts darauf. Der Dolmetscher war ebenso verängstigt wie sie.

Die Sonne stieg rasch höher. Sobald die ersten Strahlen den Kopf des Jungen beschienen, stimmten die Timbókanã wie auf ein stilles Kommando hin einen monotonen, kehligen Gesang an.

Eine Weile sah Davina fasziniert zu. Dann wandte sie sich an da Cruz: »Uns läuft die Zeit davon, Luiz. Capellari wird bald hier sein. Wir müssen endlich mit den Timbókanã reden. Sie müssen begreifen, dass sie in Gefahr sind und dass wir ihnen helfen wollen.«

»Dieser Stamm hat momentan ganz andere Probleme, Senhora.« Er seufzte. »Was wir anhand der Fotos vermutet haben, bestätigt sich. Die meisten Frauen sind tot, und die wenigen, die noch leben, sind auffallend alt. Jetzt scheinen den Timbókanã auch noch die Kinder wegzusterben. Diese Männer dort drüben stehen unter enormem Stress. Gut möglich, dass sie uns die Schuld dafür geben.«

»Ich denke nicht, dass dieser Junge im Sterben liegt.«

»Nicht?«

Sie deutete auf das alte Weib. »Sehen Sie, wie diese Frau immer wieder das Gesicht des Jungen befeuchtet? Ihre Gesichtszüge wirken auf mich entspannt. Läge der Junge im Sterben, stünde Schmerz in ihrem Gesicht. Außerdem klingt dieser Gesang für mich nicht nach Wehklagen.«

»Sondern?«

»Ich glaube, wir werden gerade Zeuge eines Initiationsrituals. Ein Junge wird zum Mann.«

»Ihr Ernst, Senhora?« Er wirkte nicht überzeugt. »Kein Stamm würde in unserer Gegenwart ein Initiationsritual abhalten.«

»Was, wenn die Timbókanã mit dem Ritual begonnen haben, bevor sie die *Almirante* entdeckt haben? Von vielen Völkern ist bekannt, dass derartige Rituale oft mehrere Tage dauern.«

»Das könnte zumindest erklären, weshalb die Wächter uns am Fluss und im Dschungel so lange unbehelligt gelassen haben. Aber was nützt uns das? Das ändert nichts an unserer Situation.«

Davina nickte mit dem Kopf in Richtung des Wächters, der unweit von ihnen im Schneidersitz auf dem Boden hockte und sie unverwandt anstarrte. »Versuchen Sie ihn anzusprechen.«

»Und was soll ich ihm sagen?«

»Fragen Sie, ob der Junge auf der Bahre krank ist, und bieten Sie unsere Hilfe an.«

»Der Wächter wird nicht antworten.«

»Vielleicht nicht, aber zumindest signalisieren wir gute Absichten.« Sie beugte sich zu ihm vor und sah ihm eindringlich in die Augen. »Wir müssen hier raus, Luiz! Egal wie. Verstehen Sie? Wenn Capellari mit Edmondo und den Söldnern hier auftaucht, sind die Timbókanã erledigt und wir mit ihnen.«

»Ich hätte schön brav an meinem Schreibtisch sitzen bleiben sollen«, knurrte er.

In den nächsten Minuten versuchte er erfolglos, mit den beiden Wächtern zu kommunizieren, in Worten und in Zeichensprache, doch die Wächter sahen den FUNAI-Gesandten nur mit starrer Miene an.

»Das ist aussichtslos«, sagte da Cruz nach einer Weile. »Es wird Zeit für Ihren Notfallplan, Senhora. Bevor hier die Hölle losbricht. Wir müssen Ihren Rucksack in die Finger bekommen.«

Davina warf einen Blick auf ihren Rucksack, der neben einem der Wächter auf dem Boden lag. Die Timbókanã hatten ihn offenbar nicht geöffnet.

In diesem Moment erstarb der kehlige Gesang. Die Männer im Dorf bildeten eine Gasse, sodass Davina den Jungen auf der Bahre nun gut erkennen konnte. Seine Augen waren weit geöffnet. Doch er lag nach wie vor so steif da, als sei er paralysiert. Eine alte Frau trat aus einer der Hütten. In ihren ausgestreckten Armen hielt sie ein bauchiges Tongefäß und mehrere spitze Knochen. Auch sie war nur mit einem Lendenschurz bekleidet. Geschmückt war sie mit einer Halskette aus bunten Steinen sowie einem aus Knochen gefertigten Armreif. Ihre Haut war fahl, ihre Brüste hingen schlaff herab. Mit ernster Miene trat sie an das Feuer und übergab die Gegenstände einem dort wartenden Mann, der als einziger zwei bunte Vogelfedern im Haar trug.

»Was wird das?«, fragte da Cruz.

Sie kniff die Augen zusammen. »Ich denke, dieser Mann ist ein Schamane.«

»Dann lagen Sie wohl richtig mit Ihrem Initiationsritual. Aber wäre es nicht zu erwarten, dass die Timbókanã ihr Ritual unterbrechen und sich erst einmal mit uns beschäftigen?«

»Nicht unbedingt. Rituale sind die Hauptpfeiler indigener Gesellschaften. Ein Initiationsritual ist der wichtigste Tag im Leben eines männlichen Stammesmitglieds.«

Der Schamane hob das Tongefäß in die Höhe und stimmte einen Singsang an. Die restlichen Timbókanã sanken auf die Knie. Bedächtig schritt der Schamane durch die Gasse der knienden Männer. Vor der Bahre blieb er stehen.

»Was haben die vor, Senhora?«

Für einen schrecklichen Moment befürchtete Davina, der Junge könnte rituell geopfert werden. Doch dann kam ihr die Erkenntnis.

»Der Junge wird tätowiert!«, sagte sie. »Haben Sie die flammende Sonne bemerkt, die unsere Wächter auf der Brust tragen? Alle Männer hier tragen sie. Sie wird den Jungen zukünftig als Mann ausweisen.«

Eine Weile sah sie zu, wie der Schamane zu einem der spitzen Knochen griff und ihn über dem Feuer erhitzte.

»Interessant«, murmelte sie. »Tätowierungen finden sich in vielen Kulturen als Ausdruck des Übergangs vom Kind zum Erwachsenen, aber in dieser Region des Amazonas habe ich das noch nirgendwo gesehen.«

»Bei manchen Chaco-Völkern weiter südlich wurden früher Mädchen ab sieben Jahren im Gesicht tätowiert.« Da Cruz zuckte mit den Schultern. »Aber dieser Brauch ist heute fast völlig verschwunden.«

Davina verfolgte, wie der Schamane sich über den Jungen beugte, den Knochen, der ihm offenbar als Messer diente, ansetzte und einen ersten Schnitt ausführte. Der Junge kniff die Augen zu und presste die Lippen aufeinander, doch sonst zeigte er keine Reaktion. Der Schamane griff jetzt zu einem zweiten Knochen, tunkte ihn in das Tongefäß. Er enthielt die Farbe, die jetzt in den Schnitt eingeführt wurde.

In diesem Moment nahm Davina neben ihrem Knie eine Bewegung wahr. Vor ihr saß ein kaum drei Zentimeter großer Frosch. Sie identifizierte das Tier als Baumsteigerfrosch, auch Pfeilgiftfrosch genannt, weil viele indigene Völker ihr Gift zum Jagen aus den Hautabsonderungen dieser Tiere gewannen. Mit einem Zweig schob sie den kleinen Kerl sanft beiseite und sah ihm nachdenklich hinterher, wie er aus dem Stall hüpfte und im hohen Gras verschwand. Der Frosch brachte Davina auf einen Gedanken.

»Naturvölker stellen Tätowierungsfarben meistens aus verbranntem Holz, Pflanzen oder Pilzen her«, überlegte sie laut. »Halten Sie es für denkbar, dass dieser Farbe irgendein Halluzinogen beigemischt wurde?«

»Wie kommen Sie darauf?«

»Bei manchen Initiationsriten wird das Sekret von Pfeilgiftfröschen verwendet, um die jungen Männer in Trancezustände zu versetzen.«

»Wenn Sie es sagen.«

»Es wäre demnach auch denkbar«, fuhr Davina mit ihren Überlegungen fort, »dass man den Farben antiseptisch oder antibiotisch wirkende Pflanzen beimischt, um Komplikationen zu vermeiden.«

»Komplikationen?«

»Blutvergiftungen. Infektionen.«

»Das wäre natürlich möglich.«

»Etwas anderes kann ich mir nicht vorstellen«, sagte sie. »Auch wenn die Knochen über dem Feuer erhitzt werden, ist dieses ganze Ritual alles andere als steril.«

»Mag sein, aber was interessiert uns das jetzt?« Da Cruz packte sie am Arm. Eindringlich sagte er: »Senhora, wir sollten endlich zusehen, dass wir von hier verschwinden.«

»Einen Moment noch, Luiz.« Sie konnte ihre Aufmerksamkeit nicht von dem Geschehen und dem Jungen auf der Bahre abwenden.

Irgendetwas an diesem surrealen Ritual versetzte sie in eine sonderbare Unruhe.

Plötzlich vernahm sie ein hohes Summen über ihren Köpfen. Sie drückte ihre Wange gegen die Holzlatten des Stalls und sah nach oben. Am blauen Himmel schwebte eine kreisrunde, schwarze Drohne. An jedem ihrer vier Arme surrte ein Propeller. Die Linse einer Kamera glänzte im Sonnenlicht. Es war keine der FUNAI-Drohnen, wie Davina erkannte. Bei diesem Quadrocopter handelte es sich um ein herkömmliches, ferngesteuertes Modell, wie man es überall kaufen konnte.

Capellari! Er hatte sie schneller als erwartet aufgespürt. Vermutlich steuerte er den Quadrocopter eigenhändig mit Hilfe seines Smartphones oder Tablets. Also waren er und seine Männer ganz in der Nähe. Davinas Puls raste.

»Wie haben die uns so schnell gefunden?«, fragte da Cruz mit Panik in den Augen.

Der Gesang der Timbókanã verstummte. Die Blicke der Indigenen richteten sich zum Himmel. Sie entdeckten den Quadrocopter. Ihre Augen weiteten sich in Furcht, doch anstatt panisch zu fliehen, griffen die Männer nach ihren Speeren und verharrten angriffsbereit an Ort und Stelle. Vermutlich wollten sie den Jungen nicht schutzlos zurücklassen.

In etwa hundert Metern Entfernung, am Rande der Lichtung, nahm Davina Lichtreflexionen wahr. Ein Dutzend Männer, acht davon mit Gewehren im Anschlag, traten angeführt von Alessandro Capellari aus dem Schatten der Baumriesen in die von der Sonne beschienene Lichtung. In ihrer Mitte befanden sich vier gefesselte Wächter. Zwei bluteten im Gesicht, ein dritter hinkte. Auf der Lichtung gab Capellari den Befehl, anzuhalten. Davina musste mit ansehen, wie Edmondo den Gefangenen nacheinander den Schaft seines Gewehrs in die Kniekehlen rammte und sie dadurch zu Boden zwang. Der einzige Wächter, der augenscheinlich nicht verletzt war, sprang sofort wieder auf, doch ein Schlag von Edmondos Gewehrkolben gegen seine Schläfe fällte ihn wie einen Baum.

In diesem Moment ertönte ein spitzer Schrei. Die alte Frau, die dem Schamanen die Knochen sowie das Gefäß mit der Tätowierfarbe überbracht hatte, hatte die Eindringlinge bemerkt und zeigte mit einem knochigen Zeigefinger in ihre Richtung. Die Timbókanã scharten sich um den Schamanen. Auch Davinas und da Cruz' Bewacher eilten ihren Stammesmitgliedern jetzt zu Hilfe.

»Bei Gott, wir sind erledigt«, keuchte der Dolmetscher. Sämtliche Farbe war aus seinem Gesicht gewichen. »Das gibt ein Massaker.«

»Das müssen wir verhindern«, erwiderte Davina. Sie griff mit der Hand durch die Holzlatten und schob den Riegel nach oben. Das Gatter schwang auf, und sie krochen ins Freie.

Im selben Moment stießen die Timbókanã ein lautes Kriegsgeschrei aus und stürmten den Eindringlingen entgegen. Capellari und seine Männer erwarteten sie mit schussbereiten Gewehren.

Davina hastete zu ihrem Rucksack und fummelte am Verschluss herum, bis er endlich aufsprang.

»Schneller!«, zischte da Cruz.

Ein Schuss krachte.

Davina zuckte zusammen. In den Baumwipfeln flogen Vögel auf und zogen laut flatternd davon. Capellari hatte in die Luft gefeuert. Der Warnschuss zeigte Wirkung. Die Timbókanã blieben abrupt stehen, sichtlich verunsichert und verwirrt. Beide Gruppen standen sich kaum zwanzig Meter voneinander entfernt gegenüber.

Hastig zog Davina eine Signalpistole sowie Munition aus ihrem Rucksack. Beides hatte sie von der *Almirante*. Das Ochsenauge hatte sie auf die Idee gebracht, den Timbókanã einen gehörigen Schrecken einzujagen und sie für eine Weile aus ihrem Dorf zu vertreiben. Für den Fall, dass Worte nichts nutzen würden, hatte Davina keine andere Möglichkeit gesehen, die Timbókanã vor Capellari zu schützen. Doch dieser Plan war nun hinfällig. Sie kontrollierte rasch, ob die Pistole geladen war, dann rannte sie, mit da Cruz im Schlepptau, los. Sie passierten die Feuerstelle und liefen an der Bahre vorbei, vor der die alte Frau kniete und dem Jungen die Hände hielt. Aus dunklen Augen, die in tiefen Höhlen lagen, starrte sie Davina feindselig an. Ein rascher Blick auf die zerschnittene, blutende Brust des Jungen verriet Davina, dass der Schamane erst wenige Linien der flammenden Sonne hatte tätowieren können. Schweißperlen standen auf der Stirn des Jungen, hinter geschlossenen Lidern rollten seine Augäpfel. Offenbar hatte er das Bewusstsein verloren.

Sie hasteten weiter und erreichten die letzte Hütte des Dorfes, hinter der sich die weitläufige Lichtung erstreckte.

»*Parem*!«, brüllte Davina, so laut sie konnte. »Stopp! Aufhören!«

Alle Gesichter wandten sich ihr zu.

Mit vorgehaltener Signalpistole durchschritt sie das kniehohe Gras. Da Cruz hielt sich dicht hinter ihr. Davina zielte auf Capellari. Höchstens dreißig Meter trennten sie noch von ihm. Dann blieb sie stehen.

»Ich bin enttäuscht von Ihnen, Davina«, rief Capellari ihr zu. »Ich war bereit, Ihnen die Welt zu Füßen zu legen, aber Sie haben sich für diese Wilden entschieden. Sehr bedauerlich.«

Sie ging nicht darauf ein. Stattdessen knuffte sie da Cruz mit dem Ellbogen in die Seite. »Ihr Auftritt, Luiz.«

»Was?« Seine Stimme zitterte. »Was soll ich denn sagen?«

»Machen Sie den Timbókanã klar, dass sie sich im Wald verstecken sollen. Ansonsten werden sie sterben. Ich halte Capellari in Schach.«

Dem Dolmetscher stand der Schweiß auf der Stirn. Er räusperte sich und begann in einer für Davina unverständlichen Sprache zu reden, während seine Hände mit ausladenden Gesten seine Worte veranschaulichten. Ob die Timbókanã begriffen, was er ihnen mitzuteilen versuchte, konnte Davina nicht ausmachen. Sie richtete ihre volle Konzentration auf Alessandro Capellari.

Der sah sie mit einem verächtlich Grinsen an und zielte mit seinem Gewehr jetzt auf sie.

»Was glauben Sie mit Ihrer Aktion erreichen zu können, Davina?«, rief er. »Wir wissen beide, dass ich dieses Dorf nicht mit leeren Händen verlasse.«

»Wie konnte ich mich nur so in Ihnen täuschen?«, erwiderte Davina. »Für diese Aktion hier werden Sie sich verantworten müssen.«

Capellaris Mienenspiel zeigte keine erkennbare Reaktion. Er sagte: »Machen Sie sich nicht lächerlich. Sie werden diesen

Dschungel nicht lebend verlassen. Es sei denn, Sie entscheiden sich auf der Stelle doch noch für mein Team. Ihre letzte Chance.«

Davina antwortete nichts. Sie wartete darauf, dass die Timbókanã endlich die Flucht ergriffen. Aber das taten Sie nicht. Entweder sie begriffen nicht, was da Cruz zu ihnen sagte, oder sie waren vor Angst in einen Stupor verfallen, wie gelähmt.

Capellari ging jetzt langsam auf sie zu, das Gewehr weiterhin im Anschlag. »Na gut. Geben Sie auf, Davina! Und legen Sie dieses Spielzeug aus der Hand, bevor Sie sich noch selbst damit verletzen.«

Davinas Gedanken rasten. Sie musste Zeit schinden. »Und was dann, Alessandro? Was werden Sie tun, falls ich meine Waffe niederlege?«

»Ich brauche nur eine Handvoll junger, kräftiger und gesunder Männer. Der restliche Stamm bleibt unbehelligt. Sobald wir gefunden haben, wonach wir suchen, bringen wir die Männer hierher zurück. Das garantiere ich.«

Davina glaubte ihm kein Wort. »Bleiben Sie stehen!«, rief sie, als Capellari immer näher kam. Sie umklammerte die Signalpistole mit beiden Händen. »Noch einen Schritt, und ich schieße!«

Capellari öffnete den Mund, um etwas zu sagen, doch ein tiefes, markerschütterndes Wummern schnitt ihm das Wort ab. Rasch wurde es lauter. Alle sahen nach oben. Wie von einer unsichtbaren Macht geschüttelt, zuckten die Baumwipfel hin und her. Kurz darauf erschienen zwei olivgrüne Hubschrauber. Auf ihren Rümpfen prangte ein bunter Indianerkopfschmuck – das Logo der FUNAI. Die Seitentüren waren geöffnet. Uniformierte Soldaten hielten sich an Haltegriffen fest und sahen zu ihnen hinunter. Davina konnte ihr Glück kaum fassen. Der

Hilferuf, den da Cruz an Bord der *Almirante* kurz vor ihrer Flucht abgesetzt hatte, war erhört worden.

Der Lärm der Rotoren war ohrenbetäubend. Der Luftstrom drückte die Gräser auf der Lichtung zu Boden. Jetzt endlich erwachten die Timbókanã aus ihrer Schockstarre. Sie nahmen Reißaus, flüchteten in Richtung Waldrand. Ein Schuss ertönte. Voller Entsetzen sah Davina einen der Indios mit dem Gesicht voran zu Boden stürzen. Edmondo hatte sein Gewehr abgefeuert und dem Flüchtenden in den Rücken geschossen. Die Söldner, die bislang unsicher gewesen waren, wie sie auf die neue Situation reagieren sollten, zielten nun ebenfalls auf die flüchtenden Timbókanã.

»Nicht schießen!«, schrie Capellari. »Wir brauchen sie lebend!« Edmondo schoss erneut. Ein weiterer Timbókanã ging zu Boden. Davina handelte instinktiv. Sie zielte und zog den Abzug der Signalpistole. Sekundenbruchteile später explodierte die Leuchtrakete auf Edmondos Brust. Der Mann ging in Flammen auf. Seine Schmerzensschreie klangen seltsam gedämpft im Krach der Hubschrauberrotoren.

Capellari, der sich mit einem beherzten Sprung zur Seite in Sicherheit gebracht hatte, brüllte seinen Männern etwas zu, woraufhin sie das Feuer auf einen der Hubschrauber eröffneten, der in etwa fünfzig Metern Höhe über ihnen schwebte. Sofort stieg er auf und drehte ab. Der zweite Hubschrauber setzte derweil auf der anderen Seite des Dorfes zur Landung an.

»Rennen Sie, Senhora!« Da Cruz ergriff ihre Hand und zog sie mit sich.

In ihrem Rücken hörte sie Capellaris wütendes Gebrüll. Kurz darauf pfiffen Gewehrkugeln über ihre Köpfe hinweg. Geduckt liefen sie weiter, bis sie die ersten Hütten des Dorfes erreichten.

Hier gingen sie in Deckung. Kugeln durchschlugen die dünnen, aus Palmwedel gefertigten Hüttenwände. Davina sah sich auf dem Gelände um. Der wartende Hubschrauber befand sich in etwa dreißig Metern Entfernung am Ende des Dorfes. Ein Soldat stand in der offenen Seitentür und winkte sie herbei.

In geduckter Haltung rannten sie los. Ein rascher Blick über ihre Schulter verriet Davina, dass sich Capellaris Männer aufgeteilt hatten. Die eine Hälfte verfolgte die Timbókanã, die andere Hälfte, angeführt von Capellari, war hinter ihr und da Cruz her. Erneut pfiffen Kugeln durch die Luft. Sie hasteten an der Bahre vorbei, auf der noch immer der bewusstlose Junge lag. Die alte Frau kauerte neben ihm und hielt seine Hand. Davina konnte nichts für die beiden tun. Sie rannte weiter.

Sie hatten es fast bis zum Hubschrauber geschafft, als Davina einer Eingebung folgend innehielt. Sie blickte zurück.

»Was tun Sie? Wir müssen weg«, rief da Cruz.

»Laufen Sie weiter, Luiz. Ich komme sofort nach.«

Er sah sie ungläubig an, doch sie wirbelte bereits herum und rannte zurück Richtung Bahre. Zwischen den Hütten am anderen Ende des Dorfes sah sie Capellari auf sich zukommen. Sie zog die zweite und gleichzeitig letzte Leuchtpatrone aus der Hosentasche, lud die Signalpistole, zielte auf Capellari und drückte ab.

Diesmal verfehlte sie ihr Ziel. Einen roten Leuchtschweif hinter sich herziehend flog die Rakete durch das Dorf und explodierte in einer der Hütten. Die trockenen Palmwedel brannten sofort lichterloh. Capellari ging in Deckung.

Das war Davinas Chance. In wenigen Schritten war sie bei der Bahre. Sie sah sich suchend um, fand das Tongefäß mit der Tätowierfarbe und hob es auf. Dann warf sie der alten Frau einen letzten, traurigen Blick zu und rannte zum Hubschrauber.

Capellaris Männer hatten unterdessen die brennende Hütte umrundet und nahmen Davina erneut unter Beschuss. Sie trat in ein Erdloch, geriet ins Stolpern, ließ um ein Haar das Tongefäß fallen, fing sich, rannte weiter. Jeden Moment rechnete sie damit, von einer Kugel getroffen zu werden. Der Hubschrauber, der zuvor abgedreht hatte, kehrte zurück und eröffnete das Feuer auf Davinas Verfolger. Als sie einen kurzen Blick über die Schulter warf, sah sie, wie Capellaris Männer auseinanderstoben und Richtung Dschungel flüchteten.

Davina erreichte den wartenden Hubschrauber. Hände streckten sich ihr entgegen und zogen sie ins Innere, wo da Cruz bereits auf einer Bank saß und von einem Soldaten angeschnallt wurde. Ein zweiter Soldat bugsierte Davina neben den Dolmetscher, schnallte sie ebenfalls an. Dann brüllten auch schon die Turbinen des Hubschraubers auf, und sie erhoben sich in die Luft.

Während sie über die Lichtung in Richtung Zivilisation flogen, sah Davina zum Fenster hinaus. Die Flammen hatten längst auf die Nachbarhütten übergegriffen. Das Dorf der Timbókanã war verloren. Tränen traten in Davinas Augen. Ihr war elend zumute. Sie hatte all das nicht gewollt.

Von Alessandro Capellari fehlte jede Spur.

DRITTER TEIL

Tag 60

MÜNCHEN

Ein kräftiger Ostwind trieb graue Wolken über den Himmel. Es sah nach Regen aus, doch seit einer Woche war kein Tropfen gefallen, und laut Wetterdienst sollte es auch heute trocken bleiben – eine für Mitte Mai für München ungewöhnliche Wetterlage. Trotzdem zog Fabian eine regenfeste Windjacke über seinen Hoodie, bevor er Bob zum Frühstück ein paar Heimchen ins Terrarium gab und seine Wohnung verließ. Bereits im Treppenhaus setzte er die Kapuze auf. In letzter Zeit fror er praktisch ständig. Selbst in der Wohnung.

Langsam stieg er die Treppe hinab. Es waren nur zwei Stockwerke, aber sie reichten aus, um seine Knie knacken zu lassen. Von den Schmerzen in den Hüften ganz zu schweigen. Fabian hatte keine Ahnung, wie lange er die Treppen noch schaffen würde.

Im Erdgeschoss angekommen, blieb er stehen. Zwei in Schwarz gekleidete Männer trugen einen schmucklosen Holzsarg aus einer der Wohnungen. Fabian drückte sich gegen die Wand, um sie vorbeizulassen. Traurig sah er den Leichenbestattern hinterher. Nun hatte es Frau Mayrhuber also hinter sich. Bei ihr war es rasend schnell gegangen. Vor kaum einer Woche erst hatte die stets gut gelaunte Mittdreißigerin Fabian im Treppenhaus zum ersten Mal von ihren Augen erzählt, die sich über Nacht gelb verfärbt hatten. Schon drei Tage später hatte sie ihr Bett nicht mehr verlassen können. Jetzt war sie erlöst. In letzter Zeit häuften sich Fälle, die ähnlich schnell verliefen. Mittlerweile starben auch jüngere Menschen, selbst bei Teenagern zeigten sich vermehrt die inzwischen hinlänglich bekannten Symptome. Krematorien arbeiteten rund um die Uhr und kamen mit dem Verbrennen der vielen Toten kaum nach. Fabian konnte von Glück sagen, dass er noch immer unter den Lebenden weilte. Weshalb dem so war, das wusste er selbst nicht. Die Auswirkungen des Pilzes auf die Körper der Menschen sowie die Geschwindigkeit, in der die Erkrankung voranschritt, waren von Fall zu Fall unterschiedlich und nicht vorhersehbar. Wie es schien, war Fabian doch zäher als gedacht. Dennoch tickte die Uhr auch für ihn. Bedrückt verließ er das Wohnhaus.

Der schneidende Wind ließ Fabian zusammenzucken. Er vergrub die Hände in den Taschen seiner Jeans und duckte sich unwillkürlich. Auf dem Weg zur U-Bahn-Station »Hasenbergl« kam er an mehreren Geschäften vorbei. Die Supermärkte hatten noch stundenweise geöffnet, doch vor den Eingangstüren der meisten kleineren Läden waren Rollgitter heruntergelassen worden. Die Schaufenster waren mit braunem Packpapier abgeklebt, Schilder verkündeten *Bis auf Weiteres geschlossen*. Auf eines der Fenster hatte jemand mit roter Farbe und in krakeligen Buchstaben *für immer geschlossen* gesprüht. Im überdachten Eingang eines Nagelstudios hatte sich seit einer Woche ein Obdachloser mit seinem Schlafsack und seinen wenigen Habseligkeiten eingerichtet. Mit glasigen Augen starrte er den ganzen Tag reglos vor sich hin. Fabian warf ihm einen Euro in die Büchse. Der Mann reagierte nicht. Zwei Frauen kamen die Straße entlang.

Beide trugen einen weißen Mundschutz, obwohl jedermann wusste, dass diese Vorsichtsmaßnahme nichts brachte. Der Pilz hatte sich längst in jedem einzelnen Menschen eingenistet. Fabian passierte eine wegen Personalmangels geschlossene Sparkassenfiliale und näherte sich dem Kiosk an der Haltestelle. Dort saßen Männer und Frauen auf Bänken, rauchten und tranken Bier oder Schnaps aus Flaschen. Sie waren keine Obdachlosen, doch die Farbe ihrer Augen und die eingefallenen, fahlen Gesichter verrieten, weshalb sie keinen Sinn mehr darin sahen, zur Arbeit zu gehen. Stattdessen waren sie dazu übergegangen, ihre Sorgen und Ängste schon am frühen Morgen in Alkohol zu ertränken. Sie waren keine Ausnahme. Der zunehmende Alkoholismus in der Gesellschaft war zu einem Problem geworden, seitdem die Menschen über Blastomyces mortiferum Bescheid wussten. Vor einem Monat hatte die Weltgesundheitsorganisation in Absprache mit dem Europäischen Zentrum für die Prävention und Kontrolle von Krankheiten und den Zentren für Seuchenkontrolle in Atlanta die Existenz des todbringenden Pilzes offiziell bestätigt. Man hatte es schlichtweg nicht länger leugnen können. Zu viele Menschen waren gestorben, darunter Politiker und Prominente, deren Schicksal die Menschen bewegte und Fragen aufgeworfen hatte. Die Erkenntnis, dass mit Auftauchen der rätselhaften Pilzkrankheit auch der Homo sapiens auf der Roten Liste der gefährdeten Arten stand, hatte die Menschen weltweit in einen kollektiven Schockzustand versetzt. Die Hilflosigkeit der Gesundheitsbehörden und pharmazeutischen Unternehmen raubte den Menschen jede Hoffnung. Viele waren in Depression verfallen. In Anlehnung an den Begriff vom »Schwarzen Tod«, mit dem die Pest bezeichnet wurde, die im 14. Jahrhundert ein Drittel der Bevölkerung in Europa hinweggerafft hatte, sprachen die Medien nur noch vom »Gelben Tod«. Jeder, der morgens mit gelben Augen aufwachte, wusste, was die Stunde geschlagen hatte.

Fabian musste über eine Stunde auf die U-Bahn warten. Viele Strecken wurden nur noch zwei- oder dreimal am Tag bedient, aber immerhin fuhren überhaupt noch U-Bahnen und Busse. Wenn nicht in absehbarer Zeit ein Wunder geschah, würde das öffentliche Leben nicht nur in München bald vollständig zum Erliegen kommen.

Eine halbe Stunde später ging Fabian durch die verlassenen Straßen Neuperlachs. Triste Wohnblocks reihten sich dicht an dicht, an den Straßen abgestellte Müllcontainer quollen über. Der Wind fegte Plastik- und Papiermüll über Gehsteige und Rasenflächen. In beinahe allen Großstädten streikten die Müllabfuhren. Die Gewerkschaften warfen der Regierung vor, nicht genügend Geldmittel in die Eindämmung und Bekämpfung des Gelben Tods zu investieren. Solange nicht klar sei, auf welchem Weg der todbringende Pilz übertragen werde, so der Standpunkt der Gewerkschaften, sei den Müllarbeitern nicht zuzumuten, möglicherweise kontaminierten Abfall ohne entsprechende Sicherheitsvorkehrungen zu entsorgen. Fabian konnte darüber nur den Kopf schütteln. Die gesamte Diskussion war lächerlich. Was spielte es für eine Rolle, auf welchem Weg der Krankheitserreger übertragen wurde, wenn sich dieser doch längst in jedem einzelnen Menschen eingenistet hatte?

Fabian sah nur wenige Fußgänger. Nur hin und wieder fuhr ein Auto auf der Straße. Im Übrigen herrschte eine gespenstische Stille. Keine Hunde, die bellten, keine Vögel, die zwitscherten. Das Artensterben breitete sich weiter aus, doch angesichts der Bedrohung der menschlichen Existenz war die Sorge um einzelne Tierarten in den Hintergrund gerückt.

Vor einer mit Graffiti besprühten Halfpipe lungerten Teenager herum, in den Händen Bierflaschen und Zigaretten. Sie wirkten gesund. Sie musterten Fabian aufmerksam, wie er langsam an ihnen vorüberschlich. Niemand sagte ein Wort. Sein Anblick erinnerte die Teenager daran, was auch ihnen eher früher als später bevorstand.

Als Fabian wenig später endlich vor dem richtigen Haus stand – einem heruntergekommenen Betonklotz –, fuhr er mit seinem Finger die Namensschilder ab und drückte dann auf eine Klingel. Der Türöffner summte.

Bea erwartete ihn. Vor einer Woche hatte er über einen gemeinsamen Freund endlich ihre aktuelle Telefonnummer herausbekommen und sie angerufen. Das Telefonat war überraschend freundlich verlaufen, ohne Vorwürfe und Beleidigungen, und sie hatten sich daraufhin zum Tee verabredet. Beiden war klar, dass es nicht darum ging, den jeweils anderen zurückzugewinnen. Dieser Zug war abgefahren. Was Fabian betraf, so war es ihm lediglich ein Bedürfnis, eine wichtige Sache klarzustellen, bevor ... nun, bevor es zu spät sein würde.

Als Bea die Tür öffnete, erschrak er. Die Person, die ihn aus trüben gelben Augen ansah, hatte wenig mit der attraktiven Frau gemein, in die Fabian sich vor zwei Jahren verliebt hatte. Ihr Haar war grau und stumpf, die mit Altersflecken überzogene Haut blass. Tiefe Falten hatten sich um Mund- und Augenpartien ins Gesicht gegraben.

Sie lächelte Fabian müde an. »Was hast du erwartet? Eine Schönheitskönigin?«

»Nein. Es ist nur ...«, er rang nach Worten, »dich so zu sehen macht mich traurig.«

»Wem sagst du das? Gestern habe ich alle Spiegel in der

Wohnung zertrümmert. Du siehst übrigens auch nicht aus wie ein Adonis. Komm rein.«

Kurz darauf saßen sie sich an einem wackeligen Küchentisch gegenüber. Bea schenkte zwei Gläser Cola ein und tat in ihr Glas einen ordentlichen Schuss Southern Comfort. Fabian lehnte dankend ab. Der Küchenboden war übersät mit Brotkrümeln, in der Spüle stapelte sich das schmutzige Geschirr, in der Mikrowelle verschimmelte ein Fertiggericht. Eine perfekte Hausfrau war Bea nie gewesen, aber wie es schien, ließ sie sich ziemlich gehen. Ein überquellender Aschenbecher verriet Fabian, dass sie wieder rauchte.

»Wo ist Chris?«, fragte er.

»Chris ist tot.«

»O nein. Wann?«

»Vor drei Wochen. Ging schnell. Keine zwei Wochen, dann war es vorbei.«

»Wie schrecklich«, sagte Fabian und meinte es so, obwohl er seinem ehemaligen besten Freund noch vor zwei Monaten buchstäblich die Pest an den Hals gewünscht hatte, weil er ihm Bea ausgespannt hatte. Doch seither hatte sich vieles verändert. »Tut mir leid, Bea.«

»Er hat diesen ganzen Scheiß einfach nicht länger ertragen und eine Überdosis Beruhigungstabletten genommen.«

»Tut mir ehrlich leid. Mein Vater ist übrigens auch gestorben. Vor einem Monat.«

»Oh«, sagte sie. »Was ist mit deiner Schwester und ihrem Sohn?«

»Charlotte geht es beschissen. Keine Ahnung, wie lange sie Marvin noch versorgen kann. Ich hab ihr angeboten, zu ihr zu ziehen, um ihr mit Marvin zu helfen, aber sie hat abgelehnt.«

»Zu wissen, dass es für uns alle bald vorbei ist, macht die Sache irgendwie einfacher. Findest du nicht?«

Er sah sie irritiert an. »Noch besteht Hoffnung.«

»Das sagst ausgerechnet du.«

»Wieso?«

Sie kramte eine zerdrückte Schachtel Zigaretten aus einer Schublade und zündete sich eine an. »Was war mit dieser Studie, bei der sie dich so verarscht haben? Am Telefon hast du nur Andeutungen gemacht.«

»Da gibt's nicht viel zu erzählen. Zwei Tage nachdem ich die Wahrheit über die Seuche erfahren hatte, wurde die Studie eingestellt und alle Probanden nach Hause geschickt.« Er umklammerte sein Glas mit beiden Händen und schüttelte den Kopf. »Das war eine unglaubliche Sache. Die Ärztin, die mich für diese Studie rekrutiert hatte, war tot. Ihr Nachfolger, Professor Harvey Engelmann, wurde verhaftet wegen Mordes an ihr. Dann kam heraus, dass Artinova das Robert-Koch-Institut mit gefälschten Daten belogen hatte. Außerdem war Bestechung im Spiel. Kein Wunder, dass alles den Bach runterging, nachdem man feststellte, mit welcher Bedrohung man es tatsächlich zu tun hat.«

»Wie hast du auf das alles reagiert?«

»Ich weiß von einigen Probanden, die Artinova verklagt haben, aber warum soll ich mich mit Anwälten herumschlagen? Wem nützt das noch?«

Sie zog an ihrer Zigarette und blies Rauch in Richtung Decke. »In den Medien war nichts darüber zu lesen.«

»Kein Wunder. Die Nachricht von der Pandemie hat eingeschlagen wie eine Bombe. Niemand interessiert sich noch für irgendetwas anderes.«

»Weißt du eigentlich mehr darüber? Hast du noch Kontakt zu irgendjemandem aus der Klinik?«

Er dachte nach. »Es gab da so einen Mann. Mark. Er schien mehr zu wissen. Aber er ist abgehauen, kurz bevor alles ans Licht kam. Irgendetwas war faul an dem Kerl. Vermutlich ist Mark nicht einmal sein richtiger Name.«

»Hast du versucht, ihn ausfindig zu machen?« Sie schnippte Asche in den Aschenbecher.

»Warum hätte ich nach ihm suchen sollen?« Er sah ihr in die Augen. »Hör mal, Bea, ich bin hier, weil ich dir etwas sagen wollte ...«

»Das musst du nicht«, fiel sie ihm ins Wort. »Fabian – wir beide hatten schon lange unsere Probleme. Es war nur eine Frage der Zeit.«

»Ich habe dich nie betrogen, Bea«, platzte Fabian heraus. »Das solltest du wissen.« Mit fahrigen Fingern drehte er sein Glas in seinen Händen. »Dieses Mädchen, Jazzy, sie war an diesem Abend im Partykeller total betrunken. Ich meine, wir waren alle betrunken. Ja, okay, am Anfang bin ich auf ihr Flirten eingegangen, aber mehr war da nicht. Irgendwann hat sie sich einfach auf meinen Schoß gesetzt und die Arme um mich geschlungen. Bevor ich reagieren konnte, kamst du zur Tür rein. Ausgerechnet in diesem Moment.« Er sah von seinem Glas auf. »Ich hätte dich nie betrogen. Ich wollte, dass du das weißt.«

»Ich weiß«, war alles, was sie dazu sagte.

Sie drückte die Zigarette aus.

Sie unterhielten sich noch eine Weile über Belanglosigkeiten, bis Fabian seine Cola ausgetrunken hatte. Schließlich umarmten sie sich zum Abschied und wünschten sich alles Gute. Beide wussten, dass dieser Abschied endgültig war.

Tag 61

MÜNCHEN

Am nächsten Morgen hatte Fabian wie gewohnt den Fernseher angeschaltet. Normalerweise ließ er ihn laufen, ohne groß auf das Programm zu achten. Doch nicht so heute. Mit offenem Mund und der Fernbedienung stand er da und starrte ungläubig auf den Bildschirm. Auf N24 wurde ein braun gebrannter Mann interviewt. Er trug einen modisch geschnittenen Anzug, sah auffällig gesund aus und grinste bis über beide Ohren in die Kamera. Fabian kannte diesen Mann. Es handelte sich um Alessandro Capellari von Artinova Pharma. Während einer Außendiensttagung letzten Sommer hatte Capellari vor über dreihundert Pharmareferenten, darunter Fabian, einen Vortrag über Ethik im Gesundheitswesen gehalten. Am unteren Bildschirmrand lief unterdessen der Newsticker durch: ARTINOVA VERKÜNDET SENSATION – HEILMITTEL GEGEN GELBEN TOD GEFUNDEN.

Fabian setzte sich aufs Sofa und stellte den Ton lauter.

»... und so ist es unseren Biologen und Pharmakologen bei Artinova Pharma zu verdanken, dass wir dank DETOX-Z die schlimmste Seuche in der Geschichte der Menschheit endlich erfolgreich bekämpfen können.« Capellari reckte stolz das Kinn.

»Sie behaupten«, sagte der Reporter, »der Alterungsprozess kann gestoppt werden. Was heißt das konkret?«

»DETOX-Z verhindert, dass der Pilz in unseren Körpern sein zerstörerisches Werk fortsetzt. Nach nur einer Infusion DETOX-Z kehrt der menschliche Körper zu seinem ganz normalen Alterungsprozess zurück. Artinova hat weder Kosten noch Mühen gescheut, um das Leben von Milliarden Menschen zu retten.«

»*Kosten* und *Mühen* sind die Stichwörter. Was ist an den Gerüchten dran, dass die entscheidende Wirksubstanz von DETOX-Z ursprünglich aus dem Amazonasgebiet stammt?«

»In der Tat haben wir eine Expedition zu einem indigenen Volk in einer abgelegenen Amazonasregion finanziert, von dem wir annahmen, dass es natürliche Resistenzen gegen den Gelben Tod entwickelt habe. Die Einheimischen nannten die Krankheit übrigens die Gelbaugen-Krankheit. Im Blut der Indigenen fanden wir schließlich eine Substanz, welche die Aktivität von Blastomyces mortiferum hemmt.«

»Woher wussten Sie von diesem Volk?«

Capellari winkte ab. »Das ist eine lange Geschichte. Rückblickend kann man sagen, wir hatten wohl den richtigen Riecher und ein wenig Glück.«

»Herr Capellari, wie man hört, kam es zu Beschwerden seitens der brasilianischen Behörden. Es heißt, es sei zu Gewaltanwendung gekommen und zu massiven Verstößen gegen das Selbstbestimmungsrecht der Indigenen. Stimmt es, dass in Brasilien ein Haftbefehl gegen Sie vorliegt?«

Capellaris Siegerlächeln verschwand. »Es gab einige kleinere Missverständnisse in der Zusammenarbeit mit der FUNAI. Wir bedauern das. Unsere Anwälte sind dabei, diese Angelegenheit zu regeln.«

Der Reporter ließ nicht locker. »Vor gut zwei Monaten war Ihr Unternehmen in einen Skandal um eine gefälschte Studie verwickelt. Rückblickend betrachtet: Würden Sie sagen, diese Studie hat zur Entdeckung von DETOX-Z beigetragen?«
»Im Hinblick auf laufende Gerichtsprozesse möchte ich mich dazu nicht äußern.« Capellaris Grinsen kehrte zurück. »Lassen Sie uns lieber nach vorn blicken, denn heute ist ein guter Tag für uns alle. Die Hoffnung ist zurückgekehrt.«
Der Reporter nickte. »Und wie geht es jetzt weiter? Wie lauten die Pläne, um die Bevölkerung mit DETOX-Z zu versorgen?«
»Nun, was das betrifft stehen wir vor großen Herausforderungen. Allein für die Bevölkerung in der EU müssen wir 500 Millionen Einzeldosen DETOX-Z herstellen. Dazu kommen 350 Millionen Einzeldosen für die USA und Kanada sowie 130 Millionen für Japan. Das sind die Märkte, die wir primär beliefern werden. Die Produktion läuft bereits auf Hochtouren. Aufgrund der immensen Stückzahlen haben wir die sieben führenden Lohnhersteller Europas mit ins Boot genommen. Bis deren Maschinen umgerüstet und eingestellt sind, dürften zwei Wochen vergehen. Danach werden wir in der Lage sein, wöchentlich 28 Millionen Infusionslösungen DETOX-Z herzustellen.«
»Also werden viele Monate, wenn nicht gar Jahre vergehen, bis alle Menschen DETOX-Z erhalten?«
»DETOX-Z sollte in jedem Land der Erde so rasch wie möglich in ausreichender Menge verfügbar sein. Da stimme ich Ihnen zu. Wir verhandeln deswegen bereits mit Lohnherstellern auf allen Kontinenten.«
»DETOX-Z ist alles andere als günstig. Was entgegnen Sie Kritikern, die behaupten, Artinova würde keine Lizenzen für Lohn-

hersteller in Dritte-Welt-Länder vergeben, weil deren Regierungen nicht genügend Geld aufbringen können?«

Capellari konnte nicht verbergen, dass ihm diese Frage missfiel. »Wir können den Preis nicht einfach festlegen, wie es uns gefällt. Der Preis pro Einzeldosis wird in Abstimmung mit den jeweiligen nationalen Gesundheitsbehörden festgesetzt. Theoretisch könnte man uns in einer Notsituation wie dieser sogar zwingen, DETOX-Z in Entwicklungsländern zum Selbstkostenpreis abzugeben.«

»Aber dennoch haben Sie den Preis von vornherein sehr hoch angesetzt ...«

Capellari fiel dem Journalisten ins Wort. »Wollen Sie an einem Tag wie diesem wirklich über den Wert eines Menschenlebens diskutieren?« Er sah den Reporter empört an. »Die Entwicklung von DETOX-Z hat Milliarden verschlungen. Es ist unser gutes Recht, dieses Geld wieder einzuspielen. Ein börsennotiertes Pharma-Unternehmen ist keine Wohltätigkeitsorganisation.«

Der Reporter ging zur nächsten Frage über. »Wie wird die Verteilung von DETOX-Z in Deutschland ablaufen?«

Capellaris Gesichtszüge entspannten sich ein wenig. »In Abstimmung mit dem Robert-Koch-Institut richten wir ab sofort in allen größeren Städten Infusionszentren ein. Dafür werden Stadthallen, Sportarenen, Schulgebäude sowie Bürgerzentren von den Gemeinden temporär bereitgestellt. Ärzte und Krankenschwestern werden vor Ort die Infusionen legen und überwachen. Jeder Bürger erhält in den nächsten Tagen eine Benachrichtigung, wann und wo er sich einzufinden hat.«

»Nach welchen Kriterien erfolgt die Terminvergabe?«, wollte der Reporter wissen. »Werden Privatpatienten bevorzugt behandelt? Was ist mit Erkrankten in fortgeschrittenem Stadium?«

»Dazu kann ich nichts sagen.«
»Für Millionen Menschen wird DETOX-Z zu spät kommen. Wer entscheidet in der Frage der Terminvergabe?«
»Diese Frage sollten Sie dem Gesundheitsminister stellen.« Demonstrativ sah Capellari auf seine Armbanduhr. »Tut mir leid, aber ich muss zum nächsten Termin.« Er machte mit den Fingern das Victory-Zeichen und grinste erneut in die Kamera.
»Heute ist ein guter Tag für die Menschheit. Artinova und DETOX-Z sei Dank.« Damit verschwand er aus dem Bild.
Die Kamera hielt auf den Reporter.
»So weit Alessandro Capellari von Artinova Pharma. Nach einer kurzen Werbeunterbrechung geht es weiter mit unserer Sondersendung *DETOX-Z – Das Wunder aus dem Dschungel*. Bleiben Sie dran.«

Fabian schaltete den Fernseher auf stumm. Seine Gedanken überschlugen sich. Wenn es stimmte, was Capellari verkündet hatte, konnte das für ihn buchstäblich die Rettung in letzter Sekunde bedeuten. Aber nur, falls die Zuteilung rasch erfolgte. Eine Wartezeit von mehreren Wochen oder gar Monaten würde er nicht überleben. Er musste alles versuchen, um die Zuteilung irgendwie zu beeinflussen. Ab sofort zählte jeder Tag.

Mit einer Energie, die er schon seit Wochen nicht mehr verspürt hatte, machte Fabian sich auf die Suche nach seinem Smartphone. In letzter Zeit benutzte er es nur noch, um mit Charlotte zu reden. Würden die Gesundheitsämter Mütter von Kleinkindern bei der Zuteilung von DETOX-Z bevorzugt behandeln?

Er fand das Smartphone im Bad, auf dem Waschbeckenrand. Bob saß darauf. Mit seinen großen Augen musterte er Fabian. Behutsam setzte Fabian das Chamäleon auf seine Schulter und googelte die Telefonnummer des Gesundheitsamtes. Bevor sich die Verbindung aufbauen konnte, brach sie auch schon wieder ab. Fabian ging ins Wohnzimmer und versuchte es erneut. Erfolglos. Wie es schien, war das Mobilfunknetz zusammengebrochen. Man musste kein Hellseher sein, um zu erraten, woran das lag. Die Nachricht von DETOX-Z verbreitete sich wie ein Lauffeuer. Es dauert eine Stunde, bis Fabian endlich durchkam. Eine Bandansage teilte ihm mit, dass man aktuell sehr lange Wartezeiten habe, weswegen man zu einem späteren Zeitpunkt wieder anrufen möge.

Fabian versuchte es bei seiner Krankenkasse, doch auch hier lief ein Band: Aufgrund des akuten Personalmangels sei bis auf Weiteres keine telefonische Beratung möglich. Einen Anruf bei Dr. Quandt konnte Fabian sich sparen. Er hatte dessen Todesanzeige vor wenigen Tagen in der Zeitung entdeckt. Während Bob über seine Schultern wanderte, versuchte Fabian es bei Charlotte, doch einmal mehr war das Funknetz zusammengebrochen.

Fluchend warf er das Smartphone aufs Sofa und setzte Bob ins Terrarium. Dann zog er seine Windjacke über und verließ die Wohnung. Auf gar keinen Fall würde er untätig herumsitzen und auf den Zuteilungsbescheid warten, nur um dann zu erfahren, dass man seinen Termin erst in mehreren Wochen oder gar Monaten eingeplant hatte. Diese Zeit blieb ihm nicht.

Auf dem Weg zur U-Bahn-Station legte sich Fabian die Worte zurecht, mit denen er seinem ehemaligen Gebietsleiter gegenübertreten wollte. Möglicherweise konnte Charly ihm helfen – sofern er Fabian nicht die Wohnungstür vor der Nase zuschlug. Vielleicht hatte Fabian Glück, und Charly sah ihren alten Streit heute aus einer anderen Perspektive. Vielleicht aber auch nicht.

Und vielleicht, dachte Fabian, *liegt der Kerl auch längst unter der Erde.*

Tag 63

VULKANEIFEL

Die Jagdhütte der Familie von Cronberg, die sich tief verborgen im Forst des Anwesens von Schloss Lichtenhausen befand, war – der bescheidenen Bezeichnung zum Trotz – ein massiver Steinbau aus dem Jahr 1820. Damals hatte lediglich ein Trampelpfad vom Schloss durch den Forst hierher geführt. Heute gab es eine unbefestigte Straße, über die man die Hütte bequem mit einem Allradfahrzeug erreichen konnte. Bei Bedarf konnte auf der angrenzenden Wiese, deren Gras in der Mittagssonne feucht glitzerte, ein Hubschrauber landen.

Philipp von Cronberg parkte seinen Range Rover direkt vor dem Eingang, stellte den Motor ab und sah auf seine Armbanduhr. Bis zur Ankunft seines Gastes blieben ihm noch ein paar Minuten. Dessen Privatjet war wegen eines technischen Problems verspätet auf dem Flughafen Frankfurt-Hahn gelandet. Die vier Limousinen seines Gastes mitsamt dessen Gefolge waren eben erst auf Schloss Lichtenhausen angekommen. Von Cronberg war die Verspätung nur recht. So blieben ihm noch ein paar ruhige Augenblicke für sich. Am Morgen war es weiß Gott hektisch zugegangen, doch Philipp von Cronberg wollte jetzt nicht daran denken, dass er bestohlen worden war. Vielmehr musste er sich beruhigen, damit er sich mit voller Aufmerksamkeit seinem Gast widmen konnte.

Er stieg aus und ging zur Eingangstür. Er tippte den Zahlencode in das elektronische Schloss ein und hörte, wie die Tür entriegelt wurde. Auf der Fußmatte putzte er gründlich die Schuhe ab, dann betrat er den rundum mit Holz getäfelten Raum. Hirsch- und Wildschweinköpfe hingen an den Wänden, daneben Geweihe und mehrere Felle. Von Cronbergs letzter Besuch war beinahe drei Jahre her. Er nahm die Fernbedienung, die Radu Serban auf der Ablage neben der Tür bereitgelegt hatte. Auf Knopfdruck flammte im Kamin ein Feuer auf. Von Cronberg betrachtete das alte Sofa vor dem gemauerten Kamin, und sofort drangen lang vergessene Erinnerungen auf ihn ein.

Nachdem Philipps Vater an einem Herzinfarkt gestorben war, hatte die Hütte niemand mehr benutzt. Sophia von Cronberg hatte weder Interesse an der Jagd noch an Ruhe und Abgeschiedenheit gehabt. Also hatte der junge Philipp die Hütte zu seinem Rückzugsort gemacht. Sie war sein Reich gewesen, weitab vom Schloss und außerhalb des Zugriffsbereichs seiner Mutter. Es war nicht weiter verwunderlich gewesen, dass er hier seine erste sexuelle Erfahrung gemacht hatte. Ihr Name war Carmen gewesen, aber wie alle Jungs in der Klasse hatte Philipp sie nur »Caramel« gerufen. Sie war die Tochter des Gärtners gewesen und ein Jahr älter als Philipp. Gemeinsam hatten sie auf diesem Sofa im Laufe eines verregneten Sommers ihre Körper erkundet. Irgendwann hatte Carmen keine Lust mehr auf Philipps zunehmend zügellosere Experimente gehabt, also hatte sie ihm den Laufpass gegeben. Philipp hatte sich revanchiert, indem er dafür sorgte, dass Carmens Vater entlassen wurde. Noch in derselben Woche musste Carmens Familie aus dem Angestelltenhaus ausziehen, und Philipp war Carmen ein für alle Mal los.

An der rückwärtigen Wand des Raums stand eine Vitrine. Darin bewahrte Philipp von Cronberg die in rotem Samt eingebundenen Tagebücher seines Vaters auf. Er trat vor die Vitrine und betrachtete die mit Jahreszahlen beschrifteten Buchrücken. Der erste Band stammte aus dem Jahr 1972. Damals hatte alles begonnen. Der Club of Rome, ein Zusammenschluss von hochrangigen Industriellen, Wissenschaftlern, Politikern und Freigeistern aus über dreißig Ländern, veröffentlichte einen Bericht, der für Aufsehen sorgte. In *Die Grenzen des Wachstums* kamen die Experten zu dem alarmierenden Schluss, dass die natürlichen Ressourcen der Erde nicht unerschöpflich sind. Der Bericht zeigte erstmals mit wissenschaftlichen Belegen auf, wie die prognostizierte Zunahme der Weltbevölkerung eine Zunahme an Nahrungsmittelproduktion, an Industrialisierung und somit an Umweltverschmutzung mit sich bringen würde. Falls die Ausbeutung von natürlichen Rohstoffen unverändert anhielte, so prognostizierten die Experten, würden die absoluten Wachstumsgrenzen auf der Erde im Laufe der nächsten hundert Jahre erreicht. Mit anderen Worten: Wenn dieser Moment gekommen wäre, würde das gesamte System zusammenbrechen. Der Menschheit drohte der Entzug ihrer Lebensgrundlage.

Selbstverständlich hatte die Kritik nicht lange auf sich warten lassen, und tatsächlich traten nicht alle Prognosen des Club of Rome auch ein. Mit einigen Annahmen hatten sich die Experten sogar eklatant verschätzt, was wiederum Kritiker auf den Plan rief, die den gesamten Bericht als unzulänglich oder gar als blanken Unsinn abtaten. Doch eine unvoreingenommene Betrachtungsweise musste anerkennen, dass die grundsätzlichen Vorhersagen eingetroffen waren, wenn vielleicht auch ein paar Jahre später, als vom Club of Rome angenommen. Philipp von Cronberg kannte ganze Passagen des Berichts auswendig. Sein Vater hatte ihn so oft daraus vorlesen lassen und anschließend mit ihm darüber gesprochen, bis es dem jungen Philipp zu den Ohren herausgekommen war. Damals war er zu jung gewesen, um zu begreifen, welchen Fragen Walther von Cronberg zeit seines Lebens nachgegangen war. Heute verstand er seinen Vater besser. Heute ging er selbst diesen Fragen nach. Allerdings war Philipp von Cronberg zu gänzlich anderen Antworten gekommen.

Ein Lächeln huschte über seine Lippen. Endlich konnte er über das Stiftungsvermögen verfügen, wie er es für richtig hielt. Nie wieder würde er einem Beirat Rede und Antwort stehen müssen. Weder Lajos Farkas noch Kristóf Sándor noch Sophia von Cronberg konnten ihm fortan dreinreden, nicht in der Stiftung und somit auch nicht bei VC-Pharma.

Er sah erneut auf seine Uhr. Noch blieb ihm etwas Zeit, bis sein Gast eintraf. Er öffnete die Vitrine und fuhr mit seinem Finger langsam die Jahreszahlen auf den Buchrücken entlang.

1977 ... 1978 ... 1979 ... In jenen Jahren hatte sein Vater sich verändert. Walther von Cronberg zog sich aus der Öffentlichkeit zurück, wurde zum Einsiedler. Seine Sicht auf die Welt und die Menschen wurde immer düsterer. Er war zu der Erkenntnis gekommen, dass der Club of Rome zwar zentrale Zukunftsprobleme erkannt und angesprochen hatte, die Menschheit jedoch einer weitaus größeren Gefahr ausgesetzt war. Die enge Freundschaft mit Ervin Biró, einem ungarischen Philosophen und Systemtheoretiker, trug maßgeblich zu Walther von Cronbergs zunehmendem Pessimismus bei. In langen Nächten diskutierten sie bis zum Morgengrauen metaphysische Fragen. Fragen nach dem Sinn des Lebens und nach der Rolle des Menschen im Universum.

1982 ... 1983 ... 1984 ... Von Cronberg musste die Tagebücher nicht öffnen, um zu wissen, was darin stand. Er hatte sie nach dem Tod seines Vaters alle mehrfach gelesen. Seine Finger blieben auf dem Buchrücken mit der Jahreszahl 1993 hängen. In diesem Jahr gründeten sein Vater und Ervin Biró den Club of Magyar. Drei Jahre später führte sein Vater den elitären Inneren Zirkel ein. Ein genialer Schachzug, denn fortan umgab den Club of Magyar eine geheimnisvolle Aura, die dafür sorgte, dass weltweit Vertreter aus Wissenschaft, Wirtschaft und Bildung Schlange standen, um aufgenommen zu werden.

Von Cronberg horchte auf. Draußen war der Rotorenlärm eines Helikopters zu vernehmen. Er schloss die Vitrine und begab sich vor die Haustür. Kurz darauf erschien von Cronbergs schwarzer Robinson R44 *Raven* über den Baumwipfeln. Durch das verglaste Cockpit und die großen Seitenfenster konnte von Cronberg den Piloten sowie seinen Gast mitsamt Leibwächter und Dolmetscher erkennen. Über der Wiese setzte der Pilot in einem sanften Schwenk zur Landung an, und kurz darauf stiegen die Passagiere aus.

Scheich Rahman war dreiundvierzig Jahre alt, sah aber aus wie dreiundachtzig. Seine Augen waren dunkelgelb verfärbt. Er trug das traditionelle weiße Gewand der Männer der Arabischen Halbinsel, allerdings ohne Kopfbedeckung. Seine Begleiter trugen dunkle Anzüge. Auch sie sahen frühzeitig gealtert aus. Die vier Frauen des Scheichs, seine sieben Kinder, seine beiden Brüder sowie mehrere Bedienstete hatte Radu Serban im Westflügel des Schlosses sowie im Gästehaus untergebracht.

Philipp von Cronberg begrüßte seine Gäste und bat sie in die

Hütte. Scheich Rahman nahm auf dem Sofa vor dem Kamin Platz, von Cronberg setzte sich ihm gegenüber in einen Sessel. Die beiden Begleiter des Scheichs stellten sich hinter ihn. Scheich Rahman kam sofort zur Sache. Seine Stimme klang müde, während der Dolmetscher simultan übersetzte: »Haben Sie die Ware hier?«

»Haben Sie mein Geld?«, erwiderte von Cronberg.

»Fünfzig Millionen Euro wurden gestern auf das Konto Ihrer Stiftung überwiesen. Weitere fünfzig Millionen in Gold befinden sich in sechs Kisten, die Ihr Rumäne vorhin in den Keller des Schlosses bringen ließ.«

Radu Serban hatte von Cronberg darüber bereits informiert, aber er hatte es aus dem Munde des Scheichs selbst hören wollen.

»Ich bedanke mich für Ihre Großzügigkeit, Scheich Rahman. Im Gegenzug werden Sie die versprochenen einhundert Phiolen erhalten. Sie und Ihre Familie werden den Gelben Tod überleben.«

»Sie haben die Ware nicht hier?«

»Der Karton befindet sich in einem Kühllager von VC-Pharma.« Von Cronberg griff in seine Hosentasche und zog eine Phiole hervor, in der sich eine durchsichtige Flüssigkeit befand. »Betrachten Sie dies hier vorab als Gastgeschenk.«

Gierig griff Scheich Rahman nach der Phiole, drehte den Verschluss ab, hielt dann aber inne und sah von Cronberg unsicher an.

»Nur zu.« Von Cronberg lächelte. »Deswegen sind Sie doch hergekommen.«

Scheich Rahman kippte den Inhalt in den Mund, schluckte und verzog den Mund. »Schmeckt wie Essig.«

»Soll es Ihren Gaumen erfreuen oder Sie gesund machen, verehrter Scheich?«

»Wie lange wird es dauern?«

»Bis Sie wieder jung und kräftig sind?« Von Cronberg machte eine vage Handbewegung. »Das hängt davon ab, wie schnell Ihre Zellen regenerieren. Das ist von Mensch zu Mensch unterschiedlich. In spätestens einem Monat sollten Sie wieder in der Lage sein, auf dem Rücken Ihrer geliebten Vollbluthengste über die Dünen zu reiten.«

Scheich Rahman legte die leere Phiole klirrend auf den Beistelltisch. »Erfahre ich nun, weshalb ich dafür persönlich hierher fliegen musste? Meine Kuriere hätten die Phiolen abholen können.«

»Ich bewundere Ihr Vertrauen in die Menschen. Verzeihen Sie meine Offenheit, verehrter Scheich, aber wenn man bedenkt, um was es hier geht, sollten Sie vielleicht ein wenig vorsichtiger sein, wem Sie Ihr Leben anvertrauen.«

»Meine Leibwächter sind mir treu ergeben. Vertrauen Sie Ihrem Rumänen etwa nicht?«

»O doch«, entgegnete von Cronberg, »aber niemandem sonst auf der Welt. Leider verdienen nur wenige Menschen unser Vertrauen. Das ist eine traurige Tatsache.«

»Das ist Ihre Sicht der Dinge. Ich denke anders darüber.«

Von Cronberg lehnte sich zurück und schlug die Beine übereinander. »Heute Abend werden Sie im Besitz von einhundert Phiolen sein, Scheich Rahman. Das bedeutet, Sie entscheiden über das Leben von einhundert Menschen. Wer verdient Ihr Vertrauen? Wer nicht? Wer wird den Gelben Tod überleben? Wer nicht? Nach welchen Kriterien werden Sie entscheiden?«

»Ich möchte mehr Phiolen kaufen. Eintausend oder besser gleich zweitausend. Geld ist kein Problem.«

Von Cronberg lächelte nachsichtig. »Geld ist nicht meine Motivation. Ich besitze mehr Geld, als ich jemals ausgeben kann.«

»Und doch haben Sie meine Millionen und mein Gold gerne genommen. Also, nennen Sie mir Ihren Preis.«

»Ich kann Ihnen nicht mehr Phiolen zur Verfügung stellen. Wir haben doch bereits darüber gesprochen, verehrter Scheich.« Scheich Rahmans Augenbrauen zogen sich zusammen. »Können Sie nicht, oder wollen Sie nicht?«

»Die Produktion des Heilmittels bringt VC-Pharma an die Kapazitätsgrenzen. Unzählige Menschen warten auf ihre Vorbestellungen. Ich bin ein Mann von Ehre und halte meine Zusagen.«

»Ich muss gestehen, ich werde nicht schlau aus Ihnen.« Scheich Rahman betrachtete von Cronberg mit kritischer Miene. »Warum klären Sie die Menschen nicht über DETOX-Z auf? Warum erzählen Sie ihnen nicht die Wahrheit? Warum verheimlichen Sie die Existenz Ihres Heilmittels? Was bezwecken Sie damit?«

Von Cronberg ließ sich Zeit mit seiner Antwort. Schließlich legte er die Fingerspitzen aneinander und sagte: »Ein kluger Mann hat einmal gesagt: Der Natur ist es egal, wie arm oder reich jemand ist. In der Natur herrschen eigene Gesetze, und diese Gesetze sind nicht verhandelbar. Auch der Mensch kann sich dem nicht entziehen. Es gibt keine menschlichen Eigenschaften in einem naturwissenschaftlichen System. Der Erde ist es vollkommen egal, was wir in Abläufe hineininterpretieren, die einzig Naturgesetzen unterliegen. Mein Vater hat vorhergesehen, dass wir unweigerlich auf ein Artensterben zusteuern. Nur hatte er gehofft, uns bliebe noch genügend Zeit, um zur Vernunft zu gelangen und das Steuer herumzureißen.« Theatralisch seufzend breitete er die Arme aus. »Wir müssen uns nur umsehen, um zu erkennen, dass die Menschen dazu offenkundig nicht in der

Lage sind. Jeden Tag verschwinden Tausende Tierarten auf Nimmerwiedersehen von unserem Planeten. Es liegt an der menschlichen Hybris, dass er sich nie vorstellen konnte, eines Tages selbst zu einer bedrohten Art zu werden. Das Zeitalter des Anthropozäns hat kaum begonnen, da geht es auch schon wieder zu Ende.«

»Aber Sie haben ein Heilmittel entwickelt«, warf Scheich Rahman ein. »Wir sterben nicht aus. Wir haben im Laufe der Geschichte viele Seuchen überstanden, und wir werden auch diesmal überleben. So Allah will.«

»Vielleicht habe ich mich nicht verständlich genug ausgedrückt. Nur, weil ein Heilmittel existiert, bedeutet das nicht automatisch unsere Rettung.«

»Das verstehe ich nicht«, entgegnete Scheich Rahman irritiert. Von Cronberg erhob sich. »Kommen Sie. Ich will Ihnen etwas zeigen.«

Er stand auf und ging zur Tür. Der Scheich sah ihm verwundert nach. Dann erhob er sich und folgte mit seinen beiden Begleitern seinem Gastgeber.

Draußen ging von Cronberg zielstrebig auf den Helikopter zu. »Darf ich Sie zu einem kleinen Ausflug einladen? Leider haben wir nicht genügend Platz für alle. Ich fürchte, verehrter Scheich, Ihr Leibwächter muss hier warten. Auf Ihren Dolmetscher können wir wohl kaum verzichten.«

Darüber war Scheich Rahman alles andere als erfreut. Nach einem Moment des Zögerns gab er Anweisungen auf Arabisch. Der Leibwächter nickte, bedachte von Cronberg aber mit einem mürrischen Blick.

Zu dritt stiegen sie zu dem Piloten in den Helikopter und setzten sich Kopfhörer mit integrierten Mikrofonen auf.

»Wohin fliegen wir?«, fragte Scheich Rahman.

»Ich möchte Ihnen meine Sichtweise auf den Gelben Tod erläutern.« Ein Lächeln umspielte von Cronbergs Lippen. »Danach, verehrter Scheich, reden wir vielleicht darüber, ob Sie weitere 50 000 Phiolen erhalten. Kostenlos.«

Tag 63

MÜNCHEN

Um sieben Uhr morgens war es noch still auf den Straßen im Wohngebiet München-Hasenbergl. Die Sonne war schon aufgegangen, doch dichte Wolken bedeckten den Himmel. Die wenigen Autos, die Fabian entgegenkamen, hatten noch Licht eingeschaltet. Auch in einigen Fenstern der Wohnblocks brannte Licht, wohingegen die Spielplätze zwischen den Blocks verlassen dalagen. Im Gegensatz zu den letzten Tagen war es unangenehm kühl. Der Frühling schien heute eine Pause einlegen zu wollen. Fabian war auf dem Weg in die Turnhalle einer Ganztagsschule, deren Adresse im Benachrichtigungsschreiben des Referats für Gesundheit und Umwelt angegeben war. Gestern hatte er einen Zuteilungstermin für seine DETOX-Z-Infusion erhalten – nur zwei Tage nachdem Alessandro Capellari im Fernsehen von der Existenz eines Medikaments gegen den Gelben Tod gesprochen hatte. Mit klopfendem Herzen hatte Fabian den Briefumschlag aufgerissen, den Inhalt des Schreibens überflogen und war dann kraftlos auf sein Sofa gesunken. Das Bundesministerium für Gesundheit hatte seinen Termin auf den zweiundzwanzigsten Juli gelegt. Das bedeutete eine Wartezeit von beinahe zwei Monaten, und das wiederum war gleichbedeutend mit einem Todesurteil. Damit wollte er sich nicht abfinden. Er betastete die Ausbeulung in seiner Steppjacke. Auf Brusthöhe, in der Innentasche, befand sich Fabians letzter Ausweg.

Je näher er der Turnhalle kam, desto mehr Menschen tauchten auf. Sie hatten dasselbe Ziel wie er.

Umgeben von blühenden Platanen kam die Halle schließlich in Sicht. Mit langsamen Schritten ging Fabian auf die Menschenschlange zu, die aus dem Innern der Halle bis hinaus auf die Straße reichte. Hier standen gebrechliche Männer und Frauen, grotesk vergreiste alterslose Gestalten wie er selbst, aber auch äußerlich gesund wirkende Menschen. Fabian sah das Schild an der Tür: *Zuteilungsbezirk 24/III*. Heute begann bundesweit die Verabreichung von DETOX-Z, und diese Menschen hier waren die Glücklichen, die das Medikament als Erste verabreicht bekamen.

Fabian stellte sich ans Ende der Schlange. Er dachte an Charly. Er hatte ihn gestern besucht, weil er sich von seinem ehemaligen Gebietsleiter bei Artinova Hilfe versprochen hatte. Er hatte Charly das Honorar aus der Non-Aetatis-Studie angeboten, oder zumindest das, was abzüglich aller offenen Rechnungen noch davon übrig war. 22 500 Euro in Bar – im Tausch gegen eine Dosis DETOX-Z. Charly hatte ihn nur mitleidig angesehen und gesagt, dass die Warenlager von DETOX-Z strenger überwacht würden als jeder Goldtransport, und das Gleiche galt für den Vertrieb. Selbst wenn er wollte, so Charly, hätte er nicht die geringste Chance, an DETOX-Z zu kommen, nur weil er zufällig für Artinova arbeitete. Fabian hatte daraufhin wissen wollen, ob Charly von Artinova bereits eine Infusion erhalten habe, unter Umgehung der offiziellen Zuteilung. Charly hatte verneint, aber Fabian hatte so seine Zweifel, ob der gute Charly ihm in diesem

Punkt die Wahrheit gesagt hatte. Charly hatte nicht älter ausgesehen als in Fabians Erinnerung.

Es ging nur quälend langsam voran. Fabians Knie und Hüften taten weh, Kopfschmerzen setzten ein. Nach einer Stunde hatte er es ins Innere der Turnhalle geschafft, wo es nach den Ausdünstungen alter Menschen roch. Im Eingangsbereich der Halle saßen an vier zusammengestellten Tischen drei Frauen und ein Mann und kontrollierten die Zuteilungsbescheide der Wartenden. Bei ihnen stand ein weiterer Mann mit einem Tablet in der Hand, der ihnen immer wieder über die Schulter blickte. Inmitten der Turnhalle sah Fabian etwa sechzig Menschen, die auf einfachen Stühlen saßen, neben sich Infusionsständer, an denen durchsichtige Beutel hingen. Männer und Frauen in Arztkitteln gingen durch die Reihen, wechselten leere Infusionsbeutel, kontrollierten den Sitz der Kanülen oder setzten neue Zugänge. Zwei bewaffnete Bundeswehrsoldaten in voller Montur patrouillierten gemächlich an den Seiten der Halle. Charly hatte nicht übertrieben. DETOX-Z war wertvoller als Gold, und entsprechend hatte man Sicherheitsvorkehrungen getroffen. Einmal mehr betastete Fabian die Ausbeulung in seiner Steppjacke. Was hatte er schon zu verlieren?

Nach einer weiteren halben Stunde teilten sich die Wartenden vor ihm auf die vier Empfangstische auf, und dann, endlich, kam Fabian an die Reihe. Eine rothaarige Frau mit dunklen Augenringen sah von einer Namensliste auf. »Zuteilungsbescheid und Ausweis, bitte.«

Fabian gab vor, in seinen Jackentaschen zu suchen, machte dann ein entsetztes Gesicht. »O nein ... das gibt's doch nicht ... ich ... ich muss das Schreiben zu Hause vergessen haben.«

Die Frau sah ihn kritisch an. »Ihr Name?«

Fabian versuchte einen Blick auf die Namensliste zu werfen, doch die Rothaarige erkannte seine Absicht und hielt die Hand darüber. Genervt verdrehte sie die Augen. »Sie sind heute nicht der Erste, der das bei mir versucht. Ich muss Sie bitten, zu gehen. Kommen Sie an dem Ihnen zugeteilten Termin wieder.«

»Der ist erst in sieben Wochen. Sehen Sie mich an. Bis dahin bin ich tot.«

»Es tut mir leid. Ich kann nichts für Sie tun.«

»Wissen Sie, ich habe mir gedacht, vielleicht erscheint heute jemand nicht zu seinem Termin, und ich könnte vielleicht an dessen Stelle ...«

»Ich bedaure, das ist nicht möglich«, entgegnete sie mit einer Kälte in ihrer Stimme, die Fabian frösteln ließ.

»Aber es gibt bestimmt viele Menschen, die schon zu schwach sind, um hier zu erscheinen. Könnten Sie nicht vielleicht doch auf Ihrer Liste nachsehen? Ich könnte da drüben warten, und Sie schieben mich einfach dazwischen, falls jemand nicht erscheint.«

»Denken Sie, Sie wären der Einzige, der mir mit diesem Vorschlag kommt? Bitte gehen Sie jetzt.« Ihre Augen funkelten ihn an. »Zwingen Sie mich nicht, die Soldaten zu rufen.«

Fabian zog den Reißverschluss seiner Steppjacke herunter, griff in die Innentasche, beugte sich zu der Rothaarigen vor und senkte seine Stimme. »Hier in meiner Jackentasche habe ich 22 500 Euro in bar. Das Geld gehört Ihnen, wenn Sie mich irgendwie dazwischenschieben.«

Der Mann mit dem Tablet in der Hand trat hinter die Frau. »Gibt es ein Problem?«

»Dieser Herr hat sich im Termin geirrt«, sagte sie. »Er wollte gerade gehen.«

Der Mann sah Fabian mit kühler Miene an. »Ich muss Sie bitten, unverzüglich die Halle zu verlassen.«

»Nein, Sie verstehen nicht. Ich habe hier in meiner Tasche ...«

»Wenn Sie uns Ärger machen«, unterbrach ihn der Mann, »bin ich befugt, Sie zu melden. Dann werden Sie von der Zuteilungsliste gestrichen. Das bedeutet, kein DETOX-Z für Sie. Nicht heute und auch nicht in zehn Jahren. Haben Sie das verstanden?«

Fabians sackte in sich zusammen. Er warf einen sehnsüchtigen Blick auf die Menschen in den Stuhlreihen, denen lebensrettendes DETOX-Z in die Venen lief. *Ich habe es zumindest versucht*, sagte er sich und machte sich zutiefst bedrückt auf den Heimweg.

Die Treppen hinauf zu seiner Wohnung waren ihm noch nie so steil vorgekommen. Seine Knie knirschten, und hinter seiner Stirn hämmerte es. Auf dem letzten Treppenabsatz erstarrte er. Vor seiner Wohnung, mit dem Rücken gegen die Eingangstür gelehnt, saß ein Mann. Er war groß, trug einen zerknitterten Anzug sowie Budapester, an denen getrockneter Matsch haftete. Das rechte Hosenbein war über dem Knie zerrissen. Die linke Hand des Mannes war provisorisch bandagiert. Seine Haare waren länger, als Fabian sie in Erinnerung hatte, dafür strahlten seine Augen so hellblau und klar wie an jenem Tag, an dem sie sich im Park der Rosenstein-Klinik begegnet waren.

»Hallo Fabian«, sagte Mark Brenner.

Tag 63

VULKANEIFEL

Dicht über den Baumkronen von Forst Lichtenhausen flogen Philipp von Cronberg und seine beiden Gäste im Robinson R44 *Raven* in Richtung Ulmen. Scheich Rahman blickte demonstrativ auf seine goldene, diamantenbesetzte Rolex. »Weshalb dieser Ausflug? Meine Zeit ist kostbar.«

»Ich möchte Ihnen zeigen, wo das Heilmittel hergestellt wird.«

»Wozu?«

»Warten Sie es ab.«

Das Waldstück endete und wich einer hügeligen, sattgrünen, durch Vulkanismus geprägten Landschaft. Von Cronberg deutete aus dem Fenster. »Wenn Sie hinuntersehen, erkennen Sie eine trichterförmige Vertiefung im Erdreich. Solche kreisrunden Vertiefungen findet man in dieser Gegend viele. Sie werden Maare genannt und sind durch vulkanische Aktivitäten entstanden. Einige Maare sind mit Wasser gefüllt und werden im Sommer als Badeseen genutzt.«

Scheich Rahman sah wenig begeistert aus dem Fenster und erwiderte nichts.

»Das Leben auf der Erde«, fuhr von Cronberg gelassen fort, »war von Beginn an von Katastrophen wie Vulkanausbrüchen und Meteoriteneinschlägen gefährdet. Doch das Leben hat sich immer durchgesetzt, auch wenn im Laufe der Jahrmillionen 99 Prozent aller jemals existierenden Arten komplett ausgelöscht wurden. In der Vergangenheit gab es fünf große Massenaussterben. Mein Vater war fasziniert von diesem Thema und hat jahrelang auf dem Gebiet geforscht. Wissen Sie, was alle bisherigen Massenaussterben gemeinsam hatten?« Von Cronberg wartete die Reaktion des Scheichs nicht ab: »Jedes Mal war der normale Kohlenstoffkreislauf durch Atmosphäre und Ozeane massiv gestört. Die Ursachen dafür waren entweder Folgen von erhöhtem Vulkanismus oder Meteoriteneinschlägen. Nach derartigen Naturkatastrophen kam es stets zu massiver Klimaerwärmung, Ozeanversauerung und Sauerstoffknappheit, die in der Summe zu verheerendem Aussterben geführt haben. Diese Fakten sind mittlerweile gut belegt. Während des Perm-Trias-Sterben etwa, vor 250 Millionen Jahren, wurden 95 Prozent aller zu diesem Zeitpunkt existierenden Arten ausgelöscht. Es ist das einzige Massenaussterben, dem auch Insekten großflächig zum Opfer fielen.«

»Worauf wollen Sie hinaus?«, brummte der Scheich.

»Heute ist die Konzentration von Kohlendioxid in der Atmosphäre erneut mehr als besorgniserregend. Da es in den letzten Jahrzehnten weder verheerende Vulkanausbrüche noch Meteoriteneinschläge gab, darf man getrost das Wirken des Menschen dafür verantwortlich machen. Heute erhöhen sich die Temperaturen um ein Vielfaches schneller als damals.«

Scheich Rahman machte eine wegwerfende Handbewegung. »Ich glaube nicht an den menschengemachten Klimawandel.«

»Unbestritten tragen wir durch unsere Art zu leben massiv dazu bei.« Von Cronberg überlegte einen Moment, dann fügte er hinzu: »Übrigens gehen wir davon aus, dass auch die Mutation von Blastomyces mortiferum eine Folge des gestiegenen CO_2-Gehalts in der Atmosphäre ist. Der Pilz war in seiner Existenz bedroht und hat sich, um zu überleben, in uns Menschen eingenistet.«

»Sie geben also indirekt den Menschen die Schuld am Gelben Tod?«, fragte der Scheich.

»Nicht nur indirekt.« Von Cronberg warf Scheich Rahman auf dem hinteren Sitz einen Blick zu. »Sehen Sie, verehrter Scheich, ob Sie an menschengemachten Klimawandel glauben oder nicht, spielt keine Rolle. Der Natur ist es vollkommen egal, was wir glauben oder nicht. Tief greifende Umwälzungen haben begonnen. Bald wird das Leben, wie wir es kennen, nicht mehr existieren. Neues Leben wird entstehen, und es liegt an Menschen wie uns, dafür zu sorgen, dass wir in veränderten Ökosystemen dann weiter existieren können.«

Sie überflogen ein mit Wasser gefülltes Maar, folgten einer Pappelallee, schwenkten dann scharf nach rechts und flogen über Blumenwiesen hinweg.

»Die herrlich blühenden Wiesen unter uns gehören der Stiftung«, erklärte von Cronberg. »Noch vor zwei Jahren gab es hier kaum noch Insekten und Vögel. Wir haben das geändert.«

Scheich Rahman hielt sich mit einer Hand am Haltegriff fest und blickte auf die Wiese hinunter. Von Cronberg sah ihm an, dass er diesen Flug nur so schnell wie möglich hinter sich bringen wollte, doch das scherte ihn nicht. Bevor er dem Scheich zusätzliche 50000 Phiolen des Heilmittels aushändigen konnte, musste sich dieser erst als würdig erweisen.

Von Cronberg deutete auf die Wiesen. »Die Überzeugung, dass es in der Geschichte des Lebens auf der Erde vermutlich nie eine größere Artenvielfalt an Lebewesen gegeben hat als heutzutage, nährte die Befürchtung meines Vaters, dass sich das Leben gezwungenermaßen bald selbst kannibalisieren würde. Und zwar um das Gleichgewicht in der Natur wiederherzustellen. Der Mensch ist diejenige Spezies, die mit Abstand die meisten Ressourcen auf der Erde verbraucht und Hunderttausenden, vielleicht Millionen anderer Arten den Lebensraum nimmt. Mein Vater hat daraus den Schluss gezogen, dass der Mensch in naher Zukunft zwangsläufig Opfer seines eigenen Erfolges werden muss. Irgendwann, so mein Vater, würde die Natur das Gleichgewicht ganz automatisch wiederherstellen. Nicht, weil sie etwas gegen den Menschen hätte – wie gesagt, der Natur ist der Mensch herzlich egal –, sondern einfach, weil derartige Vorgänge in der Natur selbst begründet liegen.« Wieder warf von Cronberg dem Scheich einen Blick zu. »Der Zeitpunkt ist gekommen. Das sechste Massenaussterben hat begonnen und wird den Großteil allen Lebens vernichten, um es danach von Neuem entstehen zu lassen. Ob der Homo sapiens dabei eine zweite Chance erhält, liegt einzig an Menschen wie uns, verehrter Scheich.«

Zum ersten Mal zeigte die Miene des Scheichs eine Reaktion. Er sah von Cronberg verwundert an. »Worauf wollen Sie hinaus?«, fragte er erneut.

»Haben Sie noch ein klein wenig Geduld.«

In einiger Entfernung kam eine im Sonnenlicht glänzende Industriehalle in Sicht, daneben wuchsen zwei Edelstahlsilos in den Himmel. Sie waren mit der Halle über ein verschlungenes Rohrsystem verbunden. Etwas abseits standen dicke Tankbehälter für Brennstoffe und Gase. Ein hoher Maschendrahtzaun umgab das Gelände.

»Wir sind da«, sagte von Cronberg.

»Darf ich offen sein?«, fragte Scheich Rahman.

»Selbstverständlich.«

Die Augenbrauen des Scheichs zogen sich zusammen, und oberhalb seiner Nase bildete sich eine tiefe Furche. »Ich kann mich des Eindrucks nicht erwehren, dass Sie dem Gelben Tod eine ... nun, dass Sie ihm auf eine befremdliche Art und Weise so etwas wie Sympathie entgegenbringen.«

»Es gefällt mir nicht, Menschen sterben zu sehen.« Von Cronberg zuckte mit den Schultern. »Aber das war zu erwarten und ist leider unvermeidlich.«

»Ich muss zugeben, ich werde nicht schlau aus Ihnen.«

Von Cronberg lächelte. »Sehen Sie, für intakte Ökosysteme auf der Erde ist ein Leben nach dem altbekannten Gesetz vom Fressen und Gefressenwerden dauerhaft nur ohne uns Menschen möglich. Denn für den Menschen gilt schon lange nur noch Fressen und nicht mehr Gefressenwerden. In der Natur musste irgendwann zwangsläufig ein Regulativ entstehen, denn ein derartiges Ungleichgewicht kann auf Dauer nicht existieren. Scheich Rahman, wissen Sie, was ein Schwarzer Schwan ist?«

»Ich nehme an, wir reden hier nicht über ein Tier?«

»Der Begriff Schwarzer Schwan steht seit einigen Jahren für unerwartete Ereignisse, die extrem selten und höchst unwahrscheinlich sind, die aber dennoch nicht unmöglich sind.«

Sie näherten sich dem Industriegelände von VC-Pharma und überflogen den Begrenzungszaun. Der Pilot verlangsamte die Geschwindigkeit, pendelte den Helikopter über einem markierten

Landeplatz ein und ging tiefer. Neben dem Landeplatz warteten zwei Männer in schwarzen Anzügen.

»Der Begriff rührt daher«, fuhr von Cronberg fort, »dass man in Europa bis ins Jahr 1697 davon überzeugt war, es gäbe ausschließlich weiße Schwäne. Bis man in Australien Schwäne mit schwarzen Federn entdeckte. Was für eine Überraschung, nicht wahr? Der Meteorit vor 65 Millionen Jahren, der das Aussterben der Dinosaurier eingeleitet hat, war so ein Schwarzer Schwan. Unser aktueller Schwarzer Schwan hört auf den Namen Blastomyes mortiferum.«

Der Scheich war jetzt ganz bei der Sache. »Und doch, scheinen *Sie* diesen ganz speziellen Schwarzen Schwan erwartet zu haben«, stellte er fest. »Oder wie kommt es, dass VC-Pharma im Besitz eines Heilmittels ist?«

Von Cronberg schmunzelte. »Das, verehrter Scheich, ist die entscheidende Frage.«

Der Helikopter setzte sanft auf, und der Pilot schaltete den Motor ab. Zwei Männer kamen herbeigelaufen und öffneten die Türen. Beide trugen Headsets im Ohr und Mikros an den Revers ihrer Sakkos.

Gemeinsam gingen sie zum Haupteingang der Halle. Als das Pochen der Rotoren leiser wurde, sagte von Cronberg: »Seit dreißig Jahren beobachtet die Von-Cronberg-Stiftung die umwälzenden Veränderungen in unseren Ökosystemen – die zunehmende Abholzung der Regenwälder, die Überfischung der Meere, den ungebremsten Ausstoß gigantischer Mengen Kohlendioxid. Darüber hinaus hat sich die Stiftung immer schon für neue Krankheiten interessiert. Krankheiten, die scheinbar aus dem Nichts kamen. Denken Sie an Aids, Creutzfeldt-Jakob, SARS oder das Zika-Virus. Die Mitglieder der

Stiftung wollten vorbereitet sein, und diese Weitsicht hat sich ausgezahlt.«

Ein Pförtner erschien am Haupteingang. Er öffnete die Tür, und sie betraten den Empfangsraum, der mit einem weißen Ledersofa, einem Wasserspender und einem großen TV-Bildschirm eingerichtet war. Die marmorierten Bodenfliesen glänzten, es roch nach Desinfektionsmitteln. Eine Frau in weißer Schutzkleidung brachte eine Kiste mit Einmal-Schutzanzügen inklusive Mundschutz, Kopfhauben und Überziehschuhe.

Von Cronberg sagte: »Wir besichtigen zuerst die Produktion, danach zeige ich Ihnen das Herzstück von VC-Pharma.«

Scheich Rahman, der sich aufs Sofa gesetzt hatte, um in die Überziehschuhe zu schlüpfen, blickte auf. »Ist denn nicht die Produktion das Herzstück?«

»Lassen Sie sich überraschen.«

Nachdem sie die Schutzkleidung angelegt hatten, betraten sie durch eine Virenschleuse die Produktionshalle. Man sah Dutzende Bioreaktoren aus Edelstahl, den beiden äußeren Silos nicht unähnlich, nur deutlich kleiner. Armdicke Rohrleitungen verbanden die Reaktoren miteinander. Blinkende Digitalanzeigen und Druckanzeigen verrieten dem eingeweihten Arbeiter, was in den jeweiligen Edelstahlbehältern vor sich ging. Männer und Frauen in Schutzkleidung kontrollierten die Arbeitsabläufe und tippten Zahlen in Tablets und machten sich Notizen.

Von Cronberg gab den beiden Männern mit den Headsets ein Zeichen, woraufhin diese sich entfernten. Dann ging er mit dem Scheich und dessen Dolmetscher weiter durch die Halle, bis sie auf eine aus dickem Sicherheitsglas bestehende Trennwand stießen. In dem Raum hinter dem Glas sah man zahlreiche Stahlkäfige, die sich bis unter die Decke stapelten. Zwei Drittel der

Käfige waren leer, in den restlichen Käfigen huschten nervöse Makaken umher.

»Das sind unsere Versuchstiere«, erklärte von Cronberg. »Zwischenzeitlich gab es Probleme mit dem Nachschub, aber glücklicherweise brauchen wir keine neuen Tiere mehr. Die hier behalten wir noch eine Weile zur Überwachung hier, danach wildern wir sie in ihrer Heimat Mauritius aus. Sie haben uns zur Erprobung des Schutzengel-Proteins gedient.«

»Was ist ein Schutzengel-Protein?«, fragte der Scheich.

»Vor zwei Jahren haben Wissenschaftler in der Nähe eines schwefelsäurehaltigen Unterwasservulkans Archaeen entdeckt ...« Der Scheich warf von Cronberg einen fragenden Blick zu. »Ur-Bakterien, wenn Sie so wollen«, ergänzte er daher, »primitivste Lebewesen, die in siedend heißem Wasser überleben können. Dies hat unser Interesse geweckt.« Von Cronbergs Augen begannen zu leuchten. »Bei Untersuchungen dieser Archaeen haben wir das Protein SSB1 gefunden. Es kam einer Sensation gleich, als wir herausfanden, dass wir Menschen genau dieses Protein – hSSB1 um genau zu sein – in jeder Zelle unseres Körpers besitzen. SSB1 wirkt wie ein Schutzengel, der den genetischen Code unserer Zellen beschützt und im Falle einer Beschädigung sofort repariert.«

»Und dieses Protein ist Ihre Geheimwaffe gegen den Gelben Tod?«

»Es ist *eine* Komponente des Heilmittels.« Von Cronberg ging weiter, und die beiden Männer folgten ihm. Durch eine Tür gelangten sie in eine Halle mit Abfüllmaschinen. »Wenn der Mensch altert, verliert er Stück für Stück Teile seines genetischen Codes. Mit Hilfe von SSB1 können wir den Alterungsprozess kontrollieren. Menschen können länger gesund leben. Unser Heilmittel wirkt, indem wir die Funktion des DNA-reparierenden Proteins hSSB1 wiederherstellen. In gewisser Weise vermitteln wir unseren Zellen das Gefühl, dass sie viel jünger sind, als es tatsächlich der Fall ist.«

»Was geschieht mit dem Pilz?«

»Eine antimykotisch wirkende Substanz aus dem Amazonas tötet ihn ab. Das ist die zweite Komponente unseres Heilmittels.«

An Abfüllanlagen vorbei stiegen sie eine Stahltreppe empor und blieben wenig später vor einem rundum verglasten Kubus von etwa zwanzig Quadratmetern Grundfläche stehen. In dem Kubus befand sich ein Computersystem aus zehn metallicgrünen, mannshohen Vektorprozessoren mit blinkenden LED-Leuchten. Von Cronberg betrachtete das futuristische Gebilde, das er vor vier Jahren gegen alle Widerstände des Stiftungsvorstands hatte bauen lassen.

»Darf ich vorstellen – *Green Flash*«, sagte er voller Stolz. »Dieser Supercomputer ist das Herzstück von VC-Pharma. Hauptsächlich Green Flash haben wir die Entdeckung des Schutzengel-Proteins zu verdanken.«

Der Scheich machte ein etwas ratloses Gesicht.

»Im Grunde genommen ist Green Flash eine Künstliche Intelligenz«, erklärte von Cronberg. »Zehn Naturwissenschaftler aus unterschiedlichen Fachgebieten recherchieren und sammeln für uns umweltrelevante Nachrichten und Vorkommnisse aus der ganzen Welt. Sie alle fließen in die Datensammlung von Green Flash ein. Das Resultat ist die weltweit umfassendste ökologische Datenbank.« Von Cronberg legte eine Hand auf die kühle Glasscheibe, als wolle er berühren, was nicht berührt werden durfte. »Die Künstliche Intelligenz von Green Flash prüft jede Information, fügt sie ins Gesamtbild ein, entwirft und testet

Annahmen. Green Flash simuliert Experimente, interpretiert Ergebnisse und ändert, falls nötig, Hypothesen. Vierundzwanzig Stunden am Tag, 365 Tage im Jahr. Green Flash hat ein ganzes Jahr vor den Gesundheitsbehörden das Gefahrenpotenzial von Blastomyces mortiferum vorhergesehen.«

»Das ist alles sehr interessant«, brummte Scheich Rahman, »aber warum zeigen Sie mir all das?«

Von Cronberg drehte sich zu ihm um und sah ihm mit ernster Miene in die Augen. »In der Jagdhütte sagte ich Ihnen, dass ein Heilmittel allein die Menschheit auf Dauer nicht retten wird. Sie erinnern sich? Ich glaube, verehrter Scheich, Sie sind jetzt bereit, die ganze Wahrheit zu erfahren.«

Tag 63

MÜNCHEN

Fabian saß im Wohnzimmer auf dem Sofa. Neben ihm hockte Bob, der die burgunderrote Farbe der Kissen angenommen hatte. Mark Brenner hatte geduscht, Heilsalbe auf seine Schnitt- und Schürfwunden aufgetragen und seine verletzte Hand mit einer frischen Mullbinde verbunden. Mit feuchten Haaren saß er auf demselben Sitzkissen, auf dem vor rund zwei Monaten Dr. Leonie Hauser gesessen hatte, um Fabian zur Teilnahme an der Non-Aetatis-Studie zu überreden.

In der vergangenen halben Stunde hatten sie nur Small Talk geführt. Fabian war zurückhaltend, da er nicht wusste, was er von Brenners unerwartetem Erschienen halten sollte. Vor allem in Anbetracht von dessen Verletzungen. Fabian hatte ihm angeboten, etwas zu essen zu machen, aber Brenner hatte abgelehnt. Stattdessen hatte Fabian zwei Tassen Früchtetee aufgesetzt, die nun dampfend auf dem niedrigen Sofatisch standen.

Jetzt sah Brenner Fabian mit einem Blick an, der verdeutlichte, dass er nicht länger über Belanglosigkeiten sprechen wollte.

»Na, schieß schon los«, sagte Brenner schließlich, »dir brennen doch bestimmt ein paar Fragen unter den Nägeln.«

Fabian sah ihn gespielt überrascht an. »Du meinst, weshalb du damals einfach verschwunden bist? Und dich nie wieder gemeldet hast? Woher du die TRAC-Daten hattest, die du eigentlich nicht haben konntest? Woher du zu diesem Zeitpunkt bereits vom Gelben Tod wusstest? Oder warum du heute in diesem Zustand vor meiner Tür auf mich gewartet hast?« Fabians Miene wurde ernst. »Spielt das alles noch eine Rolle?«

Brenner musterte ihn. »Du klingst deprimiert.«

Fabian lachte bitter auf. »Wundert dich das? Schau mich an. Ich bin erst in sieben Wochen mit DETOX-Z dran. Noch Fragen?« Er zeigte mit dem Finger auf Brenner. »So gesund, wie du aussiehst, hast du deine DETOX-Z-Infusion längst bekommen. Gratuliere. Wie auch immer du das geschafft hast.«

Brenner beugte sich vor, stützte seine Unterarme auf die Knie und sagte: »Ich habe kein DETOX-Z bekommen.«

»Und weshalb sind deine Augen dann nicht gelb?«, entgegnete Fabian wie aus der Pistole geschossen. »Du siehst keinen Tag älter aus als in der Rosenstein-Klinik. Ich wusste schon damals, dass irgendetwas mit dir nicht stimmt. Also, was steckt dahinter?«

»Ich kann verstehen, dass du wütend bist, aber ich musste auf Anweisung meines Auftraggebers sofort verschwinden.«

»Hattest du etwas mit Doktor Hausers Tod zu tun?«

Brenner schüttelte den Kopf. »Nun fang nicht wieder damit an! Natürlich nicht. Auch Engelmann hat Hauser übrigens nicht ermordet. Engelmann hatte nach Hausers Tod die Leitung der Studie übertragen bekommen und Einblicke in sämtliche Unterlagen erhalten. Er hat herausgefunden, dass die gute Leonie Hauser von Artinova gekauft worden war und dass die Studie nie in dieser Form hätte durchgeführt werden dürfen. Engelmann wollte all das in der Konferenz ans Licht bringen. Mein Auftraggeber konnte das nicht zulassen.«

»Wie meinst du das?«

»Philipp von Cronberg hat Engelmann bei der Polizei angeschwärzt, um ihn für einige Zeit aus dem Verkehr zu ziehen.«

»Warum?«

»Ich kann nur raten. Ich schätze, von Cronberg wollte den passenden Moment abwarten, um den Skandal dann selbst öffentlich zu machen.«

Irgendwas hatte Bob aufgeschreckt. Im Zeitlupentempo stakste er über das Sofa und kletterte auf Fabians Schoß. Fabian betrachtete ihn eine Weile, dann sah er wieder Brenner an.

»Wenn Engelmann Hauser nicht getötet hat, wer war es dann? Mark, du warst an diesem Tag da. Ich habe dich gesehen.«

Brenner lächelte matt. »Ich bin wahrlich kein Heiliger, aber ich bin kein Mörder. Es war John Turner.«

»Der Sicherheitschef?«

»Turner arbeitet seit einiger Zeit für von Cronberg. Er ist für die Sicherheit bei VC-Pharma und auf Schloss Lichtenhausen zuständig. Gemeinsam mit einem ziemlich unangenehmen Rumänen namens Serban ist Turner zudem der Mann fürs Grobe. Von Cronberg hat beste Beziehungen zu vielen wichtigen Leuten. Er hat dafür gesorgt, dass Turner den Posten als Sicherheitschef in der Rosenstein-Klinik bekam. Erinnerst du dich daran, dass wenige Tage vor Hausers Tod Daten vom Artinova-Server gestohlen wurden?«

»Die TRAC-Daten, nehme ich an.« Fabian zuckte mit den Schultern. »Ich habe es mitbekommen. Und ich habe mitbekommen, dass es an dem Tag, als ich in der Klinik ankam, zwischen Hauser und Turner mächtig gekracht hat.«

»Leonie Hauser hat Turner nie vertraut. Irgendwie hat sie herausgefunden, dass er ein doppeltes Spiel gespielt hat, woraufhin Turner sie mit Säure angegriffen hat, damit sie nicht redet.«

»John Turner ist also nicht nur ein Dieb, sondern auch ein Mörder«, murmelte Fabian.

»Soweit ich weiß«, ergänzte Brenner, »hat Turner mindestens zwei weitere Menschen auf dem Gewissen. In Budapest. Aber Details kenne ich keine. Auf jeden Fall ist Engelmann längst entlastet und arbeitet wieder für das Robert-Koch-Institut.«

Ruhelos kletterte Bob zurück aufs Sofa. Fabian fixierte Brenner. »Warum sind deine Augen nicht gelb?«

»Es gibt ein Heilmittel, Fabian. Und damit meine ich nicht DETOX-Z. Ich rede von einem echten Heilmittel.«

»Ich kann dir nicht folgen.«

»DETOX-Z ist nicht das, als was es der Bevölkerung verkauft wird. DETOX-Z stoppt zwar für kurze Zeit das Fortschreiten der Mykose, aber es hält das Altern nicht lange auf.«

Fabian machte große Augen. »Erzähl weiter.«

»Ich will dir etwas zeigen.« Brenner stand auf und holte sein Sakko, das an der Garderobe gehangen hatte. Aus der Innentasche zog er mehrere Polaroidfotos hervor. Er breitete sie vor Fabian auf dem Tisch aus.

Fabian betrachtete sie ratlos. »Was ist das?«

»Diese Aufnahmen stammen aus Brasilien. Die toten Indios auf diesen Fotos gehören zum Volk der Timbókanã, das bis vor Kurzem noch im Amazons gelebt hat.« Brenner setzte sich wieder und tippte auf eins der Fotos. »Die Wirksubstanz in DETOX-Z stammt aus dem Blut dieser Indianer. Laut Artinova haben die Timbókanã eine lebenslange Resistenz gegen Blastomyces mortiferum entwickelt. Dem ist nicht so. Sämtliche Stammesmitglieder sind inzwischen am Gelben Tod gestorben. Die

Fotos stammen von der FUNAI und sind gerade einmal eine Woche alt.«

»Woher hast du sie?«

»Gestohlen. Heute früh. Aus Schloss Lichtenhausen.« Brenner grinste schief und präsentierte seine bandagierte Hand. »Von Cronberg war darüber nicht gerade begeistert, wie du siehst. Ich musste durch den Wald fliehen, gehetzt von John Turner, Radu Serban und vier Dobermännern.«

»Ich verstehe nicht, was es mit dem Tod dieser Indios auf sich hat?«

»Artinova hat einen großen Fehler gemacht. Man hat diesen verdammten Pilz unterschätzt.« Brenner strich über die Schürfwunde an seinem Bein. »Pilze sind clever. Sie sind Meister der Anpassung. Dieser verdammte Pilz ist mutiert. Er wird die Menschheit früher oder später dahinraffen. DETOX-Z kann das nicht verhindern.«

Fabian erhob sich, trat ans Fenster und sah nachdenklich hinaus. »DETOX-Z ist also ein einziger Schwindel?«

»Ganz so einfach ist es nicht. Bis vor Kurzem deuteten alle Forschungsergebnisse darauf hin, dass DETOX-Z tatsächlich den Gelben Tod heilen könnte. Mit dem Auftauchen der Fotos der toten Indios hat sich diese Einschätzung allerdings geändert. Bislang sind nur wenige Personen eingeweiht. Warum sollte man den Menschen auch ihre Hoffnung rauben?«

»Und das Heilmittel, das *du* bekommen hast? Was hat es damit auf sich?«

»Das erkläre ich dir unterwegs.«

»Unterwegs?«

»Ich brauche deine Hilfe, Fabian.«

»Wobei?«

»Mein Wagen steht unten auf der Straße.« Brenner erhob sich ebenfalls. »Komm, die Zeit drängt.«

Fabian verschränkte die Arme vor der Brust. »So läuft das nicht. Du kannst nicht nach zwei Monaten einfach so auftauchen, mir eine ungeheuerliche Geschichte auftischen und von mir verlangen, dass ich dir unbesehen glaube und dir bei irgendeiner geheimnisvollen Sache helfe, ohne zu wissen, wobei und warum.«

Brenner sah ihn eine Weile schweigend an. »Na schön, was willst du wissen?«, fragte er schließlich.

»Alles. Die Wahrheit.«

Brenner zog einen Autoschlüssel aus der Tasche seines Sakkos und hielt ihn in die Höhe. »Wir werden mindestens fünf Stunden unterwegs sein. Genügend Zeit für die Wahrheit.«

»Nenn mir einen guten Grund, weshalb ich mit dir mitfahren sollte?«

Brenner trat vor ihn und legte ihm die Hand auf die Schulter. »Weil meine Augen nicht gelb sind und ich dir verspreche, dass deine Augen auch bald wieder normal sein werden.« Und etwas leiser fügte er hinzu: »Wenn uns John Turner oder Radu Serban vorher nicht töten.«

Tag 63

VULKANEIFEL

Von Cronberg führte seine Gäste eine Etage tiefer, wo sie, vorbei an weiteren Abfüllanlagen und Verpackungsrobotern, einen langen Gang abschritten, bis sie an eine grün gestrichene Stahltür kamen. Von Cronberg drückte auf einen Knopf an der Wand, und die Tür glitt geräuschlos zur Seite. Kühle Luft schlug ihnen entgegen. Sie betraten ein riesiges Lager, in dem sich Tausende Kartons in deckenhohen Regalen stapelten.

»Hier bewahren wir die fertige Bulkware bis zur Auslieferung auf«, erklärte von Cronberg und ließ eine ausladende Geste folgen. »Wie Sie sehen, sind unsere Regale randvoll.«

»Wie viele Phiolen lagern hier?«, fragte Scheich Rahman, der sich interessiert umsah. »Das müssen Millionen sein.«

»Unser Vorrat beläuft sich momentan auf etwa 30 Millionen Einzeldosen. Aktuell produzieren wir täglich 80 000 Phiolen.«

»Und dennoch weigern Sie sich, mir eintausend Phiolen mehr zu verkaufen?« Scheich Rahman sah ihn verständnislos an. »Ich kann mir nicht vorstellen, dass Ihnen irgendjemand einen besseren Preis anbieten würde.«

Von Cronberg schmunzelte. »Wie gesagt, es geht mir nicht um Geld. Nicht in erster Linie.« Langsam gingen sie zwischen den Hochregalen entlang. »Haben Sie schon einmal von der Population-Matters-Bewegung gehört, verehrter Scheich?«

»Was soll das sein?«

»Population Matters bedeutet so viel wie: Die Anzahl der Bevölkerung ist maßgeblich. Es ist eine in England ansässige Wohltätigkeitsorganisation, die sich für eine nachhaltige Bevölkerung sowie den Schutz natürlicher Ökosysteme einsetzt. Die Anhänger von Population Matters glauben, dass eine zu hohe Weltbevölkerung die Hauptursache für sämtliche Umweltprobleme ist. Acht Milliarden Menschen auf dieser Erde – bis zum Jahr 2050 vermutlich zehn Milliarden – sind unbestritten eine demografische Bürde, die unsere Ökosysteme auf Dauer nicht tragen kann. Schon jetzt führt die Bevölkerungsexplosion zu Armut, Konflikten und schlechterer Lebensqualität.« Von Cronberg ließ seine Finger über die Kartons gleiten, während er voranging. »Das Ziel von Population Matters ist vorrangig, Menschen von den Vorteilen kleiner Familien und nachhaltigem Konsum zu überzeugen. Wir sind der Überzeugung, dass man sehr viel weniger Kinder in die Welt setzen sollte. Das wäre ein erster wichtiger Schritt, um Ressourcen einzusparen.«

»Wir?«, hakte Scheich Rahman nach. »Demnach sind Sie ein Anhänger dieser Bewegung?«

»Viele Mitglieder des Club of Magyar sympathisieren mit den Zielen von Population Matters«, erwiderte von Cronberg, »darunter auch Jane Goodall oder Sir David Attenborough. Wie sie, so bin auch ich fest davon überzeugt, dass die Weltbevölkerung deutlich schrumpfen muss, damit unsere Spezies eine Zukunft auf diesem Planeten hat.«

»Weniger Menschen – weniger Probleme?«

»Ist das nicht offensichtlich?«

Ein Gabelstapler mit einer Palette voller Kartons kam auf sie zu. Sie traten zur Seite und ließen ihn vorbei, dann sah von Cronberg dem Scheich in die Augen. »Nach allem, was Sie in der letzten Stunde gehört und gesehen haben – würden Sie nicht auch sagen, dass das Auftreten des Gelben Tods uns in aller Deutlichkeit vor Augen führt, dass wir so nicht weitermachen können? Erkennen Sie in dieser Seuche nicht auch die Chance, bestimmte Dinge in Zukunft anders anzugehen und besser zu machen?«

»Ich kann Ihnen nicht folgen«, sagte Scheich Rahman. Doch sein Blick verriet von Cronberg, dass sein Gast sehr wohl ahnte, welche Richtung dieses Gespräch nahm.

»Ich bin davon überzeugt«, sagte von Cronberg, »dass sich unsere Ökosysteme wieder normalisieren werden und das Artensterben aufhört, sobald der Raubbau an der Natur beendet wird. Die Erde wird sich selbst regulieren. Voraussetzung dafür ist allerdings, dass der Mensch sich zurücknimmt.«

Aus vielen vergleichbaren Gesprächen mit schwerreichen und einflussreichen Menschen, die von Cronberg in den letzten Wochen geführt hatte, wusste er, dass der Augenblick der Entscheidung nahte. Er würde die Reaktion seines Gegenübers auf seine nächsten Worte sehr genau beobachten. Würde sich der Scheich seiner Argumentation anschließen? Oder würde von Cronberg zum ersten Mal auf die Option B zurückgreifen müssen?

»Mit einer Weltbevölkerung von acht Milliarden werden wir niemals eine Verbesserung erreichen«, fuhr von Cronberg fort. »Selbst wenn der Wille dazu da wäre – was bei der überwiegenden Mehrheit der Menschen zweifellos nicht der Fall ist. Wir sind schlicht und ergreifend zu viele. Momentan verbrauchen wir jedes Jahr die Ressourcen von 1,8 Erden. Deutschland verbraucht sogar drei, die USA beinahe sechs Erden. Jedes Jahr, wohlgemerkt.« Von Cronberg gab seinem Gesprächspartner einen Moment Zeit, um sich die Bedeutung dieser Zahlen vor Augen zu führen, dann sagte er: »Green Flash hat berechnet, dass 500 bis 700 Millionen Menschen für die Erde das Optimum darstellen. Eine derartige Population könnte dauerhaft in vollkommenem Einklang mit der Natur existieren und nähme dabei keinerlei schädlichen Einfluss auf die Ökosysteme.«

Scheich Rahmans Augen wurden größer und größer. Sein Adamsapfel hüpfte auf und ab. Mit belegter Stimme sagte er: »Wollen Sie damit andeuten ...«

»Der Gelbe Tod hilft uns, das alles entscheidende Problem aus der Welt zu schaffen«, sagte von Cronberg. »Endlich können wir regulierend eingreifen. Plötzlich haben wir wieder die Aussicht auf eine dauerhafte Zukunft. Wie hört sich das für Sie an?«

Eine Weile schwieg der Scheich. Schließlich fragte er leise: »Sie wollen, dass weltweit nur 700 Millionen Menschen den Gelben Tod überleben?«

»*Maximal* 700 Millionen.«

Der Scheich sagte etwas auf Arabisch, doch diesmal ließ die Übersetzung des Dolmetschers auf sich warten. Von Cronberg sah den unscheinbaren Mann im grauen Anzug an. Er war blass geworden. Schließlich räusperte er sich und sagte: »Also wollen Sie mehr als sieben Milliarden Menschen sterben lassen?«

Von Cronberg wandte sich wieder dem Scheich zu. »Die Vorstellung gefällt mir ebenso wenig wie Ihnen, meine Herren, aber wenn die Menschheit eine Zukunft auf dieser Erde haben soll, muss sie Opfer bringen.«

Von Cronbergs eiskalter Blick ging zwischen dem Scheich und dem Dolmetscher hin und her. Erneut gab er ihnen Zeit, das Gehörte zu verarbeiten. Gewiss, seine Ansichten waren radikal, und nicht jedermann konnte oder wollte sie teilen, das war ihm sehr wohl bewusst. Das änderte jedoch nichts daran, dass er nur eine unbequeme Wahrheit laut aussprach. Philipp von Cronberg hatte sich seit seiner frühesten Jugend intensiv mit diesem Thema auseinandergesetzt. Er war bereit zu tun, was getan werden musste. Walther von Cronberg hätte sich im Grabe umgedreht, hätte er gewusst, was sein Sohn plante. Er hatte die Stiftung und den Club of Magyar gegründet, um den Menschen zu helfen. Nichts anderes beabsichtigte auch Philipp. Es war nicht seine Schuld, dass die einzige Form von Hilfe, die auf lange Sicht Erfolg haben würde, derart drastisch ausfallen musste.

Am Ende des Gangs fuhr der Gabelstapler mit einer weiteren vollen Palette an ihnen vorbei. Die Auslieferung des Heilmittels an ausgewählte Personenkreise lief auf Hochtouren. Bislang konnte von Cronberg mit der Einhaltung des Zeitplans zufrieden sein.

Der Scheich sah versonnen dem Gabelstapler nach. Dann fragte er: »Sind alle Befürworter der Population-Matters-Bewegung so radikal wie Sie?«

Von Cronberg schüttelte energisch den Kopf. »Die meisten dieser Leute glauben, dass man die Menschen mit rationalen Argumenten davon überzeugen kann, zu verhüten und weniger Kinder in die Welt zu setzen. Das wird meiner Meinung nach nie gelingen.«

»So gesehen kommt Ihnen dieser Pilz also gerade recht.«

»So ist es. Also, wie denken Sie nun darüber?«

Der Scheich atmete tief durch. »Ich nehme an, meine Antwort auf diese Frage entscheidet darüber, ob Sie mir die erwähnten fünfzigtausend Phiolen zur Verfügung stellen oder nicht?«

Von Cronberg nahm seine Brille ab und putzte die Gläser am Ärmel seines Sakkos. »Würden Sie die Phiolen denn gerne haben wollen?«

»Fragen Sie nicht so scheinheilig«, brauste der Scheich auf. »Selbstverständlich bin ich interessiert. Ich frage mich nur, wie Sie sich die Verteilung vorstellen? Nach welchen Kriterien entscheiden Sie, wer das Heilmittel erhält und wer nicht? Sie können unmöglich 700 Millionen Menschen persönlich auswählen.«

»Deswegen brauche ich Leute wie Sie, verehrter Scheich.« Von Cronberg legte ihm eine Hand auf die Schulter und lächelte schmallippig. »Sie werden mir dabei helfen, die richtigen Personen auszuwählen. Mir und den anderen Mitgliedern des Inneren Zirkels schwebt eine ausgewogene, genügsame Gesellschaft vor, die nicht mehr an natürlichen Ressourcen verbraucht, als die Erde bereitstellt. Wer auch immer sich mit unserem Grundsatz der Nachhaltigkeit identifizieren kann, soll uns willkommen sein. Wir wollen ein globales Umweltbewusstsein. Rasse oder Glaube interessieren uns nicht.«

»Woher weiß ich, wer in dieses Schema passt?«

»Reden Sie mit den Menschen«, schlug von Cronberg vor. »Machen Sie es wie ich. Finden Sie Personen, die unsere Vision teilen und denen Sie vertrauen.«

Scheich Rahman dachte einige Sekunden darüber nach, dann nickte er langsam. Von Cronberg wandte sich ab und ging weiter. Am Ende des Gangs bog er nach rechts ab.

»Das hört sich nach einem Schneeballsystem an«, meinte der Scheich. Mit einigen schnellen Schritten hatte er von Cronberg eingeholt. Zum ersten Mal an diesem Tag tauchte ein Lächeln auf seinem Gesicht auf.

»Mit Ihnen und anderen ausgewählten Personen an der Spitze.«

Von Cronberg lächelte ebenfalls. Er sah Scheich Rahman an, dass ihm dieser Gedanke gefiel – wie bisher allen Männern und Frauen, denen er seine Vision offenbart hatte. Die Aussicht, nicht nur ein Teil von etwas Bedeutsamem zu sein, sondern an der Spitze einer elitären Bewegung zu stehen, erfüllte sie alle mit Stolz.

Sie waren zu einer kleinen Tür am hinteren Ende der Halle gelangt. Von Cronberg zog sie auf. In der Mitte des Raums stand eine Palette mit zehn Kartons, die mit Stretchfolie umwickelt waren. Neben der Palette standen von Cronbergs Leibwächter. Von Cronberg nickte ihnen zu, und sie verschwanden ohne ein Wort zu verlieren durch einen Seitenausgang.

»Auf dieser Palette befinden sich Ihre fünfzigtausend Phiolen, verehrter Scheich. Das Heilmittel ist begehrt. Wir überwachen jede Charge, die dieses Lager verlässt.«

Scheich Rahman nickte zustimmend.

Von Cronberg sah keinen Grund, ihm auf die Nase zu binden, dass die beiden Leibwächter unter ihren weißen Schutzanzügen nicht nur maßgeschneiderte Anzüge trugen, sondern jeder auch eine 9mm-Glock 17 – eine beliebte Selbstladepistole bei Sicherheitskräften. Es war kein Versehen gewesen, dass für den Leibwächter des Scheichs kein Platz mehr im Hubschrauber zur Verfügung gestanden hatte. Von Cronberg hatte ihn bewusst in der Jagdhütte isoliert. Falls sich Scheich Rahman gegen das Projekt entschieden hätte, und womöglich damit gedroht hätte, mit seinem Wissen an die Öffentlichkeit zu gehen, hätten von Cronbergs Männer leichtes Spiel mit ihm gehabt. Scheich Rahman und dessen Dolmetscher hätten dieses Lager nicht lebend verlassen, ebenso wenig wie der Leibwächter die Jagdhütte. Zu von Cronbergs Freude musste er Option B also auch heute nicht wählen.

Scheich Rahmann begutachtete die Kartons auf der Palette. »Wie lange habe ich für die Verteilung Zeit?«

»Je länger Sie warten, desto instabiler wird das Schutzengel-Protein«, erklärte von Cronberg. »Die Wirkung lässt nach drei Wochen allmählich nach, in zwei Monaten werden ungenutzte Phiolen unwirksam sein.«

»Verstehe.« Scheich Rahman schien nachdenklich. »Darf ich Ihnen eine Frage stellen?«

»Nur zu. Deswegen sind wir ja hier.«

»Wie viele Phiolen sind bereits im Umlauf?«

»Etwa zehn Millionen.«

»Das bedeutet, dass zehn Millionen Menschen darüber Bescheid wissen?«

Von Cronberg machte eine vage Handbewegung. »Bislang dürften höchstens die Hälfte aller ausgelieferten Phiolen verteilt worden sein.«

»Das sind immerhin fünf Millionen Menschen. Wie kommt es, dass bislang kein Einziger darüber geredet hat? Bei fünf Millionen Menschen sollte man doch annehmen, dass zumindest der ein oder andere ...«

»Ich habe diese Frage erwartet«, unterbrach ihn von Cronberg. »Einerseits liegt es daran, dass wir natürlich nur Männer und Frauen auswählen, die sich mit unserer Vision voll und ganz identifizieren. Und andererseits ...« Er trat vor den Scheich und legte ihm erneut eine Hand auf die Schulter. »Es gibt da noch etwas, dass Sie über das Heilmittel wissen sollten.«

Tag 63

AUTOBAHN A8 BEI AUGSBURG

Auf dem dreispurig ausgebauten Teilstück der A8 von München in Richtung Stuttgart herrschte kaum Verkehr. Die Lkw-Kolonnen, die noch vor wenigen Wochen nicht von den Straßen wegzudenken gewesen waren, gab es nicht mehr. Zwischen München und Augsburg zählte Fabian gerade einmal fünf Lastwagen und nur einen einzigen Tankwagen. Er fragte sich, wie lange es noch dauern mochte, bis die Versorgung mit Lebensmitteln, Benzin und Heizöl endgültig zusammenbrach?

Mark Brenner kam die menschenleere Autobahn offenbar gelegen, denn er drückte das Gaspedal seines Aston Martin DB11 bis aufs Bodenblech durch. Der Sportwagen röhrte satt, und die Beschleunigung drückte Fabian in den Sitz. Mit einer Hand umklammerte er den Türgriff.

»Keine Sorge«, sagte Brenner mit einem Seitenblick auf Fabian. »Ich habe den Wagen im Griff. Von Cronberg hat ihn mir vor einem Jahr geschenkt, inklusive einem Fahrtraining auf dem Nürburgring.«

»Ihm muss viel an dir liegen. Was genau tust du für ihn, Mark?«

Brenner suchte eine Moment nach den richtigen Worten. »Man

könnte wohl sagen, ich kümmere mich um Menschen. Nenn es Lobbyismus, Überzeugungsarbeit oder meinetwegen Bestechung. Ich kann jedenfalls sehr überzeugend sein. Mit Worten. Nicht mit Gewalt.« Er zwinkerte Fabian zu. »Dank des Club of Magyar ist von Cronberg mit vielen einflussreichen Personen in höchsten Positionen vernetzt. Er wird respektiert, aber nur die wenigsten mögen ihn. Ich sorge dafür, dass er stets seinen Willen bekommt. Besser gesagt, habe ich zwei Jahre lang dafür gesorgt. Das ist vorbei.«

»Was ist geschehen?«

»Wo soll ich anfangen?« Während er nachdachte, fuhren sie über eine Bodenwelle, und der Aston Martin hob für einen Sekundenbruchteil ab. »Von Cronberg hat mich vor zwei Jahren buchstäblich von der Straße geholt. Ich war spielsüchtig. Hauptsächlich Sportwetten. Sie waren mein Untergang. Ein paar Ukrainer, von denen ich mir Geld geliehen hatte, verloren schließlich die Geduld mit mir.«

»Du konntest deine Schulden nicht zurückzahlen?«

Brenner seufzte. »Egal ob Fußball, Boxen, Pferde, Snooker oder Darts, ich habe auf alles gewettet und habe buchstäblich Haus und Hof verloren. Ich bin dann bei einem Kumpel untergekommen. Zu allem Überfluss hat man mich in dieser Zeit auch noch zu einer Bewährungsstrafe wegen Beamtenbestechung verdonnert. Also habe ich auch meinen Job verloren. Nach einigen Wochen meinte mein Kumpel, dass ich nicht länger bei ihm bleiben könne. Ich stand vor dem Nichts. Tiefer konnte ich nicht fallen. Drei Wochen später hat mich von Cronberg aus einer Obdachlosenunterkunft geholt. Er hatte über einen Bekannten von mir gehört und hat mir ein Jobangebot gemacht, das ich nicht ablehnen konnte.«

»Wo hattest du vorher gearbeitet?«, fragte Fabian.

»Ich habe im Auftrag einer Rechtsanwaltskanzlei für politische Organisationen Lobbyarbeit geleistet.«

»Und dabei bist du übers Ziel hinausgeschossen?«

»Du spielst auf die Bewährungsstrafe an?« Brenner winkte ab. »Heutzutage landest du schon wegen eines verschenkten Kugelschreibers vor Gericht.«

»Tja«, seufzte Fabian, »noch etwas, das wir gemeinsam haben.« Brenner warf ihm einen fragenden Blick zu.

»Bevor ich Pharmareferent wurde«, erzählte Fabian, »habe ich Versicherungen verkauft und Finanzierungen vermittelt. Dabei habe ich hin und wieder ganz bewusst mit falschen Zahlen und Angaben gearbeitet, damit bestimmte Baufinanzierungen nicht abgelehnt wurden. Ich habe den Leuten dadurch geholfen, weil sie ansonsten vielleicht keine Anschlussfinanzierungen bekommen und ihre Wohnungen oder Häuser verloren hätten. So zumindest habe ich meine Betrügereien damals vor mir selbst gerechtfertigt. Ja, ich wollte den Leuten helfen, aber natürlich habe ich es auch der Provisionen wegen gemacht. Ich habe betrogen, fühlte mich aber immer schlecht dabei. Schließlich habe ich reinen Tisch gemacht. Eine Selbstanzeige hat mich vor Schlimmerem bewahrt. Artinova hat mir mit der Umschulung zum Pharmareferenten eine zweite Chance gegeben.«

»Hätte ich dir gar nicht zugetraut, mein Lieber.« Brenner grinste und überholte einen Audi, der auf der Mittelspur im Schneckentempo dahinkroch. Sie näherten sich dem Autobahnkreuz Ulm/Elchingen.

»Ich bin nicht stolz auf meine Vergangenheit«, entgegnete Fabian, »aber jetzt Butter bei die Fische, Mark. Warum riskiere ich hier bei 300 km/h mein Leben?«

»Ich habe dir gesagt, im Gegensatz zu DETOX-Z gibt es ein echtes Heilmittel. VC-Pharma hat es entwickelt. Nur hat Philipp von Cronberg nicht vor, dieses Heilmittel allen Menschen zur Verfügung zu stellen.«

»Nicht?« Fabian sah Brenner ungläubig an. »Das verstehe ich nicht.«

»Sagt dir ›Population Matters‹ etwas?«

»Nein.«

Brenner erklärte ihm, was es mit dieser Bewegung auf sich hatte, wie Philipp von Cronberg darüber dachte und welchen perfiden Plan er verfolgte. Brenner berichtete auch von Green Flash und dessen Berechnungen. Fabian starrte Brenner mit großen Augen an und konnte kaum glauben, was er zu hören bekam.

»Ich habe das alles selbst erst gestern erfahren«, schloss er. »Leider bin ich bei meinen Nachforschungen aufgeflogen. Von Cronberg hat mich vor die Wahl gestellt. Entweder ich ziehe bei seinem Vorhaben mit oder ... Na ja, du hast gesehen, was mit Leonie Hauser geschehen ist.«

»Du hast dich entschieden.«

»Von Cronberg kann mich mal.« Brenners Miene verfinsterte sich. Er umklammerte das Lenkrad des Aston Martin so fest, dass sich die Bandage an seinem Handrücken rot färbte. »Von Cronberg kann nicht riskieren, dass die Wahrheit ans Licht kommt. Aber irgendjemand muss dafür sorgen. Jemand muss diesen Irren stoppen.«

»Und mit *jemand* meinst du dich und mich«, sprach Fabian das Offensichtliche aus.

Brenner sah wütend vor sich hin. »Von Cronberg ist ein Fanatiker. Er hatte nie vor, alle Menschen zu retten, denn in seiner Welt ist der Mensch die Wurzel allen Übels.«

»Offensichtlich ist er nicht der Einzige, der so denkt, wenn ich an diese Population-Matters-Bewegung denke«, wandte Fabian ein.

»Stimmt. Nur hat niemand außer ihm vor, sieben Milliarden Menschen sterben zu lassen. Habe ich eigentlich schon erwähnt, dass von Cronberg ganze Kontinente unbewohnt lassen will?«

»Wie bitte?«

»Südamerika und Afrika sollen für mindestens zweihundert Jahre unbewohnt bleiben, nachdem der Gelbe Tod die Menschen dort hinweggerafft hat. Von Cronberg verspricht sich davon eine komplette Regenerierung der Regenwälder und Tierarten.« Brenner schüttelte den Kopf, als könne er selbst kaum glauben, was er da sagte. »Die grünen Lungen der Erde sollen wieder genesen können. Tierbestände sollen sich erholen, neue Arten entstehen.«

»Sieben Milliarden Menschen sollen sterben, nur weil ein Computer das so berechnet hat?«

»Purer Wahnsinn.« Brenner verzog den Mund. »Das Problem ist, dass die Künstliche Intelligenz von Green Flash nach Philipp von Cronbergs Vorgaben programmiert wurde. Hätte sein Vater die wichtigsten Parameter vorgegeben, wäre Green Flash mit Sicherheit zu ganz anderen Schlussfolgerungen gekommen, und vermutlich müsste niemand sterben.«

»Ich nehme an, du hast versucht, von Cronberg umzustimmen?«

»Natürlich. Aber keine Chance. Er ist von der Idee besessen, die Menschheit zu dezimieren. In seiner verqueren Denkweise ist er davon überzeugt, das einzig Richtige zu tun. Er ... Scheiße!«

Etwa hundert Meter vor ihnen scherte ein Mercedes aus, um einen Minivan zu überholen, der auf der mittleren Spur fuhr.

Bei Tempo 290 stieg Brenner in die Eisen. Die Räder blockierten. Reifen quietschten. Fabian war sicher, dass sie in das Heck des Mercedes rauschen würden. Er hielt die Luft an. Brenner nahm den Fuß von der Bremse, zog scharf nach rechts und überholte beide Autos mit 230 Sachen auf der rechten Fahrspur.

»Arschloch!«, schimpfte Brenner und warf einen bösen Blick in den Rückspiegel.

»Du fährst jetzt auf der Stelle langsamer«, forderte Fabian.

»Meinetwegen. Nach dem Autobahnkreuz wird es sowieso zweispurig.«

Brenner ging leicht vom Gas, und Fabian atmete durch. Eine Weile sah er aus dem Fenster. Dann fragte er: »Wie gelingt es von Cronberg, dass alle den Mund halten? Wieso geht niemand damit an die Öffentlichkeit?«

»Ganz einfach. Er belügt die Leute. Er sagt ihnen, dass zwei Phiolen des Heilmittels im Abstand von zwölf Monaten eingenommen werden müssen. Anderenfalls würde der Alterungsprozess in einem Jahr von Neuem beginnen. Sollte jemand reden, so droht von Cronberg, demjenigen und dessen Familie die zweite Dosis vorzuenthalten. Da sich das wirksame Protein im Heilmittel nach zwei Monaten langsam zersetzt und unwirksam wird, bringt es nichts, Phiolen für später aufheben zu wollen.«

Fabian stieß eine leisen Pfiff aus. »Cleverer Bastard.«

»Das kannst du laut sagen. Alle halten schön brav den Mund, um den eigenen Arsch zu retten.« Brenner schnaubte. »Außerdem darfst du nicht vergessen, dass diese Leute von Cronbergs Vision einer nachhaltigen Welt voll und ganz teilen. Weshalb sollten sie etwas gegen seinen Plan einzuwenden haben?«

Fabian kam ein Gedanke. »Aber was ist mit dir?«

»Was soll mit mir sein?«

»Du kennst die Wahrheit. Warum gehst du nicht zur Polizei und erzählst die Wahrheit? So wie mir gerade eben.«

»Glaubst du, das habe ich nicht versucht?«, entgegnete er zerknirscht. »Wie überall, fehlen auch der Polizei krankheitsbedingt Einsatzkräfte. Dort ist man froh, wenn man die öffentliche Ordnung noch einigermaßen aufrechterhalten kann. Wie du sicher weißt, sind in vielen Ländern Plünderungen und Aufstände schon an der Tagesordnung. Nein, mein Lieber, die Polizei hat mir deutlich zu verstehen gegeben, dass sie ganz andere Sorgen hat, als einer abgedrehten Geschichte eines vorbestraften Mannes nachzugehen.«

Sie ließen das Autobahnkreuz hinter sich und rasten die Schwäbische Alb hinauf. Die Autobahn war hier nur zweispurig. Hinter einer Rechtskurve krochen zwei Lastwagen nebeneinander die Straße hinauf. Brenner scherte auf den Standstreifen aus und überholte das Duo rechts. Hinter ihnen ertönte ein tiefes Horn. Brenner beschimpfte den Lkw-Fahrer aufs Übelste.

Fabians Puls raste. »Mach das noch einmal, und ich bekomme einen Herzinfarkt.«

»Wir sind spät dran. Von Cronberg empfängt heute den ganzen Tag Gäste bei VC-Pharma und kehrt erst gegen Abend ins Schloss zurück. Bis dahin müssen wir von dort wieder verschwunden sein.«

»Was hast du vor?«, fragte Fabian.

»Von Cronberg bewahrt in einem Tiefkühltresor aus Panzerglas ein Tongefäß auf«, erklärte Brenner. »Dieses Gefäß gehörte den Timbókanã. Darin befindet sich eine Farbe, die von den

Timbókanã für Tätowierungen hergestellt wurde. Diese Farbe enthält eine antimykotisch wirkende Substanz, die Blastomyces mortiferum abtötet. Außerdem befindet sich in dem Tresor eine Phiole mit dem fertigen Heilmittel. Es enthält, neben der antymykotischen Substanz, zusätzlich das sogenannte Schutzengel-Protein, das dafür sorgt, dass sich unsere Körper wieder regenerieren.«

»Ein Tiefkühltresor aus Panzerglas?«

Brenner grinste schief. »So kann von Cronberg seinen wertvollsten Besitz betrachten, wann immer er will.«

»Du willst das Tongefäß und die Phiole stehlen?«

»Du hast es erfasst. Die Labore von VC-Pharma, wo die genetisch transformierten Bakterienkulturen lagern, die das Schutzengel-Protein produzieren, sind viel zu gut gesichert. Der Tresor ist unsere einzige Chance. Die tiefgefrorene Farbe und das Schutzengel-Protein in der Phiole sind der Schlüssel zur Rettung der Menschheit.«

»Das habe ich schon verstanden«, entgegnete Fabian, »nur wie soll *ich* dir dabei helfen? Ich komme kaum die Treppen zu meiner Wohnung rauf.«

Brenner lächelte. »Du musst weder den Tresor knacken noch irgendwelche Türen eintreten. Ich kenne die Zahlenkombination für den Tresor. Von Cronberg weiß das nicht. Du, mein Lieber, sollst nur Professor Engelmann von der Wahrheit überzeugen.«

»Was hat Engelmann damit zu tun?«

»Wir müssen die Phiole und das Tongefäß jemandem übergeben, der damit etwas anfangen kann. Engelmann wird wissen, was zu tun ist, und er hat die Möglichkeiten dazu.«

»Du bist Engelmann nie begegnet«, überlegte Fabian. »Mich

dagegen kennt er. Wenn ich nach der Einnahme des Heilmittels wieder gesund werde, wäre das für ihn der Beweis.«

»So zumindest habe ich mir das vorgestellt.« Er warf Fabian einen Seitenblick zu. »Du wirst bald wieder jung sein, mein Lieber. Wie versprochen.«

Fabian schluckte. »Wie lange wird es dauern?«

»Zwei bis drei Wochen? Aber du wirst schon nach einem Tag deutliche Verbesserungen spüren.«

»So schnell?«, fragte Fabian verblüfft.

»Nicht schlecht, oder? Sobald ich das Heilmittel habe, machen wir uns auf den Weg nach Berlin ins RKI.«

»Aber wie willst du ins Schloss kommen?«

»Ich habe dort einen Kontakt. Sie sorgt dafür, dass der Lieferanteneingang heute nicht abgeschlossen ist.«

»*Sie*?« Fabian hob eine Augenbraue. »Wer ist sie?«

»Eine Wissenschaftlerin. Sie hat für Artinova gearbeitet. Sie war es, die das Gefäß mit der Tätowierfarbe im Amazonas entdeckt hat. Ihr Name ist Davina DeBoni. Ihr haben wir das Heilmittel zu verdanken. Sie hat VC-Pharma zum entscheidenden Durchbruch verholfen.«

»Was hat Artinova mit VC-Pharma zu tun?«

»Nichts. Aber Davina wurde von Artinova betrogen. Sie behauptet, Alessandro Capellari höchstpersönlich habe sie damals umbringen wollen.« Brenner winkte ab. »Wie auch immer. Davina hat die Existenz der Tätowierfarbe vor Artinova verheimlicht. Nach ihrer Rückkehr aus Brasilien hat sie Rat bei ihrem ehemaligen Universitätsprofessor gesucht, einem Mitglied des Club of Magyar. Über ihn kam der Kontakt zu von Cronberg zustande. Gemeinsam haben sie Davina davon überzeugt, dass es das Beste für alle sei, wenn sie das Tongefäß VC-Pharma überlässt.«

»Wieso vertraust du einer Frau, die von Cronberg geholfen hat?«

Mark Brenners Miene verhärtete sich. »Weil dieser Bastard nicht nur mich, sondern auch Davina belogen und hintergangen hat. Und weil sie nicht mehr lange zu leben hat.«

Tag 63

VULKANEIFEL

Die Sonne war erst vor wenigen Minuten untergegangen, doch aufgrund der dichten Wolkendecke und des strömenden Regens kam es Fabian vor, als sei es schon mitten in der Nacht. Er saß auf dem Beifahrersitz des Aston Martin und wartete. Brenner hatte den Wagen auf dem mit Kies bedeckten Parkplatz neben dem Westflügel von Schloss Lichtenhausen abgestellt. Die Temperaturen waren gefallen und die regennassen Scheiben des Aston Martin von innen beschlagen. Das kam Fabian nicht ungelegen. Falls jemand aus einem der Fenster sah, würde diese Person nichts weiter als einen scheinbar verlassenen Wagen sehen. Die Außenbeleuchtung des Schlosses war angesprungen. Nur in drei Zimmern im ersten Stock brannte Licht, das Erdgeschoss lag komplett im Dunkeln. Wie von Brenner vorhergesagt, schien das Schloss bis auf wenige Bedienstete, und natürlich Brenners Kontaktperson, verlassen. Davina DeBoni hatte wie vereinbart dafür gesorgt, dass Brenner unbehelligt durch den Lieferanteneingang ins Schloss huschen konnte. Zuvor hatte er Fabian versichert, dass er höchstens eine Viertelstunde benötigen würde, um mit dem Tongefäß und der Phiole zurückzukehren. Jetzt sah Fabian auf seine Armbanduhr. Die Viertelstunde war soeben verstrichen.

Fabian wurde zusehends unruhiger, auch wenn ein paar Minuten Verzögerung noch nichts zu bedeuten hatten. Aber die Zeit verging quälend langsam. Fünf Minuten später war von Brenner noch immer nichts zu sehen. Was, wenn von Cronberg zwischenzeitlich die Zahlenkombination des Tresors geändert hatte? Dann war ihr Vorhaben gescheitert, bevor es überhaupt richtig begonnen hatte.

Ein Lichtstrahl, der die beschlagenen Scheiben des Aston Martin streifte, riss Fabian aus seinen Gedanken. Er sank tiefer in seinen Sitz. Ein Auto war auf die Zufahrt eingebogen und hielt jetzt auf das Schloss zu. Sekunden später verschwand der Wagen aus Fabians Sichtfeld. War von Cronberg früher als erwartet zurückgekehrt? Fabians Puls raste. Selbst wenn es sich nur um einen Gast handelte, der gerade im Schloss eintraf, konnte das für Brenner gefährlich werden. Hinter den Fenstern im Erdgeschoss flammte nun Licht auf.

Fabian wischte die beschlagene Seitenscheibe frei. Zu seinem Leidwesen konnte er von seiner Position aus keine Bewegungen hinter den jetzt hell erleuchteten Fenstern erkennen. Weitere fünf Minuten verstrichen. Brenner ließ sich nicht blicken. Nervös wippte Fabian mit dem Fuß. Irgendetwas musste schiefgelaufen sein. Fabian traf eine Entscheidung.

Er zog die Kapuze seines Hoodies über den Kopf, steckte den Autoschlüssel ein und verließ den Wagen. Regen schlug ihm ins Gesicht. Geduckt eilte Fabian über den knirschenden Kies zum Lieferanteneingang. Am Eingang führten einige moosbewachsene Stufen abwärts zu einer schweren Holztür mit eisernen Scharnieren. Fast erwartete Fabian, dass zwischenzeitlich jemand abgeschlossen hatte, aber als er die Klinke drückte, glitt die Tür geräuschlos auf. Schnell schlüpfte er ins Innere und schloss die Tür. Er wischte sich die Nässe aus dem Gesicht und sah sich um.

Er befand sich in einem aus Backsteinen gemauerten Gewölbegang, der etwa zwanzig Meter geradeaus führte, bevor er nach rechts und links abzweigte. Zwei schmucklose Kellerlampen sorgten für ausreichend Licht. Es war kühl und roch nach feuchtem Mörtel. Fabian atmete tief durch und ging auf die Abzweigung zu. Dort entschied er sich für den linken, der ihn hoffentlich in den Westflügel führte. Nach nur wenigen Metern endete der Gang vor einer Tür. Leise drückte Fabian die Klinke, aber die Tür war verschlossen.

Er kehrte um und versuchte es in der anderen Richtung. Nach wenigen Metern kam er in eine runde Gewölbehalle. Auf einem Tisch in der Mitte standen mehrere ungeöffnete Weinkartons. Eine gemauerte Wendeltreppe führte nach oben. Fabian horchte. Nichts. Vorsichtig stieg er die Stufen empor.

Oben angekommen, erwartete ihn erneut eine schwere Holztür. Vorsichtig öffnete er sie einen Spaltbreit und spähte hindurch. Vor ihm lag eine unbeleuchtete Speisekammer mit Regalen voller Kartons, Konserven, Einmachgläser, Obst und Gemüse. Fabian schlich auf die andere Seite der Kammer, wo eine automatische Schiebetür in eine Küche führte. Spärliches Licht drang rechts durch eine geöffnete Tür, die offensichtlich auf einen hell erleuchteten Gang führte.

Die Vorstellung, ins Helle zu treten, gefiel Fabian ganz und gar nicht, aber ihm blieb keine Wahl. An die Wand gedrückt, schlich er unter protzigen Gemälden einen endlos erscheinenden Kreuzgewölbegang entlang. Draußen klatschte noch immer Regen gegen die Fenster und lief in breiten Bahnen abwärts. Als Fabian die Tür am Ende des Gangs erreichte, lag der Empfangssaal des Schlosses vor ihm.

Fabian kauerte sich hinter eine Ritterrüstung und versuchte

sich zu orientieren. Barocke Sitzmöbel und vergoldete Statuen standen in allen vier Ecken sowie beiderseits der geschwungenen Treppe hinauf in den ersten Stock. An der mehreren Meter hohen Decke befand sich eine Deckenmalerei mit christlichen Motiven. Aus einem der Räume am gegenüberliegenden Ende der Halle hörte Fabian aufgebrachte Stimmen. Er wollte gerade seine Deckung verlassen und darauf zugehen, als ein livrierter Angestellter aus einem Gang hinter der Treppe kam. Fabian presste sich hinter der Ritterrüstung an die Wand und hielt die Luft an. Ohne einen Blick nach rechts oder links zu werfen, stieg der Angestellte die Treppen hinauf. Fabian wartete, bis die Trittgeräusche verklungen waren, dann lief er leise durch den Saal. Die Tür zu dem Raum, aus dem die Stimmen kamen, war nur angelehnt. Vorsichtig spähte Fabian durch den Türspalt. Bei dem Raum handelte es sich um eine Art Vorzimmer, an dessen Wänden antike Waffen hingen – hauptsächlich Schwerter und Morgensterne. In einer Vitrine befand sich ein vergoldeter Brustharnisch. Die Stimmen kamen aus einem angrenzenden Raum, dessen Tür geschlossen war. Fabian schlich zu der Tür und lauschte. Zwei Männer stritten sich. Einer von ihnen war Mark Brenner. Er schien in Schwierigkeiten zu stecken. Fabian sah sich in dem Vorzimmer um. Sein Blick blieb an den Morgensternen hängen. Um seinem Freund helfen zu können, brauchte er ein schlagkräftiges Argument. Kurz entschlossen nahm er den nächstbesten Morgenstern aus der Halterung und wog ihn prüfend in der Hand. Dann trat er erneut an die Tür.

Sein Herz schlug ihm bis zum Hals, als er im Zeitlupentempo die Klinke nach unten drückte. Vorsichtig öffnete er die Tür einige Zentimeter. Fabian erblickte einen weitläufigen, von vier tragenden Säulen unterteilten, prächtigen Saal. Am hinteren Ende des Raums prasselte ein Feuer in einem Prunkkamin. Das musste der Rittersaal sein, den Brenner während der Fahrt beiläufig erwähnt hatte. Brenner selbst stand rechts von dem Kamin, neben einem Feuerholzkorb und einem mehrteiligen, gusseisernen Kaminbesteck. In seiner ausgestreckten Hand hielt er eine Pistole. Fabian schnappte unwillkürlich nach Luft. Brenner hatte nie erwähnt, dass er eine Waffe besaß. Der Pistolenlauf zeigte auf einen Mann auf der anderen Seite des Kamins. Er war jung und sah beinahe unverschämt gesund aus. Er trug einen maßgeschneiderten Anzug mit Krawatte und Einstecktuch. Auf seiner Nase saß eine extravagante Designerbrille. Das konnte nur Philipp von Cronberg sein. Er starrte Brenner mit zusammengepressten Lippen an. Jetzt sah Fabian noch einen dritten Mann, der halb verborgen neben der letzten Säule stand, nur wenige Meter vom Kamin entfernt. Auch er hielt eine Waffe in der Hand, und sie war auf Mark Brenner gerichtet. Obwohl er Fabian den Rücken zukehrte, erkannte Fabian die bullige Statur des Mannes in Kombination mit dem viel zu engen Anzug sofort. Es handelte sich um John Turner, den ehemaligen Sicherheitschef der Rosenstein-Klinik. Es war offensichtlich, dass zwischen diesen drei Männern eine Pattsituation herrschte. Keiner wagte sich zu rühren.

Geduckt schlich Fabian zu der ihm nächsten Säule. Erst aus dieser Perspektive erkannte er, dass Turner mit der anderen Hand eine kleine, zierliche Frau am Kehlkopf gepackt hatte und sie wie einen Schutzschild an seinen Oberkörper presste. Sie trug ausgewaschene Blue-Jeans und eine Jeansjacke über einem weißen T-Shirt. Ihre Haare waren grau, ihr Gesicht faltig. Das musste Davina DeBoni sein, die Botanikerin, die seit geraumer Zeit für von Cronberg arbeitete. In einer Hand hielt sie eine kleine schwarze Styroporbox.

»Zum letzten Mal«, grollte Turner. »Legen Sie die Waffe nieder!«

Brenner lachte bitter auf. »Für wie dumm halten Sie mich?«

»Was bezwecken Sie mit dieser Aktion, Mark?«, fragte von Cronberg. Seine Stimme klang kräftiger, als Fabian in dieser Situation erwartet hätte. »Sie haben mein Vertrauen missbraucht und mich bestohlen. Sie wissen, dass ich Sie mit dem Heilmittel nicht gehen lassen kann. Was also denken Sie, wie das hier ausgehen wird?«

»Die Polizei ist auf dem Weg hierher«, sagte Brenner. »Ihr Plan ist zum Scheitern verurteilt, Philipp. Sie können das Heilmittel nicht auf ewig vor der Welt verstecken.«

Von Cronberg schwieg. Fabian sah ihm an, dass er versuchte, in Brenners Gesicht zu lesen. Der verzog keine Miene.

»Polizei? Das ist doch Bullshit«, warf Turner ein. »Sofort runter mit der Waffe, oder ich breche Ihrer kleinen Freundin das Genick wie einem Hühnchen.«

Brenners Augen zuckten, doch er machte keine Anstalten, Turners Befehl zu befolgen. Obwohl die Situation festgefahren schien, erweckte Brenner den Eindruck, auf irgendetwas zu warten. Und schlagartig war Fabian auch klar, worauf. Auf ihn! Mark Brenner spielte auf Zeit, weil er auf seine Hilfe hoffte.

»Es reicht jetzt«, sagte von Cronberg. »John, bei drei töten Sie die Kleine.«

»Wenn Sie Davina umbringen«, drohte Brenner, »erschieße ich Ihren Chef.«

»Und ich Sie«, entgegnete Turner.

Von Cronberg begann ungerührt zu zählen: »Eins!«

Fabian zögerte keine Sekunde länger. Er schlich in gebückter Haltung auf Turner zu. Die Säulen schützten ihn dabei vor von

Cronbergs Blicken. Die Distanz zwischen ihm und Turner betrug nur noch gute drei Meter.

»Zwei!«, hallte von Cronbergs Stimme durch den Saal.

Brenners Augen zuckten kurz in Fabians Richtung. Er hatte ihn gesehen.

Turner hatte Brenners Blick ebenfalls bemerkt, denn unvermittelt wirbelte er zu Fabian herum, Davina DeBoni weiterhin fest gegen seine Brust gepresst. Seine Augen spiegelten Überraschung wider. Fabian holte mit dem Morgenstern aus und hieb Turner die dornenbewehrte Eisenkugel mit aller Kraft gegen den Oberarm, Sekundenbruchteile bevor Turner die Pistole auf ihn richten konnte. Der Mann brüllte auf und ließ die Waffe fallen. Scheppernd landete sie auf den Steinfliesen. Davina DeBoni nutzte den Moment der Verwirrung und wand sich aus seiner Umklammerung.

Von Cronberg stieß einen Fluch aus, rührte sich aber nicht von der Stelle. Fabian zog Davina fort von Turner, der sich bückte, um seine Waffe aufzuheben.

»Liegen lassen!«, befahl Brenner und zielte mit seiner Pistole jetzt auf Turner.

Turner gehorchte und richtete sich zähneknirschend auf. Hasserfüllt blickte er Fabian an. »Dein Gesicht hab ich doch schon mal gesehen ...«, murmelte er.

»Hier spielt die Musik, John«, sagte Brenner, der seine Pistole zwischen Turner und von Cronberg hin und her schwenkte. »Fabian und Davina, ihr verschwindet auf der Stelle. Nehmt meinen Wagen.«

»Was ist mir dir?«, rief ihm Fabian zu.

»Ich komme hier allein zurecht.«

»Aber ...«

»Ich kümmere mich um Menschen, schon vergessen?«, fiel Brenner ihm ins Wort und grinste schief.

»Was ist mit dem Heilmittel?«, fragte Fabian.

»Das habe ich«, antwortete Davina und präsentierte Fabian eine Phiole mit Schraubverschluss in der geöffneten Handfläche. In dem Glasgefäß schimmerte eine klare Flüssigkeit. In der anderen Hand hielt Davina nach wie vor die Styroporbox. »Und hier drin befindet sich das Tongefäß der Timbókanã.«

»Ihr wisst, was ihr zu tun habt«, sagte Brenner. »Los, die Uhr tickt.«

Fabian zögerte. Der Gedanke, Mark Brenner allein hier zurückzulassen, gefiel ihm nicht.

»Mark hat recht«, sagte Davina. »Die Styroporbox hält den Bakterienstamm nicht ewig tiefgekühlt.«

»Okay«, sagte Fabian schließlich und nickte Brenner zu.

»Wartet!«, meldete sich in diesem Moment von Cronberg. Er sah zu Fabian und Davina. »Ihr begeht einen schweren Fehler, wenn ihr Mark Glauben schenkt«, sagte er mit eindringlicher Stimme. »Benutzt euren Verstand! Wenn ihr die Dinge nüchtern betrachtet, müsstet ihr zugeben, dass mein Weg der einzig richtige ist. Nur so hat die Menschheit auf dieser Erde dauerhaft eine Zukunft.«

»Komm«, zischte Davina, »er spielt nur auf Zeit.«

»Ich mache euch ein Angebot.« Von Cronberg trat einen Schritt vor. »Ich gebe euch das Heilmittel und jedem von euch zehn Millionen Euro. Ihr werdet den Gelben Tod nicht nur überleben, sondern ihr werdet ein langes unbeschwertes und glückliches Leben führen können. Und ihr werdet Zeugen sein, wie das Leben auf diesem Planeten zurückkehrt, wie die Natur Lebensräume zurückerobert ...«

In diesem Augenblick nahm Fabian hinter Brenner eine Bewegung wahr. Ein hünenhafter, dunkelhaariger Mann mit Koteletten und Schnauzer, bekleidet mit schwarzer Lederjacke und in Motorradstiefeln, trat durch eine Tür rechts vom Kamin, nur wenige Schritte von Brenner entfernt.

»Mark!«, schrie Fabian. »Hinter dir!«

Brenner wirbelte herum, doch es war bereits zu spät. Radu Serban, denn um ihn musste es sich handeln, hatte in einer fließenden Bewegung den Schürhaken aus der Halterung des Kaminbestecks gezogen und hieb ihn nun Brenner seitlich in den Kopf. Fabian hörte Schädelknochen knacken. Blut spritzte. Brenners Augenlider flatterten, seine Arme begannen unkontrolliert zu zucken. Seine Pistole fiel zu Boden, er selbst hielt sich noch wankend auf den Beinen.

»Nein!«, brüllte Fabian. Er wollte Brenner zu Hilfe eilen, aber Davina hielt ihn zurück.

»Wir müssen verschwinden. Schnell!«, zischte sie ihm zu. Sie lief voraus.

Als Fabian ihr zur Tür folgte, durch die er gekommen war, sah er noch, wie Serban den Schürhaken aus Brenners Kopf zog und erneut ausholte. Wieder drang die gusseiserne Spitze bis zum Anschlag in Brenners Schädel. Wieder spritzte Blut. Diesmal ging Brenner wie ein gefällter Baum zu Boden. Seine Augenlider flatterten nicht mehr, seine Arme hörten auf zu zucken. Mit Augen, die ins Leere starrten, starb Mark Brenner in einer sich ausbreitenden Blutlache.

Fabian war fast bei der Tür, als hinter ihm von Cronberg etwas brüllte und unmittelbar darauf ein Schuss krachte.

»Schneller!«, rief Davina. Die Styroporbox und die Phiole in der Linken, zog sie Fabian mit der Rechten in das Vorzimmer.

Sie warf die Tür zu und verschloss sie oben und unten mit einem Riegel. Fabian wollte bereits in den Empfangssaal eilen, aus dem er gekommen war, doch Davina wies auf eine Tür auf der gegenüberliegenden Seite des Zimmers.

»Da lang!«, rief sie.

Ein schmaler Flur führte sie direkt zu einem Ausgang im Westflügel. Mit wenigen Schritten waren sie bei der Tür. Davina drehte den schweren Schlüssel, der im Schloss steckte. Als sie die Tür aufriss, glitt ihr die Phiole aus der Hand. Geistesgegenwärtig fing Fabian sie im letzten Moment auf. Er steckte die Phiole in die Tasche seines Hoodies, dann liefen sie hinaus auf den Kiesparkplatz. Es hatte aufgehört zu regnen.

»Zum Auto«, rief Fabian. Hinter sich hörte er Holz splittern. Die Riegel der Vorzimmertür stellten für Radu Serbans Motorradstiefel offenbar kein großes Hindernis dar.

Beim Auto angekommen, riss Fabian die Fahrertür auf. »Ich fahre«, sagte er schwer atmend.

Er ließ sich in den Sportsitz fallen. Noch während Davina auf der anderen Seite einstieg, drückte er bereits den Startknopf. Fauchend erwachte der Motor zum Leben. Fabian gab Gas. Der Twin-Turbo-V8 brüllte auf, während der Aston Martin nach vorn schoss. Kiesel spritzten auf. Die Beschleunigung presste Fabian in den Sitz. Davina schnappte hörbar nach Luft. Sie rasten über die Zufahrt und bogen dann mit quietschenden Reifen auf die Landstraße ab.

Tag 63

VULKANEIFEL

Die Straße führte in engen Kurven durch den Wald. Im Licht der Xenon-Scheinwerfer flogen die Bäume am Straßenrand an ihnen vorbei. Mit schweißnassen Händen umklammerte Fabian das Lenkrad. Wenn hinter einer dieser Kurven ein Reh auf der Straße stand, blieb ihm unmöglich Zeit zu reagieren.

Als die Straße für eine Weile gerade verlief, fragte Fabian: »Ich nehme an, du kennst Marks Plan?«

»Ja.« Er deutete auf die Styroporbox in ihrem Schoß. »Wie lange bleibt die Farbe darin kühl?«

Sie zuckte mit den Schultern. »Ich würde sagen, wir haben etwa zwölf Stunden.«

Fabian nickte. Bis dahin konnten sie es gut nach Berlin schaffen. Er sah in den Rückspiegel. Noch konnte er keine Verfolger ausmachen. Aber es war nur eine Frage der Zeit, bis sie auftauchen würden.

»Da gibt es etwas, das ich nicht verstehe«, fuhr er fort. »Mark sagte, dass diese Tätowierfarbe aus allen möglichen Substanzen besteht. Woher soll Engelmann wissen, welche davon die entscheidende ist?«

»Er weiß es nicht.« Davina lächelte und tippte sie sich gegen die Stirn. »Ist alles hier drin. Ich werde es ihm zeigen.«

»Also müssen wir dich auch heil nach Berlin bringen«, stellte er fest.

Sie wurde wieder ernst. »Was, wenn wir es nicht in zwölf Stunden schaffen?«

»Das ist keine Option.«

»Aber wenn absehbar wäre, dass wir Berlin nicht rechtzeitig erreichen?«

»Worauf willst du hinaus?«, fragte er.

Sie machte ein gequältes Gesicht. »Was, wenn man uns im RKI nicht glaubt? Was, wenn dort niemand etwas unternimmt?«

»Wir haben die Phiole mit dem Heilmittel.« Er sah sie misstrauisch an. »Sagtest du nicht, du kennst Marks Plan?«

»Ja. Schon.«

»Aber?«

»Nichts.« Sie sah zum Fenster hinaus.

Fabian konzentrierte sich wieder auf die Straße, die sich weiter durch den Wald schlängelte. Er konnte sich keinen Reim darauf machen, weshalb Davina plötzlich an ihrem Plan zweifelte?

Nach einem Moment des Schweigens sagte sie: »Es wäre nicht das erste Mal, dass in einer derart großen Behörde wie dem RKI Dinge untergehen oder auf Nimmerwiedersehen im Keller verschwinden; aus Versehen oder mit voller Absicht.«

Er runzelte die Stirn. »Verrätst du mir endlich, worauf du hinauswillst?«

»Möglicherweise ist das RKI doch keine gute Idee.«

»Was schlägst du stattdessen vor?«

Sie holte tief Luft. »Die Menge des benötigten Schutzengel-Proteins wird nach Körpergewicht berechnet. Wir beide wiegen zusammen höchstens 110 Kilo.« Sie zögerte einen Moment. Dann fuhr sie fort: »Die Menge des Heilmittels in der Phiole würde für uns beide gerade ausreichen.«

Unwillkürlich betastete Fabian die Phiole in seiner Tasche. »Wir sollen das Heilmittel unter uns aufteilen?«

»Was spricht dagegen? Wir können trotzdem zum RKI fahren, die Box abliefern und ihnen sagen, was wir wissen. Man wird VC-Pharma unter die Lupe nehmen. Man wird alles über das Schutzengel-Protein herausfinden und …«

»Von Cronberg würde das zu verhindern wissen«, fiel Fabian ihr ins Wort. »Bis alle juristischen Hindernisse beseitigt wären, würde es viel zu lange dauern. Millionen Menschen würden sterben. Nein, wir halten uns an den Plan. Professor Engelmann wird entscheiden, was mit dieser Phiole geschehen soll.«

»Bis das Heilmittel für alle erhältlich ist, könnte es für uns beide zu spät sein«, entgegnete sie. »Schau mich an. Ich bin nur noch Haut und Knochen. Und mit jedem Tag wird es schlimmer.«

Fabian schluckte. Er konnte Davinas Wunsch nur zu gut verstehen. Auch für ihn war die Aussicht, schnell wieder gesund zu werden, äußerst verlockend. Trotzdem sagte er: »Wir halten uns an den Plan. Mark wird sich was dabei gedacht haben. Wir müssen es auch für ihn tun. Das sind wir ihm schuldig.«

»Ich will nicht sterben, Fabian.« Ihre Stimme brach. Sie kämpfte mit den Tränen.

Fabian erwiderte nichts. Er hatte Mitleid mit ihr, aber es gab nicht nur sie und ihn auf der Welt. Er dachte an seine Schwester. Charlotte ging es schlecht. Ihr Tod würde Marvin zum Waisen machen. Nie würde Fabian ihren Tod in Kauf nehmen, nur um sich selbst zu retten. Er würde nie wieder in den Spiegel sehen können. Und so wie Charlotte und Marvin gab es Millionen Familien, deren Überleben von dieser einen Phiole abhing.

In diesem Moment tauchten im Rückspiegel Scheinwerfer auf.

»Scheiße«, sagte er, »sie sind da.«

Davina sah sich um. »Und jetzt?«

»Auf der Autobahn kann ich sie abhängen.« Fabian schaltete zwei Gänge runter, dann drückte er das Gaspedal durch. Der Motor brüllte auf, und der Wagen beschleunigte. Zum Glück endete jetzt der Wald. Links und rechts lagen Felder und Wiesen. Die Wolkendecke brach auf, und Mondlicht fiel auf den nach wie vor nassen Asphalt. Fabian war ein guter Fahrer – die unzähligen Kilometer, die er für Artinova als Pharmareferent zurückgelegt hatte, zahlten sich nun aus –, und der Aston Martin lag wie ein Brett auf der Straße. Doch die Verfolger ließen sich nicht so einfach abschütteln. Die Scheinwerfer im Rückspiegel waren vielleicht kleiner geworden, aber sie waren immer noch da.

Sie näherten sich einem Dorf, und Fabian überlegte, was er tun sollte. In keinem der Häuser brannte Licht. Um diese Uhrzeit war nicht davon auszugehen, dass in diesem verschlafenen Kaff noch jemand auf den Straßen unterwegs war. Das Risiko, jemanden zu gefährden, war also gering. Das Risiko, von den Verfolgern eingeholt zu werden, dagegen groß.

Das Ortsschild flog an ihnen vorbei, ohne dass Fabian vom Gas gegangen wäre. Die Hauptstraße war schmal, und nach wenigen Hundert Metern nahte bereits der Ortsausgang. Plötzlich sah Fabian eine ihm nur zu gut bekannte Silhouette am Straßenrand, und im nächsten Moment flammte auch schon das rote Licht eines stationären Blitzers auf.

»Deinen Führerschein bist du wohl los«, sagte Davina trocken. »Ein Pharmareferent ohne Führerschein.« Fabian machte ein gespielt entsetztes Gesicht. »Da wird mir Artinova wohl kündigen.«

Sie lachten, laut und haltlos. Alle Anspannung fiel von ihnen ab. Fabian warf Davina einen verstohlenen Blick zu. Das Leuchten, das in ihre Augen getreten war, ließ die junge attraktive Frau erahnen, die sie gewesen sein musste, bevor die Krankheit sie gezeichnet hatte. Doch der Moment währte nicht lange. Die Scheinwerfer erschienen wieder im Rückspiegel und holten sie zurück in die Realität.

Wenig später erreichten sie endlich die A 48. Die Autobahn war leer, und Fabian drückte das Gaspedal durch. Der Aston Martin beschleunigte auf fast 300 km/h. Davina krallte die Finger in den Ledersitz. Fabian sah in den Rückspiegel. Die Scheinwerfer waren ihnen auf die Autobahn gefolgt, aber jetzt wurden sie kleiner und kleiner und verschwanden schließlich vollständig.

»Wir haben sie abgehängt«, sagte Davina mit gepresster Stimme. »Du kannst jetzt etwas langsamer fahren.«

»Solange die Autobahn so leer ist, müssen wir das ausnutzen.«

Davina nickte nur stumm und fügte sich in ihr Schicksal.

Als sie sich Koblenz näherten, tauchten immer mehr Fahrzeuge auf, der Verkehr nahm zu. Fabian musste die Geschwindigkeit anpassen. Sie fuhren unter einer Brücke hindurch. An den Pfeiler hatte jemand in gelber Farbe gesprüht: DAS ENDE IST DA. Sie schwiegen, und schon bald nickte Davina vor Erschöpfung ein.

Kurz nach Gießen leuchtete die Tankanzeige auf. Fabian fluchte lautlos. Zum Glück näherte sich die Ausfahrt zu einem Autohof, und Fabian fuhr von der Autobahn ab.

Langsam rollten sie auf die hell erleuchtete Tankstelle zu. Ein Reisebus tankte an der vordersten Zapfsäule. Um ihn herum standen zwei Dutzend Männer und Frauen und vertraten sich die Beine. Alle trugen grüne T-Shirts mit dem Aufdruck: *Recht auf Leben!*

Fabian hielt an einer der hinteren Zapfsäulen. Er rüttelte Davina sanft wach. »Hast du Geld? Oder eine Kreditkarte?«

»Hm?«, murmelte sie schlaftrunken.

»Wir müssen tanken, und mein Portemonnaie ist in meiner Wohnung in München.«

Davina rieb sich die Augen und verzog das Gesicht. »Meins ist im Schloss. Was jetzt?«

»Mist.« Fabian sah sich um. Hier konnten sie nicht stehen bleiben. Er fuhr an dem Reisebus vorbei und weiter auf den Lkw-Parkplatz. Jede Menge Lastwagen standen hier, teilweise kreuz und quer. Nur in zwei oder drei Führerhäusern brannte Licht. Die meisten Lastwagen erweckten den Eindruck, als hätten die Fahrer sie längst aufgegeben. Bei einigen standen sogar die Türen offen. Fabian steuerte den Aston Martin zwischen zwei Sattelschlepper und schaltete Licht und Motor ab.

»Hast du irgendetwas, das wir zu Geld machen könnten?«, fragte er.

Davina schüttelte den Kopf. Sie schien noch immer nicht richtig wach zu sein.

»Gehen wir mal rüber zur Tankstelle. Uns wird schon etwas einfallen.«

Sie stiegen aus.

»Warte«, sagte Davina unvermittelt und drückte Fabian die Styroporbox in die Hand. Sie griff in die Brusttasche ihrer Jeansjacke, die ihr in einem früheren Leben mal gepasst haben musste, jetzt aber zwei Nummer zu groß für ihren ausgemergelten Körper war. »Das hier hat mir von Cronberg gegeben, kurz nachdem ich bei ihm ins Schloss gezogen bin. Vielleicht können wir es gegen eine Tankfüllung und etwas zu essen eintauschen?«

»Das ist besser als nichts«, erwiderte Fabian. »Lass es uns versuchen.«

Auf dem Weg zum Tankstellen-Shop räusperte er sich. »Darf ich dich etwas fragen?«

»Klar.«

»Warum hast du kein Heilmittel bekommen? Dank dir ist von Cronberg im Besitz eines Heilmittels, und ausgerechnet dir enthält er es vor?«

»Hat Mark es dir nicht erzählt?«

Er schüttelte den Kopf.

Ihre Gesichtszüge verhärteten sich. »Das ist eine lange Geschichte. Erzähle ich dir, sobald wir wieder unterwegs sind.«

Sie kamen an dem Reisebus vorbei. Die Männer und Frauen in den grünen T-Shirts sahen ausgezehrt, alt und grau aus. *Sie sind wie wir*, dachte Fabian bedrückt, *und es sind so viele.*

Vor den Toiletten stand eine Gruppe von Frauen, die sich unterhielten. Während Davina in der Toilette verschwand, bemerkte Fabian einen etwas abseits stehenden Mann. Er rauchte, hielt eine Schnapsflasche in der Hand und wankte sichtlich. Die Styroporbox fest an seinen Körper gepresst, ging Fabian zu ihm: »Alles klar bei dir?«

Der Mann musterte ihn aus gelb verfärbten Augen. »Dein Ernst?«, stieß er mit alkoholschwangerem Atem aus. »Willst du mich verarschen?«

»Schau mich an«, sagte Fabian. »Seh ich aus, als würde ich mich über dich lustig machen?«

Der Mann murrte etwas, schien aber versöhnlicher.

Fabian war neugierig und fragte: »Was hat es mit euren T-Shirts auf sich?«

»Hast du es nicht gehört?«

»Was gehört?«

»Wir fahren zu der Kundgebung. Wir demonstrieren für unser Recht auf Leben. Alle möglichen Organisationen haben dazu aufgerufen. In den sozialen Medien. Sollen über hunderttausend Leute kommen.« Er beugte sich verschwörerisch vor und hauchte Fabian seinen Schnapsatem ins Gesicht. »Die Zuteilung von DETOX-Z ist ein einziger Beschiss«, sagte er. »Da steckt die Regierung dahinter. Die Zuteilung ist rein willkürlich.«

»Wer behauptet das?«, fragte Fabian irritiert.

»Na alle!«, sagte der Mann jetzt wieder lauter und schwenkte seine Schnapsflasche umher. »Ich bin erst in fünf Wochen dran, obwohl ich seit fünfunddreißig Jahren in die Krankenversicherung einzahle. Mein Nachbar ist halb so alt wie ich, und der hat sein DETOX-Z schon bekommen. Ich frage dich, ist das in Ordnung?« Er funkelte Fabian wütend an.

Fabian wusste nicht, was er darauf erwidern sollte.

»In fünf Wochen bin ich längst krepiert«, fuhr der Mann fort. »Ich sag dir, die Regierung will das so. Die da oben enthalten uns DETOX-Z ganz bewusst vor.«

»Warum sollte die Regierung so etwas tun?«

»Weil wir denen völlig egal sind.« Er nahm einen Schluck aus seiner Flasche.

Fabian überlegte, ob er seinem Gegenüber die Wahrheit über DETOX-Z sagen sollte, entschied sich aber dagegen. Der Mann war betrunken, und abgesehen davon, würde er Fabian vermutlich so oder so nicht glauben. Er und der Rest der Reisegruppe waren Teil einer offensichtlich bundesweiten Bewegung, die sich mit Hilfe der sozialen Medien in Windeseile gebildet hatte. Die Menschen waren unzufrieden mit den langen Wartezeiten, und das konnte ihnen niemand verdenken. Fabian selbst war es ja ebenso ergangen, nachdem er seinen Zuteilungsbescheid erhalten hatte.

In diesem Moment spürte er eine Hand auf seiner Schulter und drehte sich um. Er hatte Davina zurückerwartet, doch er blickte in das faltige Gesicht einer fremden Frau. Sie hatte ihre silberweißen Haare zu einem Pferdeschwanz zusammengebunden. Auch sie trug das grüne T-Shirt. Sanft zog sie Fabian beiseite.

»Du solltest nicht mit dem da reden«, sagte sie leise. »Niemand im Bus redet mit ihm. Er ist ziemlich neben der Spur. Er trinkt, seitdem wir losgefahren sind.«

»Viele kommen nicht klar – mit der Krankheit, mit dem Warten, mit der ganzen Situation«, sagte Fabian. »Auch ich habe mit meinem Schicksal gehadert. Eigentlich hadere ich immer noch.«

»Tun wir das nicht alle?«, entgegnete sie lächelnd. »Aber Alkohol ist keine Lösung.«

»Was ist mit dieser Kundgebung? Was erhofft ihr euch davon?«

»Wir wollen, dass die Regierung die Produktion von DETOX-Z übernimmt und das Mittel schneller an die Bürger verteilt. Und zwar an alle.« Sie zuckte mit den Schultern. »Keine Ahnung, ob die Demo was nutzt, aber irgendetwas muss man schließlich tun, oder? Wir können doch nicht einfach so rumsitzen und auf das Ende warten.«

»Wo findet die Kundgebung statt?«

»Wo lebst du?« Sie sah ihn ungläubig an. »In Berlin natürlich. Die Nachrichten sind doch voll davon.«

»Berlin?« Fabian sah zum Bus. Ihm kam eine Idee. Er wandte sich wieder der Frau zu. »Hör mal, meine Begleiterin und ich, wir haben zwar keine grünen T-Shirts, aber sind in eurem Bus vielleicht noch zwei Plätze frei? Wir sitzen zur Not auch auf dem Boden.«

Im Gesicht der Frau erschien ein Lächeln. »Jeder, der sich uns anschließen will, ist willkommen. Wir quetschen euch schon irgendwie rein.«

»Sehr gut. Danke.«

»Abfahrt ist in fünf Minuten. Ich gehe vor und sage dem Busfahrer Bescheid.«

Fabian nickte und blickte ihr nach. Nur höchst ungern würde er Brenners Wagen hier zurücklassen, doch wenn sie Davinas Smartphone nicht gegen Benzin eintauschen konnten, stellte dieser Bus eine höchst willkommene Option dar. Tanken und einfach davonfahren kam jedenfalls nicht in Frage. Die Überwachungskameras würden ihr Kennzeichen erfassen, und der Tankstellenbetreiber würde sie umgehend der Polizei melden. In ihrer jetzigen Situation konnten sie es sich wahrlich nicht erlauben, auch noch die Polizei auf den Fersen zu haben.

Aber wo blieb Davina nur so lange? Während Fabian wartete, betrachtete er die Männer und Frauen vor dem Bus. Offenbar waren in diesen Stunden in ganz Deutschland Busse mit verzweifelten Menschen wie jenen hier unterwegs nach Berlin. Sie klammerten sich an Strohhalme. Sie hofften, mit der Kundgebung würde sich etwas ändern. Noch waren sie friedlich – wenn man von dem Mann mit der Schnapsflasche einmal absah. Aber Fabian wusste, wie schnell die Stimmung umschlagen konnte, wenn hunderttausend aufgebrachte Menschen zusammenkamen.

Einmal mehr tastete er nach der Phiole. Alles hing jetzt von ihm ab. Er musste diese Phiole heil ins RKI zu bringen. Selbst Davina konnte er das Schutzengel-Protein nicht anvertrauen. Er mochte sie, aber im Grunde kannte er sie kaum. Ihr Vorschlag, sie sollten den Inhalt der Phiole unter sich aufteilen, hatte Fabian stutzig gemacht. Zwar hatte sie eingelenkt, als er abgelehnt hatte, doch wenn er genauer darüber nachdachte, hatte sie für seinen Geschmack ein wenig zu schnell klein beigegeben. Auf dem Weg ins Schloss hatte Mark Brenner Davina als willensstarke Frau beschrieben. Fabian teilte diesen Eindruck. So rasch aufzugeben passte nicht zu ihr. Er würde sie im Auge behalten müssen. Außerdem nahm er sich vor, im Bus auf keinen Fall einzuschlafen.

Der Mann mit der Schnapsflasche wankte vorbei. *Alkohol ist keine Lösung*, hatte die freundliche Frau mit dem Pferdeschwanz gesagt. *Vielleicht ja doch*, dachte Fabian. Da Davina weiter auf sich warten ließ, ging er in den Shop.

Die grelle Beleuchtung blendete ihn. Hinter der Kasse stand ein Mann mit nackenlangen Haaren und einem Hipster-Bart. Er trug eine Baseballkappe, schien körperlich noch in guter Verfassung zu sein, aber als er aufsah, blickte Fabian in gelbe Augen.

»Ein Fläschchen Korn bitte«, sagte Fabian.

»'ne bestimmte Marke?«

»Egal.«

Der Kassierer nahm ein Fläschchen aus dem Regal und stellte es neben die Kasse. »Haben Sie auch getankt, oder gehören Sie zu dem Bus?«

»Letzteres.« Demonstrativ tastete Fabian seine Taschen ab. Dann sah er den Kassierer verlegen an. »Ich habe wohl mein Portemonnaie vergessen, und der Bus fährt gleich los. Könnten

Sie vielleicht ... na ja, Sie wissen schon ... ausnahmsweise ...? Ich könnte jetzt echt dringend was Hochprozentiges vertragen.«

Der Kassierer sah ihm lange in die Augen, dann schob er das Fläschchen in Fabians Richtung. »Was soll's. Alles geht vor die Hunde. Wen interessiert schon noch Geld? Bald sehe ich aus wie du ... wie ihr alle ... Ich weiß gar nicht, was ich hier überhaupt noch mache ...«

»Es gibt Hoffnung«, sagte Fabian. »Glaub mir.«

Der Kassierer erwiderte nichts.

Fabian lächelte ihm aufmunternd zu, wandte sich ab und ging Richtung Ausgang. Beim Kaffeeautomaten schnappte er sich noch rasch einen leeren Kaffeebecher und wollte gerade durch die Schiebetür ins Freie treten, als er wie angewurzelt stehen blieb. Ein grüner Range Rover war auf den Parkplatz der Tankstelle gefahren und rollte im Schritttempo an den parkenden Autos vorbei. Radu Serban saß am Steuer, neben ihm John Turner, der mit einer starken Taschenlampe die geparkten Fahrzeuge anleuchtete.

Wie zum Teufel hatten sie sie aufgespürt? Fabian brach der kalte Schweiß aus. Er ging hinter einem Zeitschriftenständer in Deckung.

Der Range Rover erreichte den Reisebus. Fabian registrierte, dass beinahe alle Fahrgäste wieder eingestiegen waren. In wenigen Augenblicken würde der Bus seine Fahrt nach Berlin fortsetzen – ohne Fabian und Davina. Doch wenn er jetzt nach draußen liefe, würde er Serban und Turner geradewegs vor den Wagen rennen. Er hoffte nur, dass Davina nicht gerade jetzt von der Toilette kam. Wobei Fabian sich erneut fragte, was zum Henker sie eigentlich so lange trieb? Ein erschreckender Gedanke schoss ihm durch den Kopf: Davina besaß ein Smartphone.

Was, wenn sie von Cronberg angerufen und ihm einen Deal angeboten hatte? Ihr Leben im Tausch gegen das von Fabian. Was, wenn sie ihn für eine Dosis des Heilmittels verraten hatte, nachdem er es abgelehnt hatte, den Inhalt der Phiole mit ihr zu teilen? Der Range Rover kam an den Toiletten vorbei, ließ die Tankstelle hinter sich und fuhr weiter auf den Lkw-Parkplatz. Fabian konnte sehen, wie sie geradewegs auf die beiden Sattelschlepper zuhielten, wo sie unweigerlich den Aston Martin finden mussten. Fabian fluchte. Wie es schien, war nun doch der Reisebus ihre letzte Option. Dessen Türen schlossen sich genau in diesem Augenblick. In wenigen Sekunden war die Chance, nach Berlin zu gelangen, vertan. Er konnte nicht mehr länger warten.

Er trat durch die Tür nach draußen und lief dem anfahrenden Bus hinterher. Das Risiko, von Serban oder Turner im Rückspiegel entdeckt zu werden, musste er eingehen. Mit der Linken die Styroporbox gegen die Brust pressend, in der Rechten den Kaffeebecher mitsamt dem Fläschchen Korn, rannte er dem Bus hinterher. Nach nur wenigen Metern bekam er keine Luft mehr. Er war zu langsam. Der Bus nahm Geschwindigkeit auf und fuhr davon. Fabian unterdrückte den Impuls, ihm hinterherzuschreien. Niemand hätte ihn gehört.

»Fabian!«

Er wirbelte herum. Davina kam auf ihn zugelaufen. »Serban und Turner sind hier.« Sie wies zum Lkw-Parkplatz. »Ich bin aus der Toilette gekommen und habe den Range Rover gesehen. Ich konnte mich gerade noch rechtzeitig im Gebüsch verstecken.«

Fabian musterte sie. Sie atmete schwer, die Angst in ihren Augen schien echt zu sein. Er glaubte nicht, dass sie es war, die von Cronbergs Leibwächter hergelockt hatte, doch sicher sein konnte er sich nicht. Er sah zum Lkw-Parkplatz. Serban und Turner waren ausgestiegen und gingen langsam um den Aston Martin herum. Falls einer der beiden in diesem Moment in Richtung Tankstelle sehen würde, wären Fabian und Davina geliefert.

Am anderen Ende des Parkplatzes umrundete der Bus den Autohof in einer weiten Schleife. Fabian schöpfte neue Hoffnung. Wie die meisten Autohöfe lag auch dieser nicht direkt an der Autobahn. Es gab nur eine Zufahrtsstraße, und diese führte keine dreißig Meter entfernt an der Tankstelle vorbei. Der Bus musste also an ihnen vorbei.

»Komm!«, sagte er.

Sie hetzten über einen Grünstreifen, stiegen über eine Leitplanke und liefen auf die Straße, nur Sekunden bevor die Scheinwerfer des Busses sie erfassten. Mitten auf der Fahrbahn stehend, winkten sie mit ausgestreckten Armen. Wenige Meter vor ihnen kam der Bus zum Stehen. Die vordere Tür öffnete sich, und die Frau mit dem silbernen Pferdeschwanz streckte den Kopf heraus.

»Ich dachte schon, du hättest es dir anders überlegt«, sagte sie lächelnd. »Na, dann kommt mal, ihr zwei Hübschen.«

Fabian ließ Davina den Vortritt. Er warf einen letzten Blick zurück. Serban hatte den Kofferraum des Aston Martin geöffnet und wühlte darin herum. Turner suchte mit seiner Taschenlampe die Umgebung ab. Die beiden waren nicht zufällig hier aufgekreuzt. Sie hatten gewusst, wo sie den Aston Martin finden würden. Fabian drückte die Styroporbox fester an sich. Zum Glück hatte er sie nicht im Auto gelassen. Dann stieg auch er in den Bus. Hinter ihm schloss sich die Tür, und noch bevor er sich neben Davina in den Sitz fallen ließ, waren sie wieder auf der Autobahn.

Fabian atmete tief durch. Dann sah er sich um. Etwa sechzig Männer und Frauen saßen im Bus, starrten auf ihre Smartphones, sahen aus dem Fenster oder hatten die Augen geschlossen. Einige wenige wirkten körperlich recht fit, die meisten aber waren ausgezehrt wie sie, Davina und Fabian, und wiesen die typischen faltigen und eingefallenen Gesichter auf. Ganz hinten saß der Mann mit der Schnapsflasche und starrte Fabian misstrauisch an.

»Was denkst du?«, fragte Davina, die es sich am Fensterplatz bequem gemacht hatte.

»Ich glaube, wir sind sie vorerst los.«

»Wie konnten die uns nur finden?«

Fabian zögerte. War sie tatsächlich ahnungslos, oder spielte sie ihm etwas vor? »Hast du dein Smartphone noch?«

»Klar.«

»Dürfte ich es kurz haben?«

Sie sah ihn erstaunt an. »Wozu?«

»Ich will etwas überprüfen.«

Sie zuckte mit den Schultern und gab es ihm.

Fabian kontrollierte das Anrufverzeichnis, fand aber keinen ausgehenden Anruf in den letzten Minuten. Das letzte Telefonat hatte Davina am frühen Vormittag geführt. Doch das Protokoll bewies nichts. Vor dem Verlassen der Toilette hätte sie den Anruf aus dem Verzeichnis löschen können. Fabian blieb nichts weiter übrig, als wachsam zu bleiben. Er gab ihr das Smartphone zurück.

Sie steckte es ein und fragte: »Verrätst du mir mal bitte, was das soll?«

»Tut mir leid. Ich musste sichergehen, dass du von Cronberg nicht angerufen hast«, sagte er frei heraus.

»Wie kommst du auf den Schwachsinn?« Sie wirkte aufrichtig entsetzt.

»Serban und Turner sind gezielt auf den Parkplatz gefahren.« Er sah sie prüfend an. »Als hätten sie gewusst, dass sie den Aston Martin dort finden.«

»Vielleicht ein GPS-Peilsender? Von Cronberg hat Mark den Wagen geschenkt. Vielleicht wollte er jederzeit wissen, wo Mark sich aufhält?«

»Das wäre eine Möglichkeit«, sagte er. Wenn er ehrlich war, wusste er längst nicht mehr, was er glauben sollte.

»Und was jetzt?«, fragte sie, um das Thema zu wechseln.

»Wir halten am ursprünglichen Plan fest. Morgen früh erreichen wir Berlin.«

»Was, wenn Serban und Turner den Plan durchschauen und auch dort aufkreuzen?«

Er kniff die Augen zusammen. »Woher sollten sie wissen, was wir vorhaben? Mark hat es ihnen sicher nicht verraten.«

»Ich meine ja nur«, sagte sie eine Spur zu beiläufig. Sie fuhr sich mit der Hand durchs Haar. »Wenn man uns die Phiole abnimmt, war jedenfalls alles umsonst. Das würde niemandem etwas nützen und ...«

»Fang nicht wieder damit an«, fiel er ihr ins Wort. Er hatte lauter gesprochen, als beabsichtigt. Er senkte seine Stimme. »Diese Diskussion hatten wir bereits. Es hat sich nichts geändert.«

»Schon gut.«

Eine Weile schwiegen beide.

Schließlich wandte Fabian sich zu ihr um. »Du wolltest mir noch erzählen, wieso von Cronberg dir kein Heilmittel gegeben hat? Alle haben ihre Dosis bekommen. Mark, Serban, Turner ... warum du nicht?«

Sie holte tief Luft, setzte sich aufrechter hin. »Nachdem ich VC-Pharma das Tongefäß zu Forschungszwecken überlassen hatte, bot mir Philipp von Cronberg Schutz in Schloss Lichtenhausen an. Ich wusste ja nicht, ob Alessandro Capellari mir weiterhin nachstellen würde. Immerhin hatte er in Brasilien versucht, mich zu töten. Also bin ich bei von Cronberg untergetaucht, habe die Füße stillgehalten. Zu diesem Zeitpunkt wusste niemand, wo ich mich aufhielt. Ich ahnte ja nicht, dass ich damals längst mit Blastomyces mortiferum infiziert war.«

»Wie lange ist das jetzt her?«, fragte Fabian.

»Gut ein halbes Jahr.«

»Demnach dürftest du eine der ersten Betroffenen sein. Erstaunlich, dass ...« Er zögerte, bevor er fortfuhr. »... dass du noch lebst.«

»Ich bin zäh.« Sie lächelte matt. »Wie auch immer. Von Cronberg bot mir nicht nur an, in Schloss Lichtenhausen unterzukommen, sondern er bot mir auch einen Job bei VC-Pharma an. Ich habe angenommen und seither Tag und Nacht im Team an der Entwicklung des Heilmittels gearbeitet. Als meine Schwächeanfalle überhandnahmen und meine Augen gelb wurden, hat mich von Cronberg aus dem Team abgezogen. Er hat mir versprochen, ich bekäme das Heilmittel, sobald es verfügbar sei. Er hat mich belogen.«

»Dieser Fanatiker belügt die ganze Welt«, zischte Fabian. Davinas Geschichte machte ihn wütend. Sobald sie das Heilmittel im RKI abgeliefert hatten, würde er dafür sorgen, dass die Menschen Philipp von Cronbergs wahres Gesicht zu sehen bekamen. Auch wenn Fabian im Augenblick keine Ahnung hatte, wie er das anstellen sollte.

»Ich habe seine Lügen zu spät durchschaut«, fuhr Davina fort. »Irgendwann bin ich hinter die Wahrheit gekommen, aber da war ich längst zu schwach, um etwas dagegen zu unternehmen. Die letzten Wochen hat mich von Cronberg praktisch wie eine Gefangene gehalten. Ich schätze, er wollte mich einfach nicht umbringen. Das sollte der Gelbe Tod für ihn übernehmen.«

Sie zog ihre Jeansjacke aus, rollte sie zusammen und schob sie als Kissen zwischen Stuhl und Fensterscheibe. »Ich bin total erledigt. Weck mich, wenn wir da sind.« Sie schloss die Augen.

Fabian betrachtete sie. Davina übte eine seltsame Anziehungskraft auf ihn aus. Er mochte sie, obwohl er nicht schlau aus ihr wurde. Sie war willensstark und selbstbewusst, und bevor die Krankheit sie ereilt hatte, war sie sicher sehr attraktiv gewesen. Ihre jugendlichen Gesichtszüge waren noch immer zu erahnen. Fabian befühlte die Phiole in seiner Tasche und seufzte. Wenn er Davina doch nur vertrauen könnte.

Es dauerte nicht lange, und bleierne Müdigkeit ergriff von ihm Besitz. Inzwischen war es tiefe Nacht, und der sanft schaukelnde Bus schläferte ihn ein. Der lange, anstrengende Tag forderte seinen Tribut. Zudem schmerzten Fabians Knochen und Gelenke nach seinem kurzen Sprint an der Tankstelle. Zwar hatte er sich fest vorgenommen, nicht einzuschlafen, doch er spürte, dass ihm dies nicht gelingen würde. Seine Augenlider wurden schwer. Davina schien tief und fest zu schlafen. Gut möglich aber, dass sie ihm das nur vorspielte und nur darauf wartete, dass er einschlief, um dann die Phiole aus seiner Brusttasche zu angeln. Es war zum Verzweifeln.

Die Frau mit dem Pferdeschwanz saß einige Reihen vor ihm. *Alkohol ist keine Lösung*, hatte sie gesagt. Fabian betrachtete das Fläschchen Korn. Vielleicht war Alkohol keine Lösung. Vielleicht aber doch.

Nur wenige Minuten später fiel Fabian in einen tiefen, traumlosen Schlaf.

Tag 64

BERLIN

»Wach auf.«

Eine Hand an Fabians Schulter rüttelte ihn wach. Noch im Übergang vom Schlaf in den Wachzustand verriet das sanfte Schaukeln des Busses Fabian, dass sie noch unterwegs waren. Kurz darauf öffnete er die Augen. Der Morgen dämmerte bereits. Fahles Tageslicht fiel durch die schmutzigen Fensterscheiben. Wie es schien, waren sie noch auf der Autobahn. Die Luft im Bus roch abgestanden, nach alten Menschen und Krankheit.

»Wir sind gleich da, Schlafmütze.« Davina lächelte ihn an.

Fabian erschrak. Ihre sowieso schon dunkelgelben Augen hatten sich über Nacht entzündet. Mit erschreckender Klarheit erkannte er, dass ihr nicht mehr lange blieb. Er versuchte, sich nichts anmerken zu lassen, und richtete sich in seinem Sitz auf. Sein Nacken war steif und schmerzte. »Wie sehen meine Augen aus?«, wollte er wissen.

»Gelb.«

»Sind sie entzündet?«

Sie zögerte. »Jetzt, wo du es sagst ...« Sie sprach nicht weiter.

Fabian nickte resigniert. Obwohl er mehrere Stunden geschlafen hatte, fühlte er sich keine Spur ausgeruht, geschweige denn gestärkt. Er war müde und kraftlos. Sein Hosenbund saß locker, und er schnallte seinen Gürtel ein Loch enger. Es ging zu Ende mit ihm. An dieser bitteren Erkenntnis führte kein Weg vorbei. Seine einzige Hoffnung war Professor Engelmann. Die Phiole fiel ihm ein. Er ertastete sie in seiner Tasche, holte sie heraus.

»Dachtest du wirklich, ich würde die Situation ausnutzen?«, fragte Davina.

Fabian glaubte in ihrer Stimme einen enttäuschten Unterton zu hören. »Ich war mir nicht sicher«, gab er zu.

»Verständlich«, sagte sie und sah ihn ernst an. »Gestern im Auto war ich nicht ich selbst. Ich war egoistisch. Vielleicht musste ich erst all diese Menschen hier im Bus sehen, um zu erkennen, wie es um dieses Land und die Welt bestellt ist.« Niedergeschlagen sah sie sich um. »In der Abgeschiedenheit von Schloss Lichtenhausen habe ich das überhaupt nicht richtig begriffen. Es tut mir leid.«

»Es gibt nichts, für das du dich entschuldigen müsstest.«

Ihre Augen wurden wässrig, eine Träne lief ihr über die Wange. »Ich muss immer wieder an Mark denken. Es war so furchtbar, ihn sterben zu sehen. Noch dazu auf diese Weise ...«

»Mir geht es genauso.« Er drückte ihre Hand. »Du schlägst dich großartig.«

Sie lächelte.

Er ließ ihre Hand wieder los und sah aus dem Fenster. Der Bus fuhr jetzt auf die vom nächtlichen Regen noch nasse Stadtautobahn Berlins. Immer wieder passierten sie Unterführungen und kamen durch Tunnel. Erste Wohnhäuser tauchten auf. An einer großen Kreuzung ordnete sich der Bus links ein, Richtung Berlin-Mitte und Tiergarten, wie Fabian einem gelben Wegweiser entnahm. Dann fuhren sie durch ein Quartier, das von halbhohen Wohnhäusern und Ladengeschäften geprägt war. Wie in München hatten auch hier die meisten Läden und Kioske auf unbestimmte Zeit dichtgemacht. Jemand hatte auf einer Litfaßsäule sämtliche Plakate mit den Worten No Future übersprüht. Überquellende Müllcontainer und Berge von Müllsäcken, die sich bis an die Fenster im ersten Stockwerk stapelten, zeugten vom anhaltenden Streik der Abfuhrunternehmen. Der herumliegende Müll brachte Gestank, Ratten und nicht zuletzt weitere Krankheiten mit sich. Die wenigen Fußgänger, die um diese frühe Stunde unterwegs waren, trugen einen Mundschutz.

Auf einem breiten Grünstreifen, der zwischen den Fahrbahnen verlief, hatten Obdachlose ein provisorisches Zeltlager errichtet. Fabian sah vereinzelte Junkies, die auf Getränkekisten saßen und Joints rauchten. Unter ihnen waren auch einige erschreckend junge Mädchen und Jungen, beinahe noch Kinder. Wo waren ihre Eltern? Hatte der Gelbe Tod sie dahingerafft? Kein Wunder, dass diese Kids angesichts des Gelben Tods keinen Sinn mehr darin sahen, zur Schule zu gehen. Gab es überhaupt noch Lehrer, die zur Arbeit erschienen? Fabian fragte sich, wie die Personalsituation bei Polizei, Feuerwehr und in den Krankhäusern aussah? In Großstädten der USA waren Plünderungen längst an der Tagesordnung. In einigen afrikanischen Staaten war das öffentliche Leben völlig zum Erliegen gekommen. Es wurde von Umstürzen berichtet, von marodierenden Banden, die das Gesetz in ihre Hand genommen hatten. So gesehen musste man froh sein, dass die Menschen dank DETOX-Z wieder Hoffnung schöpften. Wenn die Menschen jedoch die Wahrheit erführen – die ungeheuerliche, unglaubliche Wahrheit –, dann würde es garantiert auch in den bislang noch als stabil geltenden

Ländern Europas zu gewaltsamen Protesten und Aufständen kommen.

Fabian sah sich um. In Gedanken versunken, hatte er nicht mitbekommen, dass sie offensichtlich ihr Fahrtziel erreicht hatten. Fabian erkannte den Flughafen Tempelhof. Der Busfahrer bog von der Straße ab und gelangte über eine Zufahrt auf das ehemalige Flugfeld, wo sie neben Dutzenden von weiteren Reisebussen zum Stehen kamen. Fabian ließ seinen Blick über die weite Grünfläche schweifen, die sich vor ihnen erstreckte. Berlins größter Stadtpark, und gleichzeitig die größte innerstädtische Freifläche der Welt, wimmelte nur so von Menschen in grünen T-Shirts. Auch hier trugen viele Mundschutz. Das Gelände schien noch über zahlreiche weitere Eingänge zu verfügen, denn von allen Seiten strömten die Massen herbei. Viele der Männer und Frauen schleppten sich nur mühsam in Richtung der Veranstaltungstribüne. Ordnungskräfte in Warnwesten wiesen ihnen den Weg und sorgten für einen geregelten Ablauf. Fabian stieß einen leisen Pfiff aus. Der Mann mit der Schnapsflasche hatte nicht übertrieben. Heute würden hier locker 200 000 Menschen zusammenkommen. Vielleicht sogar mehr. Doch die Organisatoren waren gut vorbereitet. Entlang der ehemaligen Start- und Landebahn waren Zelte aufgebaut, in denen man Verpflegung oder medizinische Hilfe erhalten konnte. Am Ende der Rasenfläche stand die Tribüne, eingerahmt von gigantischen Lautsprecherboxen. Ein wenig abseits standen Soldaten der Bundeswehr, vermutlich um die personalgeschwächte Polizei im Fall der Fälle zu unterstützen.

Während sich der Bus leerte, wandte Fabian sich an Davina. »Dein Smartphone kann uns den Weg zum RKI zeigen. Wir dürfen keine Zeit verlieren.«

Sie rief Google-Maps auf und zog ihre Stirn kraus. »Ich bekomme hier vier Adressen angezeigt. Unter welcher finden wir Engelmann?«

Er dachte nach. »Engelmann hat mir gegenüber die enge Zusammenarbeit mit den Ärzten der Charité erwähnt ...«

»Treffer«, sagte sie. »Eine der Adressen liegt direkt neben der Charité.«

»Das muss es sein.«

»Mist, das ist am anderen Ende von Berlin.«

»Wir nehmen ein Taxi.«

»Wir haben kein Geld«, erinnerte sie ihn.

»Verdammt, vergessen.«

»Egal«, sagte Davina. »Wir kommen schon irgendwie dahin. Zur Not fahren wir mit den Öffentlichen. Schwarz.«

»Darauf kommt es vermutlich auch nicht mehr an«, entgegnete Fabian und lächelte.

Sie lachte auf. »Ganz bestimmt nicht.«

»Alle aussteigen«, rief in diesem Moment der Busfahrer. Da sich nur noch Fabian und Davina im Bus aufhielten, war es wohl als Vorwurf gemeint.

»Auf geht's«, sagte Fabian. »Diese Busfahrt hat länger gedauert, als ich dachte. Die Zeit läuft uns davon. Bald wird es den Bakterien in der Box zu warm.«

Tag 64

BERLIN

Draußen mussten sie gegen einen steten Strom von Menschen ankämpfen, die auf das Veranstaltungsgelände drängten. Als sie endlich den Ausgang erreichten, sahen sie sich nach einer U-Bahn-Station um. Plötzlich erstarrte Fabian. Er stieß Davina an und zeigte auf zwei hochgewachsene Männer, die sich energisch ihren Weg durch die Menge aus gebeugt gehenden Menschen bahnten. Radu Serban und John Turner! Noch schienen sie Fabian und Davina nicht entdeckt zu haben, aber sie kamen näher. Fabian packte Davina am Arm und zog sie mit sich fort. So schnell es ihre körperliche Verfassung zuließ, eilten sie mit eingezogenen Köpfen im Schutz der Massen zurück auf das Tempelhofer Feld.

»Wie ist das möglich?«, zischte Fabian.

»Ich weiß es nicht«, antwortete Davina. »Vielleicht haben sie uns am Autohof in den Bus einsteigen sehen.«

»Das denke ich nicht. Sie haben noch den Aston Martin inspiziert, als wir mit dem Bus längst auf der Autobahn waren.«

»Vermutlich haben sie den Bus an der Tankstelle gesehen«, überlegte sie. »Nachdem sie uns nicht finden konnten, gab es nicht mehr viele Möglichkeiten, außer diesem Bus. Also sind sie ihm gefolgt.«

Fabian war skeptisch. So viel detektivischen Spürsinn traute er ihren Verfolgern nicht zu. Eine andere Erklärung dagegen schien ihm viel plausibler. Wütend knirschte er mit den Zähnen. Davina hätte von Cronberg ohne Probleme eine Nachricht senden können, während Fabian geschlafen hatte. Verdammt, sie hätte mit von Cronberg sogar telefonieren können, so tief hatte Fabian gepennt. Andererseits – warum hätte sie es so kompliziert machen sollen? Sie hätte einfach die Phiole aus seiner Tasche ziehen und den Inhalt trinken können. Die Antwort lag auf der Hand: Ohne einen Deal mit Philipp von Cronberg war das Heilmittel für Davina nutzlos. Sie konnte es natürlich schlucken, doch damit war sie nicht in Sicherheit. Dafür würden Serban und Turner schon sorgen. Damit die beiden von ihr abließen, brauchte sie zwingend einen Deal mit von Cronberg. Wollte sich Davina ihr Leben erkaufen, indem sie Fabian verriet? Seine Kiefer mahlten. Die quälende Ungewissheit war wieder da. Spielte ihm Davina nur etwas vor?

Für einen Augenblick spielte er mit dem Gedanken, sie in der Menge einfach abzuschütteln, um sich auf eigene Faust ins RKI durchzuschlagen. Doch Davina kannte seinen Plan. Falls sie tatsächlich mit von Cronberg einen Deal eingegangen war, würde sie Serban und Turner geradewegs zu Engelmann führen. Außerdem war sie außerhalb von VC-Pharma die Einzige, die über die wirksame Substanz in der Naturfarbe Bescheid wusste. Er fluchte innerlich. Egal von welchem Blickwinkel aus er die Sache betrachtete, ihm blieb nichts anderes übrig, als das Spiel mitzuspielen. Er musste diese Angelegenheit gemeinsam mit Davina durchziehen. Aber er musste wachsam bleiben.

Sie liefen über das Veranstaltungsgelände, vorbei an den Zelten und weiter über die vom Regen aufgeweichte Rasenfläche.

Fabian wagte einen Blick zurück. Ihre Verfolger waren nirgendwo zu entdecken. Er atmete schwer. Davina erging es nicht anders, und sie verlangsamten ihre Schritte. Sie kamen an einem unkrautüberwucherten Baseballfeld vorbei und verließen das Tempelhofer Feld durch den Ausgang am Columbiadamm. Von dort aus lotste Davinas Smartphone sie zur nächstgelegenen U-Bahn-Station. Der Columbiadamm zog sich scheinbar endlos dahin.

An der Haltestelle Boddinstraße warteten sie quälend lange, bis endlich eine U-Bahn einfuhr. Der Waggon, den sie betraten, war menschenleer. Zerknüllte McDonalds-Tüten, zermatschte Pommes und leere Pappbecher bedeckten den Boden. Es roch nach Urin. Abgesehen davon, glich es einem Wunder, dass überhaupt noch U-Bahnen fuhren. Erschöpft ließen Fabian und Davina sich auf eine Sitzbank sinken.

Sie fuhren sechs Stationen, und nur vereinzelt stiegen Menschen ein und aus. Am Bahnhof Alexanderplatz jedoch änderte sich die Situation. Bei der Einfahrt in den Bahnhof sah Fabian eine Gruppe junger Erwachsener am Bahnsteig. Er zählte fünfzehn Männer und zwei Frauen. Ihr Äußeres wirkte ungepflegt und wild, ihre überwiegend schwarze Kleidung war abgetragen und verschlissen, aber fast alle schienen in guter körperlicher Verfassung zu sein. Einige hatten sich Tücher vor Nase und Mund gebunden. In ihren Gesichtern stand Wut. Sie skandierten eine Parole, die Fabian durch die geschlossenen Fenster nicht verstehen konnte.

Der Zug kam zum Halt, und die Gruppe Schwarzgekleideter drängte laut redend und gestikulierend zu ihnen in den Waggon. Man warf Fabian und Davina mitleidige Blicke zu, aber niemand behelligte sie. Ein Kerl in einem schwarzen Ledermantel stellte sich breitbeinig neben Fabian. Seine Augenbrauen, Nasenflügel und die Unterlippe waren gepierct, zudem hatte er eine Seite seines Kopfes abrasiert und die verbliebenen Haare türkis gefärbt.

Ruckelnd fuhr die U-Bahn an.

»Wollt ihr gar nicht zur Demo?«, fragte Fabian ihn.

»Nee. Die kannste komplett knicken.« Er grunzte verächtlich. »Dit am Tempelhof ist doch alles nur Show. Bringt doch nüscht. Wir hauen heut auf die Kacke, da wo es denen richtig wehtut.« Er zog eine Steinschleuder aus seiner Manteltasche und fuchtelte damit herum. »Da kiekste, wa? Wir treten denen heut so richtig in die Eier. Wir lassen uns nich länger verarschen.«

»Was meinst du?«

Der Kerl sah Fabian an, als käme er vom Mond. »Ich rede von den Typen, die auf DETOX-Z hocken und es nicht rausrücken. Die meine ich.«

»Und wer sind *die*?«

»Na, diese Ärzte von der Regierung. Neben der Charité bunkern sie Tonnen von DETOX-Z.«

Fabian horchte auf. »Redest du vom Robert-Koch-Institut?«

Der Kerl beugte sich verschwörerisch zu ihm hinunter. »Wusstet ihr, dass die gar nich wollen, dass wir alle DETOX-Z bekommen? Diese ganze Zuteilung ist manipuliert. Die geben das Zeug erst mal nur irgendwelchen scheiß Politikern und angeblich wichtigen Leuten. Wenn es nach denen geht, können wir hier ruhig verrecken. Aber wir holen uns das Zeug, solange wir noch Kraft haben zu kämpfen.«

Fabian und Davina sahen sich ratlos an. Was schwafelte dieser Kerl da nur?

Er schien ihre Blicke zu missdeuten, denn er sagte: »Ihr denkt, wir haben keine Chance? Weil wir nur ein kleiner Haufen sind?

Ihr werdet euch wundern. Wir sind nur *eine* Gruppe. Freunde aus dem ganzen Land kommen heute nach Berlin. Vergesst Tempelhof. Da passiert nüscht. Wir rocken hier die Gegenaktion. Berlin wird brennen! Wir quatschen nich rum. Wir kämpfen für unser Recht auf Leben. Und wir kämpfen für Typen wie euch.« Er zeigte mit dem Finger auf Davina und Fabian.

»Wie kommt ihr darauf«, fragte Davina, »dass im Robert-Koch-Institut DETOX-Z-Vorräte zu finden sind?«

»Waren erst nur Gerüchte. Inzwischen wissen alle Bescheid.«

»Und woher kamen diese Gerüchte?«, hakte sie nach.

»Zuerst auf Twitter und Facebook. Jetzt findest du dit überall im Netz. Man kann die Leute nicht auf ewig verscheißern. Irgendwann kommt immer alles ans Licht.«

Fabian rieb sich nervös den Nacken. Das RKI besaß keine DETOX-Z-Vorräte, davon war er überzeugt. Diese aufgebrachten jungen Leute saßen einem Gerücht auf, das vermutlich aus Frustration und Wut über scheinbar ungerechte Zuteilungen entstanden war – ganz abgesehen davon, dass DETOX-Z nicht die Lösung ihrer Probleme war.

Fabian beugte sich zu Davina. »Diese Chaoten haben uns gerade noch gefehlt«, flüsterte er ihr zu. »Könnte ein Problem werden, ins RKI zu kommen, wenn die da erst mal Krawall schlagen.«

Sie nickte und sah argwöhnisch zu dem Kerl mit den türkisfarbenen Haaren auf.

Der hatte ihr Getuschel beobachtet. »He«, sagte er übermütig, »was ist in deiner komischen Schachtel da?«

»Lunchpaket«, entgegnete Fabian und bedeckte die Styroporbox auf seinem Schoß mit beiden Händen.

Tag 64

BERLIN

Sie fuhren bis zur Station Gesundbrunnen, wo sie – gemeinsam mit der Gruppe der Autonomen – in die S-Bahn umstiegen. Als sie an der Station Westhafen den Bahnhof verließen, stießen sie auf weitere, größtenteils schwarz gekleidete Gestalten, die mit in die Höhe gereckten Fäusten und Parolen skandierend durch die Straßen in Richtung des Robert-Koch-Instituts zogen. Fabian sah Vermummte mit diversen Wurfgeschossen sowie Molotow-Cocktails in Händen. Die Anzahl der offensichtlich gewaltbereiten Demonstranten schätzte er auf mittlerweile zweihundert. Nach dem, was er in den letzten Minuten aufgeschnappt hatte, erwartete man insgesamt mehr als fünfhundert Autonome. Die Gruppe marschierte in einem zügigen Tempo, und Fabian und Davina hatten Mühe, Schritt zu halten.

Sie erreichten die Föhrer Brücke, die über den Berlin-Spandauer Schifffahrtskanal führte. Über das Wasser hinweg drangen Sprechchöre aus unzähligen Kehlen zu ihnen herüber. Dazwischen vernahm Fabian polizeiliche Durchsagen aus einem Megafon. Die Demonstration schien bereits in vollem Gange zu sein.

Sie überquerten die Brücke. Viele der Autonomen liefen auf

der Fahrbahn, da auch hier – wie fast überall in Berlin – kaum Autos fuhren. Hinter der Brücke wandten sie sich nach rechts und gingen am Nordufer des Kanals entlang. Schon von Weitem konnte Fabian die Hundertschaft der Polizei sehen, die auf dem linken Fußgängerweg Posten bezogen hatte und den Zuweg zum Robert-Koch-Institut versperrte – einem zweiflügeligen Backsteingebäude mit dichtem Efeubewuchs bis unters Dach. Unterstützung erhielten die mit Helmen und Schutzschilden ausgestatteten Einsatzkräfte von einem Wasserwerfer, dessen Strahlrohr auf dem Dach hin und her schwenkte. Noch reichte diese Drohgebärde offenbar aus, um einen Ausbruch der Gewalt zu verhindern, aber es war absehbar, dass dies nicht auf Dauer reichen würde. Autos mit eingeschlagenen Fensterscheiben und zerstochenen Reifen am Wegesrand zeugten von der Wut und Gewaltbereitschaft der Autonomen.

Der Kerl mit den türkisfarbenen Haaren, der sich »Zwille« nannte, drehte sich zu Fabian um. »Wir mischen diese Bullenschweine jetzt mal ein bisschen auf. Wir holen uns, was uns zusteht.« Er zog seine Steinschleuder aus der Manteltasche und setzte sich mit schnellen Schritten an die Spitze der Gruppe.

Fabian fasste Davina am Arm und blieb stehen.

»Da kommen wir niemals durch«, sagte er.

Davina nickte. »Das wird böse enden. Diese Wut in all diesen Gesichtern …«

Gemeinsam sahen sie Zwille und den übrigen Neuankömmlingen nach, die jetzt zu den anderen Autonomen stießen, die sich bereits mitten in einer verbalen Auseinandersetzung mit der Polizei befanden. Sie skandierten wütende Parolen und forderten die sofortige Herausgabe von DETOX-Z an alle Bürger.

Über das Megafon versuchte die Polizei vergeblich, die wütende Menge davon zu überzeugen, dass sich in diesem Gebäude kein DETOX-Z befand. Die Aufforderung an die Autonomen, sich unverzüglich zurückzuziehen, zog ein gellendes Pfeifkonzert nach sich. Fabian war klar, dass in dieser Situation ein Funke genügte, um das Pulverfass zum Explodieren zu bringen. Ihm war mulmig zumute. Zumal er erkannte, dass die vermeintliche Hundertschaft der Polizei tatsächlich nur höchstens aus vierzig, fünfzig Einsatzkräften bestand. Die Folgen der grassierenden Pandemie zeigten sich auch hier. Auf jeden Polizisten kamen etwa zehn Demonstranten. Lange würden die Beamten der stetig wachsenden Meute nicht standhalten können.

Unter lautem Johlen und Anfeuerungsrufen stießen jetzt einzelne Vermummte abwechselnd vor, warfen Steine oder Flaschen in Richtung der Einsatzkräfte und zogen sich dann rasch in den Schutz der Gruppe zurück. Die Stimme aus dem Megafon warnte, man werde Tränengas und den Wasserwerfer einsetzen, sofern die Demonstranten sich nicht zurückzögen. Erwartungsgemäß schreckte dies keinen der Randalierer ab. Angespannt presste Fabian die Lippen aufeinander. Was für ein Unterschied zu der friedlichen Kundgebung auf dem Tempelhofer Feld, nur wenige Kilometer entfernt.

»Komm«, sagte er zu Davina. »Wir versuchen unser Glück auf der Rückseite.«

Sie gingen an dem Gebäude vorbei, dann links in eine Querstraße, von der aus ein Privatweg hinter das Gebäude führte. Der Zugang wurde von behelmten Polizisten in Schutzanzügen bewacht. In Vierergruppen sicherten sie die Rückseite des Gebäudes. Einsatzwagen blockierten die Auffahrt zu den Parkplätzen. Noch waren hier keine Demonstranten zu sehen, aber der Tumult auf der anderen Seite des Gebäudes war laut und deutlich zu hören.

Als sie nähertraten, baute sich ein Polizist vor Fabian und Davina auf. Er war gut einen Kopf größer als sie. Das Visier seines Helms hatte er nach oben geschoben. Zwei gelbe Augen blickten auf Fabian herab. »Bitte gehen Sie weiter. Hier kommen Sie heute nicht durch.«

»Wir gehören nicht zu denen«, entgegnete Fabian. »Wir müssen mit Professor Engelmann sprechen. Wir haben wichtige Nachrichten für ihn.«

»Im Augenblick kommt hier keiner rein oder raus. Gehen Sie bitte weiter.«

»Sagen Sie Professor Engelmann, Fabian Nowack sei hier. Es ist wirklich sehr wichtig.« Er zeigte dem Polizisten die Styroporbox. »Hier drin befinden sich Bakterien, die den Gelben Tod wirksam bekämpfen. Wir müssen ...«

»Tut mir leid. Ich habe meine Anweisungen.«

»Aber es geht um Leben und Tod«, mischte sich Davina ein.

»Schätzchen, das tut es immer.«

Sie verdrehte die Augen. »Nein, Sie verstehen nicht ...«

Ein Kollege des Polizisten trat hinzu. »Gibt es ein Problem?«

»Kein Problem«, sagte Fabian. »Wir gehen schon.«

Er wollte sich abwenden, aber Davina rührte sich nicht von der Stelle. Sie starrte den Polizisten wütend an. »Das *Schätzchen* können Sie sich sparen. Selbst in Zeiten wie diesen sollten Sie nicht den Respekt gegenüber den Menschen verlieren. Sonst sind Sie nicht besser als die Chaoten dort drüben.«

Die Miene des Polizisten verfinsterte sich. »Seien Sie froh, dass meine Kollegen und ich überhaupt noch zum Dienst antreten.

Ohne uns würde Berlin längst brennen. Wenn Sie jetzt also gefälligst ...«

Er kam nicht dazu, seinen Satz zu beenden, denn auf der anderen Seite des Gebäudes gab es eine Explosion. Eine Druckwelle ließ die Fensterscheiben des RKI sowie der angrenzenden Gebäude erzittern. Der Polizist sah sich hektisch um. Die Tumulte gerieten offensichtlich außer Kontrolle. Gebrüll und wütende Schlachtrufe hallten durch die Straßen. Das Funkgerät des Polizisten knarzte: »Wasserwerfer im Einsatz. Brauchen sofort Verstärkung. Die überrollen uns!«

Die Polizisten, die den seitlichen Durchgang bewachten, zögerten keine Sekunde und rannten los, um ihren Kameraden beizustehen. Innerhalb von Sekunden war die Rückseite des Robert-Koch-Instituts menschenleer. Fabian und Davina nutzten ihre Chance und eilten zum Hintereingang. Die halbhohen Sensorschleusen, die Unbefugten den Zutritt zum Gebäude verwehren sollten, waren unbewacht und standen zu Fabians Überraschung offen. Der Eingangsbereich lag verlassen da, selbst der Platz des Pförtners hinter einem Sicherheitsglas war leer. Ein angebissenes Sandwich in einer Brotdose verriet, dass er nicht allzu weit entfernt sein konnte. Kurz entschlossen betrat Fabian die Pförtnerkabine und verschaffte sich mit Hilfe eines an der Wand hängenden Plans einen raschen Überblick über die Flure, Stockwerke und die Raumaufteilung. Auf einer tabellarischen Übersicht fand er Namen von Personen aufgelistet, die über eigene Büros verfügten. Er entdeckte Engelmanns Namen.

»Zweiter Stock, Zimmer 11«, rief er Davina zu.

Sie deutete auf ein Hinweisschild an der Wand. »Zu den Aufzügen geht es dort entlang.«

Sie durchquerten den Eingangsbereich, bogen um eine Ecke

und erkannten, weshalb ihnen bislang niemand über den Weg gelaufen war. Vor einer breiten Fensterfront mit Blick auf das Nordufer hatte sich eine Menschentraube gebildet. Dort schienen mit der Explosion alle Dämme gebrochen zu sein. Entlang des Ufers brannten Autos. Schwarze Rauchwolken quollen aus zerbrochenen Fensterscheiben und trieben über den Kanal in Richtung Innenstadt. Pflastersteine und Molotow-Cocktails flogen durch die Luft. Die Einsatzkräfte hatten größte Mühe, die unermüdlich vorpreschenden Autonomen abzuwehren. Die Beamten verteidigten sich mit Hilfe von Schlagstöcken und Pfefferspray. Ein mächtiger Strahl aus dem Strahlrohr des Wasserwerfers hielt eine von der Seite angreifende Gruppe Vermummter auf Distanz. Doch die Demonstranten waren in der Überzahl. Es war nur eine Frage der Zeit, bis die ersten Chaoten in das Gebäude eindringen würden.

Fabian lief auf die Aufzüge neben dem Treppenhaus zu. Davina folgte in einigem Abstand. Ihr Atem ging rasselnd, ihr Gesicht war aschfahl. Am Aufzug angekommen, würgte sie. Fabian drückte den Rufknopf und hielt sie im Arm, während sie auf den Aufzug warteten.

»Ich kann nicht mehr«, flüsterte sie.

»Engelmann wird dir helfen. Halte noch ein paar Minuten durch.«

Sie erwiderte nichts. Fabian kannte die Symptome – Kurzatmigkeit, Herzrasen, Übelkeit. Davina stand kurz vor einem Zusammenbruch.

Wenige Meter entfernt flog ein Pflasterstein durch eins der Fenster. Kurz darauf ging ein zweites Fenster zu Bruch. Die Angestellten des RKI am Ende des Gangs schrien erschrocken auf und flüchteten in Richtung Hinterausgang. Zum ersten Mal fragte

Fabian sich, was er tun sollte, falls Engelmann nicht im Institut war? Er starrte auf die Styroporbox in seiner Hand. Dann verscheuchte er den Gedanken. Er musste einfach da sein. Einen Plan B gab es nicht.

Kurz darauf standen sie im zweiten Stock vor Zimmer 11. Die Tür stand einen Spaltbreit offen. *Kein gutes Zeichen*, dachte Fabian. Hatte Engelmann die Krawalle mitbekommen und die Flucht ergriffen?

»Professor Engelmann?«, rief er und klopfte an. »Ich bin's. Fabian Nowack.«

Niemand antwortete.

Fabian stieß die Tür auf und trat ein.

Professor Engelmann hatte *nicht* die Flucht ergriffen. In einem zugeknöpften Arztkittel saß er an seinem Schreibtisch in einem Ledersessel. Seine Arme hingen schlaff über den Lehnen. Sein Kinn war ihm auf die Brust gesunken. Ob er noch atmete, konnte Fabian nicht erkennen. Es war in diesem Augenblick auch nicht von Belang, denn neben Engelmann stand Radu Serban. Der breitschultrige Rumäne sah Fabian kaltblütig an.

Hinter ihnen knallte die Tür zu. Fabian wirbelte herum.

»Ihr habt euch Zeit gelassen«, sagte John Turner mit vorgehaltener Pistole und grinste. »Dabei ist ausgerechnet Zeit etwas, das ihr nicht habt.« Mit einem Wink seiner Waffe dirigierte er Fabian und Davina von der Tür weg.

Davina schleppte sich mit letzter Kraft zu einer Liege, die an der hinteren Wand stand, und sank darauf nieder. Ihr röchelnder Atem ging stoßweise. Sie rollte sich zusammen, schloss die Augen und begann zu zittern. Fabian sah sie besorgt an, konnte aber im Augenblick nichts für sie tun. Er wich von Turner zurück, bis er mit dem Rücken gegen einen Rollcontainer stieß, auf dem sich die üblichen Utensilien befanden – Spritzen, Kanülen, Untersuchungshandschuhe. Er stellte die Styroporbox hinter seinem Rücken ab.

»Woher wussten Sie es?«, fragte er Turner. »Hat ... Davina es Ihnen verraten?«

»Wie naiv kann man sein?«, erwiderte Turner. Er trat zu Davina, tastete ihre Jeansjacke ab und zog ihr Smartphone hervor. Sie rührte sich nicht. Vermutlich nahm sie gar nicht wahr, was um sie herum geschah.

»Ich bin ein Kontrollfreak«, sagte Turner, während er Davinas Smartphone zu Boden warf und es mit seinem Schuhabsatz zertrat. »Berufskrankheit. Ich überwache grundsätzlich alles und jeden, mit dem ich zu tun habe. Man weiß ja nie. Auf diesem Smartphone jedenfalls ist ein Trojaner installiert, der alle Gespräche und jede Textnachricht aufzeichnet. Jede Eingabe wird in Echtzeit an mein Tablet gesendet. Natürlich ist auch eine GPS-Überwachung installiert. Radu und ich wussten zu jeder Zeit, wo ihr euch aufhaltet. Als ihr den Weg zum RKI gegoogelt habt, war uns alles klar.«

Fabian warf Davina einen Blick zu. Sie lag mit geschlossenen Augen auf der Liege. Ihr Brustkorb hob und senkte sich nur noch schwach. Schuldgefühle überkamen ihn, weil er an ihrer Loyalität gezweifelt hatte.

Ein lauter Knall hallte durch das Treppenhaus. Geschrei und Gepolter waren zu hören. Die Demonstranten waren ins Gebäude eingedrungen.

»Verdammte Chaoten.« Turners Miene verfinsterte sich. Er streckte Fabian die flache Hand entgegen. »Die Box hinter deinem Rücken habe ich bereits gesehen. Jetzt rück die Phiole raus!«

Fabian zögerte.

»Wird's bald?« Erneut richtete er die Waffe auf Fabians Kopf. Fabian wich mit dem Oberkörper zurück, so weit er konnte, wobei er sich mit den Händen hinter seinem Rücken auf dem Rollcontainer abstützte. Er ertastete eine Spritze. Mit zittrigen Fingern streifte er die Sicherheitskappe der Injektionsnadel ab.

Plötzlich flog die Tür auf, und ein übergewichtiger Mann streckte seinen hochroten Kopf herein. »Sie sind im Gebäude! Schnell, Harvey, wir müssen ...« Er riss die Augen auf. »Was ist denn hier los?«

Mit drei schnellen Schritten war Radu Serban bei ihm, drehte ihm den Arm auf den Rücken, schob ihn aus dem Raum und weiter quer durch den Gang. Dann stieß er Engelmanns Kollegen über das Treppengeländer in das offene Treppenhaus. Fabian hörte entsetzte Aufschreie, als der Körper des Mannes zwei Stockwerke tiefer auf dem Boden aufschlug.

Noch vom Gang aus rief Serban: »Beeilung, John! Sie kommen.«

Nur einen Wimpernschlag darauf stürmten mehrere Vermummte unter lautem Johlen und wildem Gebrüll die Treppen herauf. Serban sprang zur Seite, um sie vorbeizulassen. Sie rannten den Gang entlang, rissen Türen auf und verschwanden in Büros, wo sie auf der Suche nach den angeblichen DETOX-Z-Vorräten randalierten und sinnlos Einrichtungsgegenstände zerstörten. Nicht mehr lange, und sie würden auch in Engelmanns Büro einfallen.

»Scheiße«, fluchte Turner.

Für einen Moment war von Cronbergs Sicherheitschef abgelenkt und Fabian nutzte seine Chance. Er rammte ihm mit voller Wucht die Injektionsnadel in den Hals. Turner brüllte auf und taumelte rückwärts. Während er sich die Spritze aus dem Hals zog, eilte Fabian zur Tür hinaus. Doch er kam nicht weit. Radu

Serban packte ihn an der Gurgel und drückten ihn brutal mit dem Rücken gegen die Wand.

»Die Phiole«, knurrte Serban und drückte fester zu. »Jetzt!« Fabian bekam keine Luft. Er japste. »Vorne in meiner Tasche.« Mit der Rechten presste Serban ihn weiter unerbittlich gegen die Wand, während er mit der Linken die Phiole aus Fabians Kängurutasche fischte. Prüfend hielt er die Phiole ins Licht, und unter seinem Schnauzer verzog sich sein Mund zu einem bösartigen Grinsen.

Unterdessen strömten immer mehr Vermummte die Treppen hinauf. Sie schenkten Fabian und Serban keinerlei Beachtung, während sie johlend Türen eintraten und im Flur Bilder von den Wänden rissen. Als Fabian bereits glaubte, Radu würde ihm das Genick brechen, tauchte Turner auf. Mit wutverzerrtem Gesicht starrte er Fabian an, während er sich über die Einstichstelle an seinem Hals rieb. Er steckte seine Pistole in den Hosenbund.

»Gut gemacht, Radu. Jetzt überlass diesen Zwerg mir.«

Serban ließ Fabian los und trat einen Schritt zurück. Fabian rang nach Luft, keuchte.

»Hey, alter Mann, brauchst du Hilfe?«

Alle Köpfe fuhren herum. Etwa fünf Meter entfernt stand Zwille mit seiner Steinschleuder, neben ihm ein Vermummter mit einem Butterflymesser in der Hand.

»Verzieht euch«, knurrte Turner.

»Tickt ihr noch sauber?« Zwille sah abwechselnd Serban und Turner an. »Nehmt ihr hier zu zweit einen Kranken in die Mangel? Lasst sofort den alten Mann los.«

Der Vermummte neben ihm nickte.

»In dieser Phiole ist DETOX-Z«, rief Fabian und zeigte auf

das Glasgefäß in Radus Hand. »Sie wollen es vernichten, bevor ihr es in die Finger bekommt.«

Zwille riss die Augen auf. »Scheiße, ist das wahr?«

»Knall diese Idioten ab«, sagte Serban zu Turner und steckte die Phiole in die Hosentasche.

Turner zog seine Waffe aus dem Hosenbund, doch Zwille war schneller. Er hatte bereits seine Steinschleuder gespannt, zielte und schoss Turner eine haselnussgroße Stahlkugel gegen die Schläfe. John Turner verdrehte die Augen und sackte zu Boden.

Bevor Zwille nachladen konnte, stürmte Serban auf ihn zu, aber der Vermummte mit dem Messer stellte sich ihm in den Weg. Serban deutete einen Ausfallschritt an, packte die Hand, die das Messer führte, und brach sie mit einer einzigen kräftigen Drehung. Der Vermummte brüllte auf und ließ das Messer fallen. Noch in der Luft fing Serban es auf und rammte es dem brüllenden Mann in den Bauch. Rund um die Einstichstelle breitete sich ein dunkler Fleck auf dem T-Shirt aus. Die Schreie des Mannes gingen in ein Röcheln über. Serban stieß den Vermummten zu Boden, wo er zusammengekrümmt liegen blieb.

»Mörder!«, schrie Zwille und spannte erneut seine Schleuder. Diesmal war sein Gegner vorgewarnt. Serban schlug Zwilles Hand beiseite, packte ihn am Kehlkopf und drückte unerbittlich zu. Zwilles Augäpfel traten hervor. Vergeblich schnappte er nach Luft.

Fabian hatte die Szene wie gelähmt verfolgt. Jetzt ließ endlich der Schwindel nach. Er beugte sich über Turner, griff sich dessen Pistole, entsicherte sie, zielte und drückte ab. Der Knall war ohrenbetäubend, der Rückstoß riss Fabians Schulter nach hinten. Die Kugel traf Radu Serban in die Seite. Mit einem Aufschrei ließ er von Zwille ab und presste eine Hand auf seine Wunde. Zu Fabians Entsetzen stoppte die Schusswunde den hünenhaften Rumäne nicht. Die Wut in Serbans Augen war grenzenlos. Mit schmerzverzerrtem Gesicht wankte er auf Fabian zu. Fabian schoss erneut. Er traf Serban in die Brust, und diesmal zeigte der Treffer die gewünschte Wirkung. Radu Serban kippte nach hinten und blieb reglos liegen.

Schwer atmend lehnte Fabian sich mit dem Rücken gegen die Wand und ließ sich zu Boden gleiten. Er starrte die Pistole in seiner Hand an. Dann ließ er sie angewidert fallen. Sein Herz schlug schmerzhaft in der Brust, um ihn herum drehte sich alles, und sein Blick verschwamm. Er durfte jetzt nicht das Bewusstsein verlieren.

Eine schemenhafte Gestalt näherte sich ihm.

»Alles klar, alter Mann?«, fragte Zwille.

»Geht schon«, keuchte Fabian. Er schloss die Augen.

Zwille schnippte mit den Fingern vor Fabians Gesicht. »He, aufwachen, alter Mann. Wo ist das DETOX-Z?«

Fabian öffnete die Augen, zeigte auf Serban. »Er hat die Phiole eingesteckt, aber ...«

»Danke. Mehr muss ich nich wissen.« Zwille klopfte ihm auf die Schulter und durchsuchte dann Serbans Taschen. Schließlich stieß er einen triumphierenden Schrei aus und reckte die Phiole in die Höhe. Er schraubte den Verschluss ab, warf ihn achtlos fort.

»Nein!«, rief Fabian, doch Zwille hatte die Phiole bereits an die Lippen gesetzt und kippte die Flüssigkeit hinunter.

Zwille schüttelte sich. »Boah, dit Zeug hat es in sich!« Er klopfte Fabian erneut auf die Schulter. »Noch einmal danke, alter Mann. Dann schaff ich meinen Kumpel mal zum Arzt. Du kommst jetzt allein klar, wa?« Ohne eine Antwort abzuwarten, eilte er zu seinem am Boden liegenden Freund, zog das Messer aus dessen Bauch, half ihm hoch, stützte ihn und verschwand so mit ihm im Treppenhaus.

Fabian wollte ihm etwas hinterherrufen, aber ihm fehlte die Kraft. Er sah sich um. Turners Smartphone lag neben ihm auf dem Boden. Fabian kroch hin und hob es auf. Vielleicht konnte er damit einen Hilferuf absetzen. Er wischte über das Display und fluchte. Um das Telefon zu entsperren, benötigte er einen Code oder Turners Fingerabdruck. Fabian kroch zu Turner, nahm dessen Hand und drückte den Daumen auf den Fingerabdrucksensor. Es funktionierte. Leider erkannte Fabian anhand der fehlenden Balken sofort, dass es hier im Gebäude keinen Netzempfang gab. Es war zum Verzweifeln. Fabian hatte schon viel zu viel Zeit verloren. Er musste sich endlich um Davina und die Styroporbox kümmern. Danach konnte er immer noch von außerhalb des Gebäudes Hilfe herbeirufen.

Er steckte das Smartphone ein und rappelte sich mühsam auf. Die Randale dauerte an. Immer wieder knallte oder krachte es, und ein beißender Geruch verriet Fabian, dass irgendwo ein Feuer ausgebrochen sein musste. Er fluchte. Diese Chaoten fackelten doch tatsächlich das Gebäude ab. Er musste so schnell wie möglich mit Davina von hier verschwinden. Er drehte sich um und starrte direkt in John Turners Gesicht.

»Nicht so schnell«, knurrte Turner.

Er stand wankend im Gang und hielt die Pistole in der Hand. Er wirkte benommen. Ein blutendes Loch klaffte an seiner rechten Schläfe, das Auge darunter war zugeschwollen.

Der Brandgeruch wurde stärker, und jetzt ertönte auch der Feueralarm. Durch das Treppenhaus drang Qualm herauf. Waren die Treppen womöglich nicht mehr passierbar? War deswegen seit einiger Zeit keiner mehr heraufgekommen? Mit einem lauten Zischen öffneten die Sprinkler an der Decke ihre Ventile und begossen Fabian und Turner mit Löschwasser.

»Es ist vorbei«, sagte Fabian. »Die Phiole hat sich einer der Chaoten gekrallt. Und das Gebäude brennt. Sie sollten besser verschwinden.«

»Nicht bevor ich hier meinen Job erledigt habe.« Er richtete die Pistole auf Fabian. »Ich würde dich ja liebend gern bei lebendigem Leib verbrennen sehen, aber so lange kann ich nicht warten.«

Ein Knall wie ein Peitschenhieb ließ Fabian zusammenzucken. Im ersten Moment war er davon überzeugt, John Turner habe den Abzug seiner Waffe betätigt und auf ihn geschossen. Doch er spürte nichts, und zu seiner Überraschung war es Turner, der aufbrüllte. Er ging in die Knie und griff sich mit schmerzverzerrtem Gesicht an die linke Ferse. Hinter ihm kauerte Davina DeBoni. Sie hielt das blutverschmierte Butterflymesser in der Hand, das Zwille seinem Kumpel aus dem Bauch gezogen hatte. Danach musste sie sich in Turners Rücken angeschlichen und ihm das Messer in die Achillessehne gerammt haben. Fabian war so auf Turner fixiert gewesen, dass er sie nicht bemerkt hatte. Geistesgegenwärtig entriss er Turner die Pistole. Turner versuchte aufzustehen, doch als er den verletzten Fuß aufsetzte, schrie er auf und ging erneut in die Knie. Er sah Fabian mit seinem intakten Auge in seinem blutverschmierten Gesicht an. Offenbar war ihm klar, dass das Spiel aus war. Fabian richtete die Pistole auf ihn. Seine Hand zitterte. Dann ließ er die Waffe wieder sinken. Turner konnte ihnen nichts mehr anhaben.

Das Löschwasser aus den Sprinklern flutete den Gang. Gleichzeitig war die Rauchentwicklung so stark geworden, dass Fabian das Atmen schwer fiel. In der Ferne hörte er Feuerwehrsirenen. Zwei Frauen in durchnässten Arztkitteln kamen in ihre Richtung gerannt. Sie hielten sich nasse Handtücher vor Mund und Nasen. Eine der beiden rief: »Raus hier! Schnell! Am Ende des Ganges ist eine Feuerleiter.«

Fabian half Davina auf die Beine. Ihre nassen Haare klebten an ihrer Stirn. Ihr körperlicher Zustand war erschreckend, aber immerhin lebte sie.

»Los, weg hier«, sagte er.

Sie schüttelte den Kopf. »Wir müssen Engelmann mitnehmen.«

Es dauerte einen Moment, bis Fabian begriff. »Engelmann lebt?«

Davina nickte.

Fabian eilte in Engelmanns Büro. Der Professor saß vornübergebeugt in seinem Sessel und rieb sich den Hinterkopf. Das Löschwasser, das ihn bespritzte, schien er nicht wahrzunehmen.

»Was ist geschehen?«, murmelte er. »Ich kann mich an nichts erinnern.«

»Wir erklären Ihnen alles«, sagte Fabian, »aber erst müssen wir hier raus. Es brennt.«

»Herr Nowack? Was machen Sie denn hier?«

Ungeduldig zog Fabian ihn aus seinem Sessel. »Können Sie gehen?«

Der Professor nickte.

»Zur Feuerleiter«, sagte Fabian. »Schnell!«

Er war bereits bei der Tür, als er abrupt stehen blieb und dann zurück zum Rollschrank ging. Beinahe hätte er die Styroporbox vergessen. Er schnappte sie sich, und gemeinsam strebten sie im Löschwasserregen dem Notausgang zu.

Fabian warf einen letzten Blick zurück. John Turner hatte sich aufgerappelt und versuchte, ihnen zu folgen. Im dichten Rauch sah Fabian, wie er sich an der Wand abstützte. Er humpelte stark, hustete und würgte. Schließlich brach er zusammen und blieb liegen.

Fabian wandte sich ab. Trotz der Sprinkler zog weiter unablässig Rauch vom Erdgeschoss durch das Treppenhaus hinauf. Fabian hustete, seine Augen tränten. Mit letzter Kraft erreichte er den Notausgang und folgte Davina und Engelmann durch eine Glastür ins Freie. Draußen sog er gierig frische Luft in seine Lungen. Dann stieg er mit zitternden Knien und mit quietschenden Schuhen die Feuerleiter hinab.

Tag 64

BERLIN

Eine Viertelstunde später saßen sie zu dritt auf einer Parkbank am Nordufer und beobachteten aus der Ferne die Löscharbeiten am brennenden Robert-Koch-Institut. In ihren Händen hielten sie Tassen mit Tee, die sie vom Roten Kreuz bekommen hatten, ebenso wie die Thermodecken, die sie um ihre ausgekühlten Körper gewickelt hatten. Nachdem die Polizei Verstärkung von Soldaten der Bundeswehr bekommen hatte, war es den Einsatzkräften rasch gelungen, die Gewalthandlungen zu beenden. Fabian hatte Gesprächsfetzen aufgeschnappt, in denen von zahlreichen Verhaftungen die Rede gewesen war. Die meisten Autonomen aber hatten sich in alle Winde zerstreut. Rund um das Gebäude des RKI standen Löschfahrzeuge und Krankenwagen. Rot-Kreuz-Mitarbeiter versorgten Verletzte, während die Polizei weithin das Gelände sicherte.

Fabian wandte seinen Blick von dem Geschehen ab und betrachtete Davina. Zusammengesunken saß sie neben Engelmann, mit dunklen Augenringen und zitternden Lippen. Sanitäter hatten ihr eine Infusion mit Kochsalzlösung gelegt. Sie war am Ende ihrer Kräfte. Fabian erging es kaum anders. Am liebsten hätte er die Thermodecke auf den Boden geworfen, sich einfach draufgelegt und die Augen geschlossen. Allerdings befürchtete er, nie wieder aufzuwachen. Außerdem hatte er noch etwas Wichtiges zu erledigen. Er drückte Engelmann die Styroporbox in die Hand.

»Was ist da drin?«, fragte Engelmann und wollte die Schachtel öffnen.

Fabian hielt seine Hand schützend darüber. »Nicht hier. Haben Sie noch einen Augenblick Geduld.«

Er zog das Fläschchen Korn, das er im Tankstellen-Shop bekommen hatte, aus seiner Hosentasche und betrachtete die klare Flüssigkeit darin. Aus Angst, Davina könnte ihm die Phiole im Schlaf stehlen, hatte er das Heilmittel und den Schnaps im Bus mithilfe des Kaffeebechers vertauscht. Kein Wunder, dass Zwille sich geschüttelt hatte, nachdem er den Inhalt der Phiole heruntergekippt hatte, denn er hatte einfach nur reinen Schnaps getrunken.

Fabian übergab Engelmann das Fläschchen. »Hier drin befindet sich ein Heilmittel gegen Blastomyces mortiferum.«

Engelmann sah irritiert drein. »Ich verstehe nicht.«

So gut er konnte, berichtete Fabian vom Schutzengel-Protein und der antimykotischen Substanz in der Tätowierfarbe der Timbókanã. Fabian erklärte, wie beides in seinen Besitz gelangt war und weshalb Philipp von Cronberg alles daransetzte, die Existenz des Heilmittels geheim zu halten. Er vergaß auch nicht zu erwähnen, was er von Mark Brenner über DETOX-Z gehört hatte.

Engelmann hörte ihm mit wachsender Verwunderung zu. »Also sind die Gerüchte wahr«, murmelte er schließlich.

»Sie wussten davon?«, fragte Fabian entgeistert.

»Keine Details, aber seit einigen Tagen höre ich so einiges. Sehen Sie, in meiner Position kennt man sehr viele Leute. Und die Leute reden nun mal. Die Gerüchte der letzten Tage decken sich auf erstaunliche Weise mit Ihren Erzählungen.«

Fabian sah ihn hoffnungsvoll an. »Und was werden Sie jetzt unternehmen?«

»Na, was denken Sie?« Engelmann erhob sich. »Ich beantrage eine sofortige Beschlagnahme der Heilmittelvorräte von VC-Pharma. Außerdem wird VC-Pharma unter Obhut und Leitung des RKI gestellt. Damit garantieren wir, dass die Produktion des Heilmittels ohne Unterbrechung weiterläuft.«

»Das können Sie tun?«, fragte Fabian.

»Natürlich. Es gibt Notstandsgesetze, die uns in einer Situation wie dieser dazu ermächtigen. Unter den gegebenen Umständen findet sich garantiert ein Richter, der die entsprechende Anordnung noch heute ausstellt.« Engelmann klopfte Fabian auf die Schulter. »Sie werden sehen, Philipp von Cronberg kann nichts dagegen unternehmen. Auch, weil er sein Heilmittel nicht patentieren ließ, damit niemand etwas von dessen Existenz erfährt. Glauben Sie mir, Herr Nowack, dieses Medikament wird bald allen Menschen auf der Welt zur Verfügung stehen.«

»Können Sie auch dafür sorgen, dass von Cronberg verhaftet wird?«

Engelmann verzog das Gesicht. »Das wohl nicht. Ich bin kein Jurist, aber ich kann mir nicht vorstellen, was man ihm vorwerfen könnte?«

»Dieser Verrückte hatte vor, Milliarden Menschen sterben zu lassen«, brauste Fabian auf. »Reicht das etwa nicht als Grund?«

»Ich fürchte, leider nein«, antwortete Engelmann zögerlich. »Meines Wissens ist es nicht strafbar, ein Medikament *nicht* patentieren zu lassen, und ebenso wenig ist es nicht strafbar, es *nicht* auf den Markt zu bringen.«

»Aber er verteilt es an seine Freunde vom Club of Magyar«, warf Fabian ein. »Von Cronberg allein bestimmt, wer es bekommt.«

»Mag sein, nur ändert das nichts. Darüber werden sich Juristen möglicherweise viele Jahre streiten, aber ich denke nicht, dass von Cronberg dafür auch nur einen Tag ins Gefängnis wandert.« Engelmann zuckte mit den Schultern. »So leid es mir tut, aber im Augenblick sehe ich nicht, was ich da tun könnte.«

»Ich verstehe.« Fabian betrachtete Davina. Sie hatte den Oberkörper auf die Bank gelegt und war vor Erschöpfung eingeschlafen. »Eine letzte Frage, Herr Professor. Welche Menge an Flüssigkeit benötigen Sie, um Aufbau und Struktur des Schutzengel-Proteins zu ermitteln? Würde Ihnen dazu vielleicht auch nur die Hälfte dieses Fläschchens genügen?«

Engelmann stieß Luft aus. »Die Sequenz eines unbekannten Proteins zu ermitteln ist immer eine Suche nach der Nadel im Heuhaufen. Um die molekulare Struktur eines unbekannten Proteins herauszufinden, bräuchten wir unter normalen Umständen mehrere Dutzende Liter Flüssigkeit. Zum Glück können wir bald schon auf die EDV von VC-Pharma zugreifen. Das erspart uns eine Menge Zeit. Mit dem Inhalt dieses Fläschchens allein wären wir nicht weit gekommen.«

Fabians Gedanken rasten. »Dann benötigen Sie das Fläschchen gar nicht?«

»Wie gesagt, wir beschlagnahmen noch heute VC-Pharma. Dort werden wir alle Informationen vorfinden, die wir brauchen.«

Fabian sah den Professor mit großen Augen an. Er wusste nicht, ob er weinen oder lachen sollte. Sie hätten fast ihr Leben für diese Phiole geopfert, und jetzt stellte sich heraus, dass Engelmann sie gar nicht benötigte?

Fabian nahm dem verdutzten Professor das Fläschchen aus der Hand. »Dann her damit.«

Engelmann räusperte sich. »Ich sollte mich jetzt beeilen. Wir dürfen keine Zeit verlieren. Nochmals danke, Herr Nowack.« Fabian nickte, und Engelmann eilte mit der Styroporbox unter dem Arm davon.

Während Fabian ihm nachsah, überkam ihn zum ersten Mal seit langer Zeit das Gefühl, dass alles gut werden würde. Sanft rüttelte er Davina wach. »Hier. Trink«, sagte er und schraubte den Verschluss des Fläschchens auf.

»Lieb von dir«, sagte sie mit halb geöffneten Augen, »aber ich glaube, Alkohol ist jetzt keine so gute Idee.«

Er erklärte es ihr.

Sie hörte ohne erkennbare Regung zu, dann fragte sie: »Also will Engelmann von mir gar nichts über das Tongefäß und die Farbe wissen?«

»Er sagt, er wird alle benötigten Infos von VC-Pharma bekommen.«

Sie sah ihn müde an. »Ich hätte die Phiole niemals heimlich an mich genommen.«

Fabian machte ein bekümmertes Gesicht. »Tut mir leid, Davina, aber ich kannte dich doch kaum. Ich konnte mir einfach nicht sicher sein.« Er drückte ihr das Fläschchen in die Hand. »Jetzt trink. Du und ich. Jeder die Hälfte. Das sollte für den Moment genügen.«

Sie nickte, trank und reichte Fabian den Rest, den er in einem Zug hinunterkippte. Es schmeckte leicht säuerlich, harmlos. Obwohl er wusste, dass es Tage dauern würde, bis die Wirkung einsetzte, fühlte er sich schon jetzt gestärkt. Die Aussicht, dass sein geschundener Körper bald wieder zu alter Frische zurückfinden würde, dass er seine Schwester und seinen kleinen Neffen wiedersehen würde, verlieh ihm neue Energie. Wie es aussah, würde er doch noch mit Marvin Eishockey spielen. Er lächelte unbewusst. Die Menschheit hatte einen heftigen Warnschuss vor den Bug bekommen. Nein, es war viel mehr als das, wenn man bedachte, dass der Pilz weltweit bislang über zweihundert Millionen Tote gefordert hatte und noch viele weitere fordern würde. Bis das Heilmittel überall auf der Welt für jeden verfügbar sein würde, konnten viele Wochen vergehen. Auch war das verheerende globale Artensterben deswegen noch lange nicht gestoppt, aber Fabian war überzeugt davon, dass die Menschen nach Blastomyces mortiferum endlich zur Vernunft kommen würden. Die Erkenntnis würde sich durchsetzen, dass eine Spezies nicht *allein* existieren kann, sondern nur in einem komplexen Ökosystem überlebensfähig ist, in dem die Lebensräume anderer Arten geschützt sind. Wozu mangelnde Rücksichtnahme auf eine intakte Umwelt führen konnte, hatte die Menschheit gerade schmerzlich erfahren: Ein einzelner, winzig kleiner mutierter Pilz wäre ihr beinahe zum Verhängnis geworden.

Davina war auf der Bank eingeschlafen. Fabian fiel ein, dass er Turners Smartphone eingesteckt hatte, und zog es aus der Hosentasche, um Charlotte und Marvin die guten Nachrichten zu übermitteln. Das Smartphone war noch entsperrt, und Fabian tippte Charlottes Festnetznummer ein. Wie in letzter Zeit üblich, war das Netz entweder überlastet, oder es fehlten krankheitsbedingt Techniker, die auftretende Probleme bei den Providern beseitigen konnten.

Fabian wollte das Smartphone schon wieder wegstecken, doch bis das Rote Kreuz ihn und Davina ins Krankenhaus brachte, würde noch eine Weile vergehen. Zuerst waren die Schwerverletzten an der Reihe. Davina schlief. Da Fabian sie nicht wecken wollte, begann er gedankenverloren verschiedene Apps zu öffnen. John Turner hatte sich als Kontrollfreak bezeichnet. Das zeigte sich auch am Inhalt seines Handys. Wo andere Menschen wahllos Fotos sammelten, hatte Turner saubere Ordner angelegt – nach Personen, Orten, Objekten sortiert. In den einzelnen Unterordnern fanden sich oft nur wenige Bilder, die Turner offenbar zu Berufszwecken gespeichert hatte. Als Fabian durch die Videos scrollte, fand er einen Ordner, der *Schloss Lichtenhausen* benannt war. Willkürlich wählte Fabian eine Datei aus. Es war die Aufnahme einer Überwachungskamera, die Philipp von Cronberg im Kreis mehrerer älterer Männer und Frauen an einem reich gedeckten Essenstisch zeigte. Der Name des Unterordners verriet Fabian, dass es sich dabei um den ominösen Club of Magyar handeln musste.

Er sah sich weitere Videos an und stieß dabei auf einen Unterordner, der *Sophia von Cronberg* hieß. Fabian stutzte. Von einer Frau im Leben von Philipp von Cronberg hatte er noch nichts gehört.

Er startete das Video. Die Aufnahme zeigte Philipp von Cronberg, der in einem Schlafzimmer vor dem Bett einer offenbar schwer kranken, alten Frau stand. Fabian vermutete, dass es sich dabei um Sophia von Cronberg handelte, Philipps Mutter. Eine Weile stand von Cronberg andächtig da. Dann geschah etwas Unglaubliches. Fabian traute seinen Augen kaum, als er verfolgte, wie Philipp von Cronberg seiner Mutter das Kissen unter dem Kopf wegzog und es ihr so lange aufs Gesicht drückte, bis die Arme der Frau leblos zur Seite fielen. Von Cronbergs hassverzerrtes Gesicht war gut im Bild zu erkennen.

»Mein Gott«, stieß er aus. Fabian hielt das Video an, versuchte das Gesehene zu verarbeiten. John Turner war für die Sicherheit auf Schloss Lichtenhausen verantwortlich gewesen, und vermutlich hatte auch er die Überwachungskameras installiert. Von Cronberg dagegen war offensichtlich nicht darüber informiert gewesen, wo im Schloss überall Kameras angebracht waren. Warum hatte Turner diesen Filmausschnitt gespeichert? Hatte er geplant, von Cronberg zu erpressen? Fabian wusste es nicht.

Was er jedoch wusste, war, dass dieses Video Philipp von Cronberg wegen Mordes lebenslänglich ins Gefängnis bringen würde. Da spielte es auch keine Rolle mehr, ob er der Menschheit ein Heilmittel vorenthalten hatte oder nicht.

Davina war von seinem Ausruf erwacht. Sie richtete sich auf und fragte: »Was hast du?«

Fabian zeigte ihr das Video.

Davina betrachtete es voller Abscheu.

Schließlich steckte Fabian das Smartphone ein. »Schon allein, um von Cronberg vor Gericht stehen zu sehen, lohnt es sich am Leben zu bleiben«, sagte er.

Davina nickte müde. Dann legte sie ihren Kopf auf seine Schulter.

»In ein paar Tagen wirst du dich schon besser fühlen«, sagte Fabian und strich ihr über den Kopf.

»Hoffentlich. Ich habe nämlich noch eine Rechnung mit jemandem offen.«

»Ach ja?«

»Sobald ich wieder bei Kräften bin, sehe ich zu, wie ich Alessandro Capellari hinter Gitter bringen kann.« Sie richtete sich auf. Ihre Augen blitzten. »Immerhin hat er versucht, mich umzubringen. Damit lasse ich ihn nicht ungestraft davonkommen.«

Fabian sah sie an. »Und wie willst ihm etwas nachweisen?«

»Mit Hilfe der FUNAI und der Aussage von da Cruz. Sobald sich alles wieder normalisiert, werden auch Brasiliens Strafverfolgungsbehörden wissen wollen, weshalb ein geschütztes indigenes Volk sterben musste und was an diesem Tag im Dschungel wirklich passiert ist.«

»Brasilien also?«, fragte Fabian und lächelte. »Da war ich noch nie.«

Davina erwiderte sein Lächeln. »Dann mach dich auf was gefasst. Du wirst dieses Land lieben.«

Nachwort

Die Idee, einen spannenden Roman über das globale Artensterben zu schreiben, hatte ich Anfang 2016. Damals gab es zu diesem Thema zwar interessante Fachliteratur, aber kaum Unterhaltungsromane. Zumindest auf dem deutschen Büchermarkt bin ich auf keinen fesselnden und unterhaltsamen Spannungsroman gestoßen, wie ich ihn mir als Leser zu diesem Thema gewünscht hätte. Also habe ich mich hingesetzt und diesen Roman selbst geschrieben.

Ich begann zu recherchieren und merkte schnell, dass die Fülle an Fakten und Daten, die die Wissenschaft in den letzten Jahren zutage gefördert hatte, schier unerschöpflich ist. Mir wurde klar, dass ich mich auf einige wenige, wichtige Aspekte würde beschränken müssen, um mich nicht im Dickicht der vielen Informationen zu verheddern. Mein Roman sollte ja ein unterhaltsamer Thriller werden und kein Sachbuch.

Zwei bemerkenswerte Dinge ereigneten sich in dieser Recherchephase von *Leben*. (Übrigens war *Leben* von Anfang an mein Arbeitstitel, und ich finde es wunderbar, dass er es, entgegen aller Wahrscheinlichkeiten in der Buchbranche, tatsächlich auf das Cover geschafft hat.) Das erste war eine bittere Erkenntnis: Ich lernte, dass wir es in den letzten Jahren nicht nur mit einer zufälligen Anhäufung von Massensterben unter Tierpopulationen zu tun haben, die man – bezogen auf erdzeitliche Dimensionen – womöglich als statistisch unauffällig abtun könnte. Leider ist genau das Gegenteil der Fall. Massensterben häufen sich signifikant. Wissenschaftler sind sich heute sogar weitgehend einig, dass wir die Anfänge eines neuen Massenaussterbens erleben – dem sechsten in der Geschichte der Erde. Ich erinnere mich gut an den Moment, als mir bewusst wurde, dass wir – die Menschen des frühen 21. Jahrhunderts – die Ersten sind in der gesamten Geschichte der Menschheit, die Zeugen eines Massenaussterbens werden.

An jenem Abend sah ich aus dem Fenster unseres Hauses in München in unseren Garten. Eine dünne Schneedecke hatte sich über den Rasen und die Sträucher gelegt, und meine Frau hatte zwei, drei Meisenknödel am Gartenhaus aufgehängt. Mir fiel auf, dass ich selbst nach mehreren Tagen noch keine einzige Meise an den Knödeln hatte knabbern sehen. Zufall? Vielleicht. Nachdem ich die Knödel jedoch irgendwann im Frühjahr nahezu unangetastet wieder abnahm, glaubte ich nicht mehr an Zufall.

Die zweite bemerkenswerte Sache, die sich ereignete, war der Tod von Stephen Hawking am 14. März 2018. In den Tagen nach Hawkings Tod wurde bekannt, dass sich der große Physiker noch wenige Wochen vor seinem Tod recht pessimistisch geäußert hatte im Hinblick auf die Zukunft der Menschheit. Hawking gab der Menschheit keine einhundert Jahre mehr auf diesem Planeten. Entweder würde es den Menschen gelingen, innerhalb des nächsten Jahrhunderts fremde Planeten zu besiedeln oder, so Hawking, die Menschheit würde aussterben. Ich war einigermaßen schockiert. Ich fragte mich, wie Hawking auf diese Idee kam? War es wirklich möglich, dass der moderne Homo sapiens mit seiner hoch entwickelten Technologie einem Massenaussterben zum Opfer fallen könnte? Das war doch undenkbar. Oder etwa nicht?

Wenn wir heute medizinische oder naturwissenschaftliche Fachmagazine durchblättern, finden wir jede Menge Artikel zum Thema Verlängerung der menschlichen Lebenserwartung. Uns wird gerne weisgemacht, dass unsere durchschnittliche Lebenserwartung bald schon hundert Jahre betragen könnte – oder auch deutlich länger, je nach Seriosität des entsprechenden Magazins. Das war auch Anfang 2016 nicht anders. Doch damals gab es im Unterschied zu heute kaum Artikel, die das mögliche baldige Aussterben der Menschheit thematisierten. Hatte Hawking einfach maßlos übertrieben? Ich recherchierte weiter, und was ich fand, war wenig beruhigend.

Zunächst ein paar Fakten: Von einem Massensterben spricht man bei einem Verlust großer Teile einer Population, der oft mehr als 90 Prozent beträgt. US-Biologen der Yale University in New Haven (Connecticut) analysierten rund 730 wissenschaftliche Arbeiten zum Thema Massensterben, in denen es um insgesamt etwa 2400 Tierpopulationen ging. Sie kamen zu dem Schluss, dass Auslöser derartiger Vorkommnisse meist Infektionskrankheiten, verursacht durch Viren, Bakterien oder Pilze, sind. Die zweithäufigste Ursache für Massensterben – und das sollte uns zu denken geben – sind menschliche Eingriffe in Ökosysteme.

Ob die Delfine von Krasnador, die Saiga-Antilopen in der Mongolei, die Königspinguine auf der Île aux Cochons, das Vogel-, Fledermaus- und Amphibiensterben oder die tödliche Algenplage, die sogenannte »rote Flut«, die vor Floridas Golfküste Jahr für Jahr Hunderttausende Fische, Delfine, Haie und Seekühe tötet – die Nachrichtenmeldungen zu Beginn der Kapitel in Teil 1 des Romans basieren auf authentischen Meldungen (abgesehen von der Katastrophe im Kruger-Park, der havarierten *Mary Rose* oder dem bedauernswerten Rockstar Tommy Beach). So unglaublich es klingen mag, aber auch das »Schutzengel-Protein«, das in *Leben* eine wichtige Komponente des Heilmittels darstellt, ist keine Erfindung von mir. Wissenschaftler der Queensland University of Technology in Brisbane haben dieses Super-Protein im Jahr 2018 im Rahmen der Erforschung von Archaeen (Einzellern) entdeckt. Von diesem Protein erhofft man sich nichts Geringeres als eine Möglichkeit, den Alterungsprozess kontrollieren zu können und Menschen länger gesund leben zu lassen. Doch ob uns ein einziges »Reparatur-Protein« in einem globalen Massenaussterben zu retten vermag, wage ich zu bezweifeln.

Im Unterschied zu allen vorherigen Aussterbewellen der Erdgeschichte wird das sechste Massenaussterben nicht durch Naturkatastrophen verursacht, sondern zu einem großen Teil nachweislich durch menschliche Aktivitäten. Wie Lorenz Faas in *Leben* anmerkt: »Der Mensch wird durch seine bloße Existenz der Natur zum Verhängnis.« Früher war es hauptsächlich die Jagd, die für regionales Aussterben von Tierarten verantwortlich war. Heute sind andere Faktoren dafür verantwortlich. Sehen wir uns das etwas genauer an.

Den größten Einflussfaktor auf die unmittelbare Vernichtung von Arten übt die Konversion von Landfläche aus, sprich, die Umwandlung unberührter Natur in Städte, Straßen, Felder, regulierte Gewässer oder die Vergiftung von Böden durch Chemikalien und Müll. Die rasend schnelle Vernichtung unserer tropischen Regenwälder ist dabei eines der größten Probleme, da dort das vielfältigste Leben zu finden ist. Ein Beispiel für die Ausmaße und die Geschwindigkeit, die wir dabei an den Tag legen: Eine Berechnung der aktuellen und bis zum Jahr 2050 prognostizierten Abholzung des weltweiten tropischen Regenwaldbestands ergibt, dass die Vernichtung der Regenwälder seit 1990, also in einem Zeitraum von 60 Jahren, so hoch sein wird, wie die Vernichtung von Regenwäldern in 10 000 Jahren zuvor.

Weitere Einflussfaktoren auf die Vernichtung der Arten sind die Überfischung der Weltmeere, der großflächige und permanente Einsatz von Pestiziden und Düngemitteln sowie die Erderwärmung, zu der wir mit unserem gigantischen CO_2-Ausstoß beitragen. Der Mensch vernichtet aktuell so viele Arten, dass die Evolution nicht mehr mithalten kann. Über Jahrmillionen konnte die Natur das Verschwinden von Arten kompensieren. Doch alleine in den nächsten 50 Jahren werden derart viele Säugetiere und erstmals auch Insekten aussterben, dass die Natur nach neuesten Berechnungen drei bis fünf Millionen Jahre benötigen wird, um sich davon zu erholen. (Wer mehr über dieses Thema erfahren möchte, dem empfehle ich Elizabeth Kolberts Sachbuch *Das sechste Sterben*, ausgezeichnet 2015 mit dem Pulitzer-Preis.)

Was uns – ungeachtet der Tragik an sich – dabei zu denken geben sollte: Gelingt es uns nicht, Maßnahmen zu ergreifen, um diesen Prozess zu beenden oder zumindest erheblich zu verlangsamen, werden auch wir Menschen nicht verschont bleiben. Hawking wusste: Bei allen bisherigen Massenaussterben sind immer die zum damaligen Zeitpunkt dominanten Arten ausgestorben. Und im gegenwärtigen Erdzeitalter sind das nun einmal wir Menschen. Nicht umsonst bezeichnet man dieses Zeitalter als »Anthropozän«.

Bei vielen Menschen regt sich bei diesem Gedanken Widerspruch: Sollte der Homo sapiens von heute mit seiner hoch entwickelten Technologie nicht dazu in der Lage sein, für sein langfristiges Überleben zu sorgen? Die Antwort lautet: Vermutlich nicht. Mathematische Modelle zeigen, dass Arten entweder auf Grund geänderter Umweltbedingungen aussterben oder durch das Aussterben anderer Arten, die für sie unentbehrlich sind. Gibt es viele Arten, die von nur wenigen anderen Arten abhängig sind, wird ein Ökosystem instabil. Sterben wichtige »Schlüsselarten« aus, führt das zu einer Kettenreaktion, der auch der Mensch nichts entgegensetzen kann.

In der Schule haben wir gelernt, dass die Ursachen für vergangene Massenaussterben entweder der Ausbruch von Supervulkanen oder Meteoriteneinschläge gewesen waren. Die Wissenschaft hält diese Ereignisse auch heute noch für Auslöser eines solchen Prozesses, doch weder Vulkanismus noch ein Meteoriteneinschlag *allein* sorgen für einen derartigen Massentod. Was war beziehungsweise ist es dann, das bislang alle Massenaussterben gemeinsam haben? Die Antwort mag überraschen: Es sind die Treibhausgase, die während aller fünf bisherigen Massenaussterben den normalen Kohlenstoffkreislauf auf unserer Erde nachhaltig gestört haben. Massive Klimaerwärmung, Ozeanversauerung und Sauerstoffknappheit während solcher Ereignisse sind mittlerweile gut belegt.

Am Massachusetts Institute of Technology (MIT) hat man 2017 berechnet, wie sich die steigenden CO_2-Konzentrationen in Atmosphäre und Ozeanen auf das Leben auf der Erde auswirken werden. Dabei wurde eine Katastrophenschwelle für einen nicht mehr zu stoppenden Massenaussterbeprozess ausgemacht, zuweilen auch *Kipp-Punkt* genannt. Studienleiter Daniel Rothman, Professor für Geologie, hat ermittelt, dass wir diese Schwelle spätestens im Jahr 2100 überschreiten werden, falls wir den globalen CO_2-Ausstoß nicht deutlich senken. Das Problem, laut Rothman, ist nicht die Veränderung des Zyklus an sich, sondern die momentane Geschwindigkeit, in der diese Veränderung vonstattengeht. Derzeit ist das Tempo so hoch, dass die Natur keine Chance hat, sich anzupassen. Tag für Tag setzen wir über 100 Millionen Tonnen CO_2 frei. Alleine im Jahr 2018 haben wir über 37 Milliarden Tonnen CO_2 aus fossilen Brennstoffen in die Atmosphäre geschleudert. Dazu addieren sich weitere 4,5 Milliarden Tonnen aus nicht-fossilen Quellen, wie zum Beispiel Veränderungen in Bezug auf Landnutzung, was, wie gesagt, einer der größten Faktoren für die mittelbare Vernichtung von Arten ist. Und so schließt sich der Kreis.

Ich fand es schon immer schizophren, dass wir unzählige Milliarden Dollar und Euro investieren, um auf fernen Planeten nach Leben zu suchen, während wir es hier auf der Erde im Rekordtempo vernichten. Was bringt es uns, auf dem Mars nach Mikroben zu suchen, während wir auf unserem Heimatplaneten gleichzeitig hoch entwickelte Tiere ausrotten? Hier muss möglichst rasch ein Umdenken stattfinden, was mich zu einem anderen Aspekt von *Leben* führt: dem Club of Magyar.

Der Club of Magyar hat ein reales Vorbild. Der 1993 gegründete Club of Budapest ist eine weltweite unabhängige Stiftung, die sich vor allem aus Philosophen, Künstlern, Literaten ebenso wie hochrangigen Politikerinnen und Politikern rekrutiert. Zu den Mitgliedern zählen und zählten der Dalai-Lama, Michail Gorbatschow, Paulo Coelho, Jane Goodall, Hans-Dietrich Genscher, Sir Peter Ustinov, um nur einige zu nennen. Sie alle nutzen oder nutzten ihre künstlerische Kreativität, ihr spirituelles Verständnis und ihren Einfluss, um das Bewusstsein der Menschen für globale Probleme und deren Lösungsmöglichkeiten zu schärfen.

Niemals in der Geschichte der Menschheit gab es tief greifendere und dabei gleichzeitig schnellere Veränderungen. Ein derartiger Vorgang führt zwangsläufig zu Problemen und Krisen. Um diesen Problemen und Krisen auf globaler Ebene zu begegnen, bedarf es mehr als nur einzelner Maßnahmen und kurzfristiger Lösungen. Die Mitglieder des Club of Budapest sind davon überzeugt, dass wir nur gemeinsam die Welt verändern können. In diesem Sinne »kämpft« der Club of Budapest für das dringend benötigte globale Bewusstsein und für Nachhaltigkeit.

Einen anderen Ansatz wählen die Anhänger der Organisation »Population Matters«. In *Leben* ist Philipp von Cronberg ein glühender Verfechter dieser Bewegung, die ihren Ursprung in Großbritannien hat. Population Matters ist eine Wohltätigkeitsorganisation – zumindest ihrem Selbstverständnis nach –, deren Mitglieder das starke, ungebremste globale Bevölkerungswachstum als den alles entscheidenden Faktor ansehen, der für Klimawandel, Umweltzerstörung, Ressourcenerschöpfung und gesellschaftliche Konflikte verantwortlich ist. Der steigende Bedarf an urbanen Infrastrukturen und Landwirtschaftsflächen drängt frei lebende Tiere und Pflanzen immer weiter zurück. Dazu gesellen sich steigender Fleischkonsum und damit einhergehend wachsender Flächenverbrauch für Weiden und Futtermittel. Insgesamt, so die Anhänger von Population Matters, erhöht sich die Umweltbelastung mit jedem einzelnen Kind, das geboren wird. Gleichzeitig erschöpfen sich die natürlichen Ressourcen schneller. Daher fordert die Bewegung die Menschen zu einer freiwilligen Reduzierung auf ein nachhaltiges Niveau auf. Mit anderen Worten: Man solle doch bitte schön nicht so viele Kinder in die Welt setzen.

Dass es innerhalb der Bewegung auch deutlich radikalere Denkweisen gibt, ist kein Geheimnis. Einige Forderungen der Organisation in der Vergangenheit sprechen eine deutliche Sprache. Die Gefahr besteht, dass Überbevölkerungstheorien in den Händen von Rechtspopulisten zu einer Rechtfertigung für rassistische Maßnahmen werden könnten. Inzwischen ist man bei Population Matters in der Formulierung von Zielen vorsichtiger geworden. Worüber radikale Verfechter der Bewegung jedoch hinter geschlossenen Türen diskutieren mögen, darüber kann nur spekuliert werden. Aber ich könnte mir vorstellen, dass Philipp von Cronberg seine helle Freude daran hätte.

Noch ein Aspekt in *Leben* hat ein sehr reales Vorbild. Wir alle sind mit hoher Wahrscheinlichkeit mindestens einmal im Leben von einer Pilzinfektion betroffen. Mykosen gelten heutzutage weltweit als eine der am häufigsten auftretenden Infektionskrankheiten. Dabei werden sie zu einer immer größeren Bedrohung für den Menschen, vor allem für immungeschwächte Patienten, denn bei einem Befall innerer Organe droht Lebensgefahr. Das Exzellenzzentrum für Invasive Pilzinfektionen in Köln schätzt die Anzahl derartiger Mykosen allein in Deutschland auf jährlich 13 000 Fälle. Eine Schimmelpilzinfektion etwa gehört zu den Krankheiten mit den schlechtesten Prognosen überhaupt. Bei einem Befall von Gehirn oder Lunge sterben 90 Prozent der Erkrankten. Laut den »Centers for Disease Control and Prevention« (CDC) in Atlanta rangieren in den USA bei Todesursachen durch Infektionskrankheiten innere Pilzerkrankungen inzwischen auf dem siebten Platz. Das *Deutsche Ärzte-*

blatt zählt Mykosen in einem Artikel aus dem Jahr 2019 zu den am häufigsten übersehenen Todesursachen bei Intensivpatienten. Trotzdem sind nur wenige Pilzinfektionen meldepflichtig. Pilze sind aber nicht nur gefährlich, sie sind auch sehr faszinierend. Einige Arten sind in der Lage, ihr genetisches Programm innerhalb von Minuten zu verändern, je nach Umweltbedingungen. Dadurch können sie überall auf der Welt existieren, ob an Land, in der Tiefsee oder in unserem Blut und unseren Organen. Es gibt deutliche Hinweise darauf, dass Pilzinfektionen seit der Jahrtausendwende drastisch zugenommen haben. Das in *Leben* beschriebene Weißnasen-Syndrom bei Fledermäusen ebenso wie das weltweite Amphibiensterben, ausgelöst durch den Chytridpilz, zeigen die Gefahren, die von Pilzen ausgehen können. Insgesamt betrachtet, löst keine andere Gruppe von Mikroorganismen so häufig Artensterben aus wie Pilze.

Im Sommer 2019 – einige Wochen nachdem ich das fertige Manuskript an den Verlag geschickt hatte – ließ eine Studie der Johns Hopkins University in Baltimore die Fachwelt aufhorchen. »Candida auris«, eine neue Mutation eines Hefepilzes, breitet sich seit einigen Jahren weltweit aus. Gleich vier Aspekte sind dabei bemerkenswert:

Candida auris wird im Gegensatz zu allen bisher bekannten Arten häufig von Mensch zu Mensch übertragen. Geschätzt zwischen 30 und 60 Prozent der mit Candida auris diagnostizierten Patienten sterben. Candida auris ist schon gegen viele Medikamente resistent. Und last but not least: Die Mutation Candida auris trat auf mehreren Kontinenten praktisch zeitgleich auf.

Vor allem der letzte Aspekt ist äußerst ungewöhnlich und ließ die Ärzte der Johns Hopkins University rätseln. Inzwischen deutet vieles auf den Klimawandel als Ursache hin. Die Erklärung der Wissenschaftler: Die zunehmende Erderwärmung könnte Candida auris zu einer Anpassung an höhere Temperaturen gezwungen haben. Dies würde auch erklären, weshalb diese Mutation in unseren warmen Körpern so gut gedeiht. Die Wissenschaftler gehen sogar noch einen Schritt weiter und konstatieren, dass wir die Anfänge einer zunehmenden Anpassung von Pilzen an höhere Temperaturen erleben. Sie sind davon überzeugt, dass dies für den Menschen im Laufe dieses Jahrhunderts verstärkt zum Problem werden wird, auch wegen der zunehmenden Resistenzen gegen die uns bekannten Antimykotika. Insofern liegt ein Szenario, wie ich es in *Leben* skizziere, durchaus im Bereich des Möglichen.

So sehr es mich betrübt, wenn ich über das weltweite Artensterben lese: Ich bin froh, dass dieses Thema mittlerweile in der Öffentlichkeit so große Aufmerksamkeit erhält. Denn nur gemeinsam können wir etwas zum Besseren verändern.

Viele weitere Informationen und Links zu entsprechenden Internetseiten zu diesem Thema finden Sie auf meiner Homepage: www.uwelaub.de

Danksagung

Dieses Buch hätte ohne die Mitwirkung vieler wunderbarer Menschen nicht entstehen können. Ich möchte mich daher bei folgenden Personen von ganzem Herzen für ihre Hilfe bedanken:

Markus Faas, Fachreferent des Bayerischen Staatsministeriums für Umwelt und Verbraucherschutz, der mir in seiner Freizeit den stetigen Rückgang der Insekten, Vögel und Fledermäuse in Bayern anschaulich vor Augen geführt hat und der mir die Notwendigkeit des Schutzes der heimischen Biodiversität erläutert hat.

Patrick Bürgel, Molekularbiologe, der sich die Zeit genommen hat, mir die komplexe und verwirrende Welt der DNA, RNA, Proteine und Sequenzierungen zu erklären, und der mir wertvolle Tipps und Anregungen zur Story geliefert hat. Einige medizinisch-wissenschaftliche Aspekte musste ich aus erzähltechnischen Gründen leicht verfälschen. Experten mögen mir dies bitte verzeihen.

Harald Stehr, Rechtsanwalt, der mir bei einer kniffligen Fragestellung weitergeholfen hat.

Ich möchte mich unbekannterweise bei Professor Ulrich Brose vom Deutschen Zentrum für integrative Biodiversitätsforschung Halle-Jena-Leipzig für ein erhellendes Interview bedanken, das er vor einigen Jahren *Deutschlandfunk Kultur* gegeben hat. Ich habe mir erlaubt, mich von einem sehr anschaulichen Vergleich in diesem Interview inspirieren zu lassen und diesen Vergleich im Kontext von *Leben* abgewandelt wiederzugeben.

Bedanken möchte ich mich ferner bei:
Tim Müller und Oskar Rauch von Heyne sowie Heiko Arntz für das kritische und aufmerksame Lektorat ebenso wie für die wertvollen Hinweise zur Story.

Dem gesamten Heyne-Team für die professionelle Arbeit rund um die Entstehung von *Leben* ebenso allen Heyne-Vertriebsmitarbeitern, die dafür sorgen, dass es meine Bücher in die Buchhandlungen schaffen.

Markus Michalek von der AVA-International für seinen unermüdlichen Einsatz, seine hilfreichen Tipps und Anmerkungen zur Story und dafür, dass er auch in schwierigen Zeiten immer für mich da ist.

Roman Hocke und dem gesamten AVA-International-Team für die hervorragende Betreuung und professionelle Arbeit.

Andrea, Katrin und Anita aus dem Büro, die mir den Rücken freihalten, damit ich Zeit zum Schreiben finde.

Meine Freunde vom »Club der fetten Dichter«, die allesamt mehr Bücher veröffentlichen als ich und die beim Warten auf mein jeweils neues Buch eine bemerkenswerte Geduld an den Tag legen.

Von Herzen bedanken möchte ich mich bei allen Buchhändlerinnen und Buchhändlern, die meine Bücher empfehlen, sowie bei allen Bloggerinnen und Bloggern, Leserinnen und Lesern, die meine Bücher lesen und sich häufig die Mühe machen, diese zu rezensieren. Ich freue mich, dass Sie sich aus einer Vielzahl an Büchern *Leben* herausgepickt haben. Ich hoffe, ich konnte Ihnen spannende Lesestunden schenken.

Mein größter Dank gilt aber wie immer meiner Familie, die mich jederzeit von Herzen unterstützt. Ich weiß, das ist nicht immer einfach. Meine Frau Marion und meine Tochter Amelie haben sich darüber hinaus als besonders aufmerksame Testleser erwiesen. Ich liebe euch!

Uwe Laub, Oktober 2019

Uwe Laub

»Uwe Laubs Romane bieten spannende Unterhaltung – und sind realer, als man es wahrhaben möchte.«
Thomas Gisbertz, Krimi-Couch

978-3-453-44118-7
E-Book: 978-3-641-26708-7

978-3-453-43963-4
E-Book: 978-3-641-23513-0

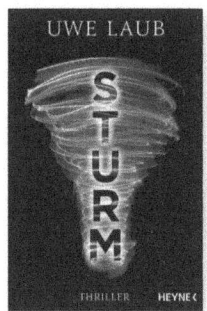

978-3-453-41980-3
E-Book: 978-3-641-19115-3

Leseprobe unter **www.heyne.de**